EXPÉRIENCENOATORSON#2

NE REGARDE PAS

L'auteur

En plus d'être écrivain, **Michelle Gagnon** a été danseuse (danse moderne), promeneuse de chiens, serveuse, journaliste, coach personnel et mannequin. Elle a publié plusieurs thrillers pour adultes, et la série *Expérience Noa Torson* est sa première incursion dans la littérature pour ados et jeunes adultes. Elle vit à San Francisco.

Du même auteur chez Pocket Jeunesse

EXPÉRIENCENOATORSON

1 - *Ne t'arrête pas*

2 - *Ne regarde pas*

3 - *N'oublie pas*

EXPÉRIENCENOATORSON#2

NE REGARDE PAS

MICHELLE GAGNON

Traduit de l'américain par Julien Chèvre

Nathan

Loi n° 49-956 du 16 juillet 1949 sur les publications destinées à la jeunesse : janvier 2018.

L'édition originale de ce livre a été publiée pour la première fois en anglais à New York, États-Unis, par HarperCollins Children Books, un département de HarperCollins Publishers, sous le titre *Don't Look Now*.

ISBN 978-2-266-28338-0

Dépôt légal : janvier 2018

À Kirk

Soyez pour elle, ô Perséphone,
Tout ce que je ne serai pas :
Contre votre cœur serrez-la.
Elle qui était si fanfaronne,
Désinvolte, arrogante parfois
Qui n'avait pas besoin de moi,
Est une fillette sans personne
Perdue aux Enfers – Perséphone,
Contre votre cœur serrez-la :
Dites-lui, « Chérie, ma chérie,
Ce n'est pas si affreux ici. »

Edna St. Vincent Millay,
« Prayer to Persephone » (« Prière à Perséphone »),
poème extrait de *Second April*,
Harper & Brothers, New York, 1921.

PREMIÈRE PARTIE
CONTRE-ATTAQUE

CHAPITRE UN

— Il n'est pas censé faire chaud en Californie ? grommela Zeke en se frottant les bras.

Noa gardait les yeux rivés sur le minuscule appareil qu'elle tenait dans la main. C'était la première fois qu'ils se servaient de leur nouvel équipement, des talkies-walkies haut de gamme utilisés par l'armée. Ils les avaient payés cher, mais l'investissement valait le coup. Les précédents les avaient lâchés pendant leur dernière opération, ce qui leur avait fait frôler la catastrophe.

Noa serra les lèvres. Le reste de l'équipe aurait déjà dû les appeler depuis cinq minutes – et ce n'était pas dans leur habitude d'être en retard.

— On est en février, répondit-elle sans détourner le regard. En février, il fait froid partout.

— Ils auraient quand même pu installer un labo à Hawaï, pour changer, marmonna Zeke. On pourrait être en train de boire des cocktails au lieu de…

Soudain, l'appareil se mit à crépiter. Noa le porta devant sa bouche en faisant signe à Zeke de se taire.

— Alors ? demanda-t-elle.

La voix de Janiqua leur parvint, déformée par des bruits parasites :

— On l'a perdu.

— Quoi ? Mais comment ?

— Il est entré dans le métro et il a sauté dans une rame in extremis.

Noa secoua la tête d'un air agacé. Cela faisait maintenant trois jours qu'ils suivaient deux hommes de main du Projet Perséphone et épiaient leurs moindres faits et gestes. Les deux types paraissaient du même acabit – c'était vraisemblablement d'anciens militaires. L'équipe de Noa les filait depuis qu'ils avaient atterri à l'aéroport de San Francisco. Mais ce matin, quand ils étaient sortis de l'hôtel, chacun était parti dans une direction opposée. Noa et Zeke avaient suivi l'un des deux, qui buvait maintenant un café à la terrasse d'un bar. Malheureusement, les autres venaient de perdre la trace du second.

— Qu'est-ce que tu veux qu'on fasse ? demanda Janiqua.

Noa sentit que Zeke l'observait, dans l'expectative. Par moments, elle était encore désarçonnée par le fait de servir de chef à un groupe d'ados. Ils pensaient toujours qu'elle avait réponse à tout. En vérité, elle était souvent aussi perdue qu'eux.

— Prenez la prochaine rame et essayez de le retrouver, finit-elle par dire. Nous, on continue de surveiller l'autre.

— Bien reçu.

Le talkie-walkie se tut et Noa frissonna. Zeke et elle étaient dehors dans le froid depuis plus d'une heure, accroupis à l'angle d'un bâtiment. Ils n'allaient pas pouvoir rester beaucoup plus longtemps à cet endroit, car le propriétaire de l'épicerie située de l'autre côté de la rue ne cessait de leur jeter des regards méfiants.

— Tiens, on dirait que l'épicier va encore passer un coup de fil, lâcha Zeke. Je crois qu'il est temps de lui offrir un peu de spectacle.

Noa leva les yeux au ciel.

— Je vais finir par croire que c'est la partie que tu préfères, soupira-t-elle.

— Grave, acquiesça Zeke.

Il lui sourit tandis qu'il l'adossait au mur et penchait son visage vers le sien. Ils gardèrent la pause ainsi, à quelques centimètres l'un de l'autre. Noa sentit le souffle de Zeke sur ses cils et respira son odeur, un mélange de savon, de mousse à raser et d'une pointe de musc. Pardessus son épaule, elle aperçut l'épicier qui les fixait un téléphone à la main. Après un moment d'hésitation, il le reposa.

— C'est bon, chuchota-t-elle.

— On devrait peut-être continuer encore une minute, juste par sécurité, proposa Zeke en posant son front sur le sien.

Il était censé faire semblant de l'embrasser, mais ses lèvres effleuraient quasiment celles de Noa. Elle pouvait distinguer les pigments dorés qui mouchetaient ses yeux noirs, comme des éclats de soleil. Elle sentit un frisson lui parcourir l'échine, qui n'avait, cette fois, rien à voir avec le froid.

— Tu veux qu'on se fasse arrêter pour attentat à la pudeur ? plaisanta-t-elle en tentant de reprendre contenance.

— Je suis prêt à courir le risque, murmura Zeke en s'approchant plus près d'elle encore.

Noa eut soudain l'impression de suffoquer.

Il fait ça pour m'embêter, j'en suis sûre. On est juste amis, coéquipiers, rien de plus. Mais alors pourquoi ça me met dans un tel état ?

Elle poussa doucement son épaule pour se dégager de son étreinte.

— Reste concentré, le sermonna-t-elle. Je te rappelle qu'on a un type à surveiller.

— Y a pas à dire, tu as le chic pour gâcher tout le plaisir de cette mission, lâcha-t-il en s'écartant avec un sourire en coin.

Noa ne savait pas quoi répondre. Ce n'était pas la première fois qu'ils jouaient les ados énamourés. Ce petit manège était le meilleur moyen d'éviter qu'un flic ne vienne leur demander ce qu'ils fabriquaient, postés à un angle de rue depuis plus d'une heure. Mais cette fois, les choses lui avaient paru différentes, comme si c'était plus qu'un simple stratagème. Elle jeta un regard furtif à Zeke, qui s'était remis à observer la terrasse du café. Après plusieurs mois passés à ses côtés, son visage lui était presque aussi familier que le sien : il était mince et anguleux, avec des pommettes saillantes et le teint mat, malgré la saison. La première fois qu'elle l'avait rencontré, elle avait été troublée, tellement elle l'avait trouvé beau. Mais depuis, il était plutôt devenu comme un frère – même si ce qu'elle venait de ressentir n'avait rien à voir avec de l'affection fraternelle.

Bon, et qui a l'esprit ailleurs, maintenant ?

— Il est toujours là ? demanda Noa en s'efforçant de se concentrer sur leur tâche.

— Ouais. Il lit le journal.

— Et si on faisait fausse route depuis le début ? Peut-être qu'ils ne sont pas ici en mission…

— Mais oui, bien sûr. D'ailleurs, il paraît que San Francisco est la destination préférée des truands pour partir en vacances, ironisa Zeke. Ils raffolent de la soupe de palourdes et des balades en *cable car*.

Noa ignora sa remarque et se pencha pour jeter à son tour un coup d'œil au café. Malgré le froid, l'homme s'était effectivement installé en terrasse et sirotait un gros mug en feuilletant un journal. Il était costaud, les cheveux courts, et portait un caban, un jean et des rangers. À première vue, on aurait pu le prendre pour un simple soldat en permission. Mais Noa savait bien qu'il n'en était rien.

— Tiens-toi prêt à bouger, lança-t-elle en s'étirant pour se dégourdir les jambes.

— Je suis toujours prêt, répliqua-t-il.

— Ouais, c'est ça, dit-elle en souriant. Comme à San Diego, quand tu as failli rester dans le labo après la panne des talkies…

— Hé, c'était pas ma faute, protesta Zeke en lui donnant une petite tape sur l'épaule. Je pensais que les gamins étaient dans une autre aile du bâtiment.

Tous deux se remémorèrent cet épisode en silence. L'opération s'était déroulée sans encombre – sauf qu'une fois qu'ils s'étaient introduits dans le complexe, il ne restait plus personne à sauver. Zeke se racla la gorge.

— Tu crois que ces deux types sont venus faire du repérage pour un autre labo ? demanda-t-il d'un ton plus sérieux.

— Je ne sais pas, répondit Noa. Mais il se trame un truc pas clair.

Elle avait du mal à saisir ce qu'ils fabriquaient. Ils n'avaient pas mis le pied dans le quartier des entrepôts, ce qui était assez inhabituel. Au lieu de quoi, ils avaient passé les deux derniers jours à errer dans Mission District.

— Ça y est, il s'en va, annonça Zeke en voyant l'homme se diriger vers Valencia Street.

— OK, c'est parti, murmura-t-elle. N'oublie pas de rester à une cinquantaine de mètres derrière moi. Si je suis obligée de le doubler, tu prends le relais.

— Compris.

Noa enfonça son bonnet, baissa la tête et s'élança dans la rue.

Teo Castillo était à la fois fatigué et mort de faim. Il avait passé la journée à faire la manche dans le métro, se traînant de voiture en voiture en demandant de la monnaie à des voyageurs qui faisaient de leur mieux pour ne pas croiser son regard.

Il était à mi-chemin du campement où il vivait depuis quelques mois quand il réalisa qu'un adolescent de son âge, à l'apparence négligée, le suivait. Teo connaissait désormais tous les jeunes sans-abri du quartier, mais celui-ci ne lui disait rien. Il l'avait remarqué une première fois près du tourniquet, à l'entrée de la station de la 24e Rue. Et voilà qu'il le retrouvait dans Mission Street, vingt mètres derrière lui.

Teo s'arrêta net en se baissant pour refaire les lacets de ses vieilles baskets et en profita pour jeter discrètement un regard en arrière. Le garçon se tenait devant une droguerie et étudiait la vitrine avec le même intérêt que celui qu'il portait au plan des lignes dans le métro dix minutes plus tôt. Il était grand et mince, vêtu d'un tee-shirt blanc trop grand, d'où émergeaient des coudes saillants, et d'un jean baggy retenu par une ceinture au niveau des cuisses.

Teo secoua la tête.

Je deviens parano. Il va sûrement dans la même direction que moi, voilà tout.

Mais cinq cents mètres plus loin, il commença à en douter sérieusement et sentit les poils de sa nuque se dresser. Il s'était déjà fait agresser et n'avait aucune envie que cela se reproduise. La dernière fois, il s'en était sorti avec trois côtes cassées et une commotion cérébrale.

Sans compter que de nombreuses rumeurs inquiétantes circulaient depuis quelque temps. Certains prétendaient notamment qu'une mystérieuse organisation enlevait les jeunes sans-abri pour se livrer à des expériences sur eux. Teo n'y croyait pas vraiment, cela lui paraissait trop tiré par les cheveux. Mais il savait qu'il pouvait arriver malheur aux jeunes comme lui à force de vivre dans la rue. Et il n'avait pas l'intention de finir dans la rubrique « Faits-divers ».

Il décida qu'il allait se ruer jusqu'au passage souterrain où il squattait. Avec un peu de chance, les autres seraient déjà là. En tournant à l'angle de Cesar Chavez Street, il se mit à courir à petites foulées. Au bout d'une minute, ses poumons étaient en feu et il se sentit pris de vertige. Comme il n'avait quasiment rien mangé de la journée, le moindre effort physique lui faisait tourner la tête.

Oh, je suis pathétique, sérieux.

Il n'y avait pas si longtemps, il était le meilleur sprinteur de son lycée. Il aurait même eu des chances de décrocher une bourse pour l'université si tout n'était pas parti en sucette.

Il tenta un nouveau regard en arrière. Non seulement le garçon était toujours derrière lui, mais il avait désormais été rejoint par un autre dans le même genre, ainsi qu'une fille noire. Ils ne faisaient même plus semblant de ne pas le suivre, ils étaient littéralement à ses trousses.

Zut ! Trois contre un… Je vais encore finir aux urgences.

Il essaya d'accélérer, mais ses jambes tremblantes avaient déjà du mal à tenir le rythme.

Déterminé à semer ses poursuivants, il tourna brusquement à gauche dans Hampshire Street, puis prit à droite à travers le terrain de base-ball d'un centre sportif. Il fila aussitôt vers un chemin difficilement repérable qui serpentait au milieu d'épais fourrés. Il n'y avait plus qu'à espérer qu'ils ne l'aient pas vu l'emprunter.

Quelques instants plus tard, il émergea dans le campement. Ce n'était guère plus qu'un petit bout de terrain sous une portion d'autoroute, délimité par des murs en béton, une clôture grillagée et des buissons luxuriants. Au milieu s'entassaient des abris de fortune : deux ou trois tentes crasseuses et de grands cartons couverts de bâches en guise de toits. Le sol était jonché de papiers gras, de bouteilles vides et de seringues.

Teo sentit son cœur se serrer en constatant qu'il n'y avait personne. Il était complètement seul.

Soudain, une main se referma sur son bras. Il grimaça comme par réflexe, prêt à recevoir un coup…

… qui ne vint jamais. Teo se retourna et ouvrit de grands yeux en découvrant non pas le trio d'ados déguenillés qui lui couraient après, mais un homme élégant d'une trentaine d'années, vêtu d'un jean et d'une veste sombre. Il était blond, très grand – au moins une tête de plus que lui – et bâti comme une armoire à glace.

— Tu es bien Teo Castillo ? dit-il avec un sourire.

Teo se défit de son emprise avant de faire un pas chancelant en arrière.

— Qui êtes-vous ?

Il était encore à bout de souffle et avait les jambes en coton.

— Hé, pas de panique, fit l'homme en levant les mains. Je voulais juste m'assurer que tu allais bien.

Il avait l'air sincère, mais Teo avait pourtant l'intuition que quelque chose clochait. Il recula un peu plus.

— Comment vous connaissez mon nom ?

— Tu ne te souviens pas de moi ? demanda l'homme en plissant les yeux.

Teo secoua lentement la tête. Il ne le reconnaissait pas, même si son attitude lui semblait vaguement familière… Peut-être était-ce un travailleur social qu'il avait côtoyé ? Ou bien un ancien prof ? Mais que faisait-il là ?

— Ce n'est pas grave, ça fait longtemps, reprit-il en continuant de sourire. Je suis ici pour t'aider, Teo.

— Merci, mais je n'ai pas besoin d'aide, répliqua Teo.

— Je n'en suis pas si sûr. Et ces gamins qui étaient après toi ? lança l'homme en désignant les fourrés d'un signe de tête. Tu m'avais l'air en mauvaise posture. Et puis regarde, tu vis dans un dépotoir…

— Ça va, je vous dis.

Teo en avait plus qu'assez de tous ces adultes qui pensaient savoir ce qui était bon pour lui. Il tourna les talons et se dirigea d'un pas décidé vers l'autre bout du campement, depuis lequel un étroit sentier rejoignait Potrero Avenue.

Mais avant qu'il ne puisse l'atteindre, un deuxième type surgit des buissons et lui barra le chemin. Il portait un jean, une veste et une casquette vissée jusqu'aux oreilles. Teo s'immobilisa, l'air perplexe.

— On va t'emmener dans un endroit sûr, déclara le blond derrière lui. Tu peux me faire confiance.

Teo se mit à réfléchir à toute vitesse. Les deux hommes bloquaient les issues. La seule possibilité qui lui restait était de passer par-dessus le grillage sur sa gauche. Après quoi, il n'aurait qu'une centaine de mètres à couvrir pour rejoindre une marée de témoins.

Sans plus attendre, il se précipita vers le grillage. La panique envoya une décharge d'adrénaline dans tout son corps qui le fit courir plus vite que jamais.

Il avait déjà escaladé la moitié de la clôture quand il sentit une main se refermer sur sa jambe et le tirer vers le bas. Il poussa un cri de douleur en atterrissant lourdement sur le sol. Quand il leva les yeux, les deux hommes étaient penchés au-dessus de lui et celui à la casquette tenait une seringue.

— Hé, attendez, je ne me drogue pas, protesta Teo. Je ferai tout ce que vous vous voudrez, mais ne m'injectez pas ce truc !

— En voilà un qui est clean. T'entends ça, Jimmy ? railla le blond.

— C'est pour ça qu'ils le veulent, acquiesça son acolyte. C'est un sujet parfait.

— Un quoi ? bredouilla Teo.

Il repensa soudain aux expériences dont il avait entendu parler.

C'était donc vrai.

L'homme qui tenait la seringue se baissa vers Teo et lui tourna la tête sur le côté, exposant ainsi son cou. Teo se débattit, mais l'autre l'attrapa fermement par les bras pour l'empêcher de bouger.

Teo ferma les yeux en serrant les dents et attendit que l'aiguille se plante dans sa peau.

Il attendit encore.

Tout à coup, il perçut une sorte de claquement tout près de lui. Il ouvrit les yeux. L'homme à la casquette était raide comme un piquet et son corps tressaillait de manière incontrôlable. Sa bouche était grande ouverte, dévoilant des dents d'un blanc éclatant.

Au même moment, les jambes du blond semblèrent se dérober sous lui. Il écarquilla les yeux de stupeur et tomba au sol, comme étrangement paralysé.

Teo se redressa tant bien que mal en s'agrippant au grillage.

Bon sang, mais qu'est-ce qui se passe ? pensa-t-il d'abord.

Puis, aussitôt après : *Bon, peu importe, il faut que je fiche le camp d'ici !*

Il se retourna pour s'enfuir et se retrouva nez à nez avec une fille qui paraissait sortie de nulle part. Elle était d'une beauté renversante, avec des cheveux noirs coupés court et des yeux d'un vert intense. Habillée en noir des pieds à la tête, elle tenait entre les mains ce qui ressemblait à une grosse télécommande.

— T'inquiète, on contrôle la situation, lâcha-t-elle sans quitter des yeux les deux hommes à terre.

Derrière elle surgit alors un groupe d'adolescents aux looks très variés. Certains étaient gothiques, d'autres faisaient plutôt skateurs et deux d'entre eux étaient grunge. Tous étaient hirsutes et débraillés, comme la plupart de ceux qui vivent dans la rue, mais Teo n'avait jamais vu aucun d'eux auparavant.

En revanche, il en avait entendu parler. C'était une autre de ces rumeurs qui circulaient la nuit, sur le ton de la confidence : il existait une organisation, l'Armée de Persefone, qui se battait pour protéger les jeunes sans-abri. Teo n'y avait pas cru davantage. Une poignée d'ados qui jouaient les Robin des bois des temps modernes ? Il s'était dit que ce n'était qu'une légende urbaine de plus.

Et pourtant, ils étaient là, en chair et en os. Il parcourut le petit groupe des yeux et reconnut les trois qui lui avaient couru après. La fille aux yeux verts avait l'air d'être leur chef.

— Tu es Persefone, murmura Teo, impressionné.

— En fait, mon vrai nom, c'est Noa, indiqua-t-elle en levant les sourcils. Comment tu te sens ?

— Ça va.

Le garçon qui l'avait suivi s'approcha.

— T'as eu du bol, bougonna-t-il. Qu'est-ce qui t'a pris de filer comme ça ?

— Ben, j'ai cru…

— Il a cru que tu le poursuivais, Turk, intervint Noa. Tu étais censé ne pas lâcher le type d'une semelle. Qu'est-ce qui s'est passé ?

— Janiqua l'a perdu, marmonna le dénommé Turk avec un haussement d'épaules.

— Ben tiens, ça va être de ma faute ! s'indigna la jeune fille noire en levant les yeux au ciel. C'est toi qui étais chargé de le suivre dans le métro.

— J'ai pas eu le temps de monter dans la même rame que lui, se justifia Turk, les yeux rivés au sol. Mais je savais qu'il était après lui, il le quittait pas des yeux.

— Alors t'as perdu le type, mais pas lui ? railla Janiqua. Excuse-moi, mais c'est pas logique.

— Ben pourtant c'est ce qui s'est passé ! répliqua Turk en s'avançant vers elle d'un air menaçant.

Plutôt que de battre en retraite, elle glissa la main dans sa poche. Noa s'interposa aussitôt entre eux.

— Ça suffit, vous deux ! On réglera ça plus tard. Pour le moment, on se tire d'ici. Ces deux-là ne devraient pas tarder à revenir à eux.

Janiqua et Turk échangèrent un regard noir avant de s'éloigner l'un de l'autre. Janiqua s'agenouilla près de l'un des hommes et, avec l'aide de deux de ses compagnons, elle lui attacha les poignets dans le dos avec un collier de serrage en plastique.

Teo avait le tournis tellement tout cela lui paraissait irréel. Chacun d'entre eux semblait avoir une tâche bien précise. Sur le pilier en béton près duquel Teo avait l'habitude de ranger son sac de couchage, un jeune garçon noir muni d'une bombe de peinture dessinait un logo : un A et un P entremêlés. Les autres s'affairaient autour des deux types qui l'avaient attaqué et leur ligotaient les chevilles et les poignets avec une rapidité impressionnante.

Teo se sentit soudain gêné en réalisant que le campement devait leur paraître particulièrement miteux.

— Tu es sûr que ça va ? lui demanda Noa en le dévisageant. Tu es tout pâle.

— Oui, oui, acquiesça-t-il en s'efforçant de masquer son trouble.

— Comment tu t'appelles, au fait ?

— T-Teo, balbutia-t-il. Teo Castillo.

— Enchantée, Teo, lâcha-t-elle d'un air distrait tandis qu'elle scrutait les alentours. On emmène le blond, ajouta-t-elle à l'intention des autres.

Teo vit alors une fille vêtue d'une minijupe en skaï et de bas résille déchirés appliquer négligemment du ruban adhésif sur la bouche du premier type qui s'était adressé à lui, avant de lui enfiler une taie d'oreiller noire sur la tête.

— Qu'est-ce que tu leur as fait, au juste ? demanda-t-il.

— Je les ai tasés, expliqua Noa en exhibant l'appareil qu'elle tenait. On n'aime pas les armes à feu.

— OK, acquiesça Teo, qui n'en était pas fan non plus. Alors ce sont eux qui font des expériences sur les ados ?

— Tu es au courant ?

— Ouais, j'en ai entendu parler. Enfin comme tout le monde, répondit Teo en haussant les épaules.

— Eh bien, c'est vrai. À partir de maintenant, ne reste jamais seul. Il se pourrait qu'ils essaient encore de s'en prendre à toi.

Teo tenta de ravaler la boule d'angoisse qui venait de se former dans sa gorge. Il jeta un regard derrière lui, s'attendant presque à distinguer des ombres tapies dans les buissons. Il se demanda si la bande de Noa savait que les deux types rôdaient dans les parages. Et si oui, pourquoi est-ce que personne ne l'avait prévenu ? Tout à coup, il se sentit plus seul que jamais.

— N'oubliez pas la bâche ! lança Noa aux autres.

Sans perdre de temps, plusieurs d'entre eux enveloppèrent le blond comme un nem dans une grande bâche en plastique bleue. Puis ils le soulevèrent en se répartissant son poids avant de se diriger vers les fourrés. En les voyant faire, Teo pensa à des soldats. Ils étaient organisés, ils obéissaient aux ordres et étaient d'une efficacité redoutable.

— Vous l'emmenez où ?

— Mieux vaut que tu n'en saches rien, répondit Noa.

Teo tourna la tête et observa la fille en bas résille. Elle était d'une beauté troublante avec ses cheveux bleus. Elle surprit son regard et leva un sourcil interrogateur. Aussitôt, il se mit à rougir et baissa les yeux.

— On fait comme d'hab avec l'autre ? demanda Turk.

— Oui, acquiesça Noa.

— Ça te dit de l'amocher un peu, d'abord ? proposa-t-il à Teo.

— Quoi ? Euh, non, c'est bon, répondit celui-ci.

Il jeta un coup d'œil à l'homme allongé par terre, celui que son partenaire avait appelé Jimmy. Il était en train de reprendre ses esprits et jetait des regards nerveux autour de lui.

— Alors on va le laisser là pour tes potes, conclut Turk. Je suis sûr qu'ils vont bien s'amuser avec lui. Pas vrai, enfoiré ? ajouta-t-il en donnant à Jimmy un grand coup de pied dans les côtes.

— Arrête ! le sermonna Noa.

Turk lui jeta un regard mauvais avant de se reprendre. Il s'agenouilla près de l'homme et resserra ses liens d'un cran. Celui-ci grimaça en sentant la bande de plastique s'enfoncer dans ses poignets.

— T'inquiète, c'est rien à côté de ce qui t'attend, mon gars, lui murmura Turk d'une voix froide, dépourvue d'émotion.

Puis il redressa Jimmy et le traîna jusqu'au pilier le plus proche. Pendant qu'il le tenait, la fille en bas résille l'attacha au poteau avec du ruban adhésif. On aurait dit un papillon pris dans une toile d'araignée.

— Allez, on se tire, ordonna Noa avant de parler dans son talkie-walkie. Crystal, on arrive au van dans deux minutes.

— Bien reçu, grésilla une voix dans l'appareil.

Sans un mot de plus, elle s'éloigna avec les autres en direction du sentier sous le regard confus de Teo. Il avait l'impression que le monde tel qu'il le connaissait venait de s'effondrer au cours des cinq dernières minutes.

Qu'est-ce que je suis censé faire maintenant ? Fouiller les poubelles pour trouver un truc à manger et piquer un petit somme, comme si de rien n'était ?

— Attendez ! s'écria-t-il.

Noa s'arrêta et se retourna vers lui.

— Quoi ?

— Emmenez-moi avec vous, lança-t-il, à son propre étonnement.

— Ça ne marche pas comme ça. Désolée.

— S'il te plaît ! insista-t-il. Je peux vous aider, je t'assure.

— Tu te drogues ? demanda-t-elle en l'examinant d'un air méfiant.

— Non, dit-il en secouant vivement la tête. Je n'ai jamais touché à ça. Et je ne bois pas, non plus.

Turk marmonna quelque chose, mais Noa le fit taire d'un geste. Puis elle étudia encore longuement Teo avant de hocher brusquement la tête.

— Très bien. Mais au moindre problème, tu dégages.

— OK, bien sûr, acquiesça Teo en s'élançant pour les rejoindre.

Tandis qu'il suivait Noa à travers le labyrinthe de végétation qui débouchait sur San Bruno Avenue, il ressentit quelque chose qu'il avait presque fini par oublier : de l'espoir.

Peter Gregory abaissa la visière de sa casquette des Red Sox en apercevant la caméra de surveillance. Il se rapprocha de l'employée qui l'escortait. Le martèlement saccadé de ses escarpins ponctuait son bavardage continu. Heureusement, elle ne semblait pas attendre d'autre réponse de sa part qu'un hochement de tête ou un grognement compréhensif de temps à autre. Terri était une jeune femme relativement séduisante d'environ trente-cinq ans, avec les cheveux teints au henné et un vernis à ongles pailleté qui scintillait chaque fois qu'elle agitait les mains pour illustrer son propos. Peter décela les traces d'un accent de Boston dans sa voix, tandis qu'elle pestait contre les voyous qui s'en prenaient à leur système informatique.

— C'est la troisième fois de la semaine que les serveurs tombent en panne, soupira-t-elle avec un nouveau geste théâtral. Vous vous rendez compte ? Je ne vous dis pas de quoi on a l'air quand on doit expliquer qu'on ne peut même pas envoyer un mail…

Peter acquiesça en essayant de paraître indigné tout en examinant discrètement l'espace qui l'entourait. Connaissant les atrocités perpétrées par Pike & Dolan, il avait imaginé que le siège aurait une allure sinistre. L'antre du mal. Mais au lieu d'un aquarium de requins, le hall d'entrée était décoré du sol au plafond d'affiches brillantes sur lesquelles des gens souriants vantaient les mérites des produits de qualité mis au point par le groupe, des édulcorants aux shampoings en passant par les médicaments.

De ce point de vue, le reste du bâtiment était encore plus décevant. Terri semblait prendre très au sérieux son rôle de guide improvisé. Elle était particulièrement exaltée en évoquant le jardin aménagé sur le toit, qui compensait les émissions de carbone, et les sols en bambou récolté selon les principes du développement durable. Peter fut tenté d'interrompre son babillage pour lui parler des autres locaux de son employeur, où de jeunes sans-abri kidnappés servaient de cobayes. Il était prêt à parier qu'aucun de ces sites ne disposait de peintures écologiques ni de panneaux solaires photovoltaïques.

— Vu ce qu'on les paye, on pourrait espérer que les gars de l'informatique soient capables de résoudre le problème, râla encore Terri. Si vous voulez mon avis, je pense qu'ils vont tous se faire virer sur ce coup-là, ajouta-t-elle à voix basse en portant une main étincelante devant sa bouche.

Peter lâcha un commentaire évasif. Il ressentait malgré tout un élan de compassion pour les employés du service informatique dont le poste était menacé. Ce n'était pas leur faute si les serveurs du groupe avaient planté à plusieurs reprises après le brickage du système principal, quatre mois auparavant. Depuis, Peter, qui était à l'origine de cette attaque, n'avait eu de cesse de développer des bugs toujours plus retors pour tromper leurs pare-feu.

Et puis, une semaine plus tôt, il avait mis au point un stratagème pour corser davantage les choses. Son but était d'installer une sorte de cheval de Troie connu sous le nom de « renifleur de paquets » dans le centre de traitement de données de Pike & Dolan. Il s'agissait, en gros, d'un mouchard destiné à espionner l'activité sur le réseau, sauf qu'au lieu de capter les conversations, ce programme permettait d'intercepter les mails et les mots de passe et de récupérer toutes les données circulant au sein de l'entreprise.

Avec un peu de chance, ces informations offriraient enfin à l'Armée de Persefone l'avantage sur Pike & Dolan.

Pour pouvoir accéder aux serveurs, Peter se faisait passer pour Ted Latham, un brillant consultant freelance travaillant à distance pour la société de sécurité informatique Rocket Science. Il s'agissait en fait du père de la famille d'accueil fictive que Noa avait créée pour échapper au système de placement des services sociaux et gagner de quoi être indépendante financièrement.

Peter était quelque peu anxieux à l'idée d'endosser cette identité, surtout qu'il n'avait pas eu l'occasion d'en discuter d'abord avec Noa. Mais si tout fonctionnait comme prévu, elle ne lui en voudrait sûrement pas d'avoir pris cette initiative – du moins, c'est ce qu'il espérait.

Le PDG n'avait même pas sourcillé en lisant le mail décousu qu'il lui avait envoyé, dans lequel il justifiait son silence des derniers mois par un congé sabbatique qu'il s'était accordé pour voyager. Au contraire, il avait été aux anges quand le soi-disant Ted avait proposé ses services pour s'occuper de leur client le plus difficile, Pike & Dolan.

Peter s'en voulait un peu d'utiliser ce subterfuge, mais Rocket Science avait suffisamment de clients renommés pour se remettre d'un échec. Et si son plan marchait et lui donnait accès aux mécanismes internes du groupe, ça valait le coup.

Noa finirait sûrement par se ranger à son avis. Mais Peter avait le sentiment que si elle l'avait vu en ce moment même, arpentant les couloirs de Pike & Dolan, elle n'aurait pas mâché ses mots.

Sauf qu'elle n'est pas là, se rappela-t-il avec une pointe d'amertume.

En fait, il ne l'avait pas vue depuis des semaines. Leurs seuls contacts se limitaient désormais à de brefs échanges en ligne.

— Nous y voilà ! annonça Terri en glissant une carte magnétique dans un lecteur mural.

Un voyant vert s'alluma et elle poussa la porte devant laquelle ils se trouvaient.

Toute entreprise d'une certaine envergure connaissait l'importance du centre de données – l'équivalent moderne de la salle du trésor. L'air y était sensiblement plus frais que dans le couloir. La température, l'humidité et la filtration des particules étaient rigoureusement contrôlées. De plus, comme le voulait l'usage, cette pièce était située au cœur du bâtiment, loin des murs extérieurs, des cages d'ascenseurs et de toute source potentielle d'interférences électriques ou d'infiltration d'eau.

Les serveurs eux-mêmes étaient placés dans de grandes armoires métalliques grises disposées en rangs serrés, qui rappelaient à Peter les casiers de son lycée, séparées par des étagères où s'alignaient ce qui ressemblait à des batteries de voiture reliées ensemble – ce qui n'était pas très éloigné de la réalité. Ces modules permettaient aux serveurs de bourdonner sans fin, tandis qu'ils traitaient toutes les informations possibles, des mails aux manifestes d'expédition.

Peter sentit ses mains devenir moites. Tout semblait bien trop facile. Il s'était attendu à rencontrer des obstacles. À vrai dire, il avait même du mal à réaliser qu'il avait réussi à franchir le hall d'entrée. Et maintenant qu'il était là, la gravité de ce qu'il s'apprêtait à faire le frappait en pleine face.

— Alors, comment vous allez réparer ça ?

Peter se tourna vers Terri, qui l'observait avec un regard plein d'impatience.

— Euh, il faut juste que j'accède aux serveurs pour… vérifier quelques trucs, marmonna-t-il.

— Évidemment, fit Terri avec un soupir de lassitude. Mais est-ce que vous avez besoin de moi ?

— Pas vraiment. À moins que vous ne vouliez m'aider avec les protocoles SSL ?

Terri leva les yeux au ciel.

— Très franchement, on m'a demandé de garder un œil sur vous, mais vous ne m'avez pas l'air bien méchant… Enfin bref, je vais aller me chercher un café. Combien de temps il vous faut ?

— Ce sera rapide, répondit Peter. Disons une dizaine de minutes.

— Alors là, si vous réparez ça en dix minutes, le boss voudra vous épouser ! lâcha-t-elle avec un sourire.

Peter haussa les épaules en gardant la tête baissée.

— Bon, très bien, conclut Terri, visiblement déçue que sa plaisanterie tombe à plat. Je reviens dans un instant.

Peter attendit que la porte se soit refermée derrière elle pour se mettre au travail. Il n'était pas un expert des centres de traitement de données, mais n'importe quel serveur conviendrait. Et ce qu'il avait l'intention de faire ne devrait pas lui prendre plus de deux minutes.

Il plongea la main dans son sac à bandoulière pour en extraire un petit appareil, puis s'avança dans la pièce et longea plusieurs rangées. Il ne voulait pas installer son dispositif à un endroit trop visible ou sur un serveur qui était contrôlé régulièrement. Si les types du service informatique craignaient vraiment de perdre leur poste, ils risquaient de passer beaucoup de temps ici pour essayer de résoudre le problème. Par chance, les responsables de Pike & Dolan avaient choisi Terri pour le surveiller, et non l'un d'entre eux. Ils ne voulaient sans doute pas que les ingénieurs sachent qu'ils étaient dans leur viseur.

Peter n'en revenait toujours pas de la simplicité avec laquelle il était arrivé jusque-là. Au cours des quatre mois précédents, il avait passé des centaines d'heures à contourner les pare-feu ultra-perfectionnés qui protégeaient les données de Pike & Dolan, alors qu'il suffisait tout simplement de venir frapper à leur porte. Il secoua la tête avec incrédulité. Les gens étaient vraiment bien plus imprévisibles que les ordinateurs.

Peter s'agenouilla devant un serveur, au fond de l'avant-dernière rangée, et retira le panneau frontal. Puis il brancha soigneusement son dispositif sur un port situé à une quinzaine de centimètres du sol, là où on ne pouvait guère le remarquer. Si tout allait bien, personne ne le trouverait avant qu'il ait obtenu ce dont il avait besoin.

Le bruit de la porte qui s'ouvrait le fit brusquement sursauter. Peter se redressa aussitôt et referma l'armoire métallique, le cœur battant. Il remonta la rangée à la hâte, tâchant de contrôler ses mains qui tremblaient, et manqua de percuter Terri en émergeant de l'allée. Elle porta la main à sa poitrine d'un air affolé.

— Bon sang, j'ai failli avoir une crise cardiaque ! s'exclama-t-elle avec un accent de Boston encore plus prononcé qu'auparavant.

— Désolé, lâcha-t-il.

— Qu'est-ce que vous fabriquez dans ce coin ? demanda-t-elle d'un air méfiant.

Tout en gardant les yeux rivés au sol, Peter bredouilla une suite de phrases incohérentes truffées de tous les termes techniques qui lui passaient par la tête. Terri le fit taire d'un geste impatient.

— Bon, bon, peu importe. C'est réparé ?

— Je pense que oui.

— Vraiment ? s'étonna-t-elle avant de jeter un regard curieux derrière lui, essayant visiblement de deviner ce qu'il avait pu faire. Au fait, le boss vient de me passer un sacré savon. Tout ça parce que je n'étais pas censée vous laisser sans surveillance...

Elle toisa Peter en soupirant, comme si c'était à cause de lui qu'elle n'avait pas pu aller se chercher un café.

— Désolé, dit-il de nouveau.

— Vous vous excusez trop, vous savez.

— Désolé.

Terri émit un petit rire sec.

— Bon, puisque vous dites que c'est réparé, je vous raccompagne, proposa-t-elle en lissant sa robe du plat de la main.

Peter prit soin de garder la tête baissée tandis qu'elle le reconduisait jusqu'au hall d'entrée. Quelques minutes plus tard, il se dirigeait vers la station de métro la plus proche. De là, il comptait enchaîner plusieurs correspondances avant de revenir chercher sa voiture. C'était peut-être un peu exagéré, mais il préférait s'assurer qu'il n'était pas suivi.

À la pensée de ce que son petit dispositif était sans doute déjà en train d'intercepter, il se mit à marcher d'un pas plus guilleret. Si son plan fonctionnait, Noa et lui pourraient peut-être enfin rassembler suffisamment d'informations pour porter le coup de grâce à Pike & Dolan. Il était à deux doigts de se mettre à chanter.

CHAPITRE DEUX

La porte du garage s'ouvrit et Zeke fit entrer le van à l'intérieur. Assise sur le siège passager, Noa semblait songeuse.

— Ça va ?

Elle se tourna vers Zeke qui l'observait d'un air inquiet.

— Oui, oui, répondit-elle avant de marquer une pause. On a bien travaillé aujourd'hui, hein ?

— Carrément, acquiesça-t-il en éteignant le contact. Si Peter n'avait pas découvert qu'une équipe avait été envoyée ici, Teo serait en train de se faire charcuter dans un labo clandestin, à l'heure qu'il est.

— Oui, je sais. Heureusement qu'il a intercepté ce mail.

Noa frotta distraitement son poignet gauche. Pendant presque toute sa vie, elle avait porté un bracelet de jade – l'un des derniers cadeaux que ses parents lui avaient faits. Mais lorsqu'elle s'était réveillée sur une table d'opération, quatre mois plus tôt, le dernier vestige de sa vie passée avait disparu. Ce bracelet lui manquait plus que tout au monde. Et aujourd'hui encore, chaque fois qu'elle était angoissée, elle caressait comme par réflexe l'endroit où elle avait l'habitude de le sentir.

— Je vois bien que quelque chose te tracasse, insista Zeke.

— C'est juste que… J'ai l'impression que ce qu'on fait n'est pas suffisant, reconnut-elle. On a sauvé une personne aujourd'hui, mais ils ont très bien pu en choper dix autres. Et si ça se trouve, on n'en saura jamais rien.

— C'est bien pour ça qu'on a emmené l'un des leurs. Peut-être qu'il va nous permettre d'en savoir plus…

— Peut-être, répéta Noa, même si elle doutait que leur otage leur dise quoi que ce soit.

Elle avait beau détester Pike & Dolan, elle devait admettre que le groupe savait s'y prendre pour recruter les hommes de main les plus coriaces.

— Qu'est-ce qu'on fera de lui ensuite ? demanda Zeke.

— Je n'ai pas encore décidé, avoua Noa en baissant la voix, pour éviter que le reste du groupe ne l'entende, à l'arrière.

Elle avait appris qu'une grande part de l'autorité reposait sur la capacité à agir en ayant toujours l'air de savoir ce qu'on fait. Zeke était le seul auquel elle osait confier ses doutes.

— On n'aura qu'à l'abandonner quelque part quand on partira, suggéra-t-elle.

— On trouvera quelque chose, lui assura-t-il. Comme d'hab.

Elle hocha la tête en silence. Derrière eux, la porte coulissante du van s'ouvrit et les membres du groupe sortirent en bavardant.

Noa avait parfois le sentiment d'être prise au piège, coincée dans un rôle pour lequel elle n'était pas taillée. Les autres attendaient d'elle qu'elle ait réponse à leurs moindres questions, aussi bien sur des sujets importants que sur la composition du menu du soir. C'était bien plus épuisant qu'elle ne l'avait imaginé – surtout pour quelqu'un qui, six mois plus tôt, vivait en ermite dans son appartement. Mais dans le fond, elle n'avait pas vraiment le choix. Personne d'autre ne faisait quoi que ce soit pour sauver les ados menacés.

— Allez, on rentre, lui dit Zeke en lui donnant un petit coup de coude. Je meurs de faim, moi.

— Hé, qu'est-ce qu'on fait de lui ? lança Janiqua, à l'arrière.

Noa tourna la tête. Leur otage était toujours enveloppé dans la bâche, ligoté et bâillonné, avec une taie d'oreiller sur la tête.

— On le laisse là pour le moment, répondit-elle en s'efforçant de paraître sûre d'elle. On s'occupera de lui après dîner.

— OK, fit Janiqua avant de rentrer à l'intérieur de la maison.

Noa s'accorda quelques instants pour rassembler ses esprits. Les autres devaient déjà être en train de reparler des moindres détails de leur raid. Après quoi, ils la bombarderaient de questions : « Qu'est-ce qu'on va faire de l'otage ? », « Où on va ensuite ? »

Elle sentit monter en elle une vague de fatigue et tenta d'y résister. Depuis que les médecins de Pike & Dolan avaient mené leurs expériences sur elle, elle souffrait d'étranges effets secondaires. Elle dormait moins, mais la fatigue lui tombait dessus sans prévenir. Elle n'avait plus besoin de manger que tous les deux ou trois jours, mais elle engloutissait alors d'énormes quantités de nourriture en un repas. Et elle guérissait plus vite que la normale : une coupure profonde pouvait cicatriser en une journée.

Noa avait appris à s'adapter à cette nouvelle situation. Elle parvenait généralement à repousser la fatigue grâce à des exercices de respiration et elle prenait soin de ne s'empiffrer que lorsqu'elle était seule. Néanmoins, les autres semblaient deviner qu'elle était différente, et c'était sans doute pour cette raison qu'ils lui obéissaient.

Machinalement, elle passa la main sur sa poitrine. Un peu plus de quatre mois auparavant, on lui avait greffé un thymus supplémentaire, ce qui expliquait en partie tous les changements bizarres qui s'opéraient en elle. Mais elle était encore loin de savoir précisément ce que cela signifiait. Sa seule certitude, c'était que les expériences continuaient et que ceux qui s'étaient servis d'elle comme cobaye étaient déterminés à la retrouver.

Noa entendit comme un grognement étouffé derrière elle. Elle leva les yeux vers le rétroviseur central et aperçut l'homme qui gigotait pour essayer de s'asseoir. Elle fronça les sourcils.

Je ferais mieux de m'assurer qu'il est bien ligoté. Il ne manquerait plus qu'il s'échappe.

Elle se glissa à l'arrière du van et vérifia les liens de leur otage. Puis, poussée par la curiosité, elle souleva un pan de la taie d'oreiller pour jeter un coup d'œil à son visage.

Noa fit aussitôt un bond en arrière, horrifiée. Elle avait déjà vu ce type : c'était lui qui l'avait poursuivie dans le lycée de Brookline, l'automne dernier. Et il avait bien failli l'attraper.

Il ouvrit de grands yeux en la reconnaissant à son tour, puis les plissa d'un air menaçant. Il tenta de dire quelque chose, mais l'adhésif collé sur sa bouche rendit ses paroles indistinctes.

Noa se ressaisit et tâcha de surmonter sa panique.

Il est attaché, voyons. Il ne peut pas te faire de mal.

— Ravie de te revoir, moi aussi, lâcha-t-elle d'un air bravache. T'es pas près de sortir d'ici, alors je te conseille de rester tranquille.

Il lui jeta un regard mauvais.

— T'auras peut-être même à manger si t'es sage, ajouta-t-elle en remettant la taie d'oreiller sur son visage. T'as du bol, ce soir c'est chili con carne.

Elle descendit du van. Devant elle, une simple porte en bois menait à la cuisine. Depuis quelques jours, ils avaient trouvé refuge dans une maison qui avait fait l'objet d'une saisie, dans un quartier assez mal famé d'Oakland. Près de la moitié des habitants de la rue avaient été expulsés quand ils n'avaient plus été en mesure de rembourser leurs emprunts. Jusqu'ici, personne ne semblait avoir remarqué le groupe d'ados hirsutes qui squattaient là. Mais s'ils restaient trop longtemps au même endroit, ils risquaient d'être découverts par la police, ou pire. Il leur faudrait bouger d'ici peu.

Bon, chaque chose en son temps. Pour le moment, les autres m'attendent.

Noa redressa les épaules, prête à entrer en scène.

Je ne peux pas rester longtemps.

Je sais, pianota Peter. Ça va, toi ?

Super. J'ai une nouvelle bague en or qui te plairait. Et une en argent.

Peter fit la moue face à l'écran de son ordinateur portable.

— Zut, marmonna-t-il.

— Qu'est-ce qu'il y a ? demanda Amanda en s'approchant de lui.

Peter se retint de fermer l'ordinateur pour qu'elle ne puisse rien voir. En rentrant chez lui, il avait eu la surprise de la trouver dans sa chambre. À son étonnement s'était ajoutée une certaine frustration, car cela signifiait qu'il allait devoir attendre pour voir si le dispositif qu'il avait installé au siège de Pike & Dolan fonctionnait. Mais Amanda lui avait paru bizarre et nerveuse, et il n'avait pas eu le cœur de la congédier.

C'est alors que Noa s'était connectée sur La Cour, un forum virtuel dont seuls les meilleurs hackeurs du monde connaissaient l'existence. En théorie, personne d'autre que Noa et Peter ne pouvait accéder à leur salle de tchat, bien protégée par plusieurs mots de passe. Néanmoins, ils prenaient toujours soin d'utiliser un langage codé dans leurs échanges.

Et tandis que Peter tentait de savoir comment s'était passée la dernière opération menée par Noa, voilà que son ex-petite amie louchait par-dessus son épaule. Il se pencha légèrement sur le côté pour lui bloquer la vue.

— Il y a un problème ? insista Amanda.

— Pas vraiment.

Peter ne savait pas trop quoi lui dire. Il lui avait déjà brièvement expliqué ce que faisait Noa sur la côte Ouest, mais sans entrer dans les détails. Il avait beau savoir qu'il pouvait se fier à elle, il ne voulait pas trahir la confiance de Noa.

— Ils ont empêché un nouvel enlèvement, lâcha-t-il. Mais ils ont fait un prisonnier.

— Ça, c'est pas malin, commenta Amanda d'un ton désapprobateur. Un type d'un de ces commandos ?

— Oui. Noa avait déjà évoqué cette éventualité, mais je pensais avoir réussi à l'en dissuader.

De nouveaux mots apparurent sur l'écran :

Je réfléchis à notre prochaine destination. Tu mises toujours sur le canyon ?

Pendant un instant, Peter imagina Noa, penchée sur son portable, ses cheveux noir de jais retombant devant son visage. Cela faisait quatre mois qu'il ne l'avait pas vue et pourtant il n'avait pas cessé de penser à elle. Mais il avait de plus en plus de mal à se rappeler précisément le vert de ses yeux et le timbre de sa voix…

— C'est quoi, le canyon ? demanda Amanda en le tirant de sa rêverie.

— Quoi ? Oh, rien, marmonna-t-il. Dis, tu veux bien me laisser une minute pour finir ça ?

— Mille excuses, répliqua-t-elle, visiblement vexée. Je ne voudrais surtout pas te déranger.

— Tu ne me déranges pas. C'est juste que j'ai horreur qu'on lise par-dessus mon épaule.

— Ça ne te posait pas de problème, avant, soupira-t-elle en retournant s'installer sur le lit.

Peter se frotta les yeux. Ils avaient rompu depuis des mois, mais Amanda ne manquait jamais une occasion de lui faire des reproches, comme dans un vieux couple. Il s'abstint de lui répondre et reporta son attention sur son ordinateur.

T'es toujours là ?

Oui, pardon, répondit aussitôt Peter. Je valide le canyon.

Super, merci. 2 jours ?

2 jours, confirma-t-il avant d'ajouter : Sois prudente, mais elle s'était déjà déconnectée.

Il referma son portable avec le sentiment d'un grand vide, comme si c'était davantage qu'un simple tchat qui avait pris fin. Même s'ils ne restaient jamais connectés plus de quelques minutes, ces échanges lui permettaient de se sentir relié à Noa et à ce qu'elle faisait. Il en avait d'autant plus besoin que parfois, il avait l'impression de regarder un garçon avec ses traits et sa voix vivre sa vie à sa place.

Jusqu'à ce qu'il rencontre Noa pour la première fois quatre mois plus tôt, elle participait ponctuellement à /ALLIANCE/, le groupe d'hacktivistes qu'il avait créé pour punir les tyrans du Net, les persécuteurs d'enfants ou d'animaux, en bref tous ceux qui s'attaquaient aux plus vulnérables.

Le hasard avait voulu qu'ils découvrent tous les deux l'existence d'un programme de recherche secret lancé par Pike & Dolan, le Projet Perséphone, dont l'objectif était de trouver un remède contre la PEMA, une maladie mortelle qui touchait des dizaines de milliers d'adolescents et avait notamment tué le frère de Peter. Mais si cet espoir était évidemment tentant, il ne justifiait en rien le fait de kidnapper des orphelins sans-abri pour s'en servir de cobayes. Noa avait été l'un des sujets des expérimentations menées par Pike & Dolan. Heureusement, elle était parvenue à s'échapper. Mais elle ne s'en était pas tirée totalement indemne.

Et même si tous deux avaient réussi à faire venir le FBI dans un laboratoire rempli d'adolescents découpés en morceaux, rien n'avait filtré dans les médias. Autrement dit, l'affaire impliquait des personnes suffisamment haut placées pour faire taire le FBI – ce qui fichait à Peter une trouille d'enfer.

— Et donc elle a un otage sur les bras, reprit Amanda en feuilletant distraitement un vieux magazine de football.

— Je ne dirais pas ça comme ça, objecta Peter en se tournant vers elle.

— Ah oui ? Et tu dirais ça comment ? rétorqua-t-elle avec un air de défi.

— C'est juste qu'elle a besoin d'obtenir des informations, expliqua-t-il en haussant les épaules. Dans les derniers labos où elle est intervenue avec son groupe, tous les jeunes étaient morts. Elle veut découvrir pourquoi.

— Et elle croit vraiment que ce type va le lui dire ? Qu'est-ce qu'elle compte faire ? Le torturer ?

— Bien sûr que non, répliqua Peter sans oser avouer qu'il se posait la même question.

Tandis qu'il avait repris la routine normale d'un élève de terminale, Noa vivait dans la rue et affrontait des brutes armées lors de raids dans des laboratoires top-secret. Peut-être que dans ces conditions, il ne lui était pas possible de ne jamais recourir à la violence.

Peter ne pouvait s'empêcher de trouver sa vie horriblement terne en comparaison. C'était d'ailleurs ce qui l'avait poussé à prendre le risque de s'introduire dans le centre de traitement de données de Pike & Dolan. Si tout allait bien, il avait déjà détourné des tonnes d'informations via un serveur situé en Hongrie. Il espérait y trouver des preuves concrètes des activités auxquelles se livrait le groupe, notamment les adresses des laboratoires clandestins, les noms des sujets sélectionnés et en quoi consistaient exactement les expériences. Peut-être même pourrait-il découvrir la cause des symptômes étranges qui affectaient Noa depuis qu'on lui avait greffé un second thymus.

J'aurais dû lui parler du renifleur de paquets dès le début, regretta-t-il. *Si elle avait su que j'étais sur le point de récupérer toutes ces données, elle n'aurait pas fait de prisonnier.*

Le fait que cette décision fasse courir un danger à tout leur petit groupe, alors même que cela aurait pu être évité, ne faisait que renforcer son malaise.

— Si tu veux mon avis, elle perd son temps, déclara Amanda.

Peter serra les dents. Si Amanda n'avait pas été à l'origine de leur rupture, il aurait pu penser qu'elle était jalouse. Elle avait beau lui avoir assuré qu'elle voulait seulement qu'ils restent amis, elle paraissait se crisper chaque fois qu'il lui parlait de Noa.

— Alors, c'est quoi, ce canyon ? demanda-t-elle de nouveau.

Peter fit craquer ses doigts tout en cherchant une façon polie de lui dire que ça ne la regardait pas.

— Rien d'important, lâcha-t-il.

— Phoenix ! s'exclama-t-elle en rejetant une mèche de cheveux blond cendré derrière elle. C'est là qu'elle va aller, c'est ça ? Tu as trouvé un nouveau laboratoire là-bas ?

Peter essaya de ne manifester aucune réaction. Amanda était décidément très perspicace.

— Je ne peux rien dire, se contenta-t-il de répondre.

— Oui, c'est ça ! reprit-elle en se replongeant dans le magazine. Le *canyon*. Pas mal, comme code. N'empêche, tu devrais lui conseiller de relâcher ce type.

Peter garda le silence. De toute façon, Noa ferait ce qu'elle voudrait, quoi qu'il lui dise.

C'était tellement frustrant d'être coincé là, toujours obligé d'attendre des nouvelles. Et encore, Peter n'apprenait souvent pas grand-chose sur les raids, à cause des mesures de sécurité. Tout ce que Noa lui transmettait, la plupart du temps, c'était le nombre d'ados qu'ils avaient sauvés (les « bagues en or ») et des questions déguisées sur les futures cibles.

Amanda avait vu juste : Phoenix était la prochaine étape. La dernière fois que Peter avait réussi à accéder aux données de Pike & Dolan, il avait trouvé des éléments indiquant la présence d'un gros laboratoire là-bas. Avec un peu de chance, son dispositif lui fournirait davantage de détails, ce qui lui éviterait de gaspiller un temps précieux à contourner des pare-feu de plus en plus sophistiqués. Et cette fois, peut-être qu'il y aurait encore des vies à sauver.

Peter émit un long soupir. Toutes ces manigances finissaient par l'épuiser.

— Ça te dit d'aller au ciné, ce soir ? demanda soudain Amanda.

— Quoi ? fit-il, surpris.

Elle leva les yeux au ciel. Cette mimique creusa un petit pli sur son front que Peter avait toujours secrètement adoré.

— Au ciné, répéta-t-elle. Tu sais, là où on voit des trucs sur un écran géant en mangeant du pop-corn.

— J'ai beaucoup de choses à faire, dit-il en désignant son ordinateur.

— Comme tu voudras, fit Amanda avant de se lever et d'enfiler sa veste. Je pensais juste que ça pourrait être bien de se détendre un peu.

— Comment ça ?

— Ben, histoire de penser à autre chose qu'aux études et aux complots des industriels, ajouta-t-elle d'un ton irrité en mettant son écharpe. Mais bon, laisse tomber.

Peter songea à sa proposition et réalisa que ça faisait une éternité qu'il n'avait pas pris un peu de bon temps. Ce n'était peut-être pas une mauvaise idée, après tout.

— Et si on y allait demain ? suggéra-t-il.

Amanda s'immobilisa sur le seuil de sa chambre, la main posée sur la poignée de la porte.

— Tu es sûr ?

— Oui, acquiesça-t-il. Mais on ne va pas voir un film sous-titré !

— Je m'en doutais un peu, fit-elle avec un grand sourire. OK, ça marche !

— On n'a qu'à lui arracher les ongles ! lança Turk.

— On ne va arracher les ongles de personne ! riposta vivement Noa.

Elle jeta un regard à l'homme blond attaché sur une chaise au milieu du garage qui la dévisageait d'un œil torve. Le reste du groupe était assis en cercle autour de lui.

Un peu plus tôt, ils avaient garé le van dans l'allée pour faire de la place pour l'interrogatoire. Par chance, la pièce était insonorisée – sans doute les précédents propriétaires avaient-ils un ado qui répétait avec son groupe dans le garage. Il y régnait une ambiance particulière, une sorte d'excitation fiévreuse mêlée d'une soif de sang. Si Noa les avait laissés faire, ils auraient sûrement mis l'otage en pièces. À vrai dire, il n'était pas impossible qu'ils en arrivent là, même sans son consentement. Ce type cristallisait toutes les horreurs qu'ils avaient pu vivre et, malgré leurs parcours différents, ils avaient tous en commun un désir brûlant de vengeance.

Noa devait bien reconnaître qu'elle avait eu tort de faire un prisonnier. Peter l'avait pourtant bien mise en garde. Elle regretta – et ce n'était pas la première fois – qu'il ne soit pas à ses côtés. Elle avait l'impression d'avancer à tâtons, toute seule dans l'obscurité. Pendant les quelques jours qu'elle avait partagés avec Peter, il avait été sa boussole. Elle ne s'était pas rendu compte à quel point elle avait fini par s'appuyer sur lui, jusqu'à ce qu'ils soient brusquement séparés.

Mais bon, c'est comme ça. Et puis, il y a Zeke.

Elle lui jeta un regard à travers la pièce et il haussa un sourcil. Lui aussi avait l'air inquiet.

— Alors quoi ? maugréa Turk. On va rester les bras croisés, à le regarder ? C'est n'importe quoi !

Avant que Noa puisse lui répondre, Zeke prit la parole :

— On n'a qu'à se servir des tasers.

Noa se sentait de plus en plus mal. Il était très tard et elle n'avait toujours pas dormi. La fatigue commençait à devenir si écrasante qu'elle craignait de s'écrouler au beau milieu d'une phrase. Mais elle avait décidé qu'il valait mieux qu'ils s'occupent de leur otage en priorité pour essayer d'en tirer le maximum au plus tôt. S'ils le gardaient plus longtemps que nécessaire, ça risquait de devenir trop dangereux.

— Bon, qu'est-ce qu'on attend ? s'écria Crystal avec impatience. Il faut le faire parler !

Le reste du groupe acquiesça dans un murmure.

Noa fut tentée un instant de tout annuler, mais elle devinait le regard des autres braqués sur elle. Si elle faisait machine arrière maintenant, elle perdrait leur respect. Et dans la minute qui suivrait, ils se retourneraient contre elle.

Elle sentit une main effleurer son épaule.

— Quoi que tu décides, je suis avec toi, lui murmura Zeke.

Noa hocha légèrement la tête et fut envahie d'un élan de gratitude. Zeke était le seul sur qui elle pouvait toujours compter. Cette pensée lui donna la force de se ressaisir.

— Enlevez le scotch, ordonna-t-elle.

La tension qui régnait augmenta d'un cran tandis que Turk arrachait la bande de ruban adhésif qui recouvrait la bouche de l'homme. Celui-ci jeta aussitôt un regard noir à Noa.

— Sale petite garce, éructa-t-il. Tu t'es fichue dans un sacré pétrin.

— Et c'est le mec ligoté sur une chaise qui dit ça, ironisa Zeke.

Noa s'avança vers le blond et le fixa droit dans les yeux.

— Où est-ce que tu comptais emmener Teo ? lui demanda-t-elle.

— À un match de base-ball, répondit-il avec un sourire arrogant. Je voulais lui payer un hot-dog.

— Tu te crois drôle ? intervint Zeke. Pense à ton pote Jimmy. Ça m'étonnerait qu'il soit en train de rigoler à l'heure qu'il est.

— C'est pas mon pote, marmonna le blond, en baissant toutefois les yeux vers le sol.

— Il est sûrement déjà mort. Pas vrai, Noa ? poursuivit Zeke. C'est comme ça que ça s'est fini la dernière fois.

Noa hocha la tête. En réalité, cela n'était jamais arrivé, mais le blond n'était pas forcément au courant. Elle ne savait pas dans quelle mesure les mercenaires engagés par Pike & Dolan communiquaient entre eux. C'était l'une des nombreuses choses qu'ils avaient besoin de découvrir.

— On peut te ramener là-bas si tu veux, lâcha-t-elle. Ils auront peut-être envie de s'amuser avec toi aussi.

L'homme ne semblait pas franchement inquiet – ou alors il savait très bien dissimuler ses émotions.

— De toute façon, vous me tuerez quoi qu'il arrive, grommela-t-il. Vous n'avez pas le choix.

— C'est faux, répliqua Noa. On peut très bien te relâcher. Tout ce que tu as à faire pour ça, c'est répondre à quelques questions.

— Tu n'as pas encore compris ? lança-t-il en ricanant. Si vous ne me tuez pas, c'est eux qui s'en chargeront. Ils penseront que je vous ai livré des infos. Et puis ils m'élimineront de toute façon pour avoir foiré ma mission.

— Ben si t'es déjà mort, autant parler, lui suggéra-t-elle.

— À quoi bon ? répondit-il en essayant de hausser les épaules, mais ses liens étaient trop serrés.

— Bon sang, ils assassinent des gosses ! dit-elle en tâchant de ne pas se laisser dominer par l'élan de rage qui montait soudainement en elle – il lui semblait presque sentir à nouveau dans son dos l'acier froid de la table d'opération. Ça ne te fait rien ?

— Moi, j'ai jamais tué personne, protesta-t-il mollement. Mon boulot, c'était juste de les attraper. En plus, c'était des bons à rien, pour la plupart.

À ces mots, Noa vit les autres s'agiter, de plus en plus en colère. Elle ne pouvait pas leur en vouloir. Ce n'était sans doute pas la première fois qu'on les traitait de bons à rien, mais même s'ils n'auraient pas osé l'avouer, ça faisait toujours aussi mal.

— Je vais te faire la peau, fulmina Turk en s'approchant de lui.

— Turk, recule, lui intima Noa.

Mais il marcha jusqu'à l'homme et lui asséna un violent coup de poing dans le ventre qui le fit tomber en arrière. Puis il lui écrasa la gorge avec son talon.

— Arrête ! insista Noa.

Turk la dévisagea d'un air menaçant. Noa redoutait ce moment depuis le début. Le château de cartes qu'elle avait construit en formant sa petite « armée » lui avait toujours paru à deux doigts de s'effondrer. Elle savait que l'un d'entre eux finirait par la défier et n'était guère surprise qu'il s'agisse de Turk. Mais elle ne s'estimait pas de taille pour affronter ça. De toute façon, elle n'avait jamais été très douée pour les relations humaines.

Elle sentit une goutte de sueur perler dans son dos tandis qu'elle soutenait le regard de Turk sans faiblir. Il avait de beaux yeux bleu clair et elle fut étonnée de ne pas l'avoir remarqué avant.

Au bout d'un moment, Turk finit par reculer. Sans dire un mot, Zeke redressa la chaise, dont les pieds heurtèrent le sol en béton avec un bruit sourd.

— Passe-moi un taser, lui dit Noa.

Zeke l'observa d'un air interrogateur avant de se plier à sa demande.

— T'as trouvé ça comment tout à l'heure ? lança-t-elle en brandissant son arme sous le nez du blond. Pas trop douloureux ?

Il haussa les sourcils, mais pour la première fois, elle perçut une lueur de peur dans ses yeux.

— Ça m'a à peine chatouillé, répondit-il d'un air provocateur.

— Ah ouais ? Je vais augmenter un peu la puissance, alors, répliqua-t-elle en actionnant une molette sur le taser. T'as pas de problèmes cardiaques, au moins ? Parce que j'ai vu qu'il y avait une mise en garde sur l'emballage. Ça disait quoi, déjà ?

— Pas plus de cinq milliampères pour un humain, indiqua Zeke. On l'avait réglé sur trois. Au-delà, je crois que c'est seulement pour les gros animaux.

— Remarque, il est plutôt costaud, hein ?

— T'as raison. Il devrait pouvoir supporter ça.

— Bon, c'est ta dernière chance, dit Noa en braquant son arme sur le blond.

L'homme se trémoussa pour essayer de s'éloigner du taser, mais elle le colla contre son torse.

— Prêt ? lâcha-t-elle. Un… deux…

— Dans le sud de San Francisco ! s'exclama-t-il. C'est là qu'on devait l'emmener ! Il y avait un fourgon qui l'attendait.

Les mots semblaient soudain se bousculer dans sa bouche.

— Seulement Teo ? insista-t-elle. Ou vous étiez censés en choper d'autres ?

— Trois de plus ! Deux à Oakland et un à San Francisco. Mais c'était lui le premier sur la liste.

— Comment s'appellent les autres ?

— Je vous donnerai leurs noms, je te jure. Je vous dirai tout ce que vous voudrez. Mais à une condition.

— Laquelle ? demanda Noa en plissant les yeux.

— Vous me relâchez en dehors de la ville et vous me filez du blé pour que j'aie de quoi voir venir.

— Mais ouais, bien sûr, intervint Turk. Sauf que tu retourneras direct voir tes chefs pour tout leur raconter.

Le blond secoua la tête.

— Réfléchis un peu, petit merdeux ! l'invectiva-t-il. Ils savent déjà tout sur vous. Tiens, par exemple, toi, Mark Toledo, dit Turk. Ta mère était une pute camée et ton père était son mac. T'as été placé en foyer à l'âge de deux ans, parce qu'ils t'avaient rien donné à bouffer depuis une semaine et que les voisins se plaignaient que ton frère et toi n'arrêtiez pas de gueuler.

Turk semblait abasourdi, comme s'il avait pris un coup. Ragaillardi par sa réaction, l'homme poursuivit sa diatribe en s'adressant aux autres.

— Crystal Moore, reprit-il. T'as grandi dans un mobile home miteux à Modesto. Tu t'es enfuie le jour où le copain de ta mère est devenu un peu trop affectueux avec toi. Et toi, Danny Cepeda, comment vont tes brûlures de cigarette ?

Le cercle commença à s'élargir tandis que les membres du groupe s'écartaient les uns après les autres.

— Ça suffit, murmura Noa.

— Oh, et toi, la poule aux œufs d'or, qu'est-ce que tu crois ? Ils sont déjà au courant de l'existence de ta petite bande. Tu imagines vraiment que vous pouvez faire quoi que ce soit contre eux ? Vous êtes à peine capables de vous occuper de vous ! Vous n'êtes rien qu'un ramassis de sales petits morveux dont tout le monde se contrefout. Et vous finirez par retourner sur leurs tables d'opération parce que c'est tout ce que vous…

Le type fut soudain pris de spasmes. Il ouvrit de grands yeux ronds et se mit à baver. Noa fit un bond en arrière tandis que des étincelles jaillissaient de l'extrémité du taser. Mais ce n'était pas elle qui le tenait. Zeke le lui avait pris des mains sans même qu'elle s'en rende compte.

— Dire que tu avais peur qu'il ne dise rien, lâcha-t-il sans la regarder. Alors qu'en fait, c'est un vrai moulin à paroles.

L'homme s'était affalé sur la chaise, inconscient. Noa remarqua que sa poitrine bougeait au rythme de sa respiration, ce qui signifiait qu'il n'était pas mort.

Elle serra les poings pour ne pas montrer que ses mains tremblaient.

— Comment peuvent-ils savoir tout ça ? demanda Turk en frissonnant.

— Certains d'entre nous ont été arrachés à leurs griffes, lui rappela Noa.

— Pas moi, chuchota Danny. Je vous ai rejoints après vous avoir trouvés sur Internet.

Noa se mordilla la lèvre. Il avait raison. Si quelques-uns d'entre eux avaient été sauvés, comme Teo, d'autres faisaient déjà partie du groupe avant qu'elle ne le rejoigne. Et pourtant, le blond prétendait détenir des informations personnelles sur chacun d'eux.

— Quelqu'un a dû parler, déclara Turk en s'avançant vers leur otage. Je suis sûr qu'il sait qui c'est.

— Laisse-le, dit Noa. Je vais m'en occuper moi-même.

— Comment ? Tu n'as pas eu l'air de beaucoup l'intimider.

— Je sais. Mais j'ai une nouvelle idée.

— Lui arracher les ongles ? suggéra Turk avec espoir.

— Non, répondit Noa. La PEMA.

Peter fronça les sourcils en regardant l'écran de son ordinateur. Après le départ d'Amanda, il avait commencé à examiner les données récupérées par le renifleur. Hélas, il s'était vite retrouvé complètement débordé par les milliers de mails, de comptes rendus de recherches et de notes de service. Il aurait sans doute fallu une semaine à une équipe de plusieurs personnes pour tout passer en revue, et il n'y avait là que l'équivalent d'une seule journée de données. Peter allait devoir établir des paramètres spécifiques pour réduire le champ de recherche, par exemple en se concentrant sur des mots-clés comme « PEMA » ou « Projet Perséphone ».

Si je sèche les cours demain après-midi, le programme devrait être prêt dans la soirée.

Il lui resterait néanmoins encore beaucoup de données à éplucher. Il se mit à réfléchir. Il connaissait plusieurs hackeurs de confiance qui participaient à /ALLIANCE/ lorsque le site était en activité. L'un d'entre eux, Loki, était aussi doué que Noa pour le piratage. Mais il lui avait bien fait comprendre que Peter avait déjà pas mal tiré sur la corde en lui demandant de l'aider à bricker le serveur principal. Peut-être ne voudrait-il pas s'impliquer davantage.

Peter soupira. Mieux valait qu'il se débrouille tout seul. Il tâcherait de contourner à nouveau le pare-feu et s'occuperait des données du renifleur plus tard.

Il était tard, presque 2 heures du matin, et il commençait les cours de bonne heure, mais c'était le seul moment où il était certain que personne ne l'épiait. Et même si rien n'indiquait que les hommes de main du Projet Perséphone le suivaient encore, il préférait rester prudent. Depuis un mois, il se garait dans une allée privée, à une centaine de mètres de chez lui. Les propriétaires étaient des retraités qui passaient l'hiver aux Bahamas. L'allée était longue et n'avait pas de portail. C'était la planque idéale. Il était invisible depuis la rue et suffisamment loin de chez lui pour que personne ne puisse surveiller ce qu'il faisait sur son ordinateur.

Toutefois, ce n'était pas très confortable. Il faisait un froid de canard dans la voiture, mais Peter n'osait pas laisser le moteur tourner de peur d'attirer l'attention. On avait annoncé de la neige pour le lendemain, et il pria intérieurement pour que les prévisions météo s'avèrent exactes, pour une fois. Il pourrait en profiter pour faire la grasse matinée et récupérer un peu.

Il parcourut les mails les plus récents en bâillant. Il avait ciblé plusieurs comptes qui paraissaient directement liés au Projet Perséphone. Bien que codés, les messages étaient faciles à décrypter. Il y avait trouvé de nombreuses allusions à de « nouveaux produits » transférés sur le site de Phoenix et avait passé la soirée à étudier les manifestes d'expédition de Pike & Dolan. Le groupe possédait des entrepôts un peu partout dans le monde où il stockait shampoings, médicaments et même jouets en peluche. Mais Peter était devenu un expert pour identifier ceux qui servaient ponctuellement à d'autres activités : c'était principalement ceux où les camions livraient des marchandises et repartaient à vide. Et l'un d'entre eux se trouvait près de l'aéroport de Phoenix.

Il consulta une carte satellite du site et constata qu'il correspondait au profil des autres laboratoires clandestins : un endroit plutôt isolé, entouré d'immeubles jamais terminés – conséquence probable de la crise économique. L'entrepôt lui-même semblait tout à fait quelconque, un vaste bâtiment de la taille d'un hangar d'avion.

Tout en faisant craquer les articulations de ses doigts, Peter songea qu'il ne serait pas évident de s'en approcher discrètement. Le site se trouvait au milieu du désert et il n'y avait rien pour avancer à couvert. Une seule route y menait, et la première bretelle d'autoroute se trouvait à trois kilomètres.

Peter bâilla de nouveau, puis secoua la tête pour essayer de sortir de sa torpeur. Sur le tableau de bord, l'horloge indiquait 2 h 15.

Bon sang, il faut que j'aille me coucher, moi.

Il décida qu'il chercherait des plans du bâtiment pour Noa le lendemain. Ils figuraient sûrement dans les fichiers du cadastre de Phoenix. Heureusement, les réseaux municipaux avaient la réputation d'être faciles à pirater. Et puis, ils avaient un peu de temps devant eux. D'après les différents mails, les livraisons n'étaient pas terminées. La prochaine était programmée pour le surlendemain. De toute façon, Noa ne pourrait pas se rendre sur place avant.

Peter désactiva la connexion satellite et éteignit son ordinateur. Il démarra la voiture et remonta l'allée avant de jeter un coup d'œil de chaque côté de la rue : elle était déserte. Il roula jusqu'à la maison de ses parents, rêvant déjà à son lit qui l'attendait.

C’est sans doute pour cette raison qu’il ne remarqua pas le 4×4 noir qui passa dans la rue au ralenti quelques instants plus tard, tandis qu’il entrait dans le garage.

CHAPITRE TROIS

— C'est le plus mauvais film de l'année, déclara Amanda le lendemain, en sortant du cinéma. Et de loin.

— Moi j'ai trouvé ça génial, répliqua Peter.

— Tu plaisantes ? soupira-t-elle. Non mais franchement, quand on découvre qu'en fait les aliens étaient des gentils depuis le début…

— C'est justement ça que j'ai aimé. C'est un vrai coup de théâtre.

— Oh non, c'était trop nul. Le pire, c'est la scène où le type les poursuit avec un pistolet à peinture et…

Peter la regardait parler en souriant. Amanda avait les joues rouges, et son visage s'animait tandis qu'elle faisait de grands gestes avec les mains. C'était une sorte de rituel entre eux lorsqu'ils allaient voir un film : alors que Peter n'avait généralement rien de spécial à dire,

Amanda se lançait dans des critiques détaillées. Au final, peu d'œuvres trouvaient grâce à ses yeux. Mais c'était ce qui lui plaisait le plus quand elle allait au cinéma : pouvoir descendre en flammes le film en sortant. Et Peter adorait la voir s'énerver ainsi.

— Tu m'écoutes, au moins ? demanda-t-elle.

— Mais oui. Tu es en train de faire tout un laïus sur le fait que la scène du dîner n'avait aucun sens.

— Mais c'est vrai ! poursuivit-elle. À croire que ce passage venait d'un autre film.

— Ouais, c'était trop fort, dit Peter en souriant.

— Tu n'es pas croyable ! s'esclaffa-t-elle en lui donnant une petite tape sur le bras.

— N'empêche, avoue que c'était le film idéal pour un jour de neige.

— Oui, tu as raison, admit-elle.

Ils échangèrent un sourire. Peter songea que cette journée était parfaite. Il s'était mis à neiger juste avant l'aube, si bien que les chasse-neige n'avaient pas pu dégager les routes à temps pour qu'il puisse se rendre au lycée. Son vœu avait donc été exaucé et il avait dormi jusqu'à presque 9 heures. Ensuite, sur un coup de tête, il avait appelé Amanda pour lui demander si ça lui disait d'aller au cinéma en fin de matinée. Elle avait accepté et, à sa grande surprise, avait même proposé de le rejoindre dans son quartier plutôt qu'il vienne la retrouver près de l'université de Tufts. Plus étonnant encore, elle avait bel et bien consenti à aller voir un blockbuster hollywoodien sans même essayer de lui imposer un documentaire ou un film sous-titré, comme elle en avait l'habitude.

Peut-être avait-elle changé, elle aussi, pensa-t-il, tandis qu'ils traversaient le parking du cinéma. La neige avait déjà commencé à fondre, laissant le sol luisant. Il faisait si doux que Peter n'avait même pas fermé son blouson. Il contempla les reflets dorés que le soleil faisait briller dans les cheveux d'Amanda.

Elle était vraiment très belle. Ses lèvres étaient d'un rouge vif brillant à cause du baume protecteur qu'elle utilisait toujours. Peter éprouva soudain l'envie brûlante de l'embrasser.

Presque aussitôt, l'image de Noa surgit dans son esprit. Elles étaient si différentes l'une de l'autre : Amanda, avec ses cheveux blonds bouclés et sa petite stature, et Noa, avec sa chevelure noire et sa silhouette élancée. Toutes deux étaient passionnées et dotées d'un fort tempérament, mais la comparaison s'arrêtait là.

Peter se racla la gorge.

— Euh, et si on allait manger quelque part ?

Amanda ne répondit pas. Elle venait brusquement de se figer au milieu du parking et semblait fixer quelque chose derrière lui.

— Qu'est-ce qu'il y a ? demanda-t-il.

Elle se remit à marcher lentement, mais d'un pas étrange, presque traînant.

— Amanda ?

Peter continua de l'observer avec effroi tandis qu'elle se mettait à tourner autour de lui. Son visage était devenu complètement inexpressif. Elle avait le regard dans le vide et la bouche entrouverte, comme si elle s'était subitement transformée en zombie.

— Arrête, lança-t-il en attrapant sa main – elle était à la fois moite et glacée.

Amanda s'immobilisa. Sous son manteau d'hiver, sa poitrine se soulevait à un rythme rapide, et elle avait le souffle court, comme si elle venait de courir.

— Oh non, murmura Peter.

— Quoi ?

Elle cligna des yeux en le dévisageant avant de remarquer leurs doigts entremêlés.

— Pourquoi tu me tiens la main ? demanda-t-elle.

— Tu étais… commença-t-il avant de la lâcher d'un air gêné.

— J'étais quoi ?

Le soleil disparut derrière un nuage et Peter se mit à frissonner.

— Rien, marmonna-t-il en fermant son blouson. Alors, on va manger quelque chose ?

— Je ferais mieux de rentrer, décida Amanda, visiblement déconcertée. J'ai un exam demain.

— Bon OK, pas de souci. Je te raccompagne.

— Je vais prendre le métro, dit-elle en évitant son regard.

L'air entre eux paraissait subitement chargé d'un malaise presque palpable.

— Tu peux me déposer à Brookline Village ? reprit-elle.

— Bien sûr. Mais ça ne me dérange pas de te ramener jusqu'au campus. Je n'ai rien de…

— Non, ça ira.

— Et si on achetait vite fait un truc à grignoter sur le chemin ? insista-t-il en s'asseyant derrière le volant.

— Je n'ai pas très faim ces derniers temps, indiqua Amanda en bouclant sa ceinture de sécurité. Ça doit être à cause du stress. Je suis submergée de boulot avec les partiels qui approchent.

— J'imagine, acquiesça-t-il faiblement.

Maintenant qu'elle en parlait, c'était vrai qu'elle avait perdu du poids. Ses pommettes s'étaient creusées et elle flottait un peu dans ses vêtements. Peter chercha quelque chose à dire pour détendre l'atmosphère, mais en vain.

— Merci, murmura Amanda quand ils arrivèrent à destination.

Alors qu'elle s'apprêtait à sortir de la voiture, elle se retourna et lui colla une bise sur la joue.

— On remet ça bientôt, d'accord ? ajouta-t-elle.

— Ça marche, répondit-il.

Les mains serrées autour du volant, il la suivit des yeux tandis qu'elle s'engouffrait dans le métro. Derrière lui, une voiture klaxonna : le feu était passé au vert. Peter roula quelques instants avant de se garer sur le bord de la chaussée. Il baissa la tête et sentit les larmes monter sous ses paupières closes.

— Je vais le tuer, lâcha-t-il dans un souffle. Il va payer pour ce qu'il lui a fait.

— Alors, qu'est-ce qu'on fait maintenant ? demanda Zeke. On essaie de retrouver les trois autres cibles qu'il a mentionnées ?

— Non, c'est trop risqué, décréta Noa. Et ça pourrait être un piège.

— Ouais, c'est aussi ce que je me suis dit, acquiesça-t-il à voix basse.

Ils étaient assis dans le salon. Tous les autres étaient à l'étage et dormaient encore, après avoir veillé toute la nuit. Leur otage s'était montré beaucoup plus coopératif dès lors que Noa avait exhibé une fiole de sang contaminé par le virus de la PEMA soi-disant obtenue lors d'une de leurs précédentes expéditions. Le fait qu'aucun cas de PEMA n'ait été signalé chez un sujet de plus de vingt-cinq ans n'avait pas eu l'air de le rassurer pour autant. Ses yeux s'étaient emplis de terreur et il leur avait dit tout ce qu'il savait, même l'emplacement de trois autres laboratoires.

C'était plutôt pas mal, surtout compte tenu du fait que la fiole ne contenait en réalité que de l'eau et du colorant alimentaire. Cependant, aucun des labos qu'il avait indiqués ne se trouvait à Phoenix, ce qui avait surpris Noa. Elle lui avait posé des questions précises sur l'Arizona, mais il avait affirmé n'avoir aucune idée de ce qui se passait là-bas. En d'autres termes, soit les mercenaires ne recevaient que certaines informations de la part de Pike & Dolan, soit il ne leur avait pas tout dit.

Ou alors Peter s'était trompé au sujet du laboratoire de Phoenix – ce qui aurait été une première.

Noa ne connaissait toujours pas le nom de leur otage, mais jugeait que c'était aussi bien comme ça. Peut-être aurait-elle dû écouter Peter et ne pas l'emmener avec eux, mais la frustration de ne rien faire était devenue trop forte. Les informations qu'il lui fournissait arrivaient trop lentement, et leur petite équipe se retrouvait à devoir rester longtemps les bras croisés. Et il était difficile de gérer tous ces ados quand il n'y avait aucune mission pour les occuper.

Zeke se mit à bâiller.

— Pourquoi tu ne vas pas te recoucher ? lui suggéra Noa.

— Je ne vais pas tarder. Et toi, tu as récupéré ?

Elle hocha la tête. Elle s'était effondrée vers 5 heures du matin et avait dormi comme un loir pendant douze heures. C'était là tout le repos dont elle avait besoin. Désormais, elle allait pouvoir rester debout et en alerte pendant plusieurs jours. C'était étrange, mais ça s'avérait utile en de pareilles circonstances.

— Tu as faim ?

— Pas aujourd'hui.

Noa s'était gavée l'avant-veille, engloutissant plusieurs milliers de calories en une seule fois, ce qui lui permettrait également de tenir plusieurs jours d'affilée. Entre ce qu'elle commençait à considérer comme des « repas », elle était incapable d'avaler autre chose que du liquide.

— Pour ce qui est de la suite du programme, je continue de penser qu'on devrait aller à Phoenix, reprit-elle en tentant d'ignorer le léger trouble qui la saisissait chaque fois que les bizarreries du fonctionnement de son corps revenaient sur le tapis.

— OK. Peter t'a transmis davantage de détails ?

— Il doit m'envoyer les plans aujourd'hui. Si on part dans la soirée, on pourra y être après-demain.

— Il y a quatorze heures de route, c'est bien ça ? soupira Zeke en se frottant le front. On pourrait les faire d'une traite.

— Mais on serait crevés en arrivant. Et il faudra encore qu'on installe une base.

— Ça ne devrait pas être trop compliqué. Il y a eu beaucoup d'expropriations en Arizona.

— Peut-être, mais j'imagine que ça fait d'autant plus de voisins curieux.

Dans la rue qui bordait la maison, Noa distingua, entre les rideaux, un jeune garçon sur un bicross qui roulait en cercles lents. C'était la seule personne qu'elle avait vue dans le quartier depuis son réveil.

— Des nouvelles des autres unités ? demanda Zeke.

— Non, c'est le calme plat.

— On dirait que tout est un peu trop tranquille ces derniers temps, tu ne trouves pas ?

Noa croisa le regard de Zeke. Il avait les yeux d'un brun foncé, comme ses cheveux. Elle était quasiment sûre qu'il était latino, mais pendant les mois qu'ils avaient passés ensemble, il n'avait jamais parlé de lui, ni dit d'où il venait. Tout ce qu'elle savait, c'est qu'il s'était retrouvé coincé dans le système de placement en famille d'accueil de Boston, comme elle, et qu'il s'était enfui d'un laboratoire avant qu'on commence les expériences sur lui.

Dès le début de sa cavale avec Zeke, Noa avait publié, sur les forums et les wikis, une sorte de message de ralliement qui avait trouvé un écho sans précédent. Très vite, des groupes se revendiquant de « l'Armée de Persefone » étaient apparus dans tout le pays. Hélas, la plupart d'entre eux avaient été créés par des gamins qui cherchaient un prétexte pour faire du grabuge : un café d'une grande chaîne multinationale avait été vandalisé et sa vitrine taguée avec un A et un P entrelacés, une concession automobile avait été incendiée. Dans les médias, de nombreux reportages avaient évoqué l'émergence de cette terrifiante « armée d'ados ».

Néanmoins, le phénomène s'était calmé assez rapidement. Les vandales s'étaient lassés ou bien ils avaient été arrêtés. Pendant ce temps, Noa et Zeke avaient constitué leur propre groupe, avec des gens en qui ils avaient confiance. Certains œuvraient déjà aux côtés de Zeke avant qu'il ne rencontre Noa. D'autres faisaient partie de ceux qu'ils avaient réussi à sauver.

Désormais, l'Armée de Persefone officielle comptait quatre unités basées à chaque coin du pays : celles du Nord-Est, du Sud-Est, du Nord-Ouest et la leur, celle du Sud-Ouest. Chacune avait pour mission de surveiller les activités du Projet Perséphone dans sa région, d'essayer de prévenir les adolescents qui étaient visés et de s'introduire dans les différents sites quand c'était possible.

Les contacts entre les unités étaient réduits au strict minimum. Noa préférait que chacune fonctionne comme une cellule indépendante, menée par son propre chef. Ainsi, si l'une d'elles tombait, le reste de l'organisation ne serait pas menacé. C'était un peu comme les systèmes de protection dont Noa équipait les réseaux des entreprises – un pare-feu dans la vie réelle, en somme.

Mais du fait de ces mesures de précaution, elle ne savait jamais grand-chose de ce que faisaient les autres unités. C'était Peter qui se chargeait de les coordonner, mais ils étaient de moins en moins en contact depuis quelque temps.

Noa se demandait s'il regrettait sa décision de continuer à s'impliquer. Il s'était sans doute remis avec son ex et avait dû reprendre sa vie d'avant. Peut-être que tout cela était devenu un fardeau pour lui.

Non, c'est impossible. Il tient autant que moi à tout ça. Après tout, ces monstres ont assassiné son meilleur ami.

— Tu es certaine que Peter a raison pour Phoenix ? insista Zeke.

— Il ne s'est encore jamais trompé, répondit-elle en haussant les épaules.

— Hmm. N'empêche, c'est pénible qu'on ne puisse pas s'occuper nous-mêmes du piratage.

— Ce serait trop dangereux. S'ils nous repèrent et qu'ils nous localisent…

— Ouais, je sais, marmonna Zeke. Mais j'ai quand même le droit de râler.

Depuis qu'ils étaient en fuite, ils avaient cessé de prendre part aux opérations de piratage. Les ingénieurs de Pike & Dolan s'étaient montrés trop habiles à identifier ceux qui tentaient d'infiltrer les réseaux du groupe. C'était donc Peter qui s'occupait de l'ensemble des recherches et du travail en ligne, chose que Zeke ne digérait pas. Noa comprenait cette espèce d'orgueil du hackeur – elle-même avait quelquefois des fourmis dans les doigts à force de ne plus pianoter sur un clavier. Et elle détestait devoir se tenir éloignée du seul espace où elle s'était toujours sentie à son aise. Mais il était hors de question de mettre leur unité en danger.

— Peter a forcément raison pour Phoenix, déclara-t-elle d'un ton ferme.

— Si tu le dis, répondit Zeke avant de se lever et de s'étirer, dévoilant son ventre musclé. Bon, je vais me pieuter. On se retrouve pour le dîner ?

— Ça marche, acquiesça Noa en s'efforçant de détourner le regard.

— Et puis, je voulais te dire…

— Quoi ? demanda-t-elle en levant les yeux vers lui.

— Tu t'en sors très bien. Je t'assure.

— Je n'en suis pas aussi convaincue, murmura-t-elle en se rappelant la façon dont Turk l'avait défiée.

Elle avait parfois le sentiment qu'à la première erreur de sa part, les autres lui sauteraient à la gorge.

Zeke s'accroupit devant elle.

— Hé, ça va ? s'inquiéta-t-il.

— Bof, lâcha-t-elle en se mordant la lèvre inférieure.

Il tendit une main vers elle et repoussa une mèche de cheveux qui lui barrait le visage.

— Je te trouve vraiment géniale, chuchota-t-il.

Noa cligna des yeux, surprise. Elle avait soudain du mal à avaler sa salive. Zeke la fixait avec intensité. Il se pencha vers elle, et elle suspendit son souffle.

— Euh… Coucou.

Ils tournèrent tous les deux la tête vers la porte. Teo se tenait dans l'embrasure, l'air embarrassé.

— Ben, en fait, Daisy voulait que je vous prévienne que le gars s'est réveillé.

— Je m'en occupe, décida Zeke en se redressant rapidement. Tu as pu te reposer, Teo ?

— Oui, oui, j'ai super bien dormi. Et je voulais encore vous remercier de, euh… de m'avoir pris avec vous.

— Pas de souci, fit Zeke en lui donnant une tape sur l'épaule. Mais il va falloir qu'on bosse sur ton sens du timing.

Il regarda Noa avec un sourire en coin avant de sortir de la pièce. Teo resta un instant près de la porte d'un air hésitant avant de s'éclipser à son tour.

Noa appuya le menton sur ses genoux et jeta un coup d'œil par la fenêtre. Elle avait du mal à identifier ce qu'elle ressentait vraiment pour Zeke. Est-ce qu'elle se serait laissé embrasser si Teo ne les avait pas interrompus ? Elle se massa le poignet et soupira.

Comme si la vie n'était pas déjà assez compliquée comme ça, me voilà avec des problèmes de cœur…

Malgré tout, elle ne pouvait s'empêcher de sourire. Un an plus tôt, cette situation aurait été parfaitement inconcevable.

Dehors, les ombres s'allongeaient et la température devait commencer à baisser. Pourtant, le gamin au vélo était toujours là, à tourner lentement en rond, la tête baissée. Noa se demanda s'il avait une famille qui l'attendait ou s'il n'avait plus personne, comme elle, comme eux tous. Elle continua de l'observer jusqu'à ce que la nuit tombe et qu'il ne soit plus qu'une ombre mouvante qui entrait et sortait du halo de lumière projeté par un lampadaire.

Peter venait d'envoyer les plans de l'entrepôt de Phoenix sur la boîte mail secrète de Noa. Il était presque 22 heures et il allait devoir rentrer sans tarder. Il avait dit à ses parents qu'il passait la soirée chez un copain pour travailler. Aller au cinéma en début de journée n'avait peut-être pas été une idée très judicieuse, surtout que l'encodage des plans s'était révélé plus long que prévu. Du coup, il allait devoir attendre jusqu'au lendemain pour pouvoir programmer les filtres du renifleur de données.

Il jeta un coup d'œil aux alentours. Il s'était de nouveau garé dans l'allée des voisins, dans le virage qui menait à la maison, si bien qu'on ne pouvait le voir ni de la rue, ni de la porte d'entrée. C'était risqué d'utiliser chaque fois la même planque pour se connecter, malgré les multiples précautions qu'il prenait pour couvrir ses traces sur la Toile. Mais il en avait eu assez de rouler jusqu'à de lointains parkings où il était transi de froid et dont il devait partir dès qu'une voiture s'approchait. Il avait jugé que c'était un risque acceptable. Sans compter que seul un hackeur de son niveau ou de celui de Noa aurait été capable d'accéder à son ordinateur portable, même s'il avait été garé juste à côté de lui.

Peter poussa un long soupir. Tout ça était en train de prendre les proportions d'un vrai boulot, d'autant qu'il lui fallait aussi s'occuper des trois autres unités de l'organisation. Il se connecta sur La Cour pour accéder au forum de l'Armée de Persefone. Il y avait peu de nouveaux messages. La cellule du Nord-Est indiquait qu'aucun ado n'avait disparu depuis plusieurs semaines. Même chose pour celle du Sud-Est. Celle du Nord-Est s'attelait à faire passer le message pour que les jeunes sans-abri restent sur leurs gardes. Mais aucune n'avait de véritable opération en perspective. Autrement dit, tout était calme – ce qui inquiétait Peter.

Depuis quatre mois, l'activité du Projet Perséphone semblait s'être considérablement ralentie. Il aurait aimé croire qu'ils avaient obligé le groupe à réduire ses expérimentations, mais il se doutait qu'ils avaient seulement réussi à le rendre plus discret. Et c'était justement pour cette raison qu'il devait mettre en place le programme de filtrage du renifleur.

Je m'en occuperai demain sans faute. Pour ce soir, j'ai une autre idée en tête.

Il contourna le pare-feu de Pike & Dolan et se mit à fouiller parmi les dossiers des membres du personnel. Il cherchait quelqu'un en particulier, un homme qu'il connaissait seulement sous le nom de Mason. Ils avaient eu plusieurs altercations quelques mois auparavant, lorsque Peter avait découvert l'existence du Projet Perséphone. Mason avait chargé ses sbires de les traquer, Noa et lui, dans tout Boston pendant des jours. Il avait même menacé ses parents. Et Peter était sûr qu'il était à l'origine de l'incendie qui avait tué son meilleur ami, Cody.

Mason avait également enlevé et drogué Amanda, avant de l'abandonner sur un banc public avec un message inscrit dans son dos en grosses lettres noires au marqueur : DIS À PETER QUE C'EST UN AVERTISSEMENT.

Peter avait pris ça pour une simple provocation de la part de Mason, pour lui montrer qu'il pouvait s'en prendre à n'importe lequel de ses proches. Mais peut-être que finalement ça signifiait autre chose, qu'on avait inoculé la PEMA à Amanda.

Peter sentit un élan de rage l'envahir en la revoyant marcher d'un pas traînant sur le parking. Le deuxième stade de la maladie se caractérisait par des troubles du comportement particuliers : les personnes atteintes se mettaient à tourner en rond, s'isolaient, s'endormaient au milieu d'une phrase. Et il n'y avait que quatre stades.

Peter se concentra sur sa respiration pour tenter de retrouver son calme. Il pouvait se tromper. Ce qu'il avait vu ne constituait pas une preuve irréfutable. Il avait envisagé d'en parler à Amanda, mais comme elle était à fleur de peau ces derniers temps, il avait eu peur qu'elle ne puisse pas encaisser cette éventualité. Il préférait attendre d'être plus sûr. Si autre chose se produisait, alors il en discuterait avec elle.

Quoi qu'il en soit, ça ne coûtait rien d'enquêter sur Mason. Savoir ce qu'il avait fait dernièrement pouvait au moins être utile à l'Armée de Persefone. Néanmoins, ses précédentes recherches dans la base de données de Pike & Dolan n'avaient rien donné.

Peter fit craquer sa nuque et songea un instant qu'il aurait aimé que Noa soit là, avec lui. Elle était très forte pour aborder un problème sous différents angles. Comment s'y serait-elle prise pour retrouver la trace de Mason ?

Il renversa sa tête en arrière et ferma les yeux. Il y avait forcément une trace de mouvements financiers. Après tout, Mason ne travaillait pas pour rien. Mais comment était-il rémunéré ?

Peter continua à réfléchir. Ce n'était sûrement pas un salarié de Pike & Dolan. Il devait avoir un statut de prestataire indépendant – ce qui signifiait que le groupe devait remplir certaines déclarations spécifiques pour les impôts.

Il lui fallut cinq minutes pour accéder à la base de données du fisc. Là, il lança une recherche sur tous les formulaires 1099 transmis par Pike & Dolan. Son cœur se serra quand son ordinateur lui proposa plus de 5000 résultats. Il décida de ne conserver que ceux relatifs à des revenus à au moins six chiffres, jugeant que Mason ne pouvait sûrement pas se payer des costumes sur mesure en gagnant des clopinettes.

Il ne restait plus que quelques centaines de noms. Peter les parcourut rapidement. Il pouvait d'office éliminer les femmes, ainsi que les hommes trop jeunes ou trop vieux. Il lui suffirait de lancer un programme pour réduire les résultats à un nombre acceptable.

Réalisant qu'il était frigorifié, il ferma son ordinateur et mit le contact. Il pouvait tout aussi bien écrire l'algorithme chez lui, au chaud dans sa chambre. Il n'aurait plus qu'à trier les résultats le lendemain. Avec un peu de chance, il trouverait Mason parmi eux, ainsi que toutes ses informations personnelles : son vrai nom, son adresse et son numéro de sécurité sociale – tout ce dont il avait besoin pour l'atteindre.

Peter hocha la tête d'un air satisfait avant de consulter sa montre. Il voulait passer un coup de fil à Amanda avant que l'heure ne soit trop tardive. Il roula lentement jusqu'à la maison. Avec la neige qui était à nouveau tombée, il n'était pas évident de faire demi-tour au milieu de l'allée.

Tandis qu'il manœuvrait devant le garage de ses voisins, il remarqua une lumière allumée au rez-de-chaussée.

Ils ont dû programmer ça en leur absence.

Et pourtant, il lui semblait bien qu'il n'avait pas vu de lumière la veille. Il ralentit en passant devant la porte d'entrée, mais ne distingua aucun mouvement à l'intérieur de la maison.

Je suis trop parano, songea-t-il en passant la main dans ses cheveux. *Si ça continue, je vais finir par me faire un ulcère.*

Noa était assise dans l'ombre et observait l'homme couché par terre. Il dormait plutôt bien, malgré les circonstances. Il avait la bouche entrouverte et n'émettait que de légers ronflements, ce qui était étonnant pour un type de sa carrure.

Elle, en revanche, était bien réveillée. Zeke et les autres étaient retournés se coucher après le dîner, encore fatigués d'avoir veillé la nuit précédente, et elle avait alors profité du calme qui régnait dans la maison pour étudier les plans que lui avait transmis Peter. Elle savait qu'elle avait encore deux jours devant elle avant que le besoin de sommeil ne se fasse à nouveau ressentir. Il lui faudrait en tenir compte lors de l'organisation du raid de Phoenix.

Il était 3 heures du matin. Bien qu'ils aient piraté les services publics locaux pour bénéficier de l'électricité et du chauffage pendant quelques jours, le salon n'était éclairé que par quelques bougies éparses. Noa avait toujours eu les yeux extrêmement sensibles à la lumière, et cela semblait s'être aggravé depuis l'opération, aussi préférait-elle se contenter de la lueur des bougies.

Comme le garage n'était pas chauffé, ils avaient déplacé leur otage dans le salon pour faciliter la tâche de celui ou celle chargé de le surveiller – en l'occurrence Noa, principalement, puisqu'elle ne dormait pas.

Jusqu'ici, il ne leur avait pas posé de problème. En fait, elle n'avait même pas eu besoin de ressortir la seringue. Il leur avait livré de son plein gré plus d'informations qu'elle n'aurait pu l'espérer : les noms d'autres mercenaires, le moyen par lequel ils recevaient leurs ordres, le montant et la fréquence de leurs revenus. Elle avait d'ailleurs été stupéfaite en apprenant qu'ils touchaient le double de ce qu'elle gagnait avec ses missions de consulting en sécurité informatique de haut niveau.

À vrai dire, le fait qu'il se soit montré aussi coopératif la tracassait un peu. Et elle trouvait étrange que la menace d'un virus qui pouvait n'avoir aucun effet sur lui puisse autant l'effrayer. Les hommes de main de Pike & Dolan devaient pourtant être des experts en matière de PEMA.

Elle en avait touché deux mots à Zeke après le dîner. Selon lui, c'était enfin le coup de chance qu'ils attendaient depuis longtemps.

« Relax, lui avait-il dit en lui pressant l'épaule. C'est normal qu'on pense qu'il y a un problème quand tout se passe bien. Mais ça ne veut pas dire que c'est le cas. »

Peut-être qu'il avait raison. En tout cas, elle tenait à en savoir plus sur ce que le blond avait voulu dire en l'appelant « la poule aux œufs d'or ». C'était la deuxième fois qu'elle entendait cette expression à son sujet. Pourquoi était-elle si importante par rapport aux autres ?

D'après Zeke, c'était parce qu'elle était la seule sur qui les expériences avaient marché et qu'elle leur avait permis de découvrir un remède contre la PEMA. Mais elle n'y croyait pas trop. Et dans le fond, c'était surtout pour ça qu'elle avait tenu à capturer l'un d'entre eux : pour savoir une fois pour toutes ce qu'on lui avait fait et si c'était réversible.

Toutefois, pour le moment, tout ce qui sortait de la bouche du blond, c'était un vilain filet de bave.

— Pourquoi tu me fixes comme ça ?

Noa sursauta.

— Je suis de garde, répondit-elle.

— Ouais, ça, j'avais compris, fit-il en bâillant. Bon sang, ce sol est vraiment dur. C'est pas bon pour mon dos, tout ça.

— T'inquiète, on s'en va demain.

— Alors vous mettez les voiles ? marmonna-t-il. C'est malin. Toujours en alerte, jamais trop longtemps au même endroit. Et vous comptez forcer un nouveau laboratoire ?

— Pas du tout, répliqua fermement Noa, anxieuse à l'idée qu'il ait pu les entendre.

L'homme secoua la tête en ricanant.

— Tu sais quoi ? J'ai presque pitié de vous.

— Ah ouais ? Pourquoi ça ?

— Parce que vous n'êtes qu'une bande d'amateurs, lâcha-t-il d'un ton méprisant.

— Et pourtant, on t'a eu, rétorqua-t-elle.

Il roula sur le côté et parvint tant bien que mal à s'asseoir en prenant appui sur ses mains attachées. Le lien en plastique s'était enfoncé dans ses poignets, laissant des traces de sang séché. Noa se mordit la lèvre inférieure en se demandant si elle ne devrait pas le lui retirer.

— Qu'est-ce que je te disais ? fit-il, avec un sourire narquois.

— Quoi ?

— T'es trop sensible. Je vois bien que tu as envie de me détacher, dit-il avant de lui lancer un clin d'œil. Et je te déconseille de faire ça, ma poulette.

— J'ai toujours le taser, lui rappela-t-elle en désignant son arme.

— Oh, j'ai trop peur, railla-t-il en secouant la tête. Tu ne pourras jamais leur échapper, ajouta-t-il sur le ton de la confidence.

— Qu'est-ce qui te fait dire ça ?

— Ils tiennent trop à te remettre la main dessus. Et ils ont ce qu'il faut pour ça : de l'argent, des moyens, des types comme moi…

Son sourire ressemblait à celui d'une hyène. Noa avait l'impression qu'on lui avait greffé des dents supplémentaires.

— Je ne comprends toujours pas pourquoi ils en ont après moi, marmonna-t-elle en baissant les yeux.

— Mais si, tu le sais très bien. Ils t'ont transformée. Ne fais pas l'innocente.

— Qu'est-ce que tu sais là-dessus ?

— J'ai entendu des choses…

— Comme quoi ?

— On dit que tu vaux de l'or, que quand ils t'attraperont, ils pourront mettre au point le remède le plus incroyable qu'on ait jamais vu. Il paraît même qu'ils pourront guérir le cancer, indiqua-t-il avant de la regarder en plissant les yeux. C'est marrant, t'as pourtant pas l'air si spéciale que ça. T'es plutôt mignonne, mais à part ça, tu ressembles à tous les autres vauriens qu'on a ramassés.

— Va te faire voir, lâcha Noa.

— Quoi, tu ne veux pas entendre la suite, finalement ? Tu ne veux pas savoir ce qui se passera quand ils te retrouveront ?

— Ils ne me retrouveront jamais, s'obstina-t-elle.

— Bien sûr que si. Surtout que tu leur facilites la tâche ! Tu aurais pu te contenter de disparaître, changer de nom et filer au Canada ou au Mexique. Mais tu as préféré t'en prendre à eux et former ton groupe de bras cassés. Grosse erreur.

— Il faut bien que quelqu'un les arrête.

— C'est ça que t'as pas compris, murmura-t-il en se penchant vers elle. Personne ne peut les arrêter. Tu es en train de servir leurs intérêts, tu les fais passer pour des victimes. Et au bout du compte, vous mourrez tous par ta faute.

— Noa ?

Elle tourna la tête et aperçut Zeke sur le seuil du salon. Elle se leva, ignorant ses muscles engourdis, et s'avança vers lui.

— C'est ça, envole-toi, petit oiseau, lança le blond dans son dos.

— Qu'est-ce qui se passe ici ? demanda Zeke d'un air soucieux en jetant un regard par-dessus l'épaule de Noa.

— Rien, répondit-elle en baissant les yeux.

Elle détestait devoir l'admettre, mais l'homme avait réussi à la déstabiliser en évoquant leur mort à tous comme un fait inéluctable. Elle prit une profonde inspiration pour chasser cette idée de ses pensées.

— J'ai pris le tour de garde, vu que je n'ai pas sommeil, ajouta-t-elle.

— Tu es sûre que ça va ? insista-t-il avant de saisir son menton pour lui relever le visage.

— Mais oui, dit-elle en faisant un pas en arrière.

— Très bien, répondit-il sans conviction. Si tu me laissais te remplacer un peu ?

— Non, toi, il faut que tu te reposes, protesta-t-elle.

— Oh, ça va, répliqua-t-il d'un air crâne, malgré les cernes sombres sous ses yeux. S'il y en a un ici qui n'a pas besoin de dormir pour être beau, c'est bien moi !

Noa parut hésiter.

— Il se pourrait qu'il continue à parler, indiqua-t-elle.

— C'est bien ce qui m'inquiète. Et j'arriverai mieux que toi à supporter ça. Va plutôt travailler sur le projet de Phoenix, moi je m'occupe de lui.

— Bon, OK, soupira-t-elle, secrètement soulagée de ne pas avoir à passer une minute de plus avec le blond. Appelle-moi si tu veux faire une pause.

— Ça roule.

Zeke esquissa un mouvement, comme s'il s'apprêtait à passer un bras autour de ses épaules, mais elle se raidit et il retint son geste, l'air blessé.

— Bon, à toute, bredouilla-t-il.

— Ouais, à toute, répondit-elle d'un air gêné, avant de sortir, les bras croisés.

Elle ne savait pas trop pourquoi elle avait eu cette réaction. Ce n'était pas qu'elle ne voulait pas qu'il la touche, mais plutôt qu'elle craignait ce qui aurait pu se passer ensuite et, plus encore, la façon dont ils se seraient comportés l'un envers l'autre le lendemain matin.

De toute façon, je n'ai pas le temps pour ce genre de truc. J'ai déjà bien assez à faire. Et Zeke est mieux placé que quiconque pour le comprendre.

Les plans de l'entrepôt de Phoenix étaient empilés sur la table de la cuisine, près d'une carte du sud-ouest des États-Unis. Noa comptait relâcher leur otage vers Bakersfield. Il n'y avait plus qu'à espérer qu'il n'irait pas aussitôt retrouver ses copains de chez Pike & Dolan.

Bakersfield n'est peut-être pas une aussi bonne idée que ça.

Noa fit courir son doigt sur la carte et songea qu'il serait plus judicieux de le déposer à la sortie de Stockton, avant qu'ils ne prennent la direction du sud. Il se doutait peut-être déjà qu'ils allaient à Phoenix, ce n'était pas la peine de confirmer ses soupçons.

Par ailleurs, elle commençait à avoir un mauvais pressentiment sur ce raid. Les messages de Peter étaient toujours codés, mais cette fois, en plus des documents qu'il avait envoyés pour l'opération, il avait ajouté : « Fais attention ».

Si seulement je pouvais l'appeler…

Noa chassa cette idée et l'intuition bizarre qui l'accompagnait. Peter la mettait sans doute seulement en garde parce qu'il pensait, tout comme elle, que plus le temps passait et plus ils prenaient des risques avec leur organisation. Sans compter qu'il avait davantage à perdre qu'elle : des parents, des amis, un avenir.

Et une petite amie, se rappela-t-elle.

Elle s'assit et commença à parcourir les documents. Comme d'habitude, Peter avait fait bien plus que le nécessaire. Il leur avait non seulement transmis les plans, mais également des photos de l'extérieur du bâtiment et une facture détaillée de l'entreprise qui avait installé les caméras de surveillance. Elle sentit un élan de gratitude pour lui. Avec toutes ces informations, il serait facile de s'introduire dans l'entrepôt. Il ne lui restait plus qu'à mettre un plan au point.

Amanda secoua la tête et essaya de se concentrer. Toutes ces nuits à travailler commençaient à l'épuiser. Elle regretta de ne pas être restée chez elle la veille pour finir sa dissertation, mais Peter avait tenu à ce qu'ils aillent au cinéma.

C'était étrange : l'automne dernier, elle se sentait coincée avec lui, comme s'il était un dernier vestige du lycée dont elle n'arrivait pas à se défaire. Et désormais, il lui semblait parfois plus âgé qu'elle. Le pire, c'était de voir qu'il n'éprouvait plus du tout les mêmes sentiments pour elle. Elle en arrivait même à en vouloir à quelqu'un qu'elle n'avait jamais vu, cette Noa dont il parlait tout le temps – une fille qui, ironie du sort, était comme ceux qu'elle accueillait dans le centre de réinsertion où elle travaillait en tant que bénévole.

Sauf qu'elle ne paraissait pas être le genre de personne qui serait venue chercher de l'aide au Refuge. Noa écumait le pays en se battant contre une puissante multinationale, pendant qu'elle-même classait des documents au fond d'un petit bureau. En comparaison, toutes les manifestations auxquelles elle avait participé au fil des ans, toutes les pétitions qu'elle avait défendues en faisant du porte-à-porte – en somme, tout ce qu'elle avait entrepris pour essayer d'améliorer le monde – lui semblaient ridicules.

Amanda décida de cesser de ruminer son amertume et de se remettre au travail. Elle était censée rendre pour le lendemain sa dissertation sur la répression des femmes sous l'ère victorienne et elle avait à peine rédigé quelques lignes, ce qui ne lui ressemblait pas du tout. Elle n'avait pas pour habitude de faire les choses à la dernière minute. Au contraire, elle bouclait souvent ses devoirs à l'avance. Mais depuis quelque temps, elle avait des difficultés à se concentrer.

Elle parvint laborieusement à écrire une phrase, puis une autre.

Ouf, le café commence à faire son effet. Allez, encore un effort et je pourrai aller dormir un peu.

— Amanda ? Ça va ?

Amanda ouvrit les yeux. Elle était toujours devant son ordinateur, les mains sur le clavier. Diem, sa colocataire, la fixait d'un air inquiet tout en essuyant ses longs cheveux noirs avec une serviette. D'origine vietnamienne, elle était toute petite, avec de très grands yeux qui avaient toujours rappelé à Amanda ceux d'un personnage de manga.

— Oui, oui, balbutia-t-elle en se frottant les yeux. J'ai dû m'assoupir une minute. Quelle heure il est ?

— Presque 9 heures.

— Quoi ? s'exclama Amanda.

Elle jeta un coup d'œil à l'heure affichée dans le coin de son écran et sentit une boule d'angoisse se former dans sa gorge. Les cours débutaient dans cinq minutes et elle n'avait pas fini sa dissertation. Elle fit défiler le document sous ses yeux d'un air désespéré et fronça les sourcils.

— Un problème ? demanda Diem avant de se pencher à son tour vers l'ordinateur. Ouah, qu'est-ce que c'est que ça ?

— J'en sais rien, répondit Amanda, de plus en plus paniquée.

L'écran était rempli de tout un tas de mots, les uns à la suite des autres : oiseau, chapeau, arbre, voiture…

— Ton prof va adorer, plaisanta gentiment Diem. Tu ferais peut-être mieux de sécher.

— Je ne peux pas, murmura Amanda. J'ai déjà raté trop de cours ce semestre.

— Ben t'as qu'à dire que ton ordi a planté. Moi, c'est comme ça que j'ai obtenu un délai supplémentaire pour mon devoir de science politique.

— Bonne idée, acquiesça faiblement Amanda, sans pouvoir quitter l'écran des yeux.

Les mots s'étalaient sur une dizaine de pages mais elle n'avait aucun souvenir de les avoir écrits. Peut-être avait-elle fait ça en dormant ? Est-ce que c'était possible ?

— T'inquiète, fit Diem en posant une main sur son épaule. C'est pas la fin du monde, ce n'est qu'un devoir.

— Je sais, mais c'est juste que…

À son propre étonnement, Amanda éclata en sanglots avant de pouvoir terminer sa phrase.

Bon sang, mais qu'est-ce qui m'arrive ?

Diem se baissa et la serra dans ses bras en lui caressant les cheveux. Elles n'étaient pourtant pas particulièrement proches. Elles s'entendaient bien, mais elles n'avaient jamais passé beaucoup de temps ensemble, d'autant que Diem dormait très souvent chez son copain. Au bout d'un petit moment, Amanda s'écarta, un peu gênée.

— Merci, chuchota-t-elle en essuyant ses larmes.

— Tu sais, tu devrais peut-être voir un médecin.

— Pourquoi ? Je ne suis pas malade.

— Ben, tu n'es pas comme d'habitude ces derniers temps, répondit Diem d'un air hésitant. Tu as l'air un peu à côté de tes pompes. Peut-être qu'il pourra te donner quelque chose.

— Je vais bien, répliqua Amanda d'un ton sec. Bon, il faut que je file.

— Moi aussi. J'ai un partiel de chimie organique aujourd'hui et je n'ai presque rien révisé, indiqua Diem avant de repartir vers sa chambre. Allez, courage !

Amanda se leva de sa chaise et essaya de mettre de l'ordre dans ses idées. Elle n'avait pas le temps de se changer et décida de garder la tenue qu'elle portait. Elle ramassa son sac, enfila sa veste à la hâte et fourra ses clés dans une poche.

Au moment où elle ouvrait la porte pour sortir, elle distingua la voix de Diem qui parlait au téléphone :

« Elle ne va pas bien, je t'assure. »

CHAPITRE QUATRE

Peter souffla sur ses doigts pour les réchauffer et regretta de ne pas avoir emporté de gants.

Bon sang, je ne pensais pas qu'il ferait si froid.

Bien qu'il se soit couché tard la veille, il s'était forcé à se lever aux premières lueurs de l'aube pour pouvoir se rendre dans le centre de Boston en évitant la circulation à l'heure de pointe.

Il se sentit rapidement pris d'un élan de sympathie pour les policiers qui faisaient des planques. Dans les séries télé, même s'ils râlaient beaucoup, ils semblaient généralement prendre du bon temps à discuter et à manger des hot-dogs. Mais pour Peter, l'expérience se révélait bien plus pénible.

Il était stationné en face d'un immeuble de Newbury Street, dans l'un des quartiers les plus huppés de la ville.

Se garer à proximité de l'entrée s'était avéré un véritable défi : il avait tourné pendant près d'une heure avant qu'une place ne se libère le long du trottoir opposé. Il avait alors coupé le moteur et s'était mis à attendre.

Le plus agaçant était qu'en le voyant assis derrière le volant, les gens pensaient sans cesse qu'il était sur le point de partir. Il entendait un klaxon insistant et remarquait alors une voiture arrêtée derrière lui avec le clignotant. Après que la même scène se fut produite deux ou trois fois, Peter se glissa sur le siège passager, espérant ainsi être tranquille. Mais de temps à autre, un automobiliste passant à sa hauteur lui faisait signe de baisser sa vitre et lui demandait si le conducteur allait bientôt revenir.

Ils ne montrent jamais ça à la télé, songea amèrement Peter.

Il comprenait aussi pourquoi les personnages avaient toujours de quoi grignoter. Il était mort de faim, mais il avait trop peur de rater quelque chose s'il sortait de la voiture. Et pour couronner le tout, il commençait à avoir une envie pressante, puisque la seule chose qu'il avait pensé à prendre avec lui était une bouteille d'eau.

Une série policière avec moi, ce serait le bide assuré.

C'était d'autant plus ironique que lorsqu'il avait trouvé cette adresse la veille, il s'était dit qu'il ferait un excellent détective. Il avait fait le tri dans la liste des prestataires indépendants transmise par Pike & Dolan aux services des impôts et obtenu une cinquantaine de candidats possibles, réalisant vite qu'il n'avait en fait pas besoin d'algorithme. Parmi eux, un seul touchait chaque année une somme exorbitante de l'ordre de plusieurs millions de dollars, simplement déclarée sous la mention « Honoraires ».

C'était en voyant le nom de la société correspondante – Maurer Consulting – qu'il avait acquis la certitude d'avoir trouvé ce qu'il cherchait. « *Maurer* » était le mot allemand signifiant « maçon », soit « *mason* » en anglais.

L'adresse de l'entreprise était une boîte postale. Peter avait aussitôt eu un pincement au cœur en repensant à Noa, qui se servait du même système pour être rémunérée lors de ses missions de consulting informatique.

Il avait ensuite approfondi ses recherches sur Maurer Consulting, et c'était en épluchant les relevés de taxe foncière qu'il était tombé sur une adresse à Newbury Street, associée non pas à des locaux professionnels mais à un lieu de résidence. Et il croyait bien savoir qui habitait là.

Il consulta sa montre : il était presque midi. Il attendait depuis plus de quatre heures et, jusqu'ici, les seules personnes qu'il avait vues sortir de l'immeuble étaient une nounou avec une poussette et un vieux monsieur qui promenait un basset. Évidemment, il se pouvait qu'il ait raté Mason pendant qu'il cherchait une place, mais il espérait que ce n'était pas le cas. Peter pouvait se permettre de manquer une journée de classe, mais s'il remettait ça le lendemain, ses parents risquaient de péter les plombs. La direction de son lycée privé prenait l'absentéisme très au sérieux et avait déjà menacé de prévenir les universités auxquelles il avait envoyé sa candidature s'il continuait à sécher les cours.

Tout cela risquerait d'attirer l'attention sur lui. Et Peter savait que ses parents continuaient de le surveiller. En rentrant du lycée, il avait souvent l'impression que des choses avaient été légèrement déplacées dans sa chambre, comme si quelqu'un avait fouillé dans ses affaires. Par précaution, il gardait toujours son ordinateur portable avec lui et vérifiait régulièrement qu'aucun logiciel espion n'y était installé.

En apparence, Peter ne s'était jamais aussi bien entendu avec ses parents. Mais au fond de lui, il avait le sentiment de vivre dans une prison un peu spéciale, où l'on partageait les repas en discutant gentiment tout en aiguisant des couteaux sous la table.

Peter fit craquer ses articulations avec impatience. Il n'y tenait plus : sa vessie semblait prête à exploser. Il avait repéré un Starbucks à l'angle de la rue.

Bon, j'en ai pour moins de cinq minutes aller-retour.

Sans plus hésiter, il descendit de la voiture…

… et se figea aussitôt, la main encore sur la poignée de la portière. Mason venait de sortir du bâtiment. Il portait un manteau de laine gris et une écharpe Burberry. En le voyant, Peter sentit ses tripes se nouer. Il était exactement comme dans son souvenir : plus grand que la moyenne, avec des cheveux bruns coupés court, la mâchoire carrée et une bouche fine. C'était le genre de type qu'on ne remarque pas dans une foule – à moins de croiser son regard : il avait des yeux de requin, avec des pupilles étonnamment larges et l'iris d'un gris très pâle. Peter les trouvait horriblement glaçants.

Par chance, Mason ne semblait pas l'avoir vu. Il prit à droite et se mit à remonter la rue.

Peter verrouilla sa voiture et se dépêcha de le suivre, en prenant soin de laisser une cinquantaine de mètres et autant de gens que possible entre eux. À vrai dire, il ne risquait pas de le rattraper, car Mason marchait d'un pas rapide, se dirigeant visiblement vers une destination précise. Il doublait les piétons plus lents et allongeait le pas pour traverser avant que le feu ne passe au vert pour les automobilistes.

Peter dut presque se mettre à courir pour tenir le rythme, priant pour qu'il ne vienne pas brusquement à l'idée de Mason de se retourner. Il réalisa alors tout à coup qu'il était un simple amateur qui se mesurait à un professionnel expérimenté. Il se sentait affreusement exposé malgré la foule qui les séparait.

Pendant une seconde, il perdit de vue le manteau gris et faillit céder à la panique. Il accéléra avant de se pétrifier. Mason s'était arrêté à un kiosque à journaux pour acheter un magazine. Il le glissa sous son bras avant de reprendre son chemin, puis il tourna à l'angle de rue suivant et dévala l'escalier menant à Copley Station. Sans se poser plus de questions, Peter s'engouffra à son tour dans la station de métro.

C'est marrant, je ne le pensais pas du genre à prendre les transports en commun.

Par chance, il lui restait encore du crédit sur sa carte de voyageur. Il la passa devant le lecteur du tourniquet et s'élança vers la rame dans laquelle Mason venait de monter. Peter entra dans la voiture suivante.

Tandis que le métro redémarrait, il s'aperçut qu'il ne voyait pas l'intérieur de la voiture voisine et en déduisit qu'il lui faudrait sortir à tous les arrêts pour vérifier si Mason était descendu, ce qui augmenterait nettement ses chances de se faire repérer.

À chaque station, il effectua pourtant ce petit manège, le cœur battant à tout rompre. La troisième fut la bonne : ils étaient à Park Street, en plein cœur du centre-ville.

Peter abaissa un peu plus la visière de sa casquette et poursuivit sa filature. Mason avançait d'un pas assuré en se frayant un chemin au milieu de la foule. Une fois sorti de la station, il tourna à droite et pénétra dans un vaste édifice. Peter continua à marcher avant de traverser la rue pour l'observer : c'était un gratte-ciel de verre et d'acier. Il nota l'adresse, attendit quelques minutes, puis se dirigea vers les portes du bâtiment.

En entrant, il aperçut un agent de sécurité posté derrière un bureau blanc imposant, mais ne vit aucune plaque d'entreprise. Il hésita à aller plus loin en repérant la caméra de surveillance surplombant les ascenseurs.

— Je peux vous aider ? demanda le gardien.

— Désolé, je me suis trompé d'adresse, lui répondit Peter avant de tourner les talons précipitamment de peur de devoir lui montrer ses papiers.

Il songea qu'il pourrait chercher sur Internet le nom des organismes qui louaient des bureaux dans ce gratte-ciel. Peut-être même pourrait-il déterminer celui auquel Mason avait rendu visite.

De toute façon, j'ai déjà tout ce qu'il me faut, puisque je sais maintenant avec certitude où il habite.

Porté par l'adrénaline qui courait encore dans ses veines, il retourna d'un pas fringant vers la station de métro.

Teo se frotta les yeux en se réveillant. Ça faisait longtemps qu'il n'avait pas passé une aussi bonne nuit et il était ravi de retrouver le confort d'une maison. Lorsqu'il était dans la rue, il se réveillait en sursaut au moindre bruit.

Autour de lui, dans la chambre, les autres étaient encore endormis. Il les regarda d'un air attendri. Dans son dernier campement, il s'était senti simplement toléré. De toute façon, il n'avait jamais eu d'amis parmi les autres fugueurs qui vivaient dans la rue. Ils se serraient les coudes seulement par nécessité, conscients que, seuls, ils étaient des proies faciles.

Ici, en revanche, presque tout le monde paraissait sincèrement l'apprécier – surtout Daisy. Elle avait souvent un air dur, accentué par ses cheveux bleus en pétard et ses piercings, mais quand elle dormait, sa beauté devenait flagrante. La veille, ils avaient passé un peu de temps tous les deux et elle lui avait raconté ce qu'elle avait fait avec Noa et Zeke depuis qu'ils l'avaient

« récupérée » aux abords de Las Vegas. Son récit avait l'air passionnant, mais il avait eu du mal à l'écouter avec attention, obnubilé par la pensée que ses cheveux étaient presque de la même teinte que ses yeux.

Teo traversa prudemment la chambre en s'efforçant de ne marcher sur personne. Ils dormaient tous par terre, mais aucun d'eux ne s'en était plaint. À vrai dire, ils étaient déjà bien contents d'avoir un toit au-dessus de la tête.

Et puis bon, on est une armée, quand même, songea-t-il, non sans une certaine fierté.

Dehors, il faisait jour, et Teo, qui n'avait pas de montre, se demanda si c'était le matin ou l'après-midi. Daisy lui avait expliqué qu'il n'était pas rare qu'ils dorment pendant la journée, car leur travail leur imposait parfois de rester debout toute la nuit.

Seule certitude, il était affamé – il n'avait rien mangé depuis le dîner de la veille. Il se rendit dans la cuisine et ouvrit le frigo, espérant y trouver un reste de chili con carne.

— Salut.

Par réflexe, Teo se retourna d'un bond, les sens immédiatement en alerte. Mais ce n'était que Turk, qui le fixait depuis un coin de la pièce, près de la baie vitrée. Il avait les traits tirés, comme s'il n'avait pas dormi, les yeux rougis, et son visage affichait une expression étrange.

— Salut, répondit Teo en essayant de ne pas montrer qu'il venait de frôler l'infarctus. J'ai un peu la dalle, en fait.

— Y a plus de chili.

— Mince, lâcha Teo, déçu, en refermant le frigo.

Turk continuait de le dévisager, les mains dans les poches, tout en se balançant d'avant en arrière. Teo remarqua ses pupilles dilatées.

Ah d'accord, il est défoncé.

— Noa est sortie acheter à manger, reprit Turk avec un débit rapide. Et Zeke est allé se pieuter. Il a passé la nuit à surveiller l'autre enfoiré.

— OK, fit Teo en jetant un coup d'œil vers la porte, espérant que quelqu'un allait arriver.

— Hé, ça te dit de voir un truc cool ? demanda Turk à voix basse.

Teo haussa les épaules.

— Viens, insista Turk en se dirigeant vers le salon.

Malgré son appréhension, Teo le suivit, principalement parce que Turk ne semblait pas lui laisser le choix. Le type qui avait tenté de l'enlever était allongé face contre terre. Bien qu'il fût pieds et poings liés, Teo sentit la peur lui glacer le sang. Il pensa à ce qui aurait pu se passer si Noa n'était pas intervenue. La veille, Daisy lui avait raconté que les ados kidnappés étaient éventrés pour qu'on puisse étudier leurs entrailles et maintenus en vie dans cet état. Il réprima un frisson à cette idée.

— T'inquiète, il ne peut rien te faire, marmonna Turk en surprenant son trouble. D'ailleurs, il ne pourra plus faire de mal à personne, ajouta-t-il en ricanant. Regarde.

Du bout du pied, il poussa le blond, qui roula légèrement sur le côté, puis reprit sa position initiale.

Teo s'approcha, intrigué.

C'est bizarre qu'il ne réagisse pas du tout. Il est encore dans les pommes ou quoi ?

— Tiens, vise un peu ça, lança Turk avec un regard fou.

Teo étouffa un cri en le voyant shooter de toutes ses forces dans le ventre du blond. Mais celui-ci ne manifesta pas la moindre réaction.

— Tu veux essayer ? proposa Turk.

— Non, je… Est-ce qu'il est…

Ils furent interrompus par le bruit de la porte du garage qui venait de s'ouvrir. Turk tourna brusquement la tête. La lueur de folie qui brillait dans ses yeux disparut, laissant aussitôt place à l'inquiétude.

— Écoute-moi, fit-il d'un ton pressant. Je vais avoir besoin de ton soutien.

— Je ne… Quoi ?

Turk balaya la pièce du regard d'un air affolé, comme s'il cherchait un moyen de s'enfuir. Les mots semblaient se bousculer dans sa bouche :

— Dis-lui qu'il s'en est pris à nous ! Dis-lui qu'on n'a pas eu le choix, OK ?

Il l'a tué, comprit Teo, horrifié.

Noa fit irruption dans le salon et se figea en les apercevant. Teo songea qu'elle se déplaçait avec une sorte de grâce féline, ce qui était rare chez les jeunes de leur âge, et plus encore pour quelqu'un qui vivait dans la rue. Il se dégageait aussi d'elle une sévérité qui faisait qu'on n'avait pas envie de lui chercher des histoires.

— Qu'est-ce qui se passe, ici ? demanda-t-elle d'un air méfiant.

— Euh, il allait s'en prendre à Teo, donc je... bredouilla Turk.

— Pourquoi il ne bouge pas ? le coupa Noa qui traversa la pièce en quelques enjambées.

Elle s'accroupit près du corps inerte de l'homme et le fit rouler sur le dos avant de lâcher un juron.

— Qu'est-ce que vous avez fait ? reprit-elle d'une voix glaciale.

— C'est lui, déclara Turk.

— Quoi ? s'écria Teo, effaré, en réalisant qu'il le montrait du doigt. Mais non, n'importe quoi, j'ai rien...

— Tu mens ! explosa Noa en plaquant Turk contre le mur. Qu'est-ce que t'as foutu ?

Bien qu'il dût faire au moins vingt kilos de plus qu'elle, il se recroquevilla sur lui-même.

Au même moment, Zeke apparut à l'entrée du salon.

— Y a un problème ?

— Turk a tué le blond, répondit-elle sans lâcher le garçon du regard.

— Oh, c'est pas vrai, soupira Zeke en apercevant le corps gisant au sol. Tu es sûre que c'est lui ?

— Oui. Et il est défoncé, en plus.

— Génial, maugréa Zeke. Bon sang, Turk, qu'est-ce qui t'a pris ?

— Désolé, balbutia celui-ci en baissant les yeux. J'ai juste... Il voulait pas la fermer, tu comprends ? Il arrêtait pas de dire des trucs horribles sur mon frère et j'ai...

— Je t'avais dit de venir me chercher si ça se passait mal.

— De toute façon, on pouvait pas le laisser partir, répliqua Turk, en serrant les dents. Il serait allé tout balancer à ses potes.

Zeke échangea un regard avec Noa, puis vint se planter à quelques centimètres de Turk.

— Où t'as acheté ta came ? fulmina-t-il.

— Quoi ? fit Turk, décontenancé par sa question.

— Où… t'as… acheté… ta came ? répéta lentement Zeke.

— Je sais plus. Enfin… c'était quand on le suivait…

— Tu connais les règles, trancha Noa. Pas de drogue chez nous.

Teo décela dans sa voix une colère sourde, mais n'aurait su dire si c'était à cause du meurtre ou de la drogue.

— Mais c'était trois fois rien, protesta Turk d'un ton renfrogné.

— Bon, et maintenant, on fait quoi ? demanda Zeke à Noa.

— Il va falloir se débarrasser du cadavre.

— Très bien, acquiesça Zeke en retenant un bâillement. Je vais réveiller les autres. Il faut qu'on parte sans tarder.

— Et moi ? intervint Turk.

Zeke leva un sourcil interrogatif en direction de Noa.

— Tu ne viens pas, répondit-elle froidement.

— Quoi ? Mais…

— Tu ne fais plus partie du groupe. Maintenant, dégage.

Turk se tourna vers Zeke avec un air implorant, mais celui-ci haussa les épaules.

— Tu l'as entendue.

— Putain, c'est vraiment dégueulasse ! éclata Turk avant de sortir de la pièce.

Un instant plus tard, la porte d'entrée claqua violemment.

— Il est capable d'appeler les flics pour se venger, lâcha Zeke au bout d'un moment.

Teo n'en revenait pas du sang-froid avec lequel Noa et Zeke prenaient les choses. Lui, en revanche, était à deux doigts de vomir, de s'évanouir, ou peut-être les deux. Il essayait de faire abstraction du corps gisant au sol, mais où qu'il porte le regard, il continuait de le voir.

— Non, objecta Noa. Je crois plutôt qu'il va se refaire un shoot et s'écrouler quelque part.

— N'empêche, on ferait mieux de lever le camp.

Elle hocha la tête et remarqua alors la pâleur de Teo.

— Ça va, toi ? demanda-t-elle.

— Je, euh…

Teo déglutit difficilement. Il avait l'impression de ne plus avoir de salive. Son cerveau tournait à plein régime, tandis qu'il essayait d'intégrer tout ce qui venait de se passer au cours des dernières minutes.

Noa s'approcha de lui et posa la main sur son bras.

— Tout ça n'aurait jamais dû arriver, déclara-t-elle. Mais ça va aller, Teo, je t'assure.

— D'accord, oui, c'est bon.

— Tu es sûr ?

— Oui. Mais je dois… Je reviens !

Teo tourna aussitôt les talons et parvint juste à temps à la salle de bains. Il vomit, puis s'adossa au mur. Il en avait vu de toutes les couleurs au cours de sa vie, mais un cadavre au milieu d'un salon…

Il se passa la main dans les cheveux en essayant de surmonter son effroi. Après tout ce qu'il avait entendu sur l'Armée de Persefone, il s'était imaginé qu'il allait vivre une expérience incroyable, qu'ils seraient tous des héros. Mais il réalisait maintenant qu'ils allaient jusqu'à tuer des gens. Et puis, Noa et Zeke étaient restés si maîtres d'eux-mêmes, comme si ce genre de choses était monnaie courante…

Moi, je n'ai pas les épaules pour ça.

La veille, ils avaient parlé de se rendre en Arizona. Teo n'y avait jamais mis les pieds, mais il songea qu'il devait y faire chaud et que ça devait être pas mal pour dormir dehors. Une fois qu'ils seraient arrivés là-bas, il expliquerait à Noa qu'il s'était trompé et qu'il ne se sentait pas de taille pour tout ça. Il n'était pas question qu'il voie un autre mort.

— J'ai presque fini de trier les dossiers du jour, soupira Mme Latimar. La salle d'attente est vide, tu veux bien t'occuper des derniers ?

— Bien sûr, répondit Amanda.

En fin de matinée, après les cours, elle s'était accordé une longue sieste qui lui avait fait le plus grand bien. Elle avait de nouveau jeté un coup d'œil au charabia qui remplissait l'écran de son ordinateur et l'avait effacé avant de pondre la dissertation qu'elle devait rédiger. Elle la remettrait le lendemain à sa prof. Tout ça n'était pas si grave, au fond. Elle avait simplement un peu tiré sur la corde en voulant faire une nuit blanche alors qu'elle était épuisée.

Mais désormais, elle se sentait mieux. Elle avait presque fini son tour de garde au Refuge, un petit organisme à but non lucratif qui venait en aide aux jeunes sans-abri. Amanda s'y impliquait corps et âme, car son frère Marcus avait lui-même fugué à l'âge de quinze ans. On l'avait retrouvé mort sur un banc public moins d'un an plus tard, et elle ne pouvait s'empêcher de penser que si le Refuge s'était occupé de lui, il serait peut-être encore en vie…

Elle chassa ces pensées de son esprit et se concentra sur les dossiers empilés devant elle. Dans un sens, elle aussi portait secours aux adolescents qui vivaient dans la rue – comme Noa. Elle se demanda si Peter voyait les choses ainsi.

Sans doute pas, songea-t-elle tristement. *À ses yeux, Noa fait presque figure de super-héroïne.*

— Je vais faire du thé, annonça Mme Latimar en se levant, avant de resserrer machinalement son chignon de cheveux gris. Tu en veux une tasse, ma belle ?

— Non merci.

Amanda garda la tête baissée tandis que Mme Latimar faufilait sa silhouette corpulente à travers la porte du bureau. Puis elle compta mentalement jusqu'à dix, en écoutant les pas s'éloigner dans le couloir jusqu'à la petite cuisine du fond, avant d'extraire une clé de sa poche. Elle s'en servit pour ouvrir le tiroir du dernier classeur métallique et compulsa à la hâte les dossiers qu'il contenait pour voir s'il y en avait de nouveaux.

C'était devenu sa mission secrète. Peu de temps avant qu'elle ne soit kidnappée, le même Mason que Peter tenait pour responsable des expériences illégales menées sur de jeunes sans-abri était venu au Refuge. Mme Latimar lui avait remis plusieurs dossiers, alors que toutes les informations sur les patients étaient censées rester confidentielles.

Sur le moment, Amanda n'avait pas fait le rapprochement. Elle n'avait pas revu Mason par la suite et n'avait jamais reparlé de sa visite à Mme Latimar. Mais elle avait commencé à remarquer que celle-ci mettait certains dossiers de côté quand des jeunes venaient les voir pour une consultation médicale gratuite – des dossiers qui ne figuraient jamais parmi ceux qu'elle était chargée de ranger. Et elle s'était mise à regarder d'un autre œil le seul classeur qui fermait à clé et dans lequel elle pensait que se trouvaient les documents comptables.

Un jour que Mme Latimar avait laissé la clé sur son bureau pendant sa pause-déjeuner, Amanda, suivant son instinct, l'avait empruntée le temps d'en faire faire un double. Puis, un soir où elle était de permanence téléphonique, elle avait examiné le contenu du tiroir et découvert dix des dossiers manquants. Ils correspondaient tous à des adolescents âgés de quatorze à seize ans et plutôt en bonne santé, compte tenu de leurs conditions de vie. Amanda avait parcouru les dossiers non sans une certaine culpabilité : le médecin qui intervenait bénévolement au Refuge prenait son travail à cœur et consignait dans ses notes, outre diverses données médicales comme la tension artérielle, tout un tas d'autres informations plus personnelles. Amanda avait dû retenir ses larmes en apprenant les horribles histoires d'inceste et autres violences familiales dont ces adolescents avaient été victimes. Ensuite, elle avait remis les dossiers en place et refermé le classeur.

Lorsqu'elle l'avait rouvert une semaine plus tard, ils avaient disparu. Et aucun des patients concernés n'avait remis les pieds au Refuge, ce qui avait continué d'aiguiser sa curiosité.

Dès lors, elle s'était mise à poser des questions aux ados qui venaient, sur le ton de la conversation, pour ne pas éveiller les soupçons. La plupart ne lui avaient pas prêté attention, mais une jeune fille s'était montrée particulièrement intéressée. Elle était surnommée Mouse, sans doute parce qu'elle était très menue, avec des traits anguleux et des cheveux teints en gris. Elle était déjà passée un mois plus tôt alors qu'elle était à la recherche de son ami Tito dont elle n'avait plus de nouvelles. Cette fois, Amanda lui avait donné rendez-vous dans un *diner* et lui avait payé à manger. Entre deux bouchées voraces,

Mouse lui avait raconté, d'une voix proche du murmure, que d'autres ados avaient disparu et elle lui avait fait part de rumeurs sur l'existence de types surentraînés qui kidnappaient les jeunes sans-abri – ce qui concordait avec tout ce que Peter lui avait dit.

Soudain, toutes les pièces du puzzle s'étaient mises en place. C'était bien le même Mason et les mêmes types qui enlevaient les adolescents.

Et Mme Latimar, qu'Amanda avait toujours considérée comme une sorte d'exemple, les *aidait*.

Sur le moment, elle avait eu envie de lui réclamer des explications, avant de prévenir la police, les médias et quiconque voudrait l'écouter. Mais Peter lui avait assuré que le groupe contre lequel ils se battaient était trop puissant et qu'on ne pouvait pas l'attaquer de cette façon. Elle s'était donc rabattue sur son plan B, qui consistait à surveiller le contenu du classeur. Elle relevait les noms des dossiers et les transmettait à Mouse, qui prévenait les ados concernés afin qu'ils se tiennent sur leurs gardes.

Jusqu'ici, la combine semblait fonctionner. D'après Mouse, aucun adolescent n'avait disparu depuis deux mois. Et Mme Latimar ne se doutait absolument pas que le pot aux roses avait été découvert.

Néanmoins, Amanda avait désormais du mal à rester dans la même pièce qu'elle et, plus encore, à se comporter comme si de rien n'était. Mais elle s'efforçait de suivre les conseils de Peter et gardait le secret en se disant que cela lui permettait au moins de faire quelque chose.

Cet après-midi-là, Amanda trouva trois nouveaux dossiers dans le classeur métallique. Elle les parcourut rapidement tout en dressant l'oreille pour guetter le retour de Mme Latimar. Elle avait rendez-vous avec Mouse un peu plus tard, dans le même diner que la première fois, sur la route de l'université. Elle l'emmenait toujours là-bas pour s'assurer qu'elle fasse au moins un repas décent dans la semaine. Mouse paraissait plus maigre à chacune de leurs entrevues. La dernière fois, elle avait même une toux rauque assez préoccupante.

Amanda entendit soudain le pas lourd de Mme Latimar dans le couloir. Elle referma précipitamment le tiroir d'une main tremblante et fourra la liste de noms dans sa poche.

— Tout va bien ? demanda Mme Latimar en la dévisageant d'un air inquiet tandis qu'elle entrait dans la pièce.

— Oui, oui, acquiesça Amanda en lui adressant un petit sourire forcé. Je suis fatiguée, c'est tout. J'ai passé la nuit à travailler sur un devoir.

Mme Latimar se dandina jusqu'à son bureau, une tasse de thé fumant à la main, et s'assit sur son fauteuil en soupirant.

— Je me disais bien que tu avais l'air un peu ailleurs, aujourd'hui. Pourquoi est-ce que tu ne partirais pas plus tôt ? Je peux m'occuper de finir le classement.

Ça, j'en suis sûre, pensa amèrement Amanda.

— C'est gentil, dit-elle en lui tendant les derniers dossiers à contrecœur. Merci beaucoup.

— Non, c'est moi qui te remercie, répliqua Mme Latimar avec un grand sourire. Franchement, je ne sais pas ce que je ferais sans toi, ma belle. Je n'ai jamais eu d'assistante aussi dévouée.

— Alors je vous dis à mardi ? lança Amanda d'une voix mal assurée.

— Oui, c'est ça, à mardi.

Mme Latimar s'était déjà replongée dans son travail. En la voyant éplucher les dossiers, Amanda eut l'impression qu'elle les dévorait, et cette pensée lui souleva l'estomac. Elle enfila sa veste, mit son écharpe et poussa les portes battantes du Refuge.

Noa s'aspergea le visage d'eau fraîche. Il lui semblait que sa peau était brûlante et elle respirait en haletant. En repensant au cadavre gisant dans le salon, elle sentit la nausée la reprendre et dut s'agripper des deux mains au bord du lavabo.

Elle avait réussi à faire bonne figure devant Teo, Turk et Zeke, mais maintenant qu'elle était seule, elle ne pouvait plus retenir ses larmes. Derrière la porte de la salle de bains, elle percevait l'agitation des autres qui réunissaient leurs affaires pour partir. Dix minutes plus tôt, elle les avait rassemblés dans la cuisine pour leur expliquer ce qui s'était passé. Il y avait eu des raclements de gorge et des regards en coin, mais personne n'avait osé dire quoi que ce soit – ce qui était encore pire, en un sens. Noa savait qu'ils avaient tous vécu des choses horribles au cours de leur courte vie – et elle-même pouvait en dire autant –, mais un meurtre…

Elle revoyait encore le regard de Turk, froid et implacable. Elle avait eu un mauvais pressentiment à son égard depuis le début, mais il faisait déjà partie du groupe de Zeke. C'était l'un des premiers à avoir été sauvés d'un laboratoire et l'un des seuls à qui on n'avait pas inoculé la PEMA. Les médecins du Projet Perséphone ne l'avaient pas non plus opéré et lui avaient seulement administré un traitement expérimental qui, apparemment, n'avait pas marché, ni eu d'effets secondaires.

Ou peut-être que si. Peut-être que ce n'était pas à cause de la drogue que Turk avait tué leur prisonnier. Peut-être que les produits qu'on lui avait fait prendre l'avaient rendu cinglé ou quelque chose comme ça.

De toute façon, ça n'a plus d'importance.

Turk était parti et il fallait qu'ils s'en aillent, eux aussi. Et ils devaient s'occuper du cadavre.

Lorsque Noa avait annoncé la nouvelle aux autres, elle avait senti qu'ils guettaient le moindre signe de faiblesse de sa part. Elle avait presque eu envie que l'un d'entre eux lui reproche d'avoir emmené un otage ou s'en prenne à Zeke pour avoir laissé Turk tout seul avec le blond.

Certes, ce n'était pas quelqu'un de bien. Sans compter qu'il les avait traités de bons à rien et s'était moqué de ce qu'ils faisaient. Elle entendait encore sa voix dans sa tête. Elle essaya de la faire taire, mais toutes ses paroles tournaient en boucle dans sa mémoire, y compris ses derniers mots : « C'est ça, envole-toi, pctit oiseau. »

Elle ferma les yeux et s'efforça de retrouver une respiration normale. Il fallait qu'elle tienne le coup. Plus que jamais, les autres attendaient d'elle qu'elle prenne les choses en main. Elle regretta une énième fois que Peter ne soit pas à ses côtés. Il aurait balancé une blague débile avant d'élaborer un plan sensé. Mais voilà, il était à près de cinq mille kilomètres de là. Et le reste de son « armée » comptait sur elle.

Noa examina son visage dans la glace en dégageant les mèches de cheveux qui retombaient devant ses yeux. Elle était d'une pâleur spectrale, mais constata avec étonnement qu'elle affichait un calme apparent.

— Tu peux le faire, murmura-t-elle à son reflet. Ils ont besoin de toi.

Elle se redressa d'un air déterminé et sortit de la salle de bains.

CHAPITRE CINQ

Son sac à dos sur l'épaule, Peter surveillait la porte d'entrée en espérant que quelqu'un allait arriver. Il avait quitté le lycée juste après le déjeuner, estimant qu'il pouvait rater le cours de géographie sans déclencher la colère de ses parents. Il était maintenant un peu plus de 13 heures et il se tenait à une dizaine de mètres de l'immeuble de Mason. D'après ce qu'il avait pu observer, la porte d'entrée se refermait automatiquement et une caméra de surveillance filmait quiconque sonnait à l'un des interphones. Néanmoins, il n'y avait pas de gardien dans le hall. Et, a priori, la caméra n'enregistrait aucune image, elle permettait simplement aux résidents de voir le visage de leurs visiteurs.

Par conséquent, tout ce que Peter attendait, c'était que quelqu'un entre ou sorte, et il n'aurait qu'à se glisser à l'intérieur. L'immeuble comptait trente-deux appartements, et il y avait donc peu de chances que tous ses habitants se connaissent – du moins, c'est ce qu'il espérait.

Une jeune femme avec une poussette s'arrêta devant la porte. Elle essaya tant bien que mal d'extraire un gros trousseau de clés de son sac à main, tout en retenant la poussette du bout du pied. Dehors, il faisait un froid glacial, ce qui semblait ajouter à son agacement.

Peter s'élança vers elle. Elle leva les yeux dans sa direction en le voyant approcher et il lui adressa un sourire qui se voulait rassurant. Comme elle le dévisageait d'un air suspicieux, il lui déballa l'histoire qu'il venait d'inventer :

— Bonjour. Vous tombez drôlement bien ! J'ai oublié mes clés et je n'arrive pas à joindre mes parents…

La jeune femme se renfrogna davantage en entendant son bébé se mettre à pleurer. Elle se pencha en avant, attrapa un jouet et l'agita frénétiquement devant lui, ce qui eut pour seul effet de le faire brailler de plus belle.

— Je peux vous aider ? proposa Peter.

La jeune femme grogna quelque chose et lui tendit son trousseau. Il y avait une bonne dizaine de clés. Peter les examina en tentant de maîtriser le tremblement de ses mains.

— La dorée, précisa-t-elle.

— Ah oui, acquiesça-t-il avec soulagement. La mienne est exactement pareille.

Il introduisit la clé dans la serrure et tint la porte ouverte tandis que la jeune femme faisait rouler sa poussette à l'intérieur de l'immeuble. Elle s'arrêta sur le seuil et se retourna vers lui avec un regard noir.

— Oui ? bredouilla-t-il, terrifié à l'idée qu'elle ait senti que quelque chose clochait.

— Mes clés, lâcha-t-elle d'un ton irrité.

— Oh, bien sûr, dit-il en lui rendant son trousseau.

Elle le fourra dans son sac d'un geste brusque et fila vers l'ascenseur. Au moment où les portes s'ouvraient, Peter se baissa pour refaire son lacet.

— Allez-y ! lança-t-il. Je ne suis pas pressé.

Il se redressa dès que les portes se refermèrent. Un peu plus tôt, il avait bien observé les noms sur les interphones et il était quasiment certain que Mason habitait au dernier étage. Il avait repéré les initiales « M. C. » et avait aussitôt fait le lien avec « Maurer Consulting ».

Le repère lumineux de l'ascenseur indiqua qu'il s'était arrêté au cinquième étage. Peter attendit quelques instants avant d'appuyer sur le bouton d'appel puis se mit à trépigner. Ce qu'il s'apprêtait à faire était parfaitement illégal et très, très dangereux. Et si Mason n'habitait pas seul ? Et si son appartement était équipé d'un système de sécurité ultraperfectionné ? Bon, c'était un risque à courir. De toute façon, c'était le seul moyen qu'il avait d'en savoir plus sur Mason et ses sbires. Il repensa à Amanda tournant autour de lui d'un pas traînant sur le parking du cinéma, et cette image renforça sa détermination.

Peter entra dans l'ascenseur qui venait d'arriver et appuya sur le bouton du dernier étage. Le trajet lui sembla durer une éternité. Les chiffres défilaient si lentement que lorsque les portes s'ouvrirent enfin, il tremblait de tous ses membres.

Il déboucha dans un couloir raffiné digne d'un hôtel de luxe. Il y avait une porte à chaque extrémité et, au milieu, une élégante table en marbre surmontée d'une énorme orchidée. Peter observa nerveusement le plafond et ne détecta aucune caméra.

Jusqu'ici, tout va bien.

Il se dirigea vers la porte de droite, à côté de laquelle figurait une plaque en cuivre portant le numéro 32. Il sentit son pouls s'accélérer tandis qu'il inspectait la serrure. Heureusement, c'était un verrou classique, comme il l'avait espéré. Il posa son sac à dos par terre et en sortit un passe-partout.

Non loin de l'immeuble de Mason se trouvait un magasin spécialisé en systèmes de sécurité où Peter venait presque de vider son compte en banque pour se procurer tout un tas de choses, et notamment ce passe qui, d'après le texte figurant sur l'emballage, promettait d'ouvrir « n'importe quel verrou, quelle que soit la marque ».

Il avait toutefois préféré ne pas s'en servir pour la porte d'entrée. Si ça n'avait pas marché, ça aurait risqué d'attirer l'attention. Maintenant, c'était l'heure de vérité.

Il fit une petite prière en insérant la clé dans la serrure. Il la tourna et entendit un léger cliquetis. Il relâcha sa respiration, soulagé.

Cette fois, ça y est, songea-t-il. *Je suis officiellement en train de commettre un délit.*

Peter ouvrit la porte et pénétra à l'intérieur de l'appartement, avec la sensation d'être un alpiniste qui mettait un pied dans le vide.

Il cligna les yeux de surprise. Devant lui s'étendait un vaste espace inondé de lumière au fond duquel d'immenses baies vitrées offraient une vue exceptionnelle sur la ville – mais c'était à peu près ce à quoi il s'attendait. Non, ce qui le prit vraiment de court, c'était la splendeur du mobilier et de la décoration, loin de l'environnement de chrome et d'acier qu'il croyait trouver. Le sol était recouvert d'épais tapis orientaux, de grands rideaux de brocart encadraient les fenêtres, et il discerna une multitude de divans de velours et de fauteuils Louis XVI pour lesquels sa mère se serait damnée.

On se serait presque cru dans un musée – pas du tout le genre de cadre dans lequel il aurait imaginé Mason, ce qui rendait d'autant plus probable le fait qu'il vivait avec quelqu'un.

Peter tendit l'oreille tout en entrant dans la pièce. Il s'immobilisa et laissa s'écouler une minute entière avant de faire un pas de plus, puis un autre, jusqu'à se retrouver près du grand canapé orienté vers les baies vitrées qui trônait au milieu de la pièce principale. De là, il distingua une cuisine, séparée du salon par un îlot surélevé bordé de tabourets de bar en bois. Sur sa droite, une porte ouverte laissait entrevoir la salle à manger, avec une immense table en acajou surplombée par un lustre imposant.

— La vache, murmura Peter, qui avait l'impression d'avoir plongé entre les pages d'un magazine de décoration intérieure.

Il ne remarqua aucune photo encadrée et pas la moindre pile de papiers, comme on en trouvait partout, même dans les maisons les plus soigneusement entretenues.

Il pénétra dans la salle à manger où il découvrit un buffet assorti à la table et des armoires vitrées remplies d'argenterie et de porcelaine. Il secoua la tête en essayant de visualiser Mason assis au bout de la table en train de découper un rôti. Il n'arrivait vraiment pas à saisir le personnage.

La pièce donnait sur un petit vestibule muni de trois autres portes. La première desservait une suite parentale avec un lit gigantesque que n'aurait pas renié Napoléon. Peter leva les yeux au ciel et ouvrit la seconde porte.

Bingo !

Il entra dans une grande bibliothèque qui lui rappela celle de son père. Des volumes reliés en cuir remplissaient les étagères, un mélange de grands classiques – Dickens, Chaucer, Shakespeare – et de récits de guerre dont il n'avait jamais entendu parler.

Sur le bureau situé au fond de la pièce, il repéra un ordinateur portable et l'alluma. L'écran afficha aussitôt une demande de mot de passe. Peter haussa les épaules.

Ça ne devrait pas être un problème, à moins que Mason ait davantage sécurisé son ordinateur que son appartement.

Il fouilla à nouveau dans son sac à dos et en ressortit une clé USB qu'il inséra dans l'un des ports dédiés. L'ordinateur se mit à ronronner tandis que le programme se chargeait : c'était un logiciel espion grâce auquel Peter allait pouvoir visualiser l'écran de Mason à distance, directement sur le sien, et surveiller ainsi toutes ses activités. Il l'avait configuré de sorte que Mason ne puisse pas en détecter la présence à moins de passer des jours entiers à le chercher.

Un bip lui indiqua que le chargement du programme était terminé. Il récupéra sa clé USB et la rangea dans son sac avant de consulter sa montre. Il était dans l'appartement depuis cinq minutes et préférait ne pas prendre le risque de rester plus longtemps. Il reviendrait une autre fois pour installer le reste de son arsenal de surveillance si c'était nécessaire. Mais il espérait que les informations que lui fournirait le logiciel espion suffiraient.

Une minute plus tard, Peter dévalait les escaliers de l'immeuble. Alors qu'il s'apprêtait à débouler dans le hall, une sorte d'instinct lui dicta de suspendre son élan. Il entrouvrit légèrement la porte et jeta un coup d'œil par l'interstice.

Il eut brusquement l'impression que son cœur avait cessé de battre dans sa poitrine. Mason se tenait à deux mètres de lui. Heureusement, il avait les yeux rivés sur l'affichage de l'ascenseur. Peter tressaillit en reconnaissant son profil familier, le nez pointu et le menton proéminent.

Il recula d'un pas et referma la porte aussi doucement que possible en serrant les dents. Il entendit le carillon de l'ascenseur, les portes qui s'ouvraient, puis des bruits de pas avant qu'elles ne se referment. Il attendit encore une bonne minute avant de s'assurer que le hall était bien vide.

Peter sortit rapidement de l'immeuble en remerciant sa bonne étoile et se retrouva dans la rue. Il était tellement soulagé qu'il ne remarqua pas le 4×4 noir garé derrière lui, le long du trottoir, et dont le moteur tournait au ralenti.

Assise à l'avant sur le siège passager, Noa consulta l'horloge du tableau de bord. Elle affichait 19 heures. Ils avaient quitté la maison d'Oakland à l'heure de pointe et passé trois quarts d'heure dans les embouteillages.

Il régnait un silence oppressant à l'intérieur du van. Personne n'avait dit un mot depuis le départ, ce qui était très étrange. D'habitude, tout le monde bavardait en rigolant.

Noa jeta un coup d'œil derrière elle. Tous se tenaient à l'écart du gros paquet calé dans le fond, préférant être mal installés et serrés les uns contre les autres que risquer d'être en contact avec un cadavre.

— On ne va pas tarder à arriver, murmura Zeke, qui conduisait.

— Tant mieux, soupira Noa en s'enfonçant dans son siège avant de fermer les yeux.

Ils avaient décidé d'abandonner le corps à Modesto. Crystal, qui venait de là-bas, connaissait une ferme désaffectée en dehors de la ville à laquelle on accédait par une voie privée. Elle leur avait assuré que personne n'y allait jamais. Ainsi, le corps ne serait pas retrouvé avant longtemps et, d'ici là, il n'y aurait aucun moyen de faire le lien avec eux.

On va s'en débarrasser comme d'un vulgaire sac-poubelle, songea Noa.

Elle se répéta que le blond n'avait pas cessé de les dénigrer, mais ça n'atténua pas son malaise. Tout ça lui paraissait moche et indigne d'eux. Lorsqu'elle avait rejoint Zeke, quelques mois plus tôt, et développé son groupe pour en faire l'Armée de Persefone, elle avait eu le sentiment de lancer un projet noble pour venir en aide aux ados qui, comme elle, avaient subi d'horribles choses.

Mais désormais, elle craignait qu'ils ne soient en train de devenir aussi méprisables que leurs ennemis. Elle repensa aux casiers à crabes dans le complexe du Rhode Island, l'un des moyens les plus atroces utilisés par Pike & Dolan pour faire disparaître les corps de leurs victimes, et sentit un goût de bile au fond de sa bouche.

— Ça va ? demanda Zeke en la dévisageant avec inquiétude.

— Pas vraiment.

— Moi non plus, avoua-t-il à voix basse. Je ne comprends toujours pas comment Turk a pu faire une chose pareille.

— Moi si, lâcha-t-elle d'un air sombre.

— Tu sais, ils l'ont vraiment détraqué quand ils le tenaient.

— On a tous enduré des sales trucs, rétorqua-t-elle.

— Pas comme lui, fit Zeke en secouant la tête. Tu sais, ils l'ont capturé dans les tout premiers temps du projet. À l'époque, ils avançaient encore à tâtons, sans trop savoir ce qu'ils faisaient.

— En tout cas, ils ne lui ont pas refilé la PEMA.

— Non, c'est vrai. Ils ont préféré faire ça à son frère jumeau.

— Quoi ?

— Ils les ont enlevés tous les deux en même temps dans la rue, poursuivit Zeke en gardant les yeux rivés sur la route. J'imagine qu'ils n'avaient pas tellement de cobayes de la même famille, encore moins des jumeaux, donc ils ont décidé de bien prendre leur temps avec eux. Ils voulaient voir comment les traitements allaient fonctionner sur des ados ayant le même patrimoine génétique. Ils ont donc lancé leurs expériences sur son frère tandis que Turk servait de sujet témoin.

— Comment ça ?

— Ils ont fait tout ce qui leur passait par la tête à son frère, mais lui, ils l'ont plus ou moins laissé tranquille. Ils s'en seraient sans doute occupés ensuite, si on ne l'avait pas secouru.

— Et son jumeau ?

— Il était trop malade pour qu'on le sauve, déclara Zeke les doigts crispés sur le volant. Turk ne voulait pas partir sans lui, mais on l'a emmené de force. Je pense qu'il ne s'en est jamais remis.

— Qu'est-ce qu'ils ont fait à son frère, au juste ?

— En plus de la PEMA, ils ont testé tout un tas de trucs sur lui, des médicaments, des opérations... C'était une vraie loque humaine. Je crois que c'est l'une des pires choses que j'aie vues de ma vie.

Pour avoir consulté les dossiers du Projet Perséphone, Noa savait le genre d'expériences horribles qu'ils menaient. Elle n'arrivait même pas à imaginer ce que Turk avait dû ressentir en abandonnant son frère aux mains de ces monstres, sachant parfaitement qu'ils finiraient par le tuer.

— N'empêche, je continue de penser que ce qu'on a fait nous rend aussi abjects qu'eux.

— Non, répliqua Zeke d'un ton ferme. Loin de là. Et pour commencer, je te rappelle que ni toi ni moi n'avons tué ce type.

— Peut-être, mais on est quand même responsables. Je n'aurais jamais dû proposer qu'on capture un des leurs.

Noa regarda le paysage qui défilait derrière la vitre. Ils étaient en pleine campagne, mais à cette époque de l'année, les champs étaient à nu et l'herbe desséchée.

— Écoute, reprit Zeke, quand on s'est lancés dans ce projet, on savait bien que ce ne serait pas facile et qu'on risquait de commettre des erreurs.

— Je ne m'attendais pas à ça, marmonna-t-elle.

— Ben tu sais quoi ? Moi, je ne pensais pas qu'on s'en sortirait aussi bien ! Tu sais combien d'ados on a sauvés jusqu'à présent ?

Noa haussa les épaules.

— Quarante-deux ! Sans compter tous ceux qui sont désormais sur leurs gardes grâce à l'avertissement que tu as diffusé sur le Net. Ça n'est pas rien, Noa.

Elle aurait voulu lui dire que ce n'était pas assez et que ça ne compensait pas, et de loin, ce qui était arrivé au frère de Turk, par exemple. Au lieu de quoi, elle répondit simplement :

— Merci. Ça fait du bien d'entendre ça.

— Tant mieux, dit Zeke avec un sourire. Je suis content de voir que Peter n'est pas le seul à pouvoir te réconforter, ajouta-t-il d'un ton morose.

— Qu'est-ce qui te prend ? s'étonna Noa en se demandant s'il avait deviné qu'elle pensait justement à Peter.

— Je sais pas, balbutia-t-il, l'air gêné. C'est juste que tu as l'air de bien le kiffer.

— On est juste amis, protesta-t-elle.

— C'est ce que tu dis toujours, lâcha Zeke en lui jetant un bref regard. Alors il n'y a jamais rien eu entre vous ?

Noa se revit allongée sur un futon dans l'appartement mal chauffé de Cody, avec Peter couché sur le sol à côté d'elle. Tandis qu'il lui parlait à voix basse avant de s'endormir, une mèche de cheveux n'arrêtait pas de retomber devant ses yeux et elle avait dû se retenir pour ne pas tendre le bras et l'écarter à sa place. Le matin suivant, il l'avait fait rire en faisant brûler une omelette et des tartines.

— Non, rien du tout, répondit-elle.

— Ah, chuchota Zeke. J'aime mieux ça.

— Pourquoi tu dis ça ? fit Noa, perplexe.

— On y est presque, annonça Crystal en passant soudain la tête entre eux. L'embranchement n'est plus qu'à un ou deux kilomètres.

— Super ! s'exclama Zeke avec un enthousiasme forcé. Surveille bien la route pour qu'on ne le rate pas.

— Compte sur moi, acquiesça Crystal avant de jeter un regard vers l'arrière en frissonnant. J'ai trop hâte qu'on se débarrasse de… ce truc. Ça commence à puer, là-dedans.

— Tu es bien sûre que cet endroit est abandonné ? s'enquit Noa, contente de changer de sujet.

— Ouais. Du moins il l'était quand j'étais jeune.

Noa s'abstint de lui faire remarquer qu'elle était encore jeune – elle avait à peine seize ans.

— Voilà, c'est là, reprit Crystal.

Zeke s'engagea sur un long chemin de terre qui serpentait vers un bosquet. Noa discerna au loin les restes d'un corps de ferme, une masse grise informe qui lui fit penser à un éléphant à l'agonie, et une grange encore plus délabrée à quelques centaines de mètres de là.

— Tu as grandi dans le coin, c'est ça ? demanda Zeke.

— Oui, à quelques kilomètres d'ici. On venait là pour faire la fête.

— Je croyais qu'il n'y avait jamais de passage, objecta Noa.

Elle réalisa qu'elle avait eu un ton plus cassant qu'elle ne l'aurait voulu en voyant la moue vexée de Crystal.

— Ils ne trouveront rien, répliqua celle-ci. Je me souviens qu'il y avait un puits. On n'aura qu'à le cacher dedans.

— Bonne idée, la félicita Zeke. Bien joué, Crystal.

— Oui, impec, renchérit Noa sans oser tourner les yeux vers elle.

Bon sang, on va vraiment balancer le cadavre de ce type au fond d'un puits ?

La situation était en train de virer au film d'horreur.

Elle s'aperçut qu'à l'arrière, les autres commençaient à bavarder, manifestement soulagés à l'idée que la partie la plus éprouvante du voyage touchait à sa fin. Leurs voix l'exaspéraient au plus haut point et elle dut se mordre la langue pour ne pas leur décocher une remarque cinglante. Tout à coup, elle n'avait plus qu'une envie : s'enfuir le plus loin possible. Le blond avait raison. Elle aurait mieux fait de prendre le large quand il en était encore temps et de s'occuper d'elle. Elle aurait pu redémarrer une nouvelle vie sous un faux nom, quelque part au Canada, et reprendre ses missions d'informatique en freelance. Au lieu de ça, elle se retrouvait à la tête d'un groupe de gosses capables de tuer quelqu'un et de jeter son corps dans un puits sans le moindre scrupule.

— Tout va bien, Noa.

Zeke avait coupé le contact et il la dévisageait d'un air soucieux.

— Non, marmonna-t-elle en descendant du van. Et il n'y a rien de bien dans toute cette histoire.

Amanda reprit une gorgée de café en s'efforçant de garder son sang-froid. Mouse était en retard, comme à son habitude. Bien sûr, ce n'était pas comme si elle avait eu une montre. Mais cela faisait plus d'une heure qu'Amanda l'attendait au diner, et la caféine qu'elle avait avalée renforçait l'état de nervosité dans lequel elle était depuis le Refuge.

Elle avait déjà lu au moins dix fois la même page du livre qui était ouvert devant elle, mais n'avait aucune idée de ce que ça racontait – ce qui commençait à l'inquiéter. Elle avait toujours été très bonne élève et disposait d'une excellente mémoire visuelle. Mais depuis quelque temps, elle avait parfois du mal à se rappeler des mots tout simples. La semaine précédente, elle avait passé cinq minutes à tenter de décrire quelque chose à Diem, qui avait fini par la regarder comme si elle était folle. « Tu veux dire un horodateur ?! » s'était-elle alors exclamée.

Ses notes avaient dégringolé, au point qu'elle doutait de plus en plus de valider tous ses modules en fin de semestre – auquel cas ses parents lui tomberaient dessus.

Je suis trop stressée en ce moment, songea-t-elle en passant la main dans ses cheveux.

Et puis elle dormait mal et avait perdu l'appétit. Diem lui avait conseillé d'aller voir un médecin et avait ajouté avec un clin d'œil que, d'après ce qu'elle avait entendu dire, certaines pilules faisaient des miracles pour les étudiants. Mais Amanda détestait la seule idée de prendre des médicaments. Son frère était tombé dans la drogue et l'avait payé de sa vie. Elle n'avait pas l'intention de suivre son exemple.

— Salut.

Elle leva les yeux. Mouse se tenait debout devant elle. Elle portait le même jean miteux que la dernière fois, avec plus de trous que de tissu, un vieux pull d'Amanda et une doudoune qu'elle lui avait achetée quelques semaines plus tôt – mais qui avait déjà l'air d'avoir traversé une guerre.

— Salut, répondit Amanda avant de lui tendre un sac plastique. Tiens, j'ai fait du tri dans mes affaires et je me suis dit que ça pourrait te servir.

Mouse prit le sac sans dire un mot et Amanda soupira intérieurement. Elle avait quasiment donné la moitié de sa garde-robe à la jeune fille et n'avait même pas eu droit à un simple merci.

Mais bon, ce n'est pas pour ça que je le fais, se sermonna-t-elle. *Et c'est bien le moins que je puisse faire*.

— Tu as faim ? demanda-t-elle, tandis que Mouse s'installait en face d'elle.

Celle-ci hocha la tête tout en tirant sur ses manches, un tic nerveux qu'Amanda connaissait bien.

Ça, c'est signe qu'elle a replongé, comprit-elle. *Mais ça ne me regarde pas*.

Elle n'était pas là pour aider Mouse à décrocher. Elles travaillaient ensemble pour venir en aide à d'autres gamins, c'était tout.

En même temps, si je sens qu'elle est réceptive, je pourrais peut-être lui conseiller de suivre un programme de désintoxication.

Une serveuse s'approcha de leur table et fit la moue en reconnaissant Mouse. Amanda et elles étaient devenues des habituées et se retrouvaient là chaque semaine. Et même si Amanda laissait toujours de généreux pourboires, la présence de son invitée n'était guère appréciée. Il faut dire que Mouse sentait généralement mauvais – ce qui avait l'avantage de tenir les autres clients éloignés de leur table et d'éviter ainsi qu'on n'entende leurs discussions.

Mouse marmonna sa commande habituelle : une montagne de pancakes avec un supplément de crème chantilly. Un jour, Amanda avait fait l'erreur de lui suggérer de prendre plutôt des œufs ou un sandwich, pour manger des protéines, et avait eu droit à un regard noir en retour.

— Alors, comment ça va ? demanda-t-elle.

— Bien.

Amanda commençait à s'habituer à leurs échanges, une sorte de long monologue entrecoupé des réponses lapidaires de Mouse.

— Tu as pu parler aux ados de la liste ?

— Quelques-uns. De toute façon, presque tout le monde est au courant maintenant.

— Au courant de quoi ? Des… sales types ? murmura Amanda.

Elle balaya le diner des yeux. Personne ne semblait leur prêter attention.

Mouse hocha la tête avant de glisser une mèche de cheveux dans sa bouche, ce qu'Amanda trouvait particulièrement écœurant.

— Et personne n'a disparu dernièrement ? insista-elle.

— Non.

— Ni remarqué quelque chose de bizarre ?

— Non.

Mouse sortit la mèche de sa bouche un instant pour étudier les pointes humides, puis se remit à la mâchonner.

— On pense qu'ils sont partis, ajouta-t-elle.

— Non, ils sont toujours là, répliqua Amanda d'un ton impatient. Ils continuent de recueillir des noms. Ils ne feraient pas ça s'ils avaient tout arrêté.

Mouse haussa les épaules, comme si cet argument ne prouvait rien.

— D'ailleurs, j'ai du nouveau pour toi, reprit Amanda.

Elle sortit un petit bout de papier de sa poche et le fit glisser sur la table avec l'impression que tous les clients du diner se tournaient vers elle.

N'importe quoi. Je deviens parano. Il n'y a aucune raison qu'on me soupçonne de quoi que ce soit.

Mouse prit le papier et le fourra dans la poche de sa doudoune, sous le regard étonné d'Amanda.

— Tu ne le lis pas ?

— Plus tard.

L'instant d'après, la serveuse apporta une assiette avec quatre pancakes surmontés d'une quantité inquiétante de chantilly et la déposa devant Mouse. Celle-ci se jeta dessus d'emblée avec sa fourchette et enfourna une énorme bouchée.

— Tu manges rien ? s'étonna-t-elle tout en mâchant la bouche ouverte. T'as l'air malade.

Pourquoi est-ce que tout le monde me dit ça en ce moment ?

— Je ne suis pas malade, marmonna Amanda. Je vais très bien.

— Ben t'as une sale tête, persista Mouse en piochant un nouveau morceau dans son assiette.

— Merci, ça fait plaisir.

Mouse haussa les épaules, un geste qui accompagnait la moitié de ses réponses.

Amanda ressentit soudain l'envie irrépressible de partir, convaincue qu'elle allait vomir si elle restait une minute de plus à la regarder se goinfrer.

— Tiens, pour l'addition, lâcha-t-elle brusquement en sortant un billet de vingt dollars de son portefeuille. Je dois y aller.

— Hmm, fit Mouse en empochant aussitôt le billet.

— Bon, euh… Même heure la semaine prochaine ?

— Ouais, marmonna Mouse sans même lever le nez de son assiette.

Amanda s'éloigna avec la nette impression que la serveuse n'aurait pas de pourboire cette fois-ci.

Teo était assis à l'arrière du van. Il connaissait désormais le nom de tout le monde. Il y avait Remo, un gamin maigre avec des cheveux noir corbeau qui lui tombaient sur les yeux, et Janiqua, qui avait dix-sept ans mais en faisait beaucoup plus. Crystal et Danny avaient son âge. Il n'avait pas encore tellement eu l'occasion de leur parler, mais ils avaient l'air sympas.

Et puis, bien sûr, il y avait Daisy. Quand ils étaient partis d'Oakland, elle était venue s'asseoir à côté de lui, si près que leurs cuisses se touchaient. Mais elle n'avait peut-être pas fait exprès, car ils s'étaient tous regroupés aussi loin que possible du fond du van.

L'ambiance s'était considérablement détendue, maintenant qu'ils avaient quitté la ferme. Ils faisaient tourner entre eux des paquets de chips et des canettes de soda et se moquaient les uns des autres au sujet de la peur que leur avait inspirée le cadavre.

Mais Teo ne participait pas aux réjouissances, toujours préoccupé par toute cette histoire. Noa et Zeke avaient déchargé le corps et étaient revenus dix minutes plus tard. Ils n'avaient évidemment pas pu l'enterrer en si peu de temps et Teo ne cessait de se demander ce qu'ils en avaient fait. Mais il préférait ne pas leur poser la question, car il avait l'intuition qu'il n'aimerait pas la réponse.

À chaque virage, Daisy se retrouvait ballottée contre lui. En la voyant rire avec les autres, Teo se sentit encore plus seul et serra ses bras autour de ses genoux. Non qu'il éprouvât de la tristesse pour le type mort – il avait tout de même été engagé pour le livrer à des gens qui comptaient le tuer –, mais il ne comprenait pas comment les autres faisaient pour se comporter comme s'il ne s'était rien passé, alors qu'ils venaient de rouler pendant plusieurs heures assis à côté d'un cadavre.

Tout ça lui rappelait le climat dans lequel il avait grandi, avant que les services sociaux ne retirent sa garde à ses parents. Sa mère jacassait avec la même énergie fébrile, comme si ses seuls mots auraient pu empêcher son père de les frapper – ce qui ne marchait jamais.

— Tu en veux ?

Teo leva la tête et vit que Daisy lui tendait un paquet de chips.

— Non merci, marmonna-t-il.

— Ça va ?

— Je suis souvent malade en voiture.

— Ah, zut, c'est relou, soupira-t-elle en éloignant les chips de lui.

— Ouais.

Ils se turent, tandis que les autres continuaient de piailler autour d'eux. Teo remarqua que l'ambiance était également très calme à l'avant. Noa n'avait pas dit un mot depuis qu'ils s'étaient débarrassés du cadavre.

— Qu'est-ce qu'on va faire à Phoenix ? demanda-t-il pour se changer les idées.

— Attaquer un site, murmura Daisy d'une voix où pointait l'excitation. On va sauver d'autres ados et mettre le labo en déroute. Noa et Zeke sont des pros de l'informatique. Ils vont récupérer toutes les données avant de flinguer le système. Ça va être génial.

— Ah ouais ? fit Teo en remarquant que ses yeux brillaient. Alors tu l'as déjà fait ?

— Non, pas moi, admit Daisy. Tu sais, ça fait pas longtemps que j'ai rejoint le groupe. Mais les autres m'ont raconté en détail le raid de San Diego.

— Ça a quand même l'air dangereux, objecta Teo. Surtout qu'on n'a pas d'armes.

— T'inquiète, ils ont toujours un plan pour maîtriser les vigiles et faire en sorte que personne ne soit blessé. Tout ira bien, tu verras.

— Des vigiles ?

— Oui, ce sont souvent d'anciens flics reconvertis dans la sécurité, expliqua Daisy. Zeke dit qu'ils sont plus futés que la moyenne mais qu'on peut quand même facilement tromper leur surveillance.

— D'accord, dit Teo sans conviction. Qui a déjà fait ce genre de truc, ici ?

— Janiqua, répondit Daisy en la désignant d'un mouvement de tête. Remo et Danny aussi. Et puis Turk…

Sa voix s'était presque brisée, comme si le simple fait de prononcer son nom était déplacé. Teo sentit une vague d'angoisse monter en lui. Il passa en revue les visages animés qui l'entouraient et prit soudain conscience qu'ils n'étaient qu'une bande de gamins, pas une véritable armée capable d'en découdre avec des vigiles équipés de pistolets bien réels. Ils prenaient des risques et ils avaient eu de la chance – du moins jusqu'à présent. Mais si la chance finissait par tourner ?

— Personne n'est obligé de participer, tu sais, reprit Daisy en décelant son malaise. Noa et Zeke n'ont aucun problème avec ça.

Teo se mit à rougir avec l'impression d'être un lâche.

— Ah ouais ? Qu'est-ce que tu en sais si tu n'as jamais fait de raid avant ?

— C'est Janiqua qui me l'a dit, répondit-elle en haussant les épaules. Mais t'en fais pas, c'est pas bien compliqué. Et puis, pense à tous les ados qui se trouvent là-bas. T'as pas envie de les sauver ?

— Si, bien sûr, acquiesça Teo.

Mais en vérité, il se fichait pas mal du sort de gamins qu'il n'avait jamais vus. Il frissonna en repensant au gros paquet calé au fond du van qui heurtait les portes arrière avec un bruit sourd à la moindre secousse du véhicule. Il n'avait aucune envie de finir de la même façon. Et il était bien déterminé à s'enfuir dès qu'ils arriveraient à Phoenix, comme il l'avait prévu.

Sous le coup de la frustration, Peter referma son ordinateur d'un geste brusque. Il avait passé la journée à surveiller l'ordinateur de Mason, et tout ça pour rien. Mason avait simplement fait une recherche sur Google pour trouver un restaurant dans le North End, point barre. Aucun mail envoyé ni reçu, absolument rien de personnel, pas même un tour sur un site porno.

Et s'il possédait un iPhone ou un Blackberry, il ne le synchronisait pas avec son ordinateur, comme Peter l'avait espéré. Sans doute se servait-il de son smartphone pour se livrer à la plupart de ses basses manœuvres. Et vu ses dons de pickpocket très limités, Peter n'avait aucun moyen d'y accéder.

Autrement dit, il allait devoir retourner chez Mason pour y installer d'autres outils de surveillance. Il observa les appareils qu'il avait étalés sur le bureau devant lui. Il disposait de deux caméras minuscules censées fournir une vue à trois cent quatre-vingts degrés, mais elles n'enregistraient pas le son, aussi n'était-il pas certain de leur utilité. Il avait également acheté des mouchards, mais ne savait pas trop où les placer. L'appartement de Mason était immense et Peter ignorait dans quelles pièces il restait le plus. Comme il n'avait aucune envie d'entendre ce qui pouvait se produire dans la chambre, il jugea que le bureau et le salon feraient l'affaire.

Mais tout cela impliquait un risque supplémentaire que Peter aurait préféré s'épargner. Il tressaillit en repensant qu'il avait été à deux doigts de se faire surprendre la dernière fois. Si Mason l'avait vu…

Mais ça n'a pas été le cas, songea-t-il. *Et maintenant que je connais les lieux, il devrait me falloir moins de cinq minutes pour tout installer. Je pourrais peut-être demander à Amanda de faire le guet en face de l'immeuble.*

Peter abandonna aussitôt cette idée. Amanda avait déjà eu droit à une rencontre désagréable avec Mason et il ne pouvait pas décemment lui en faire risquer une autre. Et puis, il ne pouvait exclure le fait qu'elle ait de nouveau une « absence » au beau milieu de la rue.

Peter inclina sa chaise en arrière. Il était tard, presque minuit. Toute la journée, durant les cours, il n'avait cessé de retourner le problème Mason dans tous les sens. Pendant une heure de pause, il avait affiné les paramètres de filtrage des données de Pike & Dolan, mais le logiciel fournissait encore d'énormes quantités d'informations. Et tous les jours, un nouveau tas venait s'ajouter à la montagne.

Peter avait passé plusieurs heures à examiner divers mails et rapports, mais ils s'étaient révélés sans intérêt et concernaient pour la plupart une nouvelle gamme d'après-shampoing que le groupe allait lancer ou le développement d'une série de vaccins – rien qui soit lié au Projet Perséphone. Il avait même recherché spécifiquement les dossiers que Noa et lui avaient trouvés quatre mois plus tôt, la première fois qu'ils avaient piraté le système du groupe, mais apparemment, il n'en restait plus la moindre trace. Autrement dit, soit le brickage avait été plus efficace qu'il ne l'avait espéré, soit quelqu'un avait pris soin d'éliminer tout document compromettant.

Le problème, c'était que les fichiers du projet pouvaient aussi bien être stockés sur un tout autre serveur, indépendant du système central. Et si c'était le cas, ce serveur devait se trouver dans un endroit plus sécurisé où Peter ne pourrait pas débarquer en jouant les dépanneurs informatique.

Il regarda d'un air sombre à travers la fenêtre de sa chambre. En fin de compte, il avait peut-être pris tous ces risques pour rien. Et il n'avait pas de nouvelles de Noa. Il se demanda si l'otage avait parlé et si, le cas échéant, elle partagerait les informations avec lui. Il lui semblait qu'ils s'éloignaient de plus en plus l'un de l'autre. Par moments, il avait l'impression d'être pris au piège d'un horrible cauchemar, isolé du reste du monde. Il en éprouva une vague de rancœur. Au lieu d'être un membre de l'équipe à part entière, il commençait à se sentir comme le gars qu'on charge de veiller à ce que tout fonctionne bien, assis tout seul au fond d'un bureau oublié.

Mais il songea qu'il pouvait en être autrement. L'unité Nord-Est de l'Armée de Persefone se trouvait ici même, à Boston. Il en avait rencontré le chef une fois, un certain Luke, qui lui avait paru fiable. Peut-être devrait-il prendre part plus activement à leurs opérations ?

Peter se leva et se mit à faire les cent pas dans sa chambre. Il avait cours tôt le lendemain matin, ce qui signifiait qu'il devait se lever dans six heures. Mais il était trop sur les nerfs pour dormir. Désormais, tout ce qu'il faisait de ses journées, c'était aller au lycée et pianoter sur un ordinateur pour essayer d'aider Noa. Ses amis l'avaient quasiment oublié et il ne se souvenait même pas de la dernière fois qu'il avait fait un truc sympa.

Ce n'est pas tout à fait vrai, se corrigea-t-il en se rasseyant.

Il avait passé un bon moment au cinéma avec Amanda, du moins jusqu'à ce qu'elle commence à se comporter bizarrement sur le parking. Peter ne savait toujours pas s'il devait ou non lui faire part de ses doutes quant au fait qu'elle semblait en être aux premiers stades de la PEMA. De toute façon, il n'existait encore aucun traitement et on ne pouvait rien faire pour elle. Et puis peut-être qu'il se trompait. Il avait même envisagé d'en parler aux parents d'Amanda, mais il aurait eu le sentiment de la trahir. S'il avait été à sa place, il n'aurait pas voulu que sa famille soit au courant.

Peter lui avait laissé plusieurs messages dans la journée, mais elle ne l'avait pas rappelé, ce qui l'inquiétait. Les malades atteints de la PEMA manifestaient tout un tas de symptômes étranges, parmi lesquels la narcolepsie et le fait de marcher en tournant en rond. Certes Amanda ne conduisait pas, mais que lui arriverait-il si elle avait une absence pendant qu'elle traversait la rue ? Ou si elle s'endormait dans un endroit où un sale type pourrait abuser d'elle ?

Peter ne pouvait pas rester les bras croisés. Il décida qu'il devait lui parler. Et peut-être aussi qu'il irait voir sa colocataire pour savoir si elle avait remarqué quelque chose de bizarre.

Si ça se trouve, l'incident du parking n'a rien à voir avec la PEMA. Après tout, Amanda subit beaucoup de stress avec ses cours et son travail de bénévole. Peut-être que c'est moi qui me fais des idées. Je dois être obsédé par cette maladie.

Mais Peter n'en était guère convaincu. Il avait passé beaucoup de temps auprès de son frère à l'hôpital et l'avait vu dépérir peu à peu. Il savait parfaitement comment la PEMA se manifestait. Et Amanda en avait développé les symptômes classiques.

Autrement dit, il lui restait désormais moins d'un an à vivre. Peter fut choqué par ce dont il venait de prendre conscience. Quand il avait compris qu'elle était contaminée, sa première réaction avait été d'en vouloir à

Mason. Mais il venait seulement de réaliser ce que cela signifiait. Amanda était d'ores et déjà condamnée. Et il n'y avait rien qu'il pût faire pour la sauver.

Les pieds de sa chaise heurtèrent lourdement le sol et il s'effondra en avant sur le bureau en essayant de retenir ses larmes. Amanda était la première fille qu'il avait aimée – *non, la seule*, rectifia-t-il intérieurement, bien que le visage de Noa apparût fugitivement dans son esprit. Amanda était l'une des personnes les plus extraordinaires qu'il connaissait : pleine de bonté et d'attentions, persévérante et passionnée. Elle aurait dû être destinée à une longue vie remplie de projets. Au lieu de ça, elle n'aurait même pas le temps de terminer ses études.

Peter se dit qu'à défaut de la sauver, il pouvait au moins punir celui qui l'avait rendue malade. Il rouvrit son ordinateur, plus déterminé que jamais, et se mit à étudier les archives de Maurer Consulting.

Il y a forcément quelque chose là-dedans qui pourra m'indiquer le point faible de Mason. Et je compte bien le trouver, même si je dois y laisser ma peau.

CHAPITRE SIX

— J'aperçois trois vigiles, ce qui signifie qu'il doit y en avoir au moins trois autres à l'intérieur, indiqua Zeke, les yeux vissés à des jumelles.

À côté de lui, Noa était recroquevillée sur la banquette avant et scrutait l'horizon au ras du pare-brise.

— Fais voir, lâcha-t-elle en tendant la main pour que Zeke lui passe les jumelles.

Ils étaient garés sur une petite côte surplombant la zone de l'entrepôt. Le bâtiment paraissait abandonné et il n'y avait rien aux alentours, à l'exception d'un parc de bureaux désaffecté à un peu moins de deux kilomètres.

Les autres étaient dans une maison ayant fait l'objet d'une saisie, dans un quartier d'habitations inachevé aux abords de Phoenix. Ils avaient roulé toute la journée de la veille, ayant finalement décidé de faire le trajet d'une traite après s'être débarrassés du cadavre. Noa, Zeke, Remo et Janiqua s'étaient succédé au volant et ne s'étaient arrêtés que deux fois pour acheter de quoi grignoter et permettre à tout le monde de faire un tour aux toilettes. Ça n'avait pas été de tout repos, mais ils étaient arrivés sur place en un temps record, peu après 7 heures. Ils avaient passé la matinée à rechercher un endroit sûr avant de s'y installer pour récupérer. Puis, à la nuit tombée, Noa et Zeke avaient pris le van pour venir repérer les lieux.

— Phoenix est la planque parfaite, dit Zeke. Il y a eu beaucoup de saisies dans le coin. Je parie qu'ils n'ont eu aucun mal à trouver un bâtiment vide.

— Ouais, c'est clair, la crise économique a vraiment bénéficié au Projet Perséphone, acquiesça Noa d'un ton pince-sans-rire.

— Et ce n'est pas loin de l'autoroute, donc c'est pratique d'accès. D'ici, on pourrait même aller directement chez les Forsythe.

— Ce serait trop cool, soupira Noa.

Elle aurait bien aimé avoir quelques jours de repos. Cela faisait presque un mois qu'ils avaient quitté leur QG, à Santa Cruz, en Californie – l'un des rares endroits où elle se sentait en sécurité. C'était là que vivaient ceux qui avaient sauvé Zeke, un couple qui avait découvert ce qui se passait quelques années auparavant. Horrifiés, ils avaient constitué un petit groupe de gens qui partageaient leurs idées pour essayer de mettre fin au Projet Perséphone. Lorsque toutes leurs tentatives pour rendre publiques les expériences qui étaient menées avaient échoué, ils avaient décidé d'organiser des raids – mais de façon moins spectaculaire que l'armée de Noa. D'après Zeke, ils s'étaient surtout introduits en pleine nuit dans des labos mal sécurisés pour faire sortir en douce des ados dans des camions de maintenance technique. Néanmoins, les Forsythe n'étaient pas tout jeunes, ni très entraînés physiquement. C'était des scientifiques qui avaient fait fortune et pris leur retraite assez tôt. Et la plupart de ceux qu'ils avaient recrutés pour leur prêter main-forte avaient un profil similaire. Aussi, quand Zeke et Noa leur avaient proposé de prendre le relais pour s'occuper des raids et empêcher les enlèvements, ils avaient accepté sans pouvoir tout à fait cacher leur soulagement.

— Alors, qu'est-ce que tu en penses ? demanda Zeke. On suit le même plan que pour San Diego ?

— Ils risquent de s'y attendre, répondit Noa sans cesser d'observer les lieux avec les jumelles.

Même à cette distance, le simple fait de voir l'entrepôt lui soulevait l'estomac. C'était un long bâtiment quelconque d'un brun terne, apparemment dépourvu de fenêtre. Ça ressemblait beaucoup à l'endroit où elle s'était réveillée après l'opération qu'elle avait subie. Malgré les nombreuses missions de sauvetage qu'ils avaient déjà réalisées, elle ressentait toujours le même malaise quand elle découvrait un site de ses propres yeux.

— Il faut qu'on s'y prenne autrement, reprit-elle.

— D'accord, mais comment ? On n'a pas les moyens d'acheter du matériel de pointe – à moins de demander aux Forsythe de nous envoyer un mandat.

Noa serra les dents. Elle venait de repérer deux des vigiles qui discutaient en fumant une cigarette. Ils avaient l'air détendus, comme s'ils se fichaient royalement que des gamins puissent être en train de se faire charcuter à quelques mètres d'eux.

— Pas la peine, marmonna-t-elle. J'ai une idée.

— Génial ! s'exclama Zeke en lui souriant. J'adore tes idées.

— Très drôle.

— Non, mais sérieux, assura-t-il d'un ton plus posé. Tu es le cerveau de cette opération. On n'aurait rien pu faire sans toi.

— Vous vous en sortiez très bien avant de me connaître, lui rappela-t-elle d'un air gêné.

À vrai dire, elle avait parfois l'impression que son implication n'avait fait qu'empirer les choses. Peut-être qu'ils auraient dû se montrer plus discrets quant au combat qu'ils avaient décidé de livrer contre Pike & Dolan. Au lieu de ça, elle avait inondé Internet de messages sur l'existence de sa petite armée. L'image du cadavre de l'otage surgit dans son esprit et elle grimaça.

— Tu pleures, remarqua Zeke, surpris.

Noa essuya ses larmes rageusement du revers de la main. Elle ne pleurait quasiment jamais, considérant que c'était un aveu de faiblesse ridicule, une sorte de réflexe physiologique qui ne servait à rien. Pourquoi fallait-il que cela lui arrive maintenant ?

— C'est bon, marmonna-t-elle en reniflant.

Mais Zeke s'était déjà penché vers elle. Il la prit dans ses bras et elle se raidit instantanément.

— T'en fais pas, murmura-t-il d'un ton apaisant en la serrant contre lui. Tout va bien.

En sentant son souffle dans le creux de sa nuque, Noa fut envahie par la panique. À la tristesse qu'elle éprouvait s'ajoutait autre chose – quelque chose d'encore plus troublant. Elle se rendit compte qu'elle aimait ce moment. Elle avait envie de poser sa tête sur son épaule et de l'enlacer à son tour. Elle avait envie…

Elle se dégagea brusquement, se passant la main dans les cheveux, et glissa jusqu'au bout de la banquette en se plaquant contre la portière. L'air lui paraissait subitement lourd, étouffant, comme s'il n'y en avait pas assez pour remplir ses poumons.

— Qu'est-ce qu'il y a ? demanda Zeke, à la fois blessé et perplexe. J'essayais juste de…

— Je sais, le coupa-t-elle en chassant les dernières larmes qui coulaient sur ses joues. Merci.

— Ouais, c'est ça, de rien, répliqua-t-il en la dévisageant froidement.

Ses yeux, qui d'ordinaire trahissaient ses moindres sentiments, étaient désormais d'une profondeur insondable. Noa réalisa qu'elle ne savait pas quoi faire de ses mains ni où porter le regard. Elle se sentait toute rouge et bouillante, comme si elle était prise d'une fièvre soudaine.

— On devrait y aller, dit-elle. Les autres nous attendent.

Mais Zeke ne bougeait pas. Noa fit mine de scruter l'entrepôt en contrebas. Sans les jumelles, elle n'en distinguait plus les détails. Ce n'était qu'une masse brune qui se fondait dans le terrain sablonneux qui l'entourait.

Une minute s'écoula dans un silence pesant. Noa songea combien sa réaction excessive avait été ridicule. Zeke était son ami, l'une des rares personnes au monde en qui elle avait une confiance aveugle. Et il avait simplement voulu la consoler.

Elle se tourna vers lui pour s'excuser, mais il fixait le pare-brise. Elle remarqua son regard perdu dans le lointain, sa mâchoire serrée et sa mine courroucée. Au moment où elle ouvrit la bouche pour parler, il mit le contact et enclencha la marche arrière avant de reprendre la direction de l'autoroute.

Ils n'échangèrent pas un mot sur le chemin du retour, traversant de vastes étendues désertes, ponctuées çà et là de cactus, de centres commerciaux et de terrains de golf. Noa se frotta le poignet pendant tout le trajet pour tenter de se réconforter.

Vêtu d'un pantalon de pyjama et d'un tee-shirt blanc, Peter ouvrit la porte d'entrée, les cheveux en bataille.

— Salut, balbutia-t-il. Qu'est-ce qui ne va pas ?

— Tout, répondit Amanda en trépignant de froid. Je peux entrer ?

— Bien sûr, acquiesça-t-il à voix basse.

Sans un mot, elle le suivit dans le hall sombre, puis le long des marches qui menaient à sa chambre. La maison où vivait Peter était si grande qu'elle en était toujours un peu impressionnée. Et même s'ils avaient souvent raillé ensemble son côté prétentieux et tape-à-l'œil, Amanda ne pouvait s'empêcher d'éprouver un léger pincement d'envie en montant l'escalier en bois sculpté incrusté de marbre qui paraissait tout droit sorti d'un film. Elle n'avait jamais osé l'avouer à Peter, mais elle adorait les somptueux tapis orientaux, les meubles au prix indécent et l'immense cuisine pourvue de tous les équipements possibles. Sa famille à elle n'était pas pauvre, mais elle n'aurait jamais pu se payer une demeure pareille.

Peter lui tint ouverte la porte de sa chambre et la referma derrière eux sans faire de bruit. Il n'avait pourtant pas besoin de s'inquiéter : ses parents dormaient dans une autre aile de la maison. Mais il semblait pourtant anormalement nerveux.

— Il y a un problème ? demanda Amanda, qui se tenait plantée au milieu de la pièce.

Il y régnait le même désordre que d'habitude : des vêtements pendaient des tiroirs, le lit n'était pas fait et le sol était jonché de piles de documents et de matériel informatique. Les murs étaient couverts de vieilles affiches de films : *Star Wars*, *Indiana Jones*, *Star Trek*. Quelques mois plus tôt, elle aurait jugé que c'était immature, mais maintenant elle trouvait ça étrangement charmant. Il flottait dans l'air l'odeur typique d'une chambre de garçon, ce qui aurait dû l'incommoder – et pourtant, ce n'était pas le cas.

— À toi de me le dire, répondit Peter en s'affalant sur son lit. Tu débarques comme ça, au milieu de la nuit. Qu'est-ce qui se passe ?

Amanda baissa les yeux vers ses mains d'un air désemparé. Elle avait envie d'inventer une excuse bidon et de prendre ses jambes à son cou. Pendant tout le trajet en métro qu'elle avait fait pour venir, ça lui avait paru la meilleure – l'unique – chose à faire. Peter était le seul à qui elle pouvait confier ce qui lui était arrivé. Mais maintenant qu'elle était face à lui, elle ne savait pas quoi dire.

— Assieds-toi, lui proposa-t-il en tapotant l'espace à côté de lui. Et enlève ton manteau. De toute façon, tu vas dormir ici, il n'y a plus de métro avant demain matin.

— Mais tes parents…

— Tu parles, ils s'en fichent complètement. Mais si tu préfères, je vérifierai qu'ils sont partis avant que tu t'en ailles.

Amanda ôta son bonnet et vint s'asseoir près de Peter. Tandis qu'il l'aidait à retirer son manteau, leurs mains se touchèrent. Depuis leur rupture, quand cela se produisait, l'un d'eux écartait vivement son bras – mais pas cette fois. Elle eut même l'impression que la main de Peter s'attardait sur la sienne.

Amanda posa précautionneusement sa veste au bout du lit et rassembla ses esprits pour décider par où commencer.

— Désolée si je t'ai réveillé, dit-elle.

— Non, non, je ne dormais pas, répondit Peter en la fixant de ses yeux marron clair.

— Tu bossais encore pour Noa ? demanda-t-elle sans pouvoir dissimuler l'agacement dans sa voix.

— Non, en fait, je... j'étais sur un autre truc, ce soir.

Amanda fut surprise de voir qu'il n'avait pas l'air de vouloir en dire davantage. Au cours des derniers mois, il lui avait semblé qu'il ne lui cachait rien. Elle fut soudain frappée par une idée déplaisante : peut-être qu'il n'était pas en train de travailler, mais plutôt de téléphoner ou d'échanger des messages avec une fille. Ça aurait pu expliquer pourquoi il faisait des mystères.

De toute façon, peu m'importe, songea-t-elle. *Ça fait quatre mois qu'on n'est plus ensemble, il a parfaitement le droit de sortir avec qui il veut.*

Sauf que ça lui importait, réalisa-t-elle en regardant Peter. Une mèche ondulée retombait devant son œil gauche et elle se souvint de la douceur étonnante de ses cheveux et du plaisir qu'elle avait à y passer la main.

— Amanda, dis-moi ce qu'il y a, reprit-il d'un ton bienveillant.

La veille, après avoir vu Mouse, elle était retournée dans sa chambre et s'était couchée directement. Il n'était que 17 heures, mais elle avait eu un gros coup de barre et elle avait décidé de s'accorder une petite sieste avant le dîner.

Elle avait été réveillée par un rai de lumière. Encore vaseuse, elle avait jeté un coup d'œil à son réveil : il était 8 heures du matin. Elle avait dormi quinze heures d'affilée. La bonne nouvelle, c'était qu'une fois debout, elle s'était sentie en pleine forme, bien reposée et affamée comme elle ne l'avait pas été depuis des semaines. Avant de partir en cours, elle avait englouti un petit déjeuner en se disant qu'elle avait peut-être simplement contracté un vilain rhume qui venait de se terminer et que, tout compte fait, elle n'avait sans doute pas besoin de voir un médecin.

L'instant d'après, elle était dehors et il faisait nuit. C'était comme si elle avait fermé les yeux pendant qu'elle se rendait en cours et avait été transportée dans un tout autre monde au moment où elle les avait rouverts. Elle se trouvait devant un diner et fixait le panneau « Fermé » accroché à la poignée de la porte d'entrée. Comment elle avait atterri là et depuis combien de temps elle se tenait au milieu de la rue déserte, elle n'en avait pas la moindre idée. En consultant l'heure sur son téléphone portable – il était presque minuit –, elle avait été légèrement rassurée de constater qu'au moins, c'était le même jour.

Mais il pouvait se passer beaucoup de choses en une journée. Amanda avait senti la panique la gagner en repensant à ce qui s'était produit quelques mois plus tôt, quand elle s'était réveillée sur un banc, dans un parc, avec un avertissement écrit dans le dos au marqueur noir.

Elle avait foncé dans le fast-food le plus proche et s'était précipitée aux toilettes, avant de se débarrasser de sa veste et de soulever son tee-shirt. Elle s'était tordu le cou dans tous les sens face au miroir : tout était normal. Si elle avait à nouveau été enlevée, cette fois il n'y avait pas de trace.

Cette découverte aurait dû la soulager, mais elle n'avait pu s'empêcher de penser que ça cachait quelque chose – quelque chose de bien pire.

Elle avait marché d'un pas résolu jusqu'à la station la plus proche où elle avait pris le dernier métro pour Brookline et filé tout droit chez Peter, sans vraiment savoir pourquoi. Peut-être parce qu'il était le seul au courant de son précédent enlèvement et qu'il savait mieux que personne ce dont Mason était capable.

Ou peut-être parce qu'elle était seule et terrifiée et qu'elle avait envie de le voir – envie qu'il la prenne dans ses bras, pour être tout à fait honnête, et peut-être plus encore.

Et maintenant qu'elle était là, assise sur son lit, près de lui qui la considérait avec des yeux pleins de compassion, elle n'était plus très sûre de vouloir lui parler de tout ça. Elle ne tenait pas à ce qu'il ait pitié d'elle et à passer pour une victime. Elle avait envie de ressentir autre chose, pour une fois.

Elle se pencha vers lui et posa ses lèvres sur les siennes.

Peter se figea pendant un instant, puis il se détendit et l'embrassa à son tour. Il lui caressa la joue, puis les cheveux, et attira son visage plus près du sien. Leurs baisers se firent alors plus langoureux, tandis qu'Amanda glissait les mains sous son tee-shirt et sentait les muscles de son dos se raidir. Ils venaient de s'allonger quand un téléphone se mit à sonner.

Peter s'écarta brusquement, la mine perplexe.

— Ce n'est pas mon iPhone, lâcha-t-il à contrecœur après la deuxième sonnerie. Il faut que je réponde, je suis vraiment désolé.

— OK, articula Amanda, le souffle court. Mais... fais vite.

Elle le regarda se diriger vers son bureau en remettant son tee-shirt en place et plissa les yeux en le voyant sortir un téléphone à carte prépayée de son sac à dos.

Bien sûr, ça ne peut être que Noa.

Elle sentit une boule d'amertume se former au fond de sa gorge. Elle savait qu'ils communiquaient essentiellement via des messages codés échangés sur La Cour. Donc si Noa l'appelait, c'est qu'il devait y avoir une urgence.

Mais cela ne rassurait pas Amanda pour autant. Il avait bondi dès que le téléphone avait sonné. Il n'avait jamais fait ça pour elle – ou du moins elle en doutait.

Elle s'allongea sur le côté et posa sa tête sur une main sans quitter Peter des yeux. Il lui sembla qu'il vérifiait quelque chose sur son téléphone avant de composer une longue série de chiffres sur le clavier. Noa avait dû décrocher, car il se mit à murmurer dans l'appareil. Bien qu'il eût le visage baissé, Amanda remarqua l'étincelle dans ses yeux et le léger sourire qu'il affichait.

Elle eut l'impression qu'un espoir s'éteignait en elle et fut soudain soulagée de ne pas savoir à quoi Noa ressemblait. Peter était toujours resté très évasif sur le sujet, ce qui signifiait qu'elle devait être sublime. Et l'enthousiasme dans sa voix chaque fois qu'il parlait d'elle trahissait l'admiration qu'il lui portait. Amanda avait toujours supposé qu'il y avait quelque chose entre eux et, tandis qu'elle l'observait, la vérité lui apparut comme une évidence : elle l'avait perdu.

Elle bascula sur le dos et fixa le plafond en serrant un oreiller contre elle. Peter parlait si bas qu'elle ne saisissait que quelques bribes : « Phoenix », « Mason », « les plans ».

— Promets-moi d'être prudente, ajouta-t-il avant de raccrocher.

Il revint vers le lit avec une mine inquiète.

— C'est bon, ils vont lancer le raid à Phoenix, indiqua-t-il à Amanda avant qu'elle ne pose la question.

— J'avais compris, dit-elle en s'efforçant de ne pas laisser paraître sa contrariété. C'est pour quand ?

— Bientôt, répondit-il en se rasseyant sur le lit, paraissant tout à coup à des années-lumière de là – ou, plus exactement, à près de quatre mille kilomètres, quelque part à Phoenix, avec Noa. Je dois dire que son plan est assez génial.

— Évidemment, puisque c'est elle qui l'a conçu, répliqua Amanda.

— Qu'est-ce qu'il y a ? demanda Peter, interloqué, en fronçant les sourcils.

— Rien, murmura-t-elle. Bon, je ferais mieux d'y aller.

— Attends, quoi. Tu ne peux pas partir comme ça. Il n'y a plus de métro depuis une heure.

— J'appellerai un taxi.

Elle se redressa d'un air furieux et remit son bonnet en essayant de contenir ses larmes.

— Enfin, c'est ridicule, reste, proposa Peter d'une voix horriblement pondérée. Tu peux prendre le lit, je dormirai sur le canapé.

— Non, s'obstina-t-elle. J'y vais.

— Amanda, lança-t-il en l'attrapant par le poignet pour l'arrêter.

Elle lui tournait le dos, partagée entre le besoin impérieux de fuir le regard de celui qu'elle avait perdu et le désir ardent de se blottir dans ses bras pour pleurer.

— S'il te plaît, chuchota-t-elle. Laisse-moi partir.

— Non, rétorqua-t-il d'un ton ferme.

Elle pivota sur ses talons. Peter la dévisageait avec des yeux pleins d'inquiétude.

— Tu ne m'aimes plus, dit-elle doucement.

— Quoi ? fit-il, l'air abasourdi.

— Tu as très bien entendu.

Elle essaya de se dégager, mais il lui serra le poignet plus fort.

— Lâche-moi.

— Tu ne peux pas balancer un truc pareil et t'en aller, s'emporta-t-il.

— Désolée, je n'aurais pas dû dire ça, s'excusa-t-elle.

Elle était sincère. Qu'est-ce qui lui avait pris ? Elle n'avait désormais plus qu'une envie : filer. Elle était même prête à rentrer à pied, s'il le fallait.

Il lâcha sa main. Elle reboutonna maladroitement son manteau et faillit trébucher dans sa précipitation à atteindre la porte. Elle avait la main sur la poignée quand Peter déclara :

— Je n'ai jamais cessé de t'aimer.

Elle se retourna lentement et l'observa. Il se tenait près du lit, les bras le long du corps, le regard rivé sur elle.

— Jamais, Amanda. Pas une seule seconde.

Elle traversa la pièce d'un seul élan et se jeta dans ses bras. Peter lui retira son bonnet, glissa ses mains dans ses cheveux et orienta son visage vers le sien. L'intensité de leur baiser, à la fois familier et différent, la fit frémir de tout son corps. Elle l'enlaça et l'attira plus près d'elle sans pouvoir s'empêcher de ressentir comme un léger goût de victoire en l'entendant murmurer son nom au creux de son oreille.

— Il y a des questions ? demanda Noa.

Tous restèrent silencieux. Il régnait dans la pièce une tension palpable. Noa venait de leur exposer son plan pour s'introduire dans le labo, maîtriser les vigiles et libérer le plus d'ados possible – cette fois, si tout allait bien, il resterait des vies à sauver. Elle leur avait expliqué les différentes étapes en détail et précisé le rôle de chacun durant l'assaut.

Elle tourna les yeux vers Zeke, qui se tenait à l'autre bout de la pièce, les bras croisés. Il ne lui avait pas adressé le moindre regard depuis qu'ils étaient rentrés. Elle regretta de ne pas avoir mieux géré les choses. C'était la première fois depuis des années qu'elle pouvait vraiment compter sur quelqu'un et il avait été à ses côtés tout au long de cette éprouvante aventure.

En vérité, c'était justement pour cette raison qu'elle s'était dérobée : pas parce qu'elle ne voulait pas l'embrasser – elle en avait envie, et depuis longtemps –, mais parce qu'elle craignait de compromettre le reste si elle craquait. Qu'arriverait-il si ça ne marchait pas entre eux ? Est-ce qu'elle se retrouverait obligée de diriger toute seule leur petite armée ?

Noa réalisa soudain que tous les visages étaient tournés vers elle, dans l'expectative. Même Zeke lui jetait un regard interrogateur. Elle se racla la gorge et reprit la parole :

— Je vous rappelle qu'on aura des talkies, donc pensez à vous brancher sur le canal 12 pour rester en contact avec les autres.

Tout le monde acquiesça, sauf Teo. Noa soupira intérieurement. Il avait l'air gentil et bien intentionné. Mais d'autres comme lui avaient déjà rallié le groupe précédemment et ils ne s'étaient jamais adaptés. Ils n'avaient simplement pas le cran nécessaire pour affronter des situations dangereuses. Au fond, c'était peut-être eux les plus malins, songea-t-elle avec ironie.

— Comme d'habitude, personne n'est obligé de participer, ajouta-t-elle. Si vous préférez rester ici, c'est pas un souci.

— Mais chacun de vous peut nous être utile, intervint Zeke.

Elle lui décocha un regard désapprobateur, mais il décida de l'ignorer et poursuivit :

— Je ne plaisante pas. On ne sait pas combien il y a de vigiles à l'intérieur du bâtiment, ni quelles mesures de sécurité ils ont mises en place. Et sans Turk, ben, euh… ce sera un peu plus difficile, conclut-il en marmonnant d'un air gêné.

Noa se mordilla la lèvre inférieure. Il avait raison. Malgré ses défauts, Turk s'était toujours montré à la hauteur dans les moments les plus périlleux. Son absence allait leur compliquer la tâche, surtout qu'ils ne savaient pas clairement ce qui les attendait.

— Toujours pas de questions ? lança-t-elle.

Quelques-uns secouèrent la tête, mais personne ne dit le moindre mot.

— Très bien. Alors, repos jusqu'à nouvel ordre.

Tandis que la pièce se vidait, elle se pencha vers les plans de l'entrepôt étalés sur la table devant elle. Elle sentit Zeke dans son dos et retint son souffle.

— Désolé pour tout à l'heure, lâcha-t-il.

— T'inquiète, fit-elle, soulagée. Moi aussi, je suis désolée. J'ai, disons… flippé, bredouilla-t-elle.

— Je sais, dit-il avec un petit rire. J'ai bien vu que c'était pas ton truc.

— Qu'est-ce que tu insinues ? demanda-t-elle en se retournant vers lui, les sourcils froncés.

Il haussa les épaules.

— Rien. Juste que tu n'es pas très à l'aise avec les trucs sentimentaux.

Elle se mit à rougir et ouvrit la bouche pour rétorquer quelque chose avant de se rendre compte qu'il avait raison. Elle avait seize ans et personne ne l'avait encore jamais embrassée.

Mais ce n'est quand même pas si anormal ?

Zeke s'approcha plus près d'elle et Noa s'efforça de ne pas s'écarter. Il fit glisser un doigt le long de son bras nu et elle frissonna.

— Tu vois bien ce que je ressens pour toi, chuchota-t-il.

Noa avait l'impression que son visage était en feu. Elle sentit une boule de panique familière dans sa poitrine et dut résister à l'envie de s'enfuir à toutes jambes.

— Je ne sais pas ce que je dois faire, finit-elle par dire.

— Alors on va y aller tout doucement, répondit-il.

Il se pencha vers elle et déposa un baiser sur son front. Elle sentit sa respiration s'accélérer.

Puis il tourna les talons et sortit.

Teo avait prévu de leur fausser compagnie avant le raid, mais jusque-là, il n'en avait pas eu l'occasion. La maison qu'ils squattaient était perdue au milieu de nulle part, seulement entourée d'autres habitations abandonnées formant ce qui paraissait être un lotissement haut de gamme inachevé. Il n'y avait aucun signe de vie à plusieurs kilomètres à la ronde. Phoenix ne ressemblait pas à ce qu'il avait espéré. D'après ce qu'il avait vu durant le trajet, c'était une succession de centres commerciaux et de quartiers résidentiels comme celui-là. Il devait bien y avoir un centre-ville quelque part, mais il ne savait pas du tout comment s'y rendre. Et il n'avait pas vu le moindre SDF, ce qui ne laissait rien présager de bon pour la suite, quand il se retrouverait seul.

Néanmoins, l'éventualité de mourir dans ce désert lui semblait préférable à ce qui l'attendait s'il restait avec les autres. Noa avait annoncé que le raid aurait lieu le lendemain soir, alors qu'ils venaient à peine d'arriver. Il se trompait peut-être, mais elle n'avait pas l'air d'avoir bien pris le temps de se renseigner sur ce dans quoi ils s'apprêtaient à se lancer. Les informations sur le nombre de vigiles et leurs positions lui paraissaient trop vagues pour être rassurantes.

— Eh ben, t'as pas l'air dans ton assiette, lança Daisy en lui souriant.

Ils se trouvaient tous les deux dans ce qui avait dû être la suite parentale. Mais il n'y avait plus dans la pièce que de gros moutons de poussière et un pan de moquette usé qu'ils avaient trouvé dans le garage. Daisy avait ramené ses cheveux bleus en queue-de-cheval et elle portait un mini-short et un débardeur dos nu.

— Qui, moi ? répliqua-t-il d'un air fanfaron, conscient qu'il était en train de piquer un fard.

— Tout ira bien, dit-elle d'une voix confiante. Noa et Zeke ont déjà organisé un paquet de raids et il n'y a jamais eu de problème.

Il y a un début à tout, fut-il tenté de lui répondre.

— Tu vas venir, hein ? ajouta-t-elle en lui donnant un petit coup de coude complice.

Au contact doux et chaud de sa peau contre son bras, Teo sentit qu'il rougissait de plus belle. Il garda les yeux baissés vers les pieds de Daisy et remarqua le vernis vert fluo écaillé sur ses orteils. Il avait envie de lui proposer de partir avec lui. Ils pourraient s'éclipser dans la soirée. Mais il avait l'intuition qu'elle dirait non et, pire encore, qu'elle le prendrait pour un lâche.

— Ouais, répondit-il. Bien sûr que je viens.

— Cool, chuchota-t-elle.

Elle entrelaça ses doigts avec les siens et les serra.

— Comme ça, on veillera l'un sur l'autre. Et quand tout sera fini, on pourra fêter ça, ajouta-t-elle avec un clin d'œil.

Teo sentit son cœur bondir dans sa poitrine. Il ne s'était donc pas trompé : elle le draguait depuis le départ. Lui-même avait eu envie de l'embrasser dès la première fois qu'il l'avait vue.

Évidemment, il ne se passerait rien s'il ne restait pas avec le groupe – ce qui voulait dire s'attaquer à des types armés aussi coriaces que celui qu'ils avaient pris en otage. Son enthousiasme s'évapora aussitôt.

— Ouais, dit-il d'une voix faible. Sacrée fiesta en perspective.

CHAPITRE SEPT

Peter souffla impatiemment sur une mèche qui lui retombait devant les yeux. Il avait trop tardé à aller chez le coiffeur et, désormais, ses cheveux réduisaient son champ de vision.

De toute façon, j'aurais dû mettre un bonnet. Et si Mason trouve un cheveu brun sur son tapis ? Non mais quel abruti !

Au moins, cette fois, il avait pensé à prendre des gants.

Il consulta sa montre. Dix minutes s'étaient déjà écoulées depuis qu'il était dans l'appartement. Et il fallait en compter cinq autres pour sortir de l'immeuble.

Au point où j'en suis, je devrais me servir un verre et piquer un somme sur le canapé.

Il secoua la tête avec agacement et essaya de nouveau de positionner le mouchard, sans cesser de s'autoflageller.

Il regretta de ne pas s'être entraîné chez lui. Le vendeur lui avait assuré qu'une minute suffisait pour installer et activer ces dispositifs de surveillance – mais peut-être que ce n'était valable que pour les espions dignes de ce nom. Ça faisait cinq minutes qu'il s'évertuait à en fixer un sous le bureau de Mason, de manière qu'on ne puisse pas le voir à moins de se promener à quatre pattes sur le tapis. Mais chaque fois qu'il pensait avoir réussi, le micro retombait par terre.

En vérité, ce n'était pas là la seule raison de l'extrême frustration qu'il ressentait. Il s'était réveillé avant l'aube avec Amanda lovée contre lui. Instantanément, tout ce qui s'était passé au cours de la nuit lui était revenu en mémoire. Il avait été sincère quand il lui avait dit qu'il l'aimait – en tout cas, sur le moment. Mais en la regardant dormir, il avait été assailli par des émotions contradictoires. Leur rupture l'avait beaucoup fait souffrir et il n'était pas sûr de pouvoir à nouveau lui faire confiance.

Et puis, il y avait Noa.

Ça semblait insensé et ridicule, mais même s'il ne s'était rien passé entre eux et s'il y avait de grandes chances qu'il ne la revoie jamais en chair et en os, elle ne cessait d'occuper ses pensées – et ses rêves. Ce qu'il éprouvait pour Amanda était… différent. À une époque, le simple fait de recevoir un SMS de sa part le mettait en joie et il aurait pu passer des heures entières rien qu'à la tenir dans ses bras. Même au bout d'un an, quand il était avec elle, il recherchait toujours un contact physique – il posait la main au creux de ses reins ou enveloppait ses doigts dans les siens.

Peter tenait encore beaucoup à Amanda. Mais il réalisait maintenant qu'il n'avait plus les mêmes sentiments pour elle. Il n'avait plus envie d'enfouir sa tête dans ses cheveux en passant ses bras autour de sa taille. Il avait même été tenté un instant de quitter la maison avant qu'elle se réveille, mais il savait que ça l'aurait rendue hystérique.

Il avait donc attendu en fixant le plafond, impatient de rallumer son ordinateur portable pour se remettre au travail. Quand elle avait ouvert les yeux vers 7 heures, il avait essayé de se comporter normalement. Il l'avait embrassée, serrée dans ses bras et l'avait aidée à sortir par-derrière pour qu'elle ne croise pas ses parents. Et quand il avait refermé la porte, il avait poussé un soupir de soulagement – et s'en était voulu aussitôt.

Amanda paraissait avoir deviné que quelque chose clochait, mais elle n'avait rien dit, ce qui était encore pire. Ensuite, il s'était habillé à la hâte et avait filé tout droit chez Mason, en priant pour que celui-ci ait ses petites habitudes et que l'appartement soit vide.

C'était stupide de prendre un tel risque, mais heureusement il n'y avait personne.

Néanmoins, la chance semblait tourner. Peter lâcha un juron quand le micro tomba une fois de plus par terre. Il pouvait presque entendre les secondes défiler, comme le compte à rebours d'une bombe. Il chassa Amanda et

Noa de ses pensées, serra les dents et colla un autre morceau de scotch sur le mouchard.

Cette fois, il avait l'air bien fixé. Tout en se promettant de ne plus jamais aller où que ce soit sans un tube de colle extra-forte, Peter retourna dans le salon. Les deux autres micros furent beaucoup plus faciles à installer. Il en plaça un sous l'îlot central de la cuisine et le dernier, après réflexion, dans la chambre. Après tout, Mason aimait peut-être se prélasser sur son lit en papotant avec Charles Pike, le PDG de Pike & Dolan, telle une collégienne énamourée. Il n'y avait plus qu'à espérer que c'était la seule activité à laquelle il se livrait dans cette pièce. Peter n'avait aucune envie d'espionner sa vie sexuelle, mais il ne voulait pas passer à côté de quoi que ce soit qui puisse permettre de sauver Amanda.

Il balaya la pièce des yeux, puis revint une dernière fois dans le bureau pour s'assurer que le mouchard n'était pas retombé sur le tapis.

Bon, ça a l'air de tenir.

Il vérifia fébrilement qu'il n'avait laissé aucune trace de son passage dans l'appartement, puis se dirigea vers la porte d'entrée.

Il l'avait presque atteinte quand il entendit le bruit caractéristique d'une clé tournant dans la serrure.

Amanda rentra les épaules et enfonça son menton dans son col roulé. La température avait chuté pendant la nuit et le soleil timide ne parvenait guère à réchauffer l'air ambiant. Elle était en retard pour son travail au Refuge.

Ça n'était pas très grave en soi, mais il lui avait semblé que Mme Latimar la surveillait de près ces derniers temps.

Cela faisait près d'une heure qu'elle était partie de chez Peter, ce qui lui avait largement laissé le temps de repenser à ce qui s'était passé. Pendant la nuit, il s'était montré très tendre avec elle. Elle s'était endormie dans ses bras en songeant qu'ils s'étaient finalement remis ensemble et que tout irait bien désormais.

Mais quand elle s'était réveillée, Peter était une tout autre personne. Il était bizarre, mal à l'aise, il fuyait son regard et semblait presque rechigner à la toucher. Elle aurait même pu jurer qu'il avait grimacé en l'embrassant pour lui dire au revoir.

À l'évocation de ce souvenir, Amanda sentit les larmes monter. Elle n'était pas idiote. Peut-être lui avait-il seulement dit qu'il l'aimait parce qu'il avait eu pitié d'elle.

Il faut que je l'oublie, se sermonna-t-elle, furieuse.

De toute façon, entre la fac et son travail de bénévole, elle n'avait pas vraiment le temps d'avoir un petit ami. Avant Peter, elle n'avait pas eu tellement de copains et elle passait la plupart de ses week-ends avec ses amis. C'était agréable et bien plus reposant psychologiquement. La bonne nouvelle, c'était qu'elle allait pouvoir retrouver cet état d'esprit.

C'est quand même dingue qu'il soit si accro à une fille qui n'est même plus dans le coin, songea Amanda avec un soudain élan de rage.

Elle serra la mâchoire et accéléra le pas pour évacuer sa colère. Elle était si préoccupée par ses pensées qu'elle ne prêtait guère attention à ce qui l'entourait. Tout à coup, un homme surgit devant elle.

— Pardon, murmura-t-elle comme par réflexe, avant de faire un pas de côté pour l'éviter.

Mais il fit de même, lui barrant le passage. Elle leva la tête, agacée.

C'était Mason.

Peter se pétrifia et il lui sembla que son cœur s'arrêtait de battre. En voyant la poignée tourner, il reprit ses esprits et rebroussa chemin aussi vite et silencieusement que possible. Il s'arrêta au milieu du salon, les mains moites et tremblantes. Mason le tuerait s'il le trouvait ici. Et il connaissait sans doute une centaine de façons différentes de se débarrasser d'un cadavre en toute discrétion. Peter disparaîtrait purement et simplement. Ses parents supposeraient qu'il avait fugué. Et même si Amanda et Noa le cherchaient, elles finiraient par devoir renoncer.

Il faut que je sorte d'ici ! Et tout de suite !

Affolé, il regarda autour de lui en quête d'un endroit où se cacher. Derrière les rideaux ? Non, c'était trop évident et ils n'arrivaient même pas jusqu'au sol. Dans la chambre ? Et ensuite, quoi, se glisser sous le lit ? Il ne se rappelait même pas s'il y avait un placard.

Bon sang, mais réfléchis !

Il repensa à une porte qu'il avait repérée dans la cuisine. Il fonça dans cette direction tandis que des pas résonnaient dans l'entrée. Il était à court de temps et d'idées. S'il se retrouvait face à une série d'étagères, il était cuit. Il saisit la poignée en retenant son souffle et ouvrit la porte en faisant le moins de bruit possible, priant pour qu'il s'agisse d'un placard à balais.

Ce qu'il découvrit dépassait toutes ses espérances, au point qu'il faillit s'évanouir de soulagement : un petit couloir avec un vide-ordures et un ascenseur de service. Il s'y rua et referma doucement la porte derrière lui. Il s'apprêtait à appuyer sur le bouton d'appel de l'ascenseur quand il suspendit son geste. Et s'il était bruyant ? Mason risquait de venir jeter un coup d'œil pour voir ce qui se passait.

Il décida qu'il valait mieux attendre quelques minutes. Avec un peu de chance, Mason ne resterait pas longtemps chez lui. Il avait sûrement autre chose à faire à cette heure de la journée – du moins Peter l'espérait.

Il perçut un bruit de clés qui heurtaient le comptoir et une faible mélodie en fond.

Je rêve ou il est en train de fredonner ?

Peter n'en revenait pas.

Tout à coup, il entendit des pas lourds qui s'approchaient et fut pris d'un élan de panique. Il était trop tard pour appeler l'ascenseur : il n'y avait aucune chance qu'il arrive avant que la porte ne s'ouvre. Il regarda autour de lui mais aucune fenêtre, aucune issue n'était apparue comme par magie dans le couloir. Pendant un instant, il envisagea la solution du vide-ordures, mais il était bien trop étroit pour qu'il puisse s'y faufiler.

Les pas s'arrêtèrent juste de l'autre côté de la cloison. Peter avala sa salive.

Cette fois ça y est. Je suis fait comme un rat.

Une multitude de scénarios atroces se bousculèrent dans sa tête. Est-ce que quelqu'un l'entendrait s'il se mettait à crier ? À moins de tenter de joindre la police… mais pour leur dire quoi ? Qu'il était coincé dans un appartement où il était entré par effraction ?

Il pouvait au moins envoyer un SMS à Amanda. Il sortit son iPhone de sa poche et fixa l'écran, sans trop savoir ce qu'il pouvait écrire.

Je suis chez Mason et il est sur le point de me tuer ! Adieu, c'était sympa de te connaître. :(

Mais l'heure n'était pas à la plaisanterie. Il fallait qu'il soit bref, qu'il lui donne l'adresse de Mason et qu'il lui demande de contacter Noa. Tant qu'à faire, il allait insérer un lien vers le renifleur. Peter ne comprenait pas comment il avait pu être assez stupide pour ne pas en avoir encore parlé à Noa. À l'heure qu'il était, elle ignorait tout du dispositif de surveillance qu'il avait installé chez Pike & Dolan. Et même si les dossiers du Projet Perséphone se trouvaient sur un autre serveur, il pouvait quand même fournir des informations utiles.

Mais non, il a fallu que je la joue perso.

La poignée tourna.

À la dernière seconde, Peter se plaqua derrière la porte en essayant de se faire le plus petit possible et bloqua sa respiration. Un sac-poubelle vola à travers le couloir et atterrit sur le sol avec un bruit sourd. Il reconnut les contours de petites boîtes en carton à l'intérieur.

Génial, je vais mourir à cause d'une commande de plats chinois à emporter.

Si Mason faisait un pas de plus, il ne pourrait pas le manquer…

La porte se referma d'un coup sec. Peter attendit quelques secondes et relâcha son souffle.

Dans l'appartement, la sonnerie d'un téléphone retentit. Presque aussitôt, une voix féminine se mit à parler en espagnol avec un débit rapide. Puis il entendit le robinet couler dans l'évier de la cuisine et des bruits de placards qu'on ouvre et qu'on referme.

Il se laissa glisser le long du mur jusqu'à se retrouver accroupi par terre et dut alors réprimer un fou rire.

Ce n'est pas Mason, c'est la femme de ménage !

Il n'allait donc pas mourir, ce qui était un soulagement. Mais il lui fallait tout de même décamper, et de préférence sans être vu.

Il colla son oreille à la porte et reconnut le bourdonnement sonore d'un aspirateur de l'autre côté. C'était le moment de tenter sa chance. Il s'approcha de l'ascenseur et l'appela.

Après quelques instants, la cabine s'ouvrit en silence. Peter s'engouffra à l'intérieur et appuya sur le bouton le plus bas avant de presser avec insistance sur celui qui commandait la fermeture des portes, terrifié à l'idée de voir surgir à tout moment une main qui viendrait l'attraper.

Lorsqu'elles furent enfin closes, il s'adossa contre la cloison du fond. Cet ascenseur était bien moins reluisant que celui qu'il avait pris pour monter. Le sol était recouvert d'un linoléum craquelé et les parois grisâtres étaient maculées de traces de peinture. Mais aux yeux de Peter, c'était le plus bel ascenseur qu'il avait jamais vu de toute sa vie.

Lorsque les portes se rouvrirent, il était parvenu au sous-sol. Il jeta un coup d'œil autour de lui et repéra un escalier qui le conduisit directement dans une allée bordant l'arrière de l'immeuble. Il se dirigea vers la rue principale, vérifia que la voie était libre et se mit à marcher, les mains dans les poches, d'un pas qui se voulait nonchalant. Il lui fallut toute la volonté du monde pour ne pas se mettre à courir comme un dératé.

Quand il eut enfin rejoint sa voiture, il resta assis derrière le volant pendant une minute, tremblant de tout son corps. Il n'était pas fait pour ce genre de mission. Il venait de prendre des risques inconsidérés qui auraient pu lui valoir, dans le meilleur des cas, d'être arrêté pour effraction. Dorénavant, il se contenterait de mener ses investigations depuis le confort sécurisant de son ordinateur.

Fort de cette résolution, Peter mit le contact et prit la route pour rentrer chez lui.

Amanda avait le souffle coupé de stupéfaction. Mason portait un costume gris impeccable, un manteau de laine et une écharpe Burberry nouée autour du cou. Malgré le froid, ses joues étaient d'une pâleur extrême.

— Amanda Berns, dit-il d'une voix égale. Quelle coïncidence. Je me rendais justement au Refuge.

Elle ouvrit la bouche, mais aucun son n'en sortit. Tout son corps semblait paralysé d'effroi. Elle le dévisagea d'un air hébété pendant près d'une minute durant laquelle il soutint son regard sans ciller.

Elle finit par se ressaisir et lui adressa un faible sourire.

— Moi aussi, lâcha-t-elle avant de le doubler.

— Eh bien alors, faisons le chemin ensemble, répliqua-t-il en la rattrapant.

Tout en elle répugnait à cette suggestion, mais elle ne trouvait aucune raison valable de refuser. Amanda aurait voulu l'insulter pour avoir organisé son enlèvement, inscrit un avertissement effrayant sur sa peau et ôté la vie à une multitude d'ados sans défense. Mais elle n'avait aucune preuve de tout cela. Et si elle se mettait à l'invectiver au beau milieu de la rue, elle passerait simplement pour une folle. De plus, Mason comprendrait qu'elle était contre lui, et tout son petit manège pour récupérer des noms au Refuge et les transmettre à Mouse tomberait à l'eau.

Elle déglutit et garda les yeux rivés au sol en espérant qu'il n'allait pas lui parler – mais elle déchanta aussi sec.

— Alors, commença-t-il, il me semble que nous avons une connaissance en commun.

Amanda releva brusquement la tête, paniquée à l'idée qu'il ait pu découvrir ses manigances.

Pourvu qu'il ne s'en soit pas pris à Mouse !

Elle imagina son corps frêle étendu sur une table d'opération et cette pensée lui donna la nausée.

— Ah bon ? fit-elle en essayant de ne pas laisser paraître son trouble. Qui ça ?

— Peter Gregory.

Amanda ressentit un bref soulagement avant d'être à nouveau gagnée par la terreur. Mason savait-il que Peter continuait d'aider Noa ?

— C'est mon ex, acquiesça-t-elle d'un ton qui se voulait dédaigneux.

— Ah, les amours de jeunesse, commenta Mason avec un sourire de façade. Une succession de joies et de désillusions, n'est-ce pas ?

Elle ne répondit rien. Ils n'étaient plus très loin du Refuge. Voyant que le feu allait passer au vert, elle accéléra pour traverser quand même. Mason lui emboîta le pas sans se mettre à courir pour autant.

— Apparemment, Peter souhaite entrer à Harvard l'année prochaine, reprit-il comme si de rien n'était.

— Comment vous savez ça ? lui demanda-t-elle sèchement.

— Oh, ses parents sont de vieux amis, indiqua-t-il avec ce même sourire hypocrite – presque perfide, en réalité.

Amanda sentit son cœur battre la chamade, comme si elle était en pleine course alors qu'elle avait repris une allure normale. L'entrée du Refuge n'était plus qu'à une centaine de mètres. Tout ce qu'elle avait à faire, c'était de garder son sang-froid jusque-là.

— Je ne savais pas, dit-elle.

— Et puis, nous avons des intérêts professionnels en commun, déclara-t-il d'un ton exagérément détaché.

Elle ne pouvait s'empêcher de penser que ses propos étaient pleins de sous-entendus.

— Peter me paraît être un jeune homme très intelligent, ajouta-t-il.

Ils étaient presque arrivés devant la porte. Amanda craignait à tout moment qu'un 4×4 vienne se garer le long du trottoir et que Mason la pousse à l'intérieur ou bien qu'il lui plante une seringue dans le cou et qu'elle se réveille dans un endroit horrible. Elle commençait à suffoquer.

— Oui, bredouilla-t-elle dans un souffle.

— Trop intelligent, diraient certains.

Il l'attrapa brusquement par le bras, l'obligeant à s'arrêter. Amanda se figea. Elle avait l'impression d'être dans un de ces cauchemars où l'on est attaqué par un monstre et où l'on se retrouve dans un état de stupeur, incapable de bouger.

— Qu'est-ce que… vous voulez dire ? articula-t-elle.

Mason se pencha vers elle.

— Notre cher Peter est encore en train de fourrer son nez dans ce qui ne le regarde pas. Il serait souhaitable de le lui faire comprendre.

Amanda hésitait. Une petite voix dans sa tête lui conseillait de crier au secours. Mais il aurait vu qu'elle était terrifiée et elle n'avait pas envie de lui faire ce plaisir. Elle repensa au regard vide de Peter quand il l'avait quasiment mise à la porte un peu plus tôt dans la matinée. Elle secoua brusquement le bras pour se défaire de l'emprise de Mason.

— Comme je vous l'ai dit, on n'est plus ensemble, lâcha-t-elle froidement.

Il haussa les sourcils. Il ne s'attendait visiblement pas à cette réponse.

— Très bien, fit-il. Dans ce cas, je ferais mieux de m'adresser directement à lui.

— Ah oui, et à propos de quoi exactement ? demanda-t-elle.

Elle avait plutôt imaginé lui dire qu'elle était en retard et le planter là. Mais ces mots lui avaient échappé et elle ne pouvait revenir en arrière.

— Intéressant, murmura Mason en la dévisageant. Vous me surprenez, mademoiselle Berns.

Le ton de sa voix la fit frissonner, comme si d'horribles mains s'étaient aventurées partout sur son corps.

— Je… je dois vraiment y aller, là. J'ai… j'ai déjà dix minutes de retard, balbutia-t-elle.

— Mais certainement, lança-t-il avant de s'incliner devant elle en tendant le bras d'un air affecté – son geste était ridicule en soi, et pourtant il parvenait à le rendre parfaitement naturel.

Amanda s'éloigna d'un pas mesuré malgré son envie désespérée de partir en courant. Elle s'arrêta au moment où elle posait sa main sur la poignée de la porte du Refuge et se retourna.

La rue était vide. Mason s'était envolé.

DEUXIÈME PARTIE

INFILTRATION

CHAPITRE HUIT

— Prête ? murmura Zeke.

— Grave, acquiesça Noa.

Elle palpa les armes et les accessoires dissimulés sous son gros blouson et vérifia une énième fois qu'elle n'avait rien oublié. Elle avait un taser et une bombe lacrymo pour faire bonne mesure, des colliers de serrage en plastique, un cutter, une lampe de poche et une grenade incapacitante récupérée lors d'un précédent raid. Elle était habillée en noir de la tête aux pieds et portait autour du cou un foulard à carreaux noir et blanc pour pouvoir rapidement dissimuler le bas de son visage, le moment venu – même s'il y avait de grandes chances que les types sur place sachent très bien qui elle était.

— OK, dit Zeke en étudiant de nouveau les environs avec des jumelles de vision nocturne.

Il était presque minuit. Les trois vigiles étaient là, autour de l'entrepôt. Deux d'entre eux, assis sur des chaises de camping, jouaient aux cartes près de la porte principale, sous un projecteur. Le troisième faisait sa ronde autour du bâtiment d'un pas traînant.

— Ils sont fatigués et ils s'ennuient, commenta Zeke. Ça va être du gâteau.

— Ne dis pas ça, tu vas nous porter la poisse, l'avertit Noa.

— Oh, toi et tes superstitions. Relax.

Elle se mordilla les lèvres. Elle était toujours nerveuse avant un raid, mais ce soir-là, elle l'était encore plus que d'habitude.

C'est juste de la paranoïa, songea-t-elle pour tenter de se rassurer.

Après ce qui venait de se passer à Oakland, c'était compréhensible.

Tout à coup, ils aperçurent des phares sur la route menant à l'entrepôt, à un peu moins d'un kilomètre d'eux. Le faisceau s'agitait dans l'obscurité tandis que le camion bringuebalait sur la chaussée déformée. Depuis leur poste d'observation, ils percevaient les basses d'une musique électro qui sortait par les fenêtres ouvertes.

— Les voilà ! s'exclama Zeke d'un air excité.

Noa se pencha un peu en avant. Ils se trouvaient sur un promontoire surplombant le site, près de l'endroit où ils avaient vécu un moment gênant la veille. Les autres les avaient déposés là une heure plus tôt, puis étaient repartis pour mettre à exécution la première partie du plan.

Elle vit la lumière des phares s'éloigner d'eux quand le camion tourna dans le dernier virage avant d'accéder à l'entrepôt. Les trois vigiles semblaient ouvrir de grands yeux ronds comme s'ils venaient de voir un ovni.

Que le spectacle commence.

Assis à l'arrière, près de Daisy, Teo faisait de son mieux pour ne pas céder à la panique. Elle lui tenait la main et il sentait sa paume moite et glissante contre la sienne.

Non mais quel crétin! Pourquoi je ne me suis pas barré quand c'était encore possible?

Le camion freina brusquement, les projetant l'un contre l'autre. Leurs têtes se cognèrent et Daisy laissa échapper un petit cri. Teo allait s'excuser mais une voix masculine aboya quelque chose au-dehors et il préféra se taire. En réalité, il n'aurait pas risqué grand-chose, car la musique était si forte qu'elle aurait largement couvert sa voix.

— Qu'est-ce que c'est que ce bazar?

Le vigile était vraiment tout près, simplement séparé d'eux par le panneau métallique de la carrosserie. Teo retint son souffle et Daisy se figea.

— Yo, man! lança Remo, installé derrière le volant. C'est bon si je me gare là?

— Hein ? fit le gardien, à la fois perplexe et agacé.

— Ou c'est peut-être mieux si je me mets dans l'autre sens… Tout dépend de l'endroit où ils vont monter la scène.

— La quoi ? Bon sang, j'entends rien. Baissez la musique !

Le volume diminua de quelques décibels et Teo ne put s'empêcher d'esquisser un sourire.

— Tu peux me dire ce qui se passe ici ? s'écria une voix plus grave – probablement le chef. Qu'est-ce qu'il fout là, ce camion à tacos ?

— J'en sais rien, répondit l'autre d'un air renfrogné. Il veut savoir où il peut se garer.

— Se garer ? répéta le chef avant de s'approcher de Remo. Écoute-moi bien, gamin, ici c'est une propriété privée. Tu sais pas lire les panneaux ? « Accès interdit ». Alors tu fais demi-tour et tu dégages !

— Négatif, mon pote. J'ai un contrat à honorer, moi.

Teo était impressionné par le sang-froid dont Remo faisait preuve. À sa place, face à des vigiles vraisemblablement armés, il aurait été mort de trouille. Mais Remo jouait parfaitement son rôle de vendeur de tacos gentiment défoncé.

— Faut que j'aie tout préparé avant la fiesta, tu vois.

— Quelle fiesta ? demanda le premier gardien.

Au même moment, son chef poussa un cri de surprise :

— Nom d'une pipe, mais c'est quoi, ça ?

Teo imaginait ce qu'il venait de voir : un long chapelet de voitures roulant dans leur direction. Si tout se passait comme prévu, des dizaines d'autres arriveraient bientôt. Le chef poussa un juron, puis il y eut le grésillement d'un talkie-walkie et il lança d'un ton furieux :

— Poste de contrôle, on a un problème à l'extérieur. Envoyez des renforts.

Teo sentit Daisy presser sa main dans la pénombre et il devina l'éclat brillant de ses dents : elle souriait. Au bruit de leurs pas, il comprit que les vigiles s'éloignaient. Remo remonta le volume de la musique avant de pianoter en rythme sur le volant.

— Tout va bien, derrière ? demanda-t-il sans se retourner.

— Ouais, acquiesça Daisy, c'est cool.

Teo garda le silence. « Cool » lui paraissait le mot le moins approprié pour décrire la situation.

— Impec, fit Remo. On passe à la deuxième étape.

Noa courait derrière Zeke en prenant soin de rester baissée. Au-dessus d'eux, la lune était réduite à un mince croissant et il faisait si noir dehors qu'elle regretta de ne pas s'être procuré des lunettes infrarouges. Elle trébuchait sans cesse et avait déjà manqué de s'étaler au moins dix fois tandis qu'ils traversaient l'étendue déserte qui les séparait de l'entrepôt.

Après dix minutes de course, ils s'arrêtèrent derrière un cactus qui penchait sur le côté, comme s'il effectuait une chute libre au ralenti, et observèrent la scène chaotique qui s'offrait à eux.

— À mon avis, ils doivent être en train de se dire qu'ils auraient dû louer un lieu fermé par un grillage, dit Zeke avec un petit rire.

L'absence de clôture était justement ce qui avait inspiré son plan à Noa. Et elle devait également une fière chandelle à Peter, qui lui avait donné un sacré coup de main. Il y avait maintenant au moins une cinquantaine de voitures et de camionnettes garées dans tous les sens sur le site, la plupart avec les phares allumés et la musique à fond, et l'endroit grouillait d'ados en tenue de clubbeurs. Cinq vigiles complètement dépassés circulaient entre eux en leur criant de s'en aller. Un petit attroupement s'était formé autour du camion, où Teo et Daisy distribuaient à tour de bras des bières et des tacos gratuitement, pendant que d'autres rôdaient autour du bâtiment en cherchant un moyen d'y entrer.

Noa ne put réprimer un sourire.

Jusqu'ici, tout va bien. On suit le plan à la lettre.

Peter avait publié un message sur tous les forums consacrés aux sorties à Phoenix qu'il avait pu trouver, en prétendant qu'une free party aurait lieu après minuit à l'entrepôt. Pour rendre l'événement plus attrayant, l'invitation laissait même entendre qu'un célèbre DJ de Los Angeles serait derrière les platines.

Noa avait eu peur qu'il n'y ait pas assez de monde. Mais plus d'une centaine de fêtards avaient déjà investi les lieux et elle distinguait une nuée de phares en provenance de l'autoroute. Elle n'avait pas osé espérer un tel succès.

— C'est parfait, murmura-t-elle.

— Hmm, acquiesça Zeke, tout en surveillant les vigiles d'un air méfiant. Tu crois qu'ils vont sortir leurs armes ? Il ne faudrait pas que quelqu'un soit blessé.

— Aucun risque. Ils ne peuvent pas se permettre le moindre incident, sinon la direction de Pike & Dolan leur tombera dessus.

— C'est vrai. Et évidemment, ils n'appelleront pas la police, ajouta Zeke avant de tapoter l'épaule de Noa. Je t'ai déjà dit que t'étais géniale ?

— Non, pas récemment, répondit-elle en rougissant, flattée par son compliment et soulagée de voir qu'il n'y avait plus de malaise entre eux.

— Alors qu'est-ce qu'on attend ? Allons-y !

Ils s'élancèrent vers le parking et se fondirent vite dans la foule. Noa jeta un coup d'œil au camion à tacos, garé à quelques mètres de l'entrée de l'entrepôt. Elle se tourna vers Zeke qui lui adressa un hochement de tête et ils se frayèrent un chemin dans cette direction.

— Ouvrez la porte ! cria un jeune homme.

Son appel fut repris et répété jusqu'à ce que des centaines de voix se mettent à le scander à l'unisson. Quelques filles hurlaient aussi le nom du DJ.

Presque aussitôt, des accords de basse résonnèrent lourdement à l'intérieur du bâtiment, provoquant une clameur d'enthousiasme au sein de l'assistance.

— Pile à l'heure ! lança Zeke en se penchant vers Noa.

Elle acquiesça, le sourire aux lèvres.

Bien joué, Peter.

En étudiant les plans du bâtiment, il avait découvert un système d'interphones dont il pouvait prendre le contrôle à distance, ce qui lui permettait maintenant de diffuser de la musique à plein volume par tous les haut-parleurs de l'entrepôt. Les appareils étaient de faible puissance et ne permettraient pas de tromper très longtemps la foule, qui s'attendait forcément à une véritable sono, comme celles qu'utilisaient les DJ professionnels. Mais pour le moment, la combine faisait illusion et tout le monde semblait pris dans la frénésie de l'événement.

Noa consulta sa montre. Cela faisait deux minutes que la musique avait démarré. Elle comptait sur la lenteur des vigiles à réagir, débordés par une horde d'ados déchaînés. Mais elle avait néanmoins bien précisé à Peter qu'il leur faudrait entrer rapidement.

Au moment où elle commençait à s'inquiéter, quelqu'un cria : « C'est ouvert ! »

— Yes ! s'exclama Zeke.

Noa remercia mentalement Peter. Elle l'imaginait, courbé sur son clavier, garé quelque part sur un parking, parcourant les systèmes du bâtiment avant d'accéder aux circuits électriques qui commandaient le verrouillage des portes. L'entrepôt possédait tout un tas de dispositifs high-tech – sans doute l'œuvre d'un architecte ambitieux qui espérait qu'il abriterait un jour des membres du ministère de la Défense. C'était probablement la présence de ces équipements qui avait séduit Pike & Dolan. À première vue, le site paraissait beaucoup plus inaccessible que celui où elle avait été détenue.

Sauf que les responsables du groupe n'avaient pas pris en compte l'intrusion éventuelle de hackeurs quand ils avaient fait leur choix.

Dommage pour eux, pensa Noa.

Pour son équipe, un bâtiment comme celui-là était une véritable aubaine.

— Bon, ils sont venus pour avoir du spectacle, murmura-t-elle. Il est temps de leur en donner.

La foule se pressait vers la porte ouverte, formant un goulet d'étranglement tandis que chacun jouait des coudes pour pouvoir entrer. Noa et Zeke se joignirent au mouvement. Et même s'ils détonnaient un peu, habillés tout en noir, personne ne semblait s'en soucier.

— Tout le monde devrait être en position, glissa-t-il à l'oreille de Noa, tout en plaçant un bras devant elle pour la protéger autant que possible de la bousculade.

— On aura cinq minutes à l'intérieur, pas une de plus.

— OK, acquiesça Zeke en se passant la main dans les cheveux. C'est parti !

Peter était assis dans sa voiture, son ordinateur portable posé sur les genoux. L'écran, qui diffusait une lueur brillante dans l'habitacle, vacillait de temps à autre, quand sa jambe se mettait à trembler – un tic nerveux qu'il avait depuis tout petit et qu'il avait bien du mal à maîtriser.

Il était de nouveau garé dans l'allée des voisins et, ce soir-là, pour faire face au froid glacial, il laissait tourner le moteur par intermittence pour faire marcher le chauffage.

Les images des caméras de surveillance de l'entrepôt de Phoenix remplissaient l'écran. Il avait créé un miroir du dispositif de transmission, ce qui lui permettait de voir la même chose que l'agent de sécurité posté dans la salle de contrôle. Il songea que s'il avait été à sa place en ce moment même, il aurait été franchement paniqué.

Peter avait commencé à étudier l'architecture du système dès que Noa lui avait annoncé sa décision de lancer le raid. La diffusion de l'invitation sur Internet avait été la partie la plus simple. C'était aussi lui qui avait eu l'idée d'évoquer la présence du DJ. Avec tout ce qu'il avait promis, le site tout entier devait grouiller de jeunes teufeurs.

Comme convenu, il avait piraté les haut-parleurs de l'entrepôt qui beuglaient désormais de l'électro, et les deux portes situées à l'avant et à l'arrière du bâtiment étaient bloquées en position ouverte. Sur place, un responsable multipliait désespérément les tentatives pour les refermer, mais Peter refusait systématiquement toutes les demandes de validation qui apparaissaient sur son écran.

— Désolé, mon gars, lâcha-t-il à haute voix. En tant que nouvel administrateur, je me vois dans l'obligation de rejeter ta requête. Va mourir.

Dans une autre fenêtre, il surveillait les échanges des services de police de Phoenix pour s'assurer que les vigiles ne les avaient pas contactés. Jusqu'ici, aucune patrouille n'avait été dépêchée dans le secteur et Peter doutait que cela se produise. Il y avait peu de risques qu'ils fassent intervenir les autorités à proximité d'un laboratoire clandestin.

Mais deux précautions valent mieux qu'une, songea-t-il avec sagesse.

À part faire enrager un crétin en uniforme à plusieurs milliers de kilomètres, il n'avait pas grand-chose à faire. Il pianota sur le tableau de bord avec impatience. Il aurait aimé pouvoir suivre en direct tout ce qui se passait, mais les caméras situées dans l'entrepôt devaient fonctionner en circuit fermé, car il n'y en avait aucune trace sur le système central. C'était regrettable car cela lui aurait permis de les guider à l'intérieur. Il repensa alors au magasin spécialisé en systèmes de sécurité. Peut-être pourrait-il suggérer à Noa de porter un casque équipé d'une caméra la prochaine fois…

Il éclata aussitôt de rire en imaginant sa réaction. Il aurait sans doute plus de chances de la convaincre de mener un raid en robe de soirée.

Une lumière rouge se mit à clignoter sur l'écran et il cliqua à nouveau sur « Refuser ».

— Eh non, toujours pas, mec.

Il espérait ardemment que le type de la salle de contrôle était en train de perdre les pédales. Il s'était même pris à rêver qu'il s'agissait de Mason et que celui-ci sautait dans tous les sens et s'arrachait les cheveux en voyant que le système ne lui obéissait plus.

Un ordre de surpassement apparut et Peter émit un léger sifflement.

— Oh, joli. Alors comme ça, on essaie de contourner le système central depuis un autre terminal ? Excellente idée, très cher.

Il tapa une série de commandes sur le clavier avant de presser la touche « Entrée » avec un geste théâtral.

— Malheureusement, c'est encore raté !

Teo était passé en pilotage automatique : il remplissait des gobelets en plastique à la chaîne, sans réfléchir, avant de les tendre par-dessus le comptoir.

Il avait déjà vidé un fût de bière et le deuxième était largement entamé. Il était sidéré par le monde qui avait fait le déplacement. Quand Noa leur avait présenté son plan, il l'avait trouvé ridicule. Il n'avait jamais entendu parler du concept de « free party » – à vrai dire, il n'avait pas mis les pieds dans une fête depuis un bon bout de temps. Du coup, il était assez impressionné de se retrouver face à une foule d'ados qui riaient et s'amusaient. Pendant un instant, il s'était presque senti normal, comme s'il avait basculé dans une version alternative de sa vie où il aurait été un type cool chargé de servir de la bière gratuitement.

À côté de lui, Daisy se démenait tout autant en distribuant les tacos qu'ils avaient achetés en grosses quantités. Elle avait les joues rouges et, chaque fois que leurs regards se croisaient, elle lui adressait un grand sourire.

— C'est marrant, hein ? lança-t-elle en criant pour se faire entendre malgré le vacarme.

Teo acquiesça d'un hochement de tête. Elle avait raison, c'était marrant – au point qu'il avait presque oublié le véritable but de leur présence.

Remo avait filé dès qu'ils avaient ouvert le panneau latéral pour commencer à servir la foule. Il devait maintenant avoir rejoint les autres à l'arrière du bâtiment. Noa et Zeke étaient censés entrer par-devant en se mêlant à la cohue. Pour les deux groupes, le plan consistait à pénétrer dans l'entrepôt, « neutraliser » – pour reprendre l'expression de Noa – les vigiles restants et rechercher les ados séquestrés. Ensuite, tout le monde devait sortir par l'arrière où Crystal les attendrait avec le van.

Noa avait expliqué que, dans la confusion, les gardiens risquaient de perdre un temps précieux à tenter de maîtriser la situation. Quand les clubbeurs réaliseraient qu'il n'y avait pas de fête, pas plus que de DJ célèbre, leur petite troupe serait déjà à des kilomètres. En tout cas, c'était ce qui était prévu.

Teo était soulagé que son rôle se limite à tenir le stand de bière. Encore quelques minutes, puis Daisy et lui recevraient l'ordre de plier boutique en vitesse et de filer avec le camion jusqu'au point de rendez-vous qui avait été fixé.

Il s'autorisa enfin à éprouver un semblant d'espoir. Si la plupart des raids se passaient comme celui-là, ce n'était peut-être pas si dangereux, finalement. Durant le trajet, un peu plus tôt dans la nuit, Noa n'avait pas dit le moindre mot, mais il avait remarqué que son visage était empreint d'un calme absolu. Elle paraissait totalement confiante et sereine, et Teo avait alors compris pourquoi tous se rangeaient à son autorité – et aussi pourquoi il avait décidé de participer à l'opération, malgré ses craintes. Ils avaient beau n'être qu'une bande d'ados, elle faisait d'eux une véritable « armée ».

Soudain, une grosse main s'abattit sur son bras. Sous le coup de la surprise, il lâcha le gobelet qu'il tenait. Un gardien en uniforme kaki était parvenu à atteindre le camion et il le serrait avec une poigne de fer. Il devait avoir une quarantaine d'années. Son visage et son crâne chauve étaient rouges de colère.

— Arrêtez de distribuer de l'alcool ! tempêta-t-il en leur jetant un regard mauvais.

Teo reconnut sa voix : c'était celui qu'il avait estimé être le chef des vigiles. Daisy se pencha par-dessus le comptoir.

— Vous voulez un taco ? proposa-t-elle en lui souriant.

— Dégagez ! insista-t-il en repoussant de son bras libre les jeunes qui tentaient de le contourner. Immédiatement !

— Désolé, m'sieur, lâcha Teo en tâchant d'imiter le ton décontracté de Remo. On est payés pour être là.

— Et par qui ?

Heureusement, ils avaient mis au point une histoire pour se couvrir.

— Gila Sound System, répondit-il.

— Gila quoi ? grommela le gardien.

Pendant ce temps, les ados autour de lui commençaient à perdre patience. Ils le bousculaient de plus en plus fort, visiblement peu intimidés par l'arme qu'il portait. Quelques-uns lui crièrent de se pousser.

Qu'est-ce qu'ils ne feraient pas pour une bière gratuite, songea Teo avant de hausser les épaules.

— C'est tout ce que je peux vous dire, reprit-il. Je fais seulement mon job.

— Écoute-moi bien, sale morveux, s'emporta le vigile, dont le visage était devenu cramoisi. Toi et ta copine, vous avez intérêt à virer votre camion fissa, sinon…

Il ne termina pas sa menace, interrompu par le bruit sourd d'une déflagration à l'intérieur de l'entrepôt. Il lâcha le bras de Teo et se précipita vers le bâtiment en se frayant un passage au milieu de la foule, qui s'était brusquement tue.

— Qu'est-ce que c'était ? demanda Daisy, les yeux écarquillés.

— J'en sais rien, dit Teo, tout aussi perplexe.

Il n'avait jamais été question d'une explosion et c'était pourtant ce qu'il lui avait semblé entendre – et une grosse, de surcroît.

— Tu crois qu'on devrait s'en aller ? ajouta-t-elle.

Teo hésitait. Noa leur avait donné l'ordre strict de partir immédiatement si quelque chose tournait mal. Et la foule commençait à se disperser, ce qui n'était pas bon signe. Il distingua les mots « bombe » et « police » au milieu des murmures.

— Encore une minute, décida-t-il.

Daisy acquiesça, le visage blême. Elle n'avait plus du tout l'air de s'amuser.

CHAPITRE NEUF

Peter fronça les sourcils. Une lumière rouge venait d'apparaître sur les écrans de surveillance de l'entrepôt.

Une alerte incendie ?

Noa n'avait rien évoqué de tel dans son plan.

Il cliqua rapidement sur diverses commandes pour s'assurer que les dispositifs de sécurité du bâtiment n'envoyaient pas automatiquement un appel à la brigade locale des pompiers. Heureusement, il ne détecta aucune émission de signal – les responsables de Pike & Dolan avaient eu la bonne idée de désactiver tout contact avec les services d'urgence.

Peter soupira d'impuissance. Il regretta plus que jamais de n'avoir aucun moyen de savoir ce qui se passait. Des images inquiétantes lui traversaient l'esprit : Noa blessée, prise au piège dans une pièce remplie de fumée ; les sbires de Mason fondant sur elle et la capturant à nouveau.

Ses jambes étaient parcourues de tremblements irrépressibles. Il songea que Noa était trop précieuse pour mener les raids contre Pike & Dolan. Les responsables du groupe avaient déjà prouvé qu'ils étaient prêts à tout pour la reprendre.

Le souffle court, Peter retourna sur la fenêtre des caméras de surveillance. Désormais, une lumière rouge clignotait sur toutes les images. À ce stade, il y avait peu de chances que le bâtiment ne brûle pas complètement.

— Noa, murmura-t-il d'une voix angoissée. Sors de là tout de suite !

La foule en liesse emporta Noa et Zeke le long d'un étroit couloir. Au-dessus d'eux, des néons projetaient une clarté aveuglante sur les murs et les sols blancs. Le bâtiment ressemblait davantage à un hôpital que l'entrepôt dans lequel Noa s'était réveillée.

Elle ne put s'empêcher de frissonner. Comme lors des précédents raids, elle fut saisie par une violente claustrophobie et eut l'impression que les murs se resserraient autour d'elle. Elle frotta son poignet à l'endroit où elle avait l'habitude de porter son bracelet et sentit une boule de panique se former dans sa poitrine. Elle serra les dents et s'efforça de se ressaisir.

— Ça va ? demanda Zeke en lui jetant un regard inquiet.

— Ouais, acquiesça-t-elle, malgré la nausée qui la gagnait.

Autour d'eux, le flot des clubbeurs ralentissait à mesure qu'ils s'enfonçaient dans le bâtiment et certains commençaient à protester : ce n'était pas le décor auquel ils s'attendaient. Il n'y avait ni lumière noire, ni décorations phosphorescentes, et la sono semblait de mauvaise qualité.

Noa remarqua des portes de part et d'autre du couloir. Elle tenta d'en ouvrir une et marmonna un juron en constatant qu'elle était fermée. Peter lui avait assuré qu'il pourrait contrôler le verrouillage des portes intérieures. Elle pria pour qu'il y parvienne avant qu'ils aient atteint la zone qu'ils ciblaient.

Puis soudain, une déflagration assourdissante résonna, qui semblait provenir des entrailles de l'entrepôt.

La foule s'immobilisa aussitôt et tout le monde se tut.

— C'était quoi ? murmura Zeke.

Noa secoua la tête, déconcertée. Le bâtiment tout entier avait tremblé.

On aurait dit une bombe, songea-t-elle avec angoisse. *J'espère que les autres vont bien*.

Son équipe était seulement armée de tasers et de bombes lacrymogènes. Est-ce que ça voulait dire que les gardiens avaient contre-attaqué ?

Elle sentit des vibrations sous ses pieds. Les jeunes qui étaient en tête du cortège rebroussaient chemin à toute vitesse en hurlant, poursuivis par une vague de fumée noire et toxique.

Le couloir fut très vite en proie à la confusion générale, entre ceux qui poussaient à l'arrière et les ados paniqués qui tentaient de retourner vers l'entrée.

Noa reçut un coup de coude dans les côtes qui lui coupa la respiration, puis quelqu'un la bouscula et elle tomba à la renverse en se cognant rudement la tête contre un mur.

Elle sentit qu'on la relevait vigoureusement. Elle leva les yeux, encore sonnée, et reconnut Zeke. Il lui fallut quelques secondes pour comprendre ce qu'il lui criait :

— Il faut qu'on fiche le camp d'ici ! Tout de suite !

La fumée envahissait rapidement le couloir.

Les parents de Noa ayant été tués dans un accident de voiture, elle crut pendant un instant être retournée sur les lieux du drame : attachée dans un siège auto, le regard rivé sur la vitre brisée du toit ouvrant, tandis que la fumée s'enroulait autour d'elle et que la chaleur des flammes lui brûlait la peau…

Sa trachée semblait bloquée et elle se mit à suffoquer. Elle avait conscience des corps qui se pressaient autour d'elle et des cris de Zeke, mais tout lui paraissait loin. Elle réagit à peine quand il l'entraîna avec lui. Ils se retrouvèrent soudain face à l'une des portes du couloir. Il lui lâcha la main et elle sentit ses jambes se dérober sous elle.

De l'air frais. Elle revint à elle. Ils étaient dans un petit réduit garni d'étagères métalliques remplies de berlingots d'eau de Javel, de pots d'encaustique et de chiffons.

Noa cligna des yeux pour essayer d'y voir plus clair. Son cœur battait à tout rompre, mais elle ne pensait pas être victime d'une commotion cérébrale. Elle était simplement un peu groggy. Zeke était à côté d'elle. Il haletait et la tenait par le bras.

— Je vais bien, lâcha-t-elle en tâtant la bosse qui s'était formée sur son crâne.

— T'es sûre ? demanda-t-il, visiblement peu rassuré. Parce que tu étais complètement amorphe. Je ne t'avais jamais vue dans un tel état.

— Je me suis cogné la tête, répliqua-t-elle. Mais ça va mieux.

Il la dévisagea d'un air sceptique, mais elle n'avait pas l'intention de lui en dire plus – du moins pour le moment. Elle avala sa salive, sentit un goût âcre au fond de sa gorge et regretta de ne pas avoir emporté une bouteille d'eau.

— Qu'est-ce qui s'est passé ? articula-t-elle.

— J'en ai pas la moindre idée, grommela Zeke. Quelque chose a pris feu.

— Sans blague…

Dans le couloir, le vacarme s'était atténué. La plupart des clubbeurs devaient avoir regagné la sortie.

— Bon, reprit Zeke, on fait quoi maintenant ?

Noa consulta sa montre. Cela faisait quatre minutes qu'ils étaient dans l'entrepôt. Elle saisit son talkie-walkie.

— Remo ? lança-t-elle. Tu me reçois ?

Pas de réponse. Elle échangea un regard inquiet avec Zeke puis essaya de joindre Teo sans plus de succès. Elle se mordilla nerveusement la lèvre inférieure. Les talkies-walkies étaient-ils de nouveau tombés en panne ?

Si les membres de la deuxième équipe avaient respecté les instructions, ils devaient être retournés au van où les attendait Crystal. Mais sans contact radio, Noa n'avait aucun moyen de s'en assurer.

— On ferait mieux de filer, dit Zeke. On sort par-derrière et on coupe à travers le désert si le van est déjà parti. Si ça se trouve, les vigiles ont appelé les pompiers…

— Ils sont plus malins que ça, le coupa Noa. On ne va quand même pas renoncer si près du but.

— Toutes les portes sont fermées, insista-t-il. J'ai dû crocheter la serrure pour entrer ici. Ça nous prendrait des heures d'inspecter toutes les salles. Il faut laisser tomber.

— Encore trois minutes, proposa-t-elle. Si on n'a trouvé personne d'ici là, on se tire.

Il hocha la tête à contrecœur. Elle se redressa en prenant appui contre le mur. L'air dans la petite pièce était enfumé. Elle en déduisit que ce devait être bien pire dans le couloir et eut un moment d'hésitation.

Est-ce que je suis folle de vouloir continuer alors que le bâtiment est en feu ? se demanda-t-elle. *Oui, probablement.*

Elle remonta pourtant son foulard devant son visage et fit signe à Zeke d'ouvrir la porte.

Peter ne quittait pas l'écran des yeux tandis que ses doigts virevoltaient sur le clavier. Dès le début de l'incendie, un dispositif de sécurité s'était déclenché et toutes les portes intérieures avaient été automatiquement verrouillées. Autrement dit, si Noa et son équipe étaient encore dans l'entrepôt, les chances qu'ils puissent sauver qui que ce soit étaient à peu près nulles.

Au moins, son adversaire de la salle de contrôle n'essayait plus de le contrecarrer.

— On avait du mal à supporter la chaleur, mon gars ? murmura-t-il. Peut-être que Mason ne te paie pas assez, tout compte fait.

Il pianota une série de commandes pour tenter de réinitialiser les paramètres et de rouvrir les portes, mais les systèmes de sécurité lui résistaient. Apparemment, celui qui avait installé le logiciel avait bien travaillé pour garantir que tout serait verrouillé en cas d'urgence. Mais si Peter reconnaissait l'ingéniosité du dispositif, il n'en restait pas moins que cela lui compliquait grandement la vie.

Et celle de Noa, se rappela-t-il.

Elle devait être quelque part dans le bâtiment. Qu'est-ce qui avait bien pu se passer ? Est-ce que son équipe avait mis le feu intentionnellement, pour créer une diversion ? Ou bien y avait-il eu un problème ?

Une fenêtre s'ouvrit en haut à droite de l'écran.

Zut, les portes sont toujours fermées.

Peter reporta son attention sur sa tâche et décida de creuser plus avant dans les méandres du système.

Il n'y avait plus personne dans le couloir. Une épaisse fumée noire s'étirait vers l'entrée en tourbillonnant et descendait jusqu'à mi-hauteur au-dessus du sol. Noa sentit à nouveau une peur dévorante s'emparer d'elle et fit de son mieux pour la surmonter.

— C'est bien par là qu'on doit aller ? demanda-t-elle, courbée en deux.

— Oui, d'après les plans, acquiesça Zeke. Mais tu es vraiment sûre que tu veux continuer ? Daisy et Teo sont sans doute encore devant l'entrepôt. Si tu veux mettre les voiles, c'est notre dernière chance.

En guise de réponse, Noa plongea dans le mur de fumée.

Aussitôt, ses yeux se mirent à pleurer. La chaleur était si forte qu'elle avait presque l'impression de sentir sa peau se craqueler. La porte d'entrée était sûrement encore ouverte, car le feu se propageait dans cette direction, happé par l'appel d'air. On ne voyait rien à plus de quelques centimètres. Noa posa la main sur le mur latéral pour se guider.

Selon les plans du bâtiment, le couloir débouchait en angle droit au milieu d'un autre. Et les schémas des câblages, également fournis par Peter, permettaient de distinguer deux zones qui concentraient l'essentiel de la puissance électrique. L'une était la salle de contrôle, l'autre une série de pièces situées au centre de l'entrepôt, dont ils se rapprochaient. Il y avait fort à parier que toute cette électricité était engloutie par des équipements médicaux.

Mais allaient-ils y trouver des survivants ?

Noa sentit du vide sous sa main et comprit qu'elle avait atteint le couloir adjacent. Elle s'immobilisa et Zeke lui rentra dedans, pris d'une quinte de toux. La fumée semblait un peu moins épaisse, même si le feu continuait de faire rage. Mais Noa respirait un peu mieux à travers son foulard et, malgré ses yeux embués de larmes, sa vision était un peu plus nette.

Des portes s'alignaient de chaque côté du couloir, identiques à celles qu'ils avaient longées en arrivant.

— On y va, indiqua-t-elle. Je prends à gauche.

Elle voyait à peine Zeke à cause du nuage de fumée, mais elle aperçut son hochement de tête avant qu'il ne s'éloigne vers l'autre partie du couloir.

Chaque respiration laissait à Noa un goût âcre et amer dans la bouche. Sa gorge était douloureuse et lui semblait tapissée de cendres.

Elle s'approcha de la première porte et tira la manche de son blouson sur ses doigts au cas où la poignée serait brûlante. Ça ne la protégerait pas beaucoup, mais cela lui laisserait le temps de retirer sa main sans y laisser un morceau de peau.

Il n'y avait plus qu'à espérer que Peter ait réussi à débloquer le verrouillage de sécurité.

Elle saisit la poignée : elle était chaude, mais pas bouillante. Elle la fit tourner… et la porte s'ouvrit.

Noa jeta un regard à l'intérieur. Il n'y avait pas de vigile, ce qui était une bonne chose, mais personne d'autre non plus. La pièce ne contenait qu'un lit d'hôpital sans matelas et un pied à perfusion métallique dépourvu de poche.

Elle referma la porte et se dirigea vers la pièce suivante, qui s'avéra parfaitement identique : un cadre de lit vide, un pied à perfusion et aucun signe de vie.

Après la quatrième chambre, Noa commença à désespérer. Lors de leurs raids précédents, ils avaient généralement trouvé des preuves claires que le site était en activité. Ils avaient souvent sauvé au moins cinq ados. Et même si certains étaient trop malades pour espérer s'en sortir, ils avaient quand même réussi à les libérer.

Mais ceux qui avaient été détenus ici étaient visiblement partis depuis longtemps – ou alors l'entrepôt n'avait pas encore servi. Noa élimina d'emblée cette hypothèse en repensant aux vigiles armés. On ne les aurait pas envoyés dans ce coin perdu s'il n'y avait rien eu à surveiller.

Elle entendit des voix et eut aussitôt le réflexe de s'accroupir, tout en cherchant son taser et sa bombe lacrymogène. Elle distingua des silhouettes au milieu de la fumée, émergeant d'un renfoncement du couloir.

Elle s'immobilisa, prête à attaquer, quand elle reconnut Remo puis, derrière lui, Danny et Janiqua. Ils étaient couverts de suie, ce qui faisait étrangement ressortir le blanc de leurs yeux. Tous affichaient une mine déconfite.

Noa relâcha les épaules, rassurée. C'était l'équipe qui était entrée par la porte de derrière. Elle se demanda ce qu'ils avaient fait pendant tout ce temps.

— Qu'est-ce qui s'est passé ? lança Remo. Tu n'avais pas parlé d'un incendie.

— Je n'y suis pour rien, répondit Noa en constatant avec soulagement qu'aucun d'eux ne semblait blessé.

— Ben nous non plus, intervint Janiqua.

— Il faut qu'on fiche le camp d'ici, reprit Remo d'un ton pressant. Teo et Daisy sont sûrement déjà partis.

— J'ai presque fini, indiqua Noa. Vous avez croisé Zeke ? Il est allé fouiller l'autre partie du couloir.

— On ne l'a pas vu et on n'a rien trouvé. Il n'y a personne ici. Allez, il est temps de…

Remo fut interrompu par un cri derrière lui. Zeke apparut en titubant. Il tenait dans ses bras une jeune fille vêtue d'une simple blouse blanche dont les pieds traînaient par terre.

— Aidez-moi ! balbutia-t-il.

Remo et Danny se précipitèrent vers lui pour prendre le relais. Deux autres personnes émergèrent de la fumée : une fille rousse qui semblait avoir seize ou dix-sept ans et un garçon aux cheveux blonds qui n'en avait pas plus de douze. Ils portaient la même blouse et étaient cramponnés l'un à l'autre.

Noa poussa un soupir de satisfaction. Il y avait bien des ados retenus dans l'entrepôt et ils étaient en vie. Elle avait eu raison de vouloir poursuivre l'opération.

— Il y en a d'autres ? leur demanda-t-elle.

Ils la regardaient fixement et elle réalisa qu'elle devait avoir l'air bizarre, couverte de suie avec un foulard devant la bouche. Elle le baissa et répéta :

— Il n'y a que vous ou il y en a d'autres ?

— Euh... Juste nous, répondit la fille.

— Tu es sûre ?

Noa la vit échanger avec le garçon un regard impossible à déchiffrer avant qu'elle ne lui réaffirme, avec plus d'aplomb :

— Oui, on est les seuls.

— OK.

Elle avait vérifié toutes les pièces de son côté et n'avait plus qu'à espérer que Zeke en avait fait autant du sien.

— Par où on passe ? s'inquiéta Remo, arrivé à la jonction des deux couloirs.

— Il doit encore y avoir des vigiles à l'entrée, dit Noa.

— Peut-être, mais c'est un vrai brasier à l'arrière, répliqua Janiqua. On ne pouvait pas rejoindre le van, c'est pour ça qu'on est venus par ici.

— C'est bizarre qu'il n'y ait pas de système d'arrosage automatique, fit remarquer Remo.

— Ils l'ont peut-être désactivé, avança Noa.

Elle n'ajouta pas qu'à son avis, ils les avaient enfumés volontairement pour les obliger à sortir. C'était peut-être un traquenard depuis le début. Elle essaya de se souvenir s'il y avait d'autres issues et regretta de ne pas pouvoir appeler Peter. Il avait sans doute les plans sous les yeux à cet instant et une vision claire de la situation.

— Et l'aire de chargement ? suggéra Zeke.

— Mais oui, tu as raison ! s'exclama-t-elle. On l'avait laissé tomber parce qu'elle était trop proche de la salle de contrôle.

— Je crois qu'on n'a plus vraiment le choix, maintenant.

Noa balaya leur petit groupe du regard. Tous avaient l'air plutôt mal en point. Dehors, il devait y avoir au moins cinq gardiens aux abords du bâtiment. Et si les clubbeurs avaient vidé les lieux, le van devait se voir comme le nez au milieu de la figure. Avec un peu de chance, Crystal aurait eu la bonne idée de le déplacer.

On ne peut pas se permettre de perdre le van, s'alarma-t-elle avant de se ressaisir.

Il fallait d'abord qu'elle sache où se trouvaient les autres. Elle saisit le talkie-walkie accroché à sa ceinture.

— Teo ? Daisy ? Crystal ? Est-ce que quelqu'un me reçoit ?

Après quelques secondes, la voix paniquée de Crystal grésilla dans l'appareil :

— Bon sang, qu'est-ce qui s'est passé ? L'entrepôt est en flammes !

— Où es-tu ? demanda Noa.

— À quelques kilomètres, répondit Crystal d'un ton embarrassé. Quand j'ai vu toutes les voitures s'en aller, j'ai décidé de les suivre. Je ne savais pas si…

— Tu as bien fait, la rassura Noa. Tu as vu le camion à tacos ?

— Il était encore là quand je suis partie.

Noa fronça les sourcils. Teo et Daisy étaient censés mettre les voiles immédiatement au moindre incident et sinon, partir cinq minutes après l'ouverture des portes de l'entrepôt. Que faisaient-ils encore dans les parages ? Et pourquoi ne répondaient-ils pas quand elle les appelait ?

Elle se figea, ne sachant que faire. Elle croisa le regard de Zeke et devina qu'il pensait la même chose qu'elle.

— Quelqu'un a volontairement déclenché l'incendie, murmura-t-il.

— C'est nous.

— Quoi ? fit Noa en se retournant vers la fille rousse qui venait de parler.

— J'ai mis le feu à une bouteille d'oxygène, expliqua-t-elle. C'était pour faire diversion, je me suis dit que ça nous permettrait de nous échapper. Mais on s'est retrouvés coincés, car les portes se sont verrouillées. Jusqu'au moment où il est arrivé, ajouta-t-elle en désignant Zeke d'un mouvement de tête.

Noa ne put s'empêcher d'être admirative. Elle n'aurait sans doute pas eu une telle idée. Le fait que les vigiles n'aient rien à voir dans l'incendie était également une bonne nouvelle. Il leur restait peut-être une chance de s'en tirer, finalement.

— Crystal, il faut que tu fasses demi-tour, lança-t-elle dans le talkie-walkie.

— Quoi ? Mais…

— Rends-toi directement au niveau de l'aile sud du bâtiment et fais vite.

— T'es sûre ? Parce que…

— Fais ce que je te dis ! On ne va pas tarder.

Noa coupa la communication aussitôt, ignorant les protestations de Crystal. Il fallait qu'elle conduise tout le monde à travers le dédale de couloirs jusqu'à la salle de contrôle, puis qu'elle les fasse sortir par l'aire de chargement, tout ça sans savoir combien de vigiles ils risquaient de croiser.

Elle saisit son taser dans une main et sa bombe lacrymo dans l'autre.

— Très bien, je passe devant, et toi, Zeke, tu fermes la marche, lâcha-t-elle en essayant de paraître plus confiante qu'elle ne l'était réellement. Restez tous bien groupés derrière moi.

Les autres n'avaient pas l'air emballés, mais personne n'émit d'objection.

Noa remonta son foulard sur son visage et plongea au milieu de la fumée.

— Allez, reprends-toi ! s'écria Teo.

Daisy était assise par terre dans le camion, sous le comptoir, les bras autour des genoux, et elle se balançait d'avant en arrière en marmonnant d'un ton plaintif.

Les vigiles n'allaient pas tarder à arriver. Teo entendait le gravier jaillir sous les roues des voitures qui quittaient précipitamment le parking. Bientôt, il ne resterait plus qu'eux et ils seraient alors une cible facile.

— Allez, Daisy ! insista-t-il en la secouant par les épaules.

Il consulta sa montre. La musique avait commencé à résonner dans le bâtiment huit minutes plus tôt, ce qui signifiait qu'ils auraient déjà dû être partis depuis trois minutes. Teo aurait bien voulu prendre le volant, mais il n'avait jamais conduit de sa vie. Son parcours entre diverses familles d'accueil ne lui avait pas vraiment donné l'occasion d'apprendre.

Voyant que Daisy ne réagissait toujours pas, il décida néanmoins d'essayer. Il se redressa et se faufila tant bien que mal derrière le volant. Les clés étaient sur le contact, ce qui était un bon début. Mais en voyant le levier de vitesse et les pédales, Teo sentit ses espoirs s'envoler. Les quelques rudiments qu'il possédait en matière de conduite se limitaient aux boîtes automatiques.

— Daisy ? appela-t-il d'un ton suppliant. J'ai vraiment besoin de toi, là !

Mais elle ne lui répondit pas et continua de gémir.

Teo observa le parking à travers le pare-brise : il était presque vide. Les derniers clubbeurs encore dans l'entrepôt sortaient en courant, la mine terrifiée, avant de rejoindre les rares véhicules restants. L'ambiance joyeuse qui régnait quelques minutes plus tôt avait disparu et laissé place à une sorte de malaise aussi sombre que la fumée qui flottait dans l'air. Il n'y avait toutefois aucune trace des vigiles. Peut-être étaient-ils tous à l'intérieur ?

Teo perçut un crépitement étrange sur le siège passager. Il fronça les sourcils, perplexe, avant de comprendre de quoi il s'agissait.

Le talkie !

Il s'en empara et pressa le bouton situé sur le côté.

— Euh… Allô ?

Il lui sembla entendre un murmure. Il examina l'appareil, repéra la molette de réglage du volume et la poussa au maximum. Cette fois, quand Noa parla, ses mots étaient parfaitement distincts :

— Bon sang, mais où vous êtes ? On a besoin de vous, tout de suite !

CHAPITRE DIX

Noa marmonna un juron. Teo avait enfin répondu, mais apparemment, il n'allait pas leur être d'un grand secours. Il ne savait pas conduire et Daisy était plongée dans un état catatonique. Quant à Crystal, elle avait quasiment roulé jusqu'à l'autoroute avant de s'arrêter en attendant de nouvelles instructions.

Tu parles d'une armée, songea Noa.

Certes, ils n'étaient pas des soldats entraînés, elle en était bien consciente. Mais elle ne pensait pas qu'ils agiraient de façon aussi désorganisée au premier problème venu.

C'est de ma faute, j'aurais dû prévoir un meilleur plan B.

Elle passa en revue les visages qui la fixaient, dans l'expectative : six adolescents barbouillés de suie, sans compter la fille inconsciente – pas vraiment le genre de groupe qui passe inaperçu. Impossible pour eux de s'éclipser en se fondant au milieu des clubbeurs – du moins, s'il en restait encore. Autrement dit, il allait leur falloir trouver un autre moyen de franchir le barrage des vigiles.

Noa sentit une boule d'angoisse se former dans son estomac. Lors de leurs précédents raids, tout s'était passé sans encombre. Ils avaient rapidement maîtrisé les quelques gardiens et personne n'avait été blessé. Désormais, elle devait envisager la possibilité qu'ils ne réussissent pas tous à s'enfuir. Pire encore, il se pouvait qu'on la capture à nouveau et qu'elle finisse la nuit attachée sur une table d'opération.

À cette pensée, elle prit une profonde inspiration et sentit sa détermination reprendre le dessus. Il était hors de question de les laisser faire ça.

— Bon, on bouge ou quoi ? s'impatienta Remo.

Vu l'expression crispée de son visage, Noa devina que cela lui coûtait de porter une jeune fille comateuse, aussi menue soit-elle. Les autres semblaient au mieux inquiets, au pire complètement terrifiés. Seul Zeke affichait un air serein, comme s'il était convaincu qu'elle était capable de les sortir de ce guêpier.

— Je préférerais que tu aies les mains libres, répondit-elle, sachant que Remo serait l'un des plus à même de garder son sang-froid s'ils rencontraient un obstacle. Danny et Janiqua, vous prenez la fille.

Après quelques grognements de protestation, ils s'exécutèrent.

— Bon sang, c'est un poids mort, grommela Janiqua. Tu crois vraiment que ça en vaut la peine ? Elle a l'air…

— On l'emmène, répliqua sèchement Noa, révoltée à l'idée que la fille puisse subir d'autres expériences. Allez, on continue, toujours bien groupés. Et gardez vos armes à la main.

Elle reprit sa progression vers l'aile sud de l'entrepôt. D'après les plans, trois petits couloirs les séparaient de la salle de contrôle, et l'aire de chargement se trouvait juste après. Peut-être même qu'avec un peu de chance, ils trouveraient un véhicule sur place.

Noa avançait d'un bon pas, en s'efforçant d'ignorer l'horloge qui égrenait les secondes dans sa tête. Cela faisait au moins dix minutes qu'ils étaient entrés dans le bâtiment. La fumée commençait à se dissiper. Il en restait un voile épais qui couvrait le plafond, mais elle n'avait plus l'impression que l'air lui transperçait les poumons à chaque inspiration.

Leurs pas résonnaient bruyamment sur le carrelage et Noa serra les dents en espérant que des gardiens ne les attendaient pas au-devant.

Sinon, autant prendre un porte-voix pour annoncer notre arrivée.

Ils parcoururent le premier couloir, puis le deuxième, sans croiser âme qui vive. Tous clignaient des paupières, tant l'éclat brillant des murs et des sols sous la lumière des néons agressait leurs yeux rougis. Lorsqu'ils atteignirent l'angle du troisième couloir, la fumée avait totalement disparu.

Noa leva la main pour faire signe aux autres de s'arrêter. La salle de contrôle devait se trouver tout au bout, mais elle n'avait aucune idée de ce à quoi elle ressemblait. Les plans indiquaient simplement son emplacement, sans préciser s'il y avait la moindre vitre donnant sur le couloir.

Elle risqua un coup d'œil au-devant et sentit son cœur se serrer. C'était le pire scénario possible : la salle de contrôle était bordée par une immense baie vitrée qui s'étirait du plafond jusqu'à environ un mètre du sol. Et ce n'était pas tout : deux vigiles se tenaient juste devant la porte. Le plus petit des deux gesticulait en passant un savon à l'autre, qui gardait la tête baissée. Tous deux portaient un uniforme kaki et avaient un pistolet accroché à la ceinture. La double porte qui se trouvait au bout du couloir derrière eux devait mener à l'aire de chargement.

Noa essaya d'évaluer la situation. Ils pourraient foncer sur les gardiens, mais même s'ils arrivaient rapidement à en maîtriser un, le deuxième aurait largement le temps de sortir son arme. Et il y en avait peut-être d'autres dans la salle de contrôle.

Elle fit signe à Zeke de la rejoindre et lui chuchota quelque chose à l'oreille. Il fit la grimace mais hocha la tête. Puis elle se tourna vers Remo.

— Reste ici, on s'occupe d'eux, lui glissa-t-elle.

Il fronça les sourcils, mais acquiesça et brandit son taser devant lui.

— Prêt ? lança-t-elle à Zeke.

— C'est une belle nuit pour mourir, murmura-t-il en guise de réponse.

— C'est malin, répliqua-t-elle en passant un bras autour de sa taille.

Puis ils s'engagèrent dans le couloir, au vu et au su des vigiles.

Teo effectuait le pire démarrage de toute l'histoire de la conduite. Il avait réussi à mettre le contact et il était presque sûr d'avoir un pied sur l'embrayage, mais chaque fois qu'il passait la première, le camion faisait un bond en avant puis s'arrêtait. Ils avaient dû bouger de trente centimètres depuis le début et il n'y avait plus aucun autre véhicule sur le parking.

À travers le pare-brise, il aperçut le chef des vigiles qui se dirigeait vers eux d'un pas décidé, la main posée sur la crosse de son arme.

— Euh… Daisy, bredouilla-t-il d'un ton fébrile. Ce serait vraiment le bon moment pour que tu te ressaisisses.

Elle renifla mais ne répondit rien.

— Génial, soupira-t-il.

Il enfonça une nouvelle fois la pédale de gauche, avant de la relâcher en passant la première. Le moteur cala encore.

Et zut !

Le gardien était presque arrivé à la hauteur de sa vitre. Il avait le visage tout rouge et dégoulinant de sueur. Teo leva la main et esquissa un faible sourire, tout en sachant qu'il ne faisait guère illusion.

— Jette les clés par la fenêtre ! lança l'homme en empoignant son arme. On va avoir une petite discussion, toi et moi.

— Il faut vraiment que… que je ramène le camion, bredouilla Teo.

— Ah ouais ? Moi j'ai comme l'impression que t'as jamais conduit de ta vie. Du coup, je me demande comment t'as pu être engagé pour faire ça…

— En fait, je m'occupe surtout du service.

— Tu m'étonnes. Allez, balance les clés ! Ensuite, ta copine et toi, vous allez sortir bien gentiment avec les mains sur la tête.

Teo prit une profonde inspiration. Cette fois, son compte était bon. Il repensa à ce qu'on lui avait raconté sur ce qui arrivait aux ados capturés et regretta de ne pas s'être enfui quand c'était encore possible. Au moins, Daisy avait cessé de gémir.

— Sortez, j'ai dit ! vociféra le vigile.

Teo retira doucement ses mains du volant pour attraper les clés. Au même instant, une voix grésilla sur le siège passager.

— Allô ? Teo ?

Le gardien fronça les sourcils.

— C'est quoi, ça ?

— Rien, c'est juste, euh… balbutia Teo en cherchant une explication. C'est mon boss.

— Ben, tiens ! Et il te parle sur un talkie-walkie ? Allez, donne-moi ça aussi, mon gars.

Teo saisit l'appareil. Au moment où il se retournait vers le gardien pour le lui remettre, une voix murmura dans son oreille : « Baisse-toi. »

Il s'exécuta docilement et vit le vigile ouvrir de grands yeux ronds. Daisy avait un bras tendu devant lui et tenait quelque chose à la main. Deux fils en sortaient qui s'étaient accrochés à la chemise kaki de l'homme. Il écarquilla encore plus les yeux, se raidit et s'effondra.

— Il était temps, marmonna Teo.

— Désolée, s'excusa Daisy en rangeant son taser. Bon, pousse-toi que je nous emmène loin d'ici.

— Noa veut d'abord qu'on aille les chercher, dit-il avant de se glisser sur le siège passager avec soulagement.

— Les chercher ? répéta-t-elle en s'installant derrière le volant. Mais où ça ?

Teo se tordit le cou pour jeter un coup d'œil vers le vigile qui se convulsait par terre, le visage crispé de douleur.

— À l'aire de chargement, indiqua-t-il.

— Et le van ? demanda Daisy qui démarra le moteur. Je croyais que Crystal était censée les récupérer.

Teo l'observa tandis qu'elle enclenchait la première en enfonçant la pédale d'embrayage, puis la relâchait doucement en appuyant sur l'accélérateur. Le camion se mit à avancer.

Ah, OK, alors c'est comme ça qu'il faut faire...

— Je ne sais pas, répondit-il. Noa n'a pas vraiment eu le temps d'entrer dans les détails.

— Est-ce qu'elle t'a au moins dit de quel côté on doit aller ? râla Daisy. L'entrepôt est énorme.

Teo fut agacé par le ton de sa voix. Ils seraient déjà partis depuis longtemps si elle n'avait pas craqué. Il se retint de lui en faire la remarque.

— Au sud, indiqua-t-il.

— On est bien avancés avec ça, grommela-t-elle. Et tu sais où il est, le sud ?

— Non.

— Super. On va être obligés de faire tout le tour du bâtiment.

Tandis qu'ils roulaient vers l'entrepôt, Daisy jeta un coup d'œil dans le rétroviseur et lâcha un juron.

— Quoi ? fit Teo.

— Le vigile est en train de se relever et il n'a pas l'air content.

Peter avait renoncé à essayer de contrôler les tremblements nerveux de sa jambe. Le voyant lumineux indiquant que la batterie de son ordinateur était faible n'arrêtait pas de clignoter et il avait oublié d'emporter le chargeur qui se branchait sur l'allume-cigare.

Alors qu'il essayait de comprendre ce qui se passait à Phoenix, l'écran s'éteignit brusquement. Il le fixa pendant quelques secondes avant de refermer l'ordinateur d'un geste brusque.

Sur le tableau de bord, l'horloge indiquait 3 h 20. Le raid avait commencé environ une demi-heure plus tôt. Noa et son équipe devaient désormais être en lieu sûr, mais il n'en avait pas été informé – alors qu'il aurait dû l'être : Noa postait toujours un message codé dans leur salle de tchat après une mission, afin de lui faire savoir que tout s'était passé sans problème. Et maintenant que son ordinateur l'avait lâché, il ne pouvait plus aller vérifier.

Peter se frotta les yeux. Il était censé retrouver Amanda dans cinq heures, pour prendre le petit déjeuner avec elle. Il s'était finalement résolu à lui faire part de ses inquiétudes concernant son état de santé et songea qu'il aurait préféré être en forme pour avoir cette discussion avec elle. Mais malgré son extrême fatigue, il doutait d'arriver à dormir cette nuit-là tant l'angoisse le rongeait. Il ne s'était jamais senti aussi impuissant.

Peter fit claquer ses doigts sur son ordinateur en réfléchissant. Il pouvait peut-être tenter de se connecter depuis chez lui. Il prendrait toutes les précautions nécessaires et passerait par des VPN pour masquer son adresse IP. Et il ne resterait pas longtemps en ligne, juste quelques instants toutes les heures jusqu'à ce qu'il reçoive la confirmation de Noa que tout allait bien.

Ça ne risque rien.

De toute façon, il paraissait très peu probable que quelqu'un soit en train de surveiller son activité sur Internet en plein milieu de la nuit.

Peter remit le contact et quitta l'allée des voisins en se disant qu'il n'aurait qu'à envoyer un SMS à Amanda en rentrant pour lui proposer qu'ils se retrouvent plutôt pour déjeuner.

Je ne vois pas ce que ça pourrait changer si je décale simplement notre rendez-vous de quelques heures.

CHAPITRE ONZE

Noa sentit son cœur s'emballer tandis qu'elle avançait en titubant, agrippée au bras de Zeke. Il avait un sourire forcé plaqué sur le visage, et elle-même se mit à pouffer, mais il lui sembla que son rire sonnait complètement faux. Ils avaient parcouru la moitié du couloir quand les vigiles remarquèrent leur présence.

— Hé ! s'exclama une voix.

Noa leva les yeux. Les deux hommes les dévisageaient avec un agacement mêlé de perplexité.

— Salut, les mecs ! lança-t-elle en trébuchant légèrement. Vous êtes là pour la fête ?

Zeke lui serra le bras et ils continuèrent de progresser, couverts de suie de haut en bas. Leur petit numéro était franchement périlleux. Pouvaient-ils vraiment se faire passer pour deux ados défoncés venus participer à une rave ?

— Il est où, DJ Leo ? demanda Zeke. Il devrait être en train de mixer à l'heure qu'il est.

Noa fut impressionnée par son calme. Ils n'étaient plus qu'à trois mètres des vigiles – encore trop loin pour faire usage des tasers.

— Vous n'avez rien à faire ici, grommela le plus petit des deux, qui se tenait à quelques pas de la porte, tandis que son collègue en bloquait l'accès. Comment vous êtes entrés ?

— Comment vous êtes entrés ? l'imita Noa avant de ricaner.

— Reste cool, mec, lâcha Zeke d'une voix traînante. Attends, j'ai pile poil ce qu'il te faut : une petite pilule bleue. Tu vas voir, c'est magique. Pas vrai, Jenny ?

— Ouais, grave. Les bleues, elles sont mortelles, acquiesça Noa en avançant encore.

Elle voulait atteindre la baie vitrée pour s'assurer qu'il n'y avait personne d'autre avant d'agir.

— Fichez le camp tout de suite ou j'appelle la police ! insista le vigile.

Noa bascula vers lui en faisant mine de perdre l'équilibre. Elle se rattrapa en s'appuyant sur son bras et, ce faisant, le désarma. Il chancela sous son poids car elle était un peu plus grande que lui – juste assez pour voir qu'il avait un début de calvitie.

— Oups, bafouilla-t-elle. J'crois que j'vais gerber.

— Ça, c'est sa spécialité, soupira Zeke en secouant la tête. Vous auriez pas une poubelle ou un truc comme ça ?

Noa tourna la tête vers la droite et balaya du regard la salle de contrôle. Plusieurs écrans diffusaient alternativement des images de l'intérieur et de l'extérieur de l'entrepôt. Elle retint son souffle en apercevant sur l'un d'eux les membres apeurés de leur petit groupe crasseux. Heureusement, la pièce était vide. Si les vigiles n'avaient pas été en train de discuter, ils auraient tout de suite compris ce qui les attendait.

— Lâche-moi, petite peste ! s'emporta celui sur qui Noa s'était écroulée. Bon sang, je te jure que je vais…

Ses mots s'interrompirent brusquement au moment où elle colla le taser au creux de sa gorge. Il se mit à ouvrir et fermer la bouche plusieurs fois, tel un poisson. Elle recula d'un bond, sachant que le moindre contact avec un type qui venait de prendre 1 200 volts la mettrait aussitôt dans le même état. Le vigile s'effondra à ses pieds, encore agité de soubresauts.

— Hé ! s'écria l'autre.

Mais il était trop tard : Zeke était déjà sur lui. Ses yeux se révulsèrent et il s'effondra comme une masse.

— Bien joué, approuva Noa. C'était quoi cette histoire de pilules bleues ? ajouta-t-elle avec un sourire.

— Ben, j'y peux rien, je suis fan de *Matrix*, répondit-il en haussant les épaules. On aurait pu utiliser la grenade incapacitante.

— Oui, mais bonjour la discrétion… Autant éviter d'attirer les autres.

— C'est toi le chef, concéda-t-il avant de se retourner vers le groupe qui attendait au bout du couloir. La voie est libre !

Pendant qu'ils se hâtaient de les rejoindre, Zeke s'accroupit à côté des vigiles et leur attacha les mains dans le dos avec des colliers de serrage. Au moins, cette partie de la mission était remplie.

De son côté, Noa entra dans la salle de contrôle et avisa une canette de soda presque pleine dont elle versa délibérément le contenu sur les claviers et les unités centrales des ordinateurs. Le liquide s'insinua au milieu des composants électroniques, produisant un grésillement qui la fit sourire de satisfaction. Sur les écrans, les images se mirent à vaciller avant de disparaître totalement.

— On ne peut pas dire que tu aies franchement exploité tes compétences de hackeuse sur ce coup-là, commenta Zeke depuis le seuil de la porte.

— Ben, on est pressés, j'te signale, marmonna-t-elle.

Elle aurait préféré collecter les données du serveur, mais elle n'avait pas le temps, et d'autres vigiles rôdaient dans les parages.

— Je rigole, dit-il d'un ton enjoué.

Il avait l'air d'avoir retrouvé le moral, comme chaque fois qu'il mettait des types sur la touche.

— Allons-y, lança Noa, avant de sortir de la pièce.

Les autres attendaient en silence dans le couloir. Elle poussa la double porte et déboucha dans une vaste salle faiblement éclairée qui s'étirait sur toute la hauteur de l'entrepôt. Au bout de cinq ou six mètres, le sol tombait en à-pic sur une aire de chargement fermée par un immense volet roulant métallique.

— Bingo ! s'exclama Zeke.

— Comment ça s'ouvre, ce truc ? s'inquiéta Remo.

Bonne question, se dit Noa en marchant jusqu'au bord de la plateforme.

Elle distingua une sorte de moteur fixé au bas du volet métallique et fronça les sourcils. Elle n'y connaissait rien en mécanique.

— Laissez-moi faire, offrit Zeke.

D'un bond, il sauta sur la plateforme, puis s'agenouilla pour examiner le mécanisme. Il appuya sur plusieurs boutons, et le grand volet roulant se mit à monter doucement en grinçant.

Noa, qui l'avait rejoint, ferma les yeux, envahie par un profond sentiment de soulagement. Elle allait pouvoir tous les faire sortir. Le camion à tacos les attendait déjà sûrement de l'autre côté.

— Stop ! hurla une voix.

Noa se retourna. À l'entrée de la salle, deux vigiles pointaient leurs pistolets sur eux.

Teo se cramponna de toutes ses forces à la poignée de la portière. Daisy avait pris le virage à une telle vitesse que le côté droit du camion décolla du sol. Puis les pneus retombèrent lourdement sur le gravier, mais l'arrière bringuebala violemment en signe de protestation.

— On va se cartonner ! s'écria Teo. Ralentis !

— Pas question, grommela Daisy. Tu veux qu'il nous rattrape ?

Un coup d'œil dans le rétroviseur latéral lui suffit pour voir qu'elle avait raison : le vigile échevelé qui courait derrière eux semblait gagner du terrain. Pire, il brandissait son arme devant lui.

Soudain, un bruit métallique résonna sur une des parois de la carrosserie. Teo se baissa aussitôt, comme par réflexe.

— C'était quoi, ça ? brailla Daisy.

— Il nous tire dessus ! répondit-il.

Elle donna un violent coup de volant, faisant de nouveau tanguer le camion. Teo cala ses genoux contre le tableau de bord avec l'impression que son bras se détachait de son épaule. À l'arrière, les poubelles en plastique valsèrent dans tous les sens et un fût de bière se renversa avec fracas.

Pas sûr qu'on récupère la caution en rendant le camion, pensa-t-il avant qu'un nouvel impact de balle retentisse – à deux doigts de la cabine, à en juger par le bruit.

— Tu vois les autres ? lança Daisy.

Teo jeta un regard désespéré vers le bâtiment, mais ne distingua qu'une masse de briques brunes et pas la moindre trace d'une aire de chargement.

— Non ! s'écria-t-il. On n'est pas du bon côté.

— Super, marmonna-t-elle. Non, y a pas à dire, tout va bien.

Les salves s'intensifièrent. Teo constata que le vigile avait été rejoint par un autre qui paraissait bien plus athlétique et courait à grandes enjambées, réduisant rapidement l'écart entre eux tout en continuant à les canarder.

— C'est pas vrai, soupira-t-il.

— Qu'est-ce qu'il y a ? demanda Daisy.

— Rien. Fonce !

Il entendit un grincement derrière lui et se retourna : l'une des portes arrière venait de s'ouvrir, lui offrant une vue imprenable sur le deuxième vigile, qui braquait son arme sur lui et s'apprêtait à tirer.

Teo fit un bond de côté. La balle passa en sifflant à l'endroit où se trouvait sa tête une fraction de seconde plus tôt et vint heurter le pare-brise qui se fissura aussitôt de toute part.

OK, pour la caution, c'est mort.

Daisy lâcha un juron. Ils tournèrent à l'angle de l'entrepôt et le camion pencha de nouveau dangereusement. Elle dut faire des pieds et des mains pour parvenir à le stabiliser. Ils longèrent l'arrière du bâtiment et Teo pria en fermant les yeux au moment où ils prenaient un nouveau virage…

— Tout le monde à terre ! gronda l'un des vigiles d'un air menaçant.

Noa le reconnut : c'était celui qui faisait sa ronde un peu plus tôt autour de l'entrepôt.

Les autres la fixaient avec des yeux pleins d'espoir, comme s'ils attendaient d'elle qu'elle les tire de là

– comme s'il leur était encore possible de tous s'en sortir.

— Non, rétorqua-t-elle, à sa propre surprise.

— Quoi ? s'exclama l'homme, qui s'avança d'un pas tout en l'observant dans la pénombre. Attends un peu, mais je te connais. C'est toi, la fille qu'ils cherchent.

Noa ne répondit pas. Elle sentit un courant d'air frais sur sa nuque. Le volet métallique continuait de monter lentement, à moins d'un mètre derrière elle. Elle songea qu'il lui suffirait de se baisser, de se glisser en dessous et de partir en courant. Il n'y avait peut-être plus de vigiles dehors.

Elle regarda Zeke du coin de l'œil et comprit qu'il pensait à la même chose. Ils avaient tous les deux une chance de se sauver. Ils avaient suffisamment observé les environs pour pouvoir s'enfuir à pied. Mais cela voudrait dire abandonner les autres.

Le vigile qui avait pris la parole s'approcha de Janiqua et posa le canon de son arme sur sa tempe. Elle se raidit aussitôt et lâcha la jeune fille inconsciente sur le sol.

— Ne m'oblige pas à la tuer, reprit-il. Maintenant, tu vas grimper jusqu'ici bien gentiment.

Noa se mordilla nerveusement la lèvre inférieure. Si elle se rendait, leur sort était scellé.

Mais en voyant une larme couler sur la joue de Janiqua, elle émit un long soupir résigné. Elle se mit à avancer lentement, avec l'impression que ses pieds pesaient une tonne à chacun de ses pas. Puis elle posa ses mains à plat au bord de la plateforme pour se hisser au sommet.

Au moment où ses talons décollaient du sol, le bruit d'une violente collision retentit derrière elle, accompagné d'un crissement de pneus. Noa fit immédiatement volte-face. Le camion à tacos venait de débouler sur l'aire de chargement. Son toit avait heurté le volet roulant, qui s'était bloqué, et le pare-brise avait volé en éclats. À l'avant, Daisy et Teo affichaient des mines éberluées.

Ensuite, tout lui parut se dérouler au ralenti. Profitant de la confusion créée par l'accrochage, Remo se jeta sur le vigile qui menaçait Janiqua. Pendant ce temps, Danny et la fille rousse se ruèrent sur l'autre. Zeke se précipita pour leur prêter main-forte, tout en criant quelque chose que Noa mit quelques instants à comprendre :

— Lance la grenade !

Quand elle réalisa enfin ce qu'il disait, elle sortit la grenade incapacitante de la poche de son blouson, la dégoupilla et la lança vers les vigiles tandis que les autres s'écartaient d'eux. Elle se mit à tourner par terre comme une toupie.

— Bouchez-vous les oreilles et fermez les yeux ! hurla Noa.

Une explosion étourdissante de bruit et de lumière remplit soudain tout l'espace. Noa avait beau savoir à quoi s'attendre, elle crut que sa tête allait éclater. Prise de vertige, elle tituba jusqu'à la jeune fille inconsciente et la souleva par les épaules.

— Aidez-moi ! s'égosilla-t-elle.

Elle sentit le poids s'alléger : Zeke l'avait rejointe et portait la fille avec elle.

Remo s'engouffra dans le camion, suivi de près par Janiqua, Danny et la rousse.

Pendant ce temps, Zeke et Noa parvinrent tant bien que mal à descendre la fille de la plateforme. Teo leur ouvrit la portière avant, côté passager, et les aida à l'installer dans le camion. Noa jeta un dernier coup d'œil en arrière. Les deux vigiles étaient à terre, complètement sonnés – la grenade avait explosé tout près d'eux et temporairement altéré leur ouïe et leur vision. L'un se frottait les yeux, tandis que l'autre serrait sa tête entre ses mains. Le jeune garçon blond se tenait debout devant eux, l'air hébété.

— Viens ! lança Noa en lui faisant signe de la rejoindre.

Il parut hésiter.

— Vite ! insista Zeke. On ne va pas tarder à avoir de la visite.

Mais le garçon semblait paralysé par la peur. Noa revint sur ses pas à toute allure, l'attrapa par les épaules et le poussa vers le camion, où on l'aida à monter. Elle bondit aussitôt à l'intérieur et fut projetée contre le tableau de bord lorsque Daisy passa la marche arrière.

Le fond du camion faisait penser à une cantine après une bataille de nourriture : le sol était couvert d'une mare de bière où surnageaient des restes de tacos. Le vaste parking entourant l'entrepôt se découpait dans l'encadrement de la porte arrière, toujours grande ouverte.

Noa aperçut alors deux autres vigiles qui approchaient prudemment, pistolet au poing. Le camion continua de reculer, avant de s'arrêter à quelques mètres d'eux.

— Baissez-vous ! s'écria-t-elle en se plaquant au sol.

Le camion fit une embardée en redémarrant, mettant un instant ses passagers hors de portée des balles. Mais il n'accélérait pas assez rapidement et les gardiens étaient encore bien trop proches : ils n'avaient plus qu'à tirer dans le tas.

Noa entendit soudain une déflagration juste à côté d'elle. Elle se boucha aussitôt les oreilles, tandis qu'une nouvelle détonation retentissait, encore plus forte que la première.

Zeke se dressait entre le siège conducteur et le siège passager, un pistolet à la main, et faisait feu sur les vigiles, qui venaient de se coucher à terre. Il vida ainsi un chargeur entier, sans blesser quiconque, avant de s'accroupir.

Noa était muette d'effroi. Elle avait toujours formellement interdit l'usage des armes à feu. Même Turk s'était plié à cette règle d'or.

Et pourtant, Zeke en avait une.

Le camion finit par prendre de la vitesse et sortit du complexe, avant d'atteindre en cahotant la route qui menait à la voie rapide.

— Personne n'est blessé ? demanda Noa à la cantonade.

Certains murmurèrent qu'ils allaient bien, tandis que les autres, encore sous le choc, se contentèrent de hocher la tête.

— Bien. Remo, appelle Crystal. Dis-lui de se garer et de nous attendre. On abandonnera le camion au bord de l'autoroute.

— Et ensuite ?

— On retourne dans la maison et on récupère nos affaires. Il faut qu'on reparte dès ce soir.

Noa entendit des grognements de protestation. Elle ne pouvait pas leur en vouloir. Elle-même était lessivée et, après tout ce qui s'était passé, elle aurait sûrement pu dormir huit heures d'affilée. Mais ils devaient à tout prix s'éloigner au plus vite de Phoenix. Évidemment, dans l'état où ils étaient, ils auraient du mal à passer inaperçus et elle comptait donc leur laisser le temps de prendre une douche et de se changer avant de quitter la ville.

Noa tourna les yeux vers la route. Elle était couverte de suie et de cendres, à bout de forces, et elle avait mal partout.

Mais surtout, elle était en colère. Très, très, très en colère.

CHAPITRE DOUZE

— Tiens, c'est tout ce qu'on a, dit Noa en tendant une pile de vêtements à la fille rousse.

— Merci, répondit-elle.

Elle se tenait devant la salle de bains, à l'étage, et attendait que le garçon qu'ils avaient sauvé avec elle ait fini de se doucher.

— Pour lui, on n'a pas grand-chose à sa taille, reprit Noa d'un air désolé. Mais s'il met une ceinture et qu'il retrousse les manches, ça devrait aller. On fera un saut dans un supermarché plus tard pour vous habiller un peu mieux.

— Ça ira. Au fait, je m'appelle Taylor.

— Moi, c'est Noa.

Elle tendit la main à la fille, qui la serra maladroitement après avoir coincé la pile de vêtements sous son bras.

— Tu connais les noms des deux autres ? reprit-elle.

— Le gamin, c'est Matt, indiqua Taylor, avant que son visage ne s'assombrisse. Mais la fille, je ne sais pas : elle était déjà inconsciente quand je l'ai trouvée. Comment va-t-elle ?

Noa haussa les épaules.

— Toujours pareil. On a essayé de bien l'installer dans le van. On va l'emmener chez des gens qui s'occuperont d'elle.

— C'est bien. Et puis, peut-être qu'elle est simplement sous sédatif.

— À ce propos… commença Noa d'un air embarrassé.

D'habitude, ce n'était pas elle, mais Zeke, qui se chargeait d'interroger les ados qu'ils récupéraient. Il avait un don pour mettre les gens à l'aise. Hélas, il était parti bouder dans son coin. Noa avait essayé de discuter du pistolet avec lui, mais dès qu'elle avait abordé le sujet, il avait tourné les talons sans dire un mot.

Les autres ne semblaient pas non plus avoir envie de parler avec elle, peut-être parce qu'ils étaient encore sous le choc et qu'ils avaient besoin de digérer ce qui s'était passé. Quoi qu'il en soit, elle se retrouvait coincée à devoir mener elle-même ce que Zeke avait baptisé en rigolant les « entretiens d'embauche ».

En temps normal, Noa aurait d'abord laissé Taylor et Matt manger quelque chose, voire dormir. Mais en de pareilles circonstances, elle ne pouvait pas se permettre de perdre une minute.

— Tu veux savoir ce qu'ils nous ont fait, lâcha Taylor de but en blanc.

— Oui, c'est la procédure habituelle. Je sais que ce n'est pas forcément évident de raconter…

— Ils t'ont enlevée, toi aussi ?

La question était si directe que Noa fut prise au dépourvu. Elle sentait sur elle le regard pesant de Taylor, qui paraissait prête à déceler le moindre signe de mensonge.

— Oui, finit-elle par répondre.

— Et qu'est-ce qu'ils t'ont fait ?

Noa était de plus en plus nerveuse. C'était elle qui était censée conduire l'interrogatoire. Et de toute façon, elle ne se souvenait pas de grand-chose. La seule certitude qu'elle avait, c'était qu'on lui avait greffé un second thymus dans la poitrine et que cette glande semait la pagaille dans son corps. Mais elle n'avait aucune envie d'en parler à Taylor. Elle savait que si les autres membres du groupe lui faisaient une confiance aveugle, c'était parce qu'ils la considéraient comme dotée d'étranges super-pouvoirs. Elle ne leur avait jamais donné de détails sur ce qu'elle avait subi, et personne n'avait osé lui en demander – jusqu'à maintenant.

— Eh bien, ils… Je ne sais pas vraiment, balbutia-t-elle. Et toi, alors ?

— Moi non plus, j'en sais trop rien.

— Tu as des cicatrices ? insista Noa.

— Comment ça ? fit Taylor, perplexe. Genre des marques de torture ?

— Non, plutôt des cicatrices d'opération.

La jeune fille ouvrit de grands yeux pleins de curiosité.

— C'est ce qu'ils t'ont fait, ils t'ont opérée ?

— Il ne s'agit pas de moi ! répliqua Noa d'un ton sec.

Bon sang, qu'est-ce qu'il faut faire pour lui arracher une réponse claire ? Et pourquoi s'intéresse-t-elle autant à ce qui a pu m'arriver ?

Elle prit une profonde inspiration pour maîtriser ses nerfs avant de s'excuser :

— Désolée. La nuit a été longue et je suis crevée.

— Ouais, on l'est tous, dit froidement Taylor.

La porte de la salle de bains s'ouvrit et Matt apparut, enveloppé dans une serviette élimée. Il était blond comme les blés et ses cheveux encore humides luisaient.

— Tiens, fit Taylor en lui remettant une partie des vêtements qu'elle tenait. Va t'habiller. Je te rejoindrai quand j'aurai pris ma douche.

Puis elle fila dans la salle de bains, le laissant seul avec Noa. Ils se dévisagèrent en silence pendant un moment. Elle savait qu'elle devait lui poser des questions à lui aussi, mais avant qu'elle puisse lui demander quoi que ce soit, il eut le ventre qui gargouilla et fit une moue embarrassée – ce qui lui donna encore plus l'air d'un gamin.

— Viens, dit-elle en l'entraînant vers l'escalier. Tu vas pouvoir te changer en bas, et ensuite je te donnerai quelque chose à manger.

Peter étouffa un bâillement en s'asseyant à une table, dans le diner où il avait rendez-vous avec Amanda pour déjeuner. Il était resté debout jusqu'à 5 heures du matin. La troisième fois qu'il s'était connecté sur La Cour, il avait enfin trouvé un message de Noa qui disait : « Super temps, dommage que tu sois pas là. » Ce code signifiait que l'opération s'était bien passée – et pourtant, ça n'avait pas vraiment été le cas, d'après ce qu'il avait pu voir.

Il aurait aimé avoir un compte rendu complet, mais il savait bien que ce n'était pas possible. Néanmoins, il avait posté une réponse un peu différente de celle qu'il rédigeait d'habitude : « Génial. J'aimerais trop être en vacances », indiquant ainsi à Noa qu'il souhaitait discuter avec elle quand elle aurait un instant. Mais il n'avait trouvé aucun nouveau message lorsqu'il avait pris le risque de se reconnecter à son réveil, vers 10 heures.

Il songea qu'elle devait être en train de dormir, ce qui, dans son cas, signifiait qu'elle était quasiment plongée dans le coma. Il espérait simplement qu'elle l'appellerait dans la journée. En attendant, il avait largement de quoi s'occuper.

Amanda n'était pas encore là, ce qui était surprenant car elle était toujours très à cheval sur la ponctualité. Si Peter avait ne serait-ce qu'une minute de retard à un rendez-vous, elle lui rappelait systématiquement, d'un ton moralisateur, que c'était une façon de laisser entendre que son temps était plus important que celui des autres. Et il avait eu droit à ce sermon un nombre incalculable de fois.

Il consulta une nouvelle fois son téléphone : pas de nouveau message. Il était arrivé pile à l'heure, une demi-heure plus tôt. Il décida d'écrire un SMS à Amanda :

Coucou. Ça va ?

Mais au moment où il appuyait sur « Envoyer », il la vit passer la porte d'entrée. Soulagé, il leva la main pour lui faire signe. Elle lui adressa un faible sourire et desserra son écharpe tandis qu'elle s'approchait.

Peter sentit son cœur se serrer en la regardant s'installer en face de lui. Elle était encore plus maigre que la dernière fois. Ses os saillaient sous son pull col V et ses poignets décharnés faisaient peine à voir. Elle avait des cernes marqués autour des yeux, et même ses cheveux paraissaient ternes et filasse.

— Ah, te voilà, fit-il en s'efforçant d'avoir l'air enjoué.

— Ben, on avait bien dit midi et demi ? demanda-t-elle, les sourcils froncés.

— Non, midi pile, corrigea-t-il en exhibant son téléphone pour lui montrer le SMS qu'il avait envoyé dans la nuit.

— Oh, désolée, lâcha-t-elle d'un ton absent.

Peter fut franchement tenté de lui resservir son discours sur la ponctualité, mais il préféra s'abstenir.

— Alors, ça va ? lança-t-il prudemment.

— Ben oui. Pourquoi ça n'irait pas ?

— Je ne sais pas. Tu as l'air… fatiguée.

— Tu ne vas pas t'y mettre aussi ? s'agaça-t-elle.

— Comment ça ? répliqua-t-il, sur la défensive.

Amanda posa son sac à main sur la table et se mit à farfouiller à l'intérieur, avant d'en sortir un baume protecteur qu'elle appliqua sur ses lèvres gercées.

— Diem ne me lâche pas en ce moment, expliqua-t-elle. Elle dit qu'elle va finir par me traîner de force chez le médecin.

— Ah bon ? Pourquoi ?

Dans son for intérieur, Peter fut soulagé de voir qu'il n'était pas le seul à s'inquiéter de l'état d'Amanda – surtout qu'il s'agissait là de quelqu'un qui la voyait presque tous les jours et pouvait donc plus facilement la surveiller de près. Il pensa qu'il devrait peut-être essayer de parler à Diem, tout en sachant qu'Amanda serait folle de rage si elle l'apprenait.

— Elle trouve que je ne suis pas en forme.

— Oh, murmura Peter tout en déchirant sa serviette en petits bouts de papier qu'il empilait sur la table en formica. Eh bien, pour être honnête, euh… moi aussi, je me fais du souci pour toi.

— Je vais bien, rétorqua-t-elle sèchement en lui décochant un regard glacial.

— Peut-être, mais tu as quand même perdu beaucoup de poids dernièrement. Et tu as l'air un peu… paumée en ce moment.

— Paumée ? répéta-t-elle en haussant le ton.

Peter leva les mains en signe d'apaisement. C'était exactement pour cette raison qu'il avait repoussé cette discussion : il était sûr qu'elle réagirait mal.

— Ce que je veux dire, c'est que ça ne coûte rien de voir un médecin.

Amanda serra les dents un instant, puis se pencha vers lui.

— J'ai transmis de nouveaux noms à Mouse, chuchota-t-elle.

— C'est vrai ? Super, la félicita Peter tout en cherchant un moyen de ramener la discussion sur ses problèmes de santé.

— Alors, ça y est, ils ont lancé le raid ? demanda-t-elle en baissant encore la voix.

Avant qu'il ait pu lui répondre, une serveuse à l'air affairé leur colla à chacun un menu graisseux dans les mains, puis s'éclipsa aussi sec.

— Oui, acquiesça alors Peter. Hier soir.

— Comment ça s'est passé ?

Il haussa les épaules sans trop savoir ce qu'il pouvait lui dire. De toute façon, il n'avait pas vraiment de détails concrets.

— Bien, apparemment, répondit-il.

— Tant mieux.

Visiblement satisfaite, elle se plongea dans la lecture du menu. Peter la regarda faire avec une pointe d'amusement, sachant pertinemment qu'elle allait commander la même chose que d'habitude : un burger végétarien et une salade. Et aujourd'hui, par solidarité avec elle et son aversion pour les aliments d'origine animale, il allait en faire autant.

Il reprit une petite gorgée de café. Il en avait déjà avalé une tasse entière en l'attendant et il ne voulait pas en abuser. Mais il était exténué. Il continua d'observer discrètement Amanda. La complicité qu'il avait renouée avec elle depuis peu semblait s'être évaporée. Elle paraissait plus distante que jamais.

— Tu n'as pas l'air au top de la forme non plus, tu sais, lâcha-t-elle sans lever les yeux de la carte.

— Merci, dit-il d'un ton ironique. Je suis resté debout toute la nuit pour superviser le raid.

Elle émit un drôle de bruit, puis referma le menu et le posa sur la table, près de son sac à main.

— Bon, et ensuite ? fit-elle.

— Quoi, ensuite ?

— Noa compte continuer à faire ça longtemps ?

— Oui, je pense. Pourquoi ?

Amanda pinça les lèvres. On aurait dit qu'elle voulait ajouter quelque chose, mais elle parut se raviser. La serveuse vint prendre leur commande avant de s'éloigner d'un pas pressé.

Peter était préoccupé. Les choses ne se passaient du tout comme il l'avait espéré. Il se demanda s'il pourrait trouver un cabinet médical où le temps d'attente ne serait pas trop long et s'il serait possible à Amanda de voir quelqu'un dans la journée ou s'il lui faudrait d'abord prendre rendez-vous. Dans tous les cas, ça voulait dire qu'il allait devoir passer l'après-midi avec elle et mettre le reste en stand-by. Il fallait encore qu'il reconfigure le programme du renifleur. Il avait pris de gros risques pour l'installer et il tenait à ce que ça serve à quelque chose. Et il voulait également écouter les enregistrements audio de chez Mason, ce qui allait probablement nécessiter beaucoup de temps. Et en plus de tout cela, il avait une dissertation à finir pendant le week-end.

— Tu es amoureux d'elle ? lâcha Amanda, le tirant de ses réflexions.

— Hein ? De qui ? répliqua-t-il, dérouté.

— De Noa. Tu sais, je vois bien que vous êtes devenus assez proches… bredouilla-t-elle en évitant son regard.

Peter ne savait pas quoi dire. Il remarqua que ses yeux brillaient, comme si elle retenait ses larmes. Son réflexe fut de tendre le bras au-dessus de la table et de prendre sa main dans la sienne.

— Amanda, je…

— Non mais je peux le comprendre, le coupa-t-elle. Je ne t'ai pas très bien traité. C'est juste que… J'aimerais pouvoir revenir en arrière, tu vois, quand on était encore ensemble.

En la voyant aussi désemparée, Peter brûlait d'envie de lui dire que c'était possible et que tout allait redevenir comme avant – mais ça aurait été un mensonge. Car même maintenant qu'elle était au bord des larmes, tout ce qu'il ressentait, c'était une pointe de regret. L'autre fois, quand elle avait débarqué chez lui à l'improviste au milieu de la nuit... il s'était passé beaucoup de choses. Ça avait été rassurant et familier, et pourtant il n'avait pu se défaire du sentiment que c'était une erreur. Il était sincère lorsqu'il lui avait dit qu'il n'avait jamais cessé de l'aimer. Mais son amour avait changé. Il s'inquiétait pour elle et il avait envie de la protéger, mais il n'était plus amoureux comme il avait pu l'être.

— Je suis désolé, finit-il par dire.

— Oui, moi aussi, chuchota Amanda en retirant sa main. Bon, je n'ai vraiment pas faim.

Elle ramassa son sac et se leva. Peter ne pouvait pas la laisser partir comme ça, pas sans qu'elle lui promette au moins d'aller voir un médecin.

— S'il te plaît, reste, l'implora-t-il. J'ai encore des trucs à te dire.

— Pas moi, rétorqua-t-elle sans même le regarder. Au revoir. Ce n'est pas la peine de m'appeler.

Elle tourna les talons et se précipita vers la sortie.

Peter soupira et regretta de ne pas avoir un manuel d'instructions pour comprendre comment fonctionnent les filles. C'était autrement plus simple avec les ordinateurs.

— Vous allez quand même manger ? demanda la serveuse en surgissant tout à coup devant lui.

— Ouais, j'imagine, répondit-il d'un air abattu.

Elle déposa une assiette devant lui : un burger végétarien d'où dépassait une feuille de laitue flétrie.

— Elle s'en remettra, vous verrez, ajouta-t-elle d'un ton bourru.

— Merci, marmonna-t-il.

Mais il n'en était pas si sûr.

— C'est à ce moment-là que j'ai vu la bouteille d'oxygène. Je me suis dit que si je provoquais un incendie, ils seraient bien obligés d'ouvrir la porte.

Assise sur le siège passager, à l'avant du van, Noa se mordillait les ongles de nervosité. Taylor s'était révélée franchement bavarde, une fois qu'ils avaient repris la route. Si elle s'était initialement montrée réticente à partager son histoire, désormais elle semblait ne plus pouvoir s'arrêter de parler.

Les ados entassés à l'arrière paraissaient littéralement suspendus à ses lèvres. Noa avait voulu s'interposer quand Taylor avait commencé son récit, mais elle n'avait pas trouvé de moyen poli de le faire. Et de toute façon, elle n'était pas certaine que cela l'aurait fait taire pour autant – il était clair qu'elle aimait être au centre de l'attention.

Zeke conduisait en fixant la route d'un air renfrogné. Noa lui avait proposé de prendre le volant, mais il avait refusé d'un ton sec. Ils roulaient depuis déjà quatre heures, soit un petit tiers du temps de trajet prévu s'ils évitaient les embouteillages, et étaient en train de longer le parc naturel de Joshua Tree. Derrière les vitres défilaient des étendues arides parsemées de cactus biscornus, auxquelles la lumière grise du matin donnait l'air lugubre d'un paysage ravagé par des bombardements. Noa tira les manches de son sweat à capuche sur ses mains et se recroquevilla dans son siège. Elle était frigorifiée malgré le chauffage poussé au maximum.

Il leur avait fallu plus de temps que prévu pour vider la maison, même s'ils n'y étaient installés que depuis deux jours. La fatigue les rendait tour à tour apathiques et surexcités, si bien que Noa avait eu toutes les peines du monde à gérer le déménagement. En fermant la porte d'entrée, elle avait eu peur qu'ils aient laissé quelque chose d'important derrière eux, mais elle n'avait pas eu le temps de vérifier. Il fallait qu'ils se mettent en route le plus vite possible.

— Alors comment tu t'y es prise ? demanda Teo, visiblement impressionné.

— J'ai trouvé une pochette d'allumettes dans la poubelle, indiqua Taylor en haussant les épaules.

— Ça tombait bien, intervint Noa en se retournant vers elle.

— Ouais, j'ai eu du bol, l'un des médecins devait fumer, répliqua Taylor en soutenant son regard.

Noa fronça les sourcils en reprenant sa position initiale. Elle ne croyait pas à la chance. Quelqu'un aurait été assez imprudent pour jeter une pochette d'allumettes dans la poubelle de sa chambre ? Et pas terminée, en plus ? Mais elle semblait être la seule à se poser des questions sur l'histoire de Taylor.

— Et après ? s'enquit Daisy avec curiosité.

— J'ai craqué une allumette sans la détacher du paquet et j'ai ouvert le robinet de la bouteille d'oxygène. Et puis j'ai traîné une table de l'autre côté de la pièce et je l'ai renversée sur le côté pour me protéger. Ça a provoqué une explosion de dingue. Mais bon, ça n'a pas ouvert la porte. J'étais dégoûtée.

Tu m'étonnes, pensa amèrement Noa, mais elle garda le silence.

Elle était d'autant plus agacée que les autres ne cessaient de s'extasier devant l'ingéniosité de Taylor. Elle s'enfonça dans son siège en calant ses genoux contre le tableau de bord. C'était bizarre : de tous les ados qu'ils avaient sauvés jusqu'ici, Taylor était la première qui ne lui revenait vraiment pas.

— Un peu plus tard, la porte s'est déverrouillée automatiquement et Zeke est apparu. Il nous a fait signe de le suivre, et elle, il l'a prise dans ses bras, poursuivit Taylor en désignant la fille étendue sur un matelas de fortune sur un côté du van.

Elle n'avait toujours pas repris connaissance, aussi avaient-ils préféré lui laisser sa blouse et la mettre sous des couvertures. Noa l'avait examinée mais n'avait pas su déterminer quel était son problème. Elle n'avait pas d'incision, ni aucune marque indiquant qu'elle avait subi une opération – ce qui était troublant. Puisque, apparemment, Noa était la première réussite du Projet Perséphone, il semblait logique qu'ils essaient de reproduire ce qu'ils lui avaient fait. D'ailleurs, tous les ados retrouvés lors des autres raids portaient la même cicatrice qu'elle. Néanmoins, aussi étrange que cela pût paraître, aucun d'eux n'éprouvait ses symptômes. Pourquoi était-elle la seule à avoir réagi de cette façon à l'opération ? Que lui avaient-ils fait qu'ils n'avaient pas fait aux autres ?

Ou alors c'est moi qui suis différente ? songea-t-elle en frissonnant.

Zeke tourna la tête vers elle et ouvrit la bouche, comme s'il allait dire quelque chose. Mais il la referma sans même avoir croisé son regard et reporta son attention sur la route.

Taylor semblait être en train de conclure son histoire.

C'est pas trop tôt, ne put s'empêcher de penser Noa.

— ... plus on avançait de couloir en couloir et plus la fumée devenait épaisse. Et c'est là qu'on est tombés sur vous.

— C'était vraiment malin de faire sauter cette bouteille, déclara Teo avec admiration.

— J'ai grandi dans des bases militaires, expliqua Taylor d'un ton détaché. Mon père s'est fait tuer en Afghanistan et ma mère est morte d'un cancer. Ça oblige à apprendre certains trucs.

— Dans quelle base tu as habité ? demanda Noa en se retournant de nouveau.

— Pourquoi ?

— Oh, comme ça, juste par curiosité, dit-elle, l'air de rien.

— Fort Huachuca, indiqua Taylor sans sourciller. Du moins, c'était là que j'étais quand mon père est décédé. Mais on a bougé dans pas mal d'endroits. Toi aussi, t'es fille de militaire ?

— Non.

— C'est bien ce que je pensais, lâcha Taylor avec dédain.

— Et tu ne te rappelles absolument rien de ce qu'ils t'ont fait au labo ?

— Tu me l'as déjà demandé. Et la réponse est non.

— Hmm. Pourtant, quasiment tout le monde se souvient de quelque chose, continua Noa d'une voix égale. Des chirurgiens, une lumière vive…

— Moi, je revois encore cette affreuse infirmière qui me faisait des injections chaque fois que je me réveillais, intervint Crystal.

— Ouais, pareil pour moi, renchérit Remo.

— Alors je crois que j'ai de la chance de n'avoir aucun souvenir, plaisanta Taylor. Mais quoi qu'on nous ait fait, j'ai l'impression qu'on va bien, Matt et moi.

— Oui, heureusement, soupira Daisy, tandis que les autres acquiesçaient dans un murmure.

— Et ces gens chez qui on va, ils vont pouvoir l'aider ? reprit Taylor en faisant un geste vers la jeune fille inconsciente.

— En tout cas, ils vont tout faire pour, assura Crystal. Monica et Roy sont…

— On ne parle pas d'eux, l'interrompit sévèrement Noa.

Crystal parut surprise, mais elle se tut.

— Ah, OK, j'ai pigé, fit Taylor. Si vous m'en dites trop, vous serez obligés de me tuer, c'est ça ?

Et elle éclata de rire.

Bon sang, mais faites-la taire ! songea Noa en levant les yeux au ciel.

Elle trouvait étrange que Taylor semble s'intéresser aux Forsythe. En général, ceux qu'ils récupéraient voulaient soit revenir là où ils vivaient avant leur enlèvement, soit rejoindre les rangs de l'Armée de Persefone. Mais ils ne posaient guère de questions. Ce n'était pas dans l'habitude des ados ayant vécu dans la rue, ils avaient plutôt tendance à faire profil bas.

Mais pas Taylor. Et plus elle réclamait des détails, plus Noa se refusait à lui en donner, en particulier au sujet des Forsythe, sans lesquels elle ne serait plus en vie. S'ils n'avaient pas sauvé Zeke, il ne serait jamais venu à son secours et elle aurait vite fini par retourner sur une de ces horribles tables d'opération.

Noa l'observa du coin de l'œil. Il avait la mâchoire serrée et les lèvres pincées.

Comme si c'était à lui d'être en colère !

Elle repensa à l'avant-dernière nuit, quand il avait essayé de l'embrasser. Elle avait l'impression qu'il s'était écoulé un siècle depuis ce moment.

Elle sentit les poils de sa nuque se dresser et se retourna. Taylor était juste derrière elle et la fixait avec insistance. Elle adressa un large sourire à Noa, puis porta ostensiblement le regard vers Zeke et tendit la main vers son avant-bras. Il sursauta un instant avant de se détendre.

— Je ne sais pas comment te remercier, lui murmura Taylor sur le ton de la confidence. Tu m'as sauvé la vie.

— T'inquiète, répondit Zeke. Pas de souci.

Mais il rougit jusqu'aux oreilles.

En voyant ça, Noa se mit à bouillir intérieurement. Elle s'enfonça davantage dans son siège et ferma les yeux.

Les autres peuvent bien penser ce qu'ils veulent. Moi, j'ai appris à me fier à mon instinct. Cette fille, je la sens pas.

CHAPITRE TREIZE

Peter avait passé des heures à écouter les enregistrements, mais Mason ne paraissait pas être du genre loquace. Les micros étaient conçus de manière à ne s'activer que lorsqu'ils détectaient du bruit. Malheureusement, la plupart du temps, c'était tout ce qu'ils avaient capté : du bruit. Mason en train de faire du café ; Mason pianotant sur un clavier ; Mason qui se lavait les dents pendant exactement deux minutes, deux fois par jour – il devait faire la fierté de son dentiste.

Durant ses rares conversations téléphoniques, ses interventions se résumaient principalement à des « oui » ou des « non » prononcés d'un ton abrupt. Au cours de l'une d'entre elles, il s'était montré étonnamment bavard, ce qui avait d'abord ravivé les espoirs de Peter, avant qu'il comprenne qu'il s'agissait d'un échange interminable avec son tailleur sur des histoires de costume sur mesure.

Le logiciel espion installé sur son ordinateur ne s'était pas révélé plus instructif. Mason semblait seulement s'en servir pour consulter les cours de la Bourse et lire le *Wall Street Journal*. C'était sans doute l'une des personnes au monde qui surfaient le moins sur Internet.

Il était clair qu'il menait ses affaires illégales en dehors de son domicile. Au bout de trois heures, Peter était prêt à baisser les bras quand une alerte s'afficha sur son écran, lui indiquant que Mason faisait quelque chose de nouveau sur son ordinateur. Peter cliqua pour accéder à la visualisation, se préparant à tomber sur des articles financiers d'un ennui mortel.

Il haussa les sourcils en découvrant que Mason ouvrait un document Word. C'était une première. Il prit la canette de soda posée sur son bureau, en avala une gorgée et croisa les bras, dans l'expectative. Il allait pouvoir lire en temps réel tout ce que Mason écrivait. Il se mit à rêver que celui-ci décidait de soulager sa conscience en rédigeant une longue confession de tous les crimes abominables qu'il avait commis.

Au lieu de cela, un message apparut sur l'écran en lettres capitales. Peter sentit son sang se glacer dans ses veines en le lisant :

SALUT, PETER. ALORS, COMMENT TU TROUVES MON APPART ?

— Amanda ! Mais qu'est-ce que tu fabriques ?

Amanda cligna des yeux, désorientée. Ses jambes lui paraissaient engourdies, sa nuque raide, et son esprit flottait, comme si elle était au milieu d'un rêve.

Mais elle se rendit soudain compte que ce n'était pas le cas. Elle était assise par terre, dans le bureau du Refuge, la tête appuyée contre une chaise. Les dossiers qu'elle avait extraits du tiroir, ces dossiers dont elle n'était pas censée connaître la cachette, étaient éparpillés autour d'elle sur le sol.

Mme Latimar se tenait sur le seuil de la porte et la dévisageait, l'air horrifié.

— Où est-ce que tu as trouvé tout ça ?

— Eh bien, je… C'était…

Tout en cherchant une explication plausible au fait qu'elle avait mis la main sur plusieurs dossiers conservés dans un classeur fermé à clé, Amanda tentait maladroitement de les rassembler. Mais les papiers glissaient hors des pochettes et elle était en train de tout mélanger. Elle eut un pincement au cœur en comprenant qu'elle avait encore eu une absence : elle se rappelait à peine être arrivée au Refuge et n'avait aucun souvenir d'avoir sorti les dossiers du tiroir. Et maintenant, son petit secret avait été découvert.

Elle était sur le point de bredouiller des excuses quand elle réalisa que ce n'était pas elle qui était en tort. Elle se redressa, plissa les yeux et lança d'un ton indigné :

— La vraie question, c'est qu'est-ce que vous, vous faites avec tout ça ?

— Comment ça ? fit Mme Latimar avec un mouvement de recul. En tant que directrice du Refuge, je suis responsable des dossiers et je…

— Alors pourquoi ceux-ci sont-ils rangés à part ? insista Amanda. Je connais parfaitement le système de classement, c'est moi qui l'ai mis au point avec vous. Et je peux vous dire qu'aucun de ces dossiers n'est à sa place.

— Ce ne sont pas tes affaires, lâcha Mme Latimar d'une voix mal assurée.

— Ah, vraiment ? Vous trahissez des gamins qui nous font confiance en transmettant des informations confidentielles à des gens qui s'en servent de cobayes et les charcutent, et vous pensez que ce ne sont pas mes affaires ?

— Comment sais-tu tout ça ? murmura Mme Latimar, le visage blême.

— Quelle importance ? répliqua vertement Amanda.

Mais au fond d'elle-même, elle n'en menait pas large. Elle s'en voulait d'avoir révélé qu'elle en savait autant sur le Projet Perséphone, car elle se retrouvait désormais dans une position très délicate. Mais il était trop tard pour revenir en arrière.

Mme Latimar tituba jusqu'à son bureau et s'effondra sur sa chaise, tenant sa tête entre ses mains tremblantes.

— Oh, ma belle, balbutia-t-elle, l'air bouleversée. Tu n'as pas la moindre idée de ce dont ils sont capables !

— Détrompez-vous, rétorqua Amanda – mais sa rage faiblissait.

Mme Latimar leva vers elle des yeux remplis de larmes. Elle avait soudain l'air beaucoup plus vieille.

— Si tu savais ce qu'ils me feront… Et à toi !

— Je m'en fiche. Ce qu'ils fabriquent est inacceptable, et quelqu'un doit les arrêter. Je n'arrive pas à croire que vous les aidez !

— Je n'ai pas le choix, dit Mme Latimar, la mine sombre. Sinon, ils s'en prendront à elle. Ils m'ont promis de la laisser tranquille si je coopérais.

— De qui vous parlez ?

Amanda avait entendu dire que la fille de Mme Latimar avait vécu dans la rue quand elle était adolescente. La rumeur prétendait qu'elle était morte dans d'affreuses circonstances et que c'était ce qui avait poussé Mme Latimar à créer le Refuge, afin de venir en aide à d'autres jeunes et de leur éviter le même sort.

— De ma petite-fille, répondit-elle en esquissant un léger sourire. Elle a presque le même âge que toi.

— J'ignorais que vous étiez grand-mère, s'étonna Amanda.

— Je n'en parle que rarement. Tu sais, ma fille et moi, on n'était pas tellement proches… En tout cas, pas à la fin. Aujourd'hui, Clementine est tout ce qui me reste d'elle.

— Et vous dites qu'ils ont menacé de s'en prendre à elle ? reprit Amanda, qui, malgré sa colère, ressentait une certaine compassion face à la détresse de Mme Latimar. Vous auriez dû en parler à la police…

— Penses-tu, c'est la première chose que j'ai faite ! Mais comment crois-tu qu'ils ont réagi quand je leur ai dit qu'il fallait protéger ma petite-fille à cause d'un type étrange qui semblait tout savoir de moi ?

— Ils vous ont prise pour une folle, devina Amanda d'un air songeur.

— Évidemment, acquiesça Mme Latimar en secouant la tête. Et je ne peux pas complètement leur en vouloir.

— Mais elle est où, Clementine, maintenant ?

— Dans un pensionnat privé, dans le New Hampshire.

— Et comment pouvez-vous être sûre qu'elle est réellement en danger ?

— Ils m'envoient des photos d'elle. J'en reçois au moins une par semaine. Sans compter le reste : des copies de son emploi du temps, de ses bulletins de notes… La semaine dernière, j'ai même trouvé une mèche de ses cheveux dans le courrier ! J'ai voulu retourner voir la police, mais M. Mason m'a bien dit que ça ne servirait à rien. Quoi que je fasse, ces gens trouveront toujours le moyen de s'en prendre à elle. Personne ne peut les arrêter !

Amanda ouvrit la bouche pour la contredire, mais elle se rappela ce que Peter lui avait raconté. Noa et lui avaient réussi à faire venir le FBI dans un laboratoire clandestin du Projet Perséphone, dans le sud-est du Rhode Island, et les fédéraux avaient découvert les corps des victimes découpés en morceaux dans des glacières. Et pourtant, toute l'affaire avait été étouffée.

Mme Latimar avait raison : le groupe Pike & Dolan était au-dessus des lois.

— Alors vous avez accepté de leur transmettre des dossiers, résuma Amanda. Depuis quand vous faites ça ?

— Deux ans, murmura Mme Latimar, les yeux rivés au sol. Au début, ils ne voulaient que quelques noms. J'ai cru que... que ça s'arrêterait là. Mais ils se sont mis à en réclamer de plus en plus. Et chaque fois que je menaçais de tout arrêter, ils m'envoyaient aussitôt une photo de Clementine. Et puis, il y avait l'argent...

— Quel argent ?

— On s'était mis à recevoir des sommes importantes d'un donateur anonyme. J'ai cru que mes efforts pour collecter des fonds avaient fini par payer. Or la situation du Refuge était critique. J'étais à deux doigts de devoir mettre la clé sous la porte. Sans cet argent, c'est ce qui se serait passé. Ce n'est que plus tard que j'ai découvert que ça venait d'eux. M. Mason m'a dit que si j'en parlais à qui que ce soit, ils prétendraient que j'étais mêlée à tout ça, et alors j'irais en prison et je ne reverrais jamais Clementine.

— Mais vous êtes mêlée à tout ça, je vous signale ! s'emporta Amanda avec un regain de colère. Vous savez ce qu'ils font à ces ados, n'est-ce pas ? Vous avez sacrifié des dizaines et des dizaines de vies simplement pour en sauver une !

— Je sais, lâcha Mme Latimar d'un air misérable. Et ça me rend malade. Je n'en dors plus.

Son visage se décomposa et elle se mit à pleurer à chaudes larmes.

— Je suis désolée, gémit-elle. Je suis tellement désolée. Mais j'ai si peur pour Clementine.

Amanda se sentit envahie d'émotions contradictoires. En dépit de tout ce qu'elle venait d'entendre, elle éprouvait presque l'envie de prendre Mme Latimar dans ses bras pour la réconforter. Elle ne faisait que s'inquiéter pour la vie de sa petite-fille – et à juste titre : Mason n'hésiterait pas une seconde à l'envoyer dans l'un des laboratoires secrets de Pike & Dolan. Mais tous ces jeunes qu'elle leur livrait en échange… C'était impardonnable.

N'empêche, s'ils avaient menacé de s'en prendre à mon frère, je ne sais pas ce que j'aurais fait…

— Qu'est-ce qu'on va faire ? demanda doucement Mme Latimar, avec un regard d'enfant perdu.

Amanda secoua la tête, l'air indécise.

Ouais, bonne question…

— Vous ne devez surtout pas leur dire que je suis au courant, déclara-t-elle. Ça, c'est le plus important.

— Non, bien sûr que non ! s'exclama Mme Latimar, horrifiée. Jamais je ne te ferais courir un tel danger.

Amanda se retint de lui faire remarquer qu'elle n'avait pas eu autant de scrupules avec tous les jeunes qu'elle avait sacrifiés jusqu'à présent. Au lieu de ça, elle poursuivit :

— Et il ne faut plus leur transmettre de dossiers.

— Mais M. Mason doit passer demain ! Je ne peux pas ne rien lui donner.

Amanda se mit à réfléchir. L'ébauche d'un plan commençait à germer dans son esprit. C'était risqué, mais ça pouvait marcher.

— On va lui refiler des vieux dossiers, annonça-t-elle. On n'aura qu'à changer les dates.

— Mais lesquels ?

— Ceux de patients qui ne sont pas revenus nous voir depuis des années. Aujourd'hui, ils doivent être soit trop vieux pour le projet, soit…

— Morts, compléta Mme Latimar en hochant la tête. Oui, c'est une bonne idée. Mais ils vont s'en rendre compte, tu ne crois pas ?

— Sans doute, admit Amanda. Mais ça nous fera gagner un peu de temps. Et au moins, on ne mettra plus personne en danger.

— D'accord, acquiesça Mme Latimar, soulagée. Bon, on ferait mieux de commencer dès maintenant. Les vieux dossiers sont au fond, dans les archives.

— Je sais. Je vais les chercher.

— Merci Amanda, chuchota Mme Latimar en essuyant ses larmes.

— Si vous voulez vraiment me remercier, il va falloir tout mettre en œuvre pour essayer de rattraper le mal que vous avez fait.

Teo se balançait d'un pied sur l'autre, en essayant d'oublier son envie pressante. Ils s'étaient arrêtés dans une station-service sur la Route 5, semblable à la dizaine d'autres qu'ils avaient déjà croisées. Noa leur avait accordé dix minutes pour acheter à manger dans la supérette et aller aux toilettes, et Teo avait fini dernier de la file d'attente. Il avait laissé passer Daisy devant lui et regrettait désormais amèrement sa galanterie. Elle mettait un temps fou à sortir.

La porte finit par s'ouvrir et elle apparut, l'air confuse.

— Désolée, s'excusa-t-elle.

— C'est pas grave, soupira Teo.

Elle s'écarta et il s'engouffra derrière elle avec soulagement. Quand il ressortit, quelques minutes plus tard, il s'aperçut qu'elle l'avait attendu.

— Ça va ? murmura-t-elle.

— Ça va.

Elle avait dû se passer de l'eau sur le visage, car elle affichait une mine reposée, alors qu'elle n'avait quasiment pas fermé l'œil du trajet. La fille inconsciente prenait beaucoup de place à l'arrière du van, et avec Taylor et Matt en plus, ils étaient obligés de s'agglutiner les uns contre les autres. Teo avait dormi par intermittence d'un sommeil agité, sans cesse réveillé par un coude dans le dos ou un pied sur la figure.

Il songea que Daisy irradiait de beauté. Elle avait parfaitement appliqué son eye-liner bleu, et ses lèvres paraissaient pulpeuses et brillantes, au point que Teo n'arrivait pas à en détacher le regard. Même sa tenue semblait savamment étudiée : des bottes noires, des collants déchirés, un tee-shirt blanc par-dessus un débardeur noir et de nombreux bracelets à chaque poignet. On aurait dit qu'elle sortait des pages d'un magazine branché.

— Je tenais à m'excuser pour, tu sais… commença-t-elle en baissant les yeux, avant de shooter dans un papier de chewing-gum qui traînait par terre. Quand j'ai complètement perdu les pédales pendant le raid… Je te dis pas comme j'ai honte.

— T'inquiète, fit Teo en se revoyant en train de batailler avec le levier de vitesse pendant qu'elle gémissait à l'arrière du camion. Tu t'es ressaisie, à la fin.

— Ouais, mais on a été à deux doigts de se faire prendre à cause de moi, reconnut-elle en levant la tête. Et s'il t'était arrivé quoi que ce soit, je n'aurais jamais pu me le pardonner. Enfin bref, je suis désolée.

Teo se remémora le visage du vigile empourpré de rage au moment où il leur tirait dessus. Ils avaient bien failli ne pas s'en sortir et ça avait été, au moins en partie, la faute de Daisy. Mais il n'était pas du genre rancunier.

— Je sais comment tu peux te rattraper, dit-il.

— Ah bon ? fit-elle, intriguée. Comment ?

— Apprends-moi à conduire.

— Oui, c'est sûr que quelques leçons ne te feraient pas de mal, le taquina-t-elle en souriant.

— Disons que ça pourrait être utile au cas où il te prendrait à nouveau l'envie de disjoncter, répliqua-t-il.

Pendant un instant, il eut peur d'avoir poussé la plaisanterie un peu loin, mais elle éclata de rire en lui donnant une petite tape complice sur le bras.

— J'en reviens pas que tu n'aies pas bousillé la transmission, vu comment tu accrochais les vitesses, soupira-t-elle.

— Je ne sais même pas ce que ça veut dire, admit-il, la faisant à nouveau s'esclaffer.

— OK, je t'apprendrai. Mais il faudra attendre d'être arrivés à Santa Cruz. Ça m'étonnerait que Zeke accepte de te confier le van.

— C'est sûr. Bon ben, c'est cool.

— Au fait, Teo, c'est le diminutif de quoi ?

Il envisagea de lui mentir. Par le passé, il avait très souvent dit aux gens que ça venait de Mateo, car il trouvait son véritable prénom vraiment trop ringard. Mais Daisy le fixait avec ses grands yeux bleus pleins de confiance et il répondit d'un air gêné :

— Teodoro.

Elle esquissa un drôle de sourire.

— Genre Teddy, quoi ?

— Oui, si tu veux.

— Oh, c'est trop mignon ! s'exclama-t-elle en le secouant par l'épaule. J'adore, c'est comme si t'étais un ours en peluche ! À partir de maintenant, c'est décidé, je vais t'appeler Teddy !

Avec sa mince carrure, Teo n'avait pourtant rien d'un ours. Mais il était prêt à accepter n'importe quoi pour plaire à Daisy.

Ils restèrent face à face pendant une minute, et le silence entre eux devint soudain pesant. Teo ne savait pas où braquer son regard – malgré ses efforts, il revenait systématiquement aux lèvres de Daisy.

Et puis, tout à coup, ces lèvres se retrouvèrent collées aux siennes. Teo écarquilla les yeux. Il n'aurait su dire s'il avait fini par s'approcher inconsciemment d'elle à force de la fixer ou si c'était elle qui s'était penchée vers lui. Leur baiser lui parut d'abord étrange, presque maladroit. Mais au bout de quelques secondes, elle inclina un peu la tête sur le côté et, subitement, le fait d'être planté là, devant des toilettes d'autoroute crasseuses, à embrasser une fille aux cheveux bleus sembla à Teo la chose la plus naturelle du monde.

Le bruit d'un klaxon les fit sursauter. Ils se séparèrent. Daisy avait les lèvres légèrement entrouvertes, la respiration saccadée et les joues rouges. Quant à Teo, tout son corps semblait parcouru d'un frisson inédit, comme si leur baiser avait actionné une sorte d'interrupteur en lui.

— Euh, je crois qu'on devrait y aller, chuchota Daisy en entendant un nouveau coup de klaxon.

— Ouais, t'as raison. Euh… ouais, balbutia Teo – son cœur battait encore si fort dans sa poitrine qu'il avait du mal à trouver ses mots.

Tandis qu'il la suivait, son esprit repassait la scène au ralenti, et il fut soudain assailli d'inquiétudes. Il n'avait jamais vraiment embrassé une fille avant, à part quelques bisous sur la bouche quand il était plus jeune, et tout ça était très nouveau pour lui.

Qu'est-ce que je dois lui dire, maintenant ? Qu'est-ce que je suis censé faire ?

Les questions se bousculaient dans sa tête, lui donnant un début de nausée.

Il entendit des pas dans son dos, se retourna et aperçut Taylor. Elle portait une paire de baskets, un tee-shirt rose et un short en jean. Comme ils lui avaient été donnés par les autres filles, qui étaient plus petites qu'elle, tous ces vêtements moulaient ses formes, et Teo se surprit à songer que ce n'était pas une mauvaise chose.

— Hé, Taylor, lança-t-il en rougissant. Tu as pu faire un saut aux toilettes ?

— Euh, oui, j'en viens, répondit-elle avec un sourire enjoué. Super crade, hein ?

— Quoi, tu y étais à l'instant ? fit-il, l'air étonné.

— Ben, oui, pourquoi ? Tu tiens un registre des passages aux W.-C. ?

Daisy éclata de rire, ce qui le déconcerta. Il baissa les yeux vers le sol, se sentant stupide.

— Vivement qu'on arrive à Santa Cruz, reprit Taylor en grimaçant. Il est vraiment trop pourri, ce van, vous ne trouvez pas ?

Teo fut tenté de lui faire remarquer qu'à côté de la table d'opération sur laquelle elle était encore attachée la veille, le van aurait dû lui paraître plutôt confortable, mais il se contenta d'acquiescer en hochant la tête :

— Ouais, on est franchement à l'étroit.

— J'espère qu'on aura droit à de la vraie nourriture, une fois là-bas, ajouta-t-elle en les rattrapant, tandis qu'ils rejoignaient le devant de la station-service. Je déteste la junk food.

Teo ne put s'empêcher de lever les sourcils. On ne mangeait quasiment que ça quand on vivait dans la rue. Les barres chocolatées étaient bon marché ou faciles à voler, et elles contenaient suffisamment de graisses et de calories pour tenir toute une journée. Aucun sans-abri ne critiquait la junk food, c'était sa denrée de base, ce qui le maintenait en vie.

— Perso, j'ai trop envie de chips et d'un Coca, lâcha Daisy.

— Il doit y en avoir à la supérette, fais-toi plaisir, dit Taylor en se dirigeant vers le van, dont le moteur tournait au ralenti. Bon, je vais essayer de trouver un coin où je ne serai pas obligée de m'asseoir sur quelqu'un.

— Bonne chance !

Sous le regard de Teo, Taylor fit coulisser la porte latérale du van, avant de se contorsionner avec grâce au milieu des silhouettes entassées à l'arrière.

— Ouah, c'était trop bizarre, pas vrai ? marmonna-t-il d'un air hésitant.

— Comment ça, bizarre ? demanda Daisy.

— Ben, elle ne pouvait pas être aux toilettes, on l'aurait vue.

— Elle a menti ? Et alors ? fit-elle en haussant les épaules.

Elle le dévisageait, comme s'il était complètement parano.

— Oui, bon, c'est vrai, y a pas mort d'homme, se hâta-t-il de répondre.

Un nouveau coup de klaxon retentit, plus long que les précédents. Daisy se hissa sur la pointe des pieds et colla un baiser sur les lèvres de Teo avant de lui adresser un clin d'œil.

— Le premier arrivé ! lança-t-elle.

Elle démarra en trombe, faisant claquer ses bottes sur le goudron. Teo reprit ses esprits et se lança à sa poursuite, les yeux rivés sur la queue-de-cheval bleue qui rebondissait sur ses épaules tandis qu'elle courait.

Peter avait le souffle coupé. Les mots sur l'écran semblaient presque animés d'intentions malveillantes. Il sentit les poils de sa nuque se hérisser, comme si Mason se trouvait réellement derrière lui.

Comment sait-il que je suis entré chez lui ?

Peter maudit son imprudence. Son intrusion avait dû déclencher une sorte de système d'alerte. Il aurait dû se douter que Mason était trop prudent pour négliger la sécurité de son domicile.

Il regarda son clavier sans oser le toucher. C'était stupide de sa part, mais il avait presque l'impression que la main de Mason allait surgir hors de l'écran et lui serrer la gorge, comme dans un film d'horreur.

De nouvelles phrases apparurent, toujours en majuscules.

JE SAIS QUE TU ES LÀ, PETER. TU CROIS VRAIMENT ÊTRE LE SEUL À T'Y CONNAÎTRE EN INFORMATIQUE ?

C'était une première piste. Il était impossible que Mason ait installé un cheval de Troie sur son ordinateur portable, car Peter ne s'en séparait jamais. Il l'emportait même avec lui dans la salle de bains quand il prenait une douche.

Alors, comment il s'y est pris ?

JE M'ENNUIE, PETER. JE PENSAIS QUE TU VOUDRAIS BAVARDER UN PEU.

Il inspira profondément, posa ses doigts tremblants sur le clavier et écrivit :

À votre âge, c'est plutôt glauque de tchatter sur Internet avec des ados.

Certes, il faisait le malin, mais Mason n'avait pas besoin de savoir qu'il était terrorisé.

OH, MAIS NOUS SOMMES DE VIEUX AMIS, TOI ET MOI. TU N'IMAGINES PAS COMBIEN J'AI ÉTÉ DÉÇU D'APPRENDRE QUE TU NE TE TENAIS PAS TRANQUILLE.

— De vieux amis ? Dans tes rêves, marmonna Peter, envahi par un élan de rage en repensant à la silhouette émaciée d'Amanda.

Vous pouvez aller en enfer, répondit-il.

NOUS Y SOMMES DÉJÀ TOUS LES DEUX. ALORS AUTANT S'AIDER L'UN L'AUTRE POUR Y SURVIVRE, TU NE CROIS PAS ?

Peter hésita un instant, sidéré par ce qu'il venait de lire. Il ne comprenait pas à quoi Mason jouait.

Jamais je ne vous aiderai, déclara-t-il.

TU L'AS DÉJÀ FAIT EN TE BRANCHANT SUR LES SERVEURS, MÊME S'IL N'Y A RIEN D'INTÉRESSANT À EN TIRER.

Peter en resta bouche bée. Comment Mason pouvait-il aussi être au courant de ça ? Est-ce qu'on l'avait suivi pendant tout ce temps ? Et dans ce cas, avait-il mis Noa en danger sans le savoir ?

Sur l'écran, d'autres mots se formèrent :

NE T'EN FAIS PAS, JE SAIS GARDER UN SECRET.

Peter songea un instant à prétendre qu'il n'avait aucune idée de ce dont Mason parlait, mais il réalisa que ce serait ridicule. Il lui semblait que le sol se dérobait sous ses pieds et l'avalait.

Qu'est-ce que vous voulez ?

JE TE L'AI DIT. NOUS POUVONS NOUS RENDRE MUTUELLEMENT SERVICE.

C'était forcément un piège. Jamais Mason ne viendrait lui demander de l'aide. Il paraissait avoir une armée infinie de sbires à sa disposition. Mais ça ne coûtait rien d'essayer d'en savoir un peu plus.

Comment ?

Au bout d'un petit moment, Mason répondit :

J'AI BESOIN QUE TU PIRATES QUELQUE CHOSE.

Peter ne put s'empêcher d'éclater de rire. C'était le comble de l'ironie, de la part du type qui lui avait volé son iPhone et son ordinateur quelques mois plus tôt pour l'empêcher de se livrer à ses activités de hackeur.

Laissez-moi deviner, pianota-t-il. On essaie d'échapper

aux impôts ? Ou alors, vous avez été exclu du Forum des Ordures et vous voulez savoir ce qu'on raconte sur vous ?

Le pire, c'était qu'il visualisait parfaitement le petit sourire suffisant que ses mots devaient inspirer à Mason. Et il crut presque entendre le ton mielleux de sa voix en lisant la suite :

QUEL CLOWN TU FAIS, PETER. C'EST DOMMAGE QUE TU NE TE SOIS PAS PLUTÔT LANCÉ DANS UNE CARRIÈRE DE COMIQUE.

— Ouais, je suis sûr que ça te fend le cœur, grommela-t-il, tandis que Mason continuait d'écrire.

JE VEUX QUE TU PIRATES LES FICHIERS DU PROJET PERSÉPHONE. JE SAIS OÙ SE TROUVE LE SERVEUR.

Peter se mordilla les lèvres, de plus en plus intrigué. Il se mit à pianoter, le cœur battant.

J'ai déjà récupéré ces fichiers il y a des mois, gros malin.

ÇA, C'EST CE QUE TU CROIS. IL Y EN A BEAUCOUP PLUS QUE TOUT CE QUE TU PEUX IMAGINER.

Peter fit craquer les articulations de ses doigts, en essayant d'ignorer le frisson qui lui parcourait l'échine. Il avait l'impression que la température dans la pièce avait chuté d'au moins dix degrés.

Qu'est-ce qui vous fait croire que je voudrais replonger dans tout ça ?

En guise de réponse, un lien vers un fichier image s'afficha sur l'écran. Peter cliqua dessus avec une pointe d'effroi, s'attendant à découvrir un cliché d'Amanda dans sa chambre ou dans le parc de l'université.

Il resta interdit en voyant apparaître une photo de Noa, et son cœur se serra douloureusement. Mason l'avait-il à nouveau capturée ?

Non, se dit-il en examinant l'image de plus près.

Elle n'était pas récente. Les feuilles des arbres derrière elle étaient rouges et jaunes, typiques de l'automne en Nouvelle-Angleterre. La photo avait dû être prise à l'époque où ils la surveillaient en vue de la kidnapper pour leurs horribles expériences.

Pourquoi vous me montrez ça ? demanda-t-il.

PARCE QUE SI TU NE M'AIDES PAS À RÉCUPÉRER CES FICHIERS, NOA TORSON VA MOURIR.

TROISIÈME PARTIE
INVASION

CHAPITRE QUATORZE

Noa sortit du van en s'étirant. Elle avait conduit pendant quatre heures pour effectuer la dernière partie du trajet et elle était courbaturée de partout. La porte arrière s'ouvrit et tous les autres sortirent, soulagés de s'extraire de cet endroit confiné.

Ils avaient mis quatorze heures pour rallier Santa Cruz depuis Phoenix, ce qui était somme toute assez raisonnable. Il était un peu plus de 19 heures et le soleil s'était déjà couché. Tandis qu'elle contemplait le magnifique domaine des Forsythe, Noa percevait au loin le bruit des vagues qui s'écrasaient sur le rivage. Tout autour, des champs et des vergers couraient vers les falaises qui tombaient en à-pic sur le Pacifique. Au rez-de-chaussée de la maison principale, des bougies brillaient derrière les fenêtres, ce qui lui donnait un air chaleureux et accueillant.

La propriété des Forsythe était un ensemble tentaculaire de granges, de hangars et de dépendances couvrant près de vingt hectares. La maison comportait six chambres réparties sur deux niveaux, dont la plupart faisaient déjà partie de la ferme d'origine. Les Forsythe avaient restauré la bâtisse, tout en conservant les murs de pierre et la charpente. Et même si le domaine devait valoir une fortune, rien en eux ne laissait penser qu'ils étaient riches. Ils étaient toujours habillés comme de vieux hippies, avec des tee-shirts bariolés, des jeans et tout un tas de vêtements en chanvre.

Ils n'avaient jamais dit à Noa d'où venait leur argent et elle ne leur avait jamais posé de questions. Zeke lui avait raconté qu'ils avaient une formation scientifique et qu'ils avaient atterri dans la biotechnologie. Apparemment, ils avaient déposé un brevet très lucratif qui leur avait permis de prendre leur retraite peu après la cinquantaine. Noa ne savait pas précisément pourquoi ils tenaient autant à mettre en péril le Projet Perséphone, mais après les avoir rencontrés, elle avait compris qu'ils étaient du genre à s'engager corps et âme dans les combats qu'ils menaient – il se trouvait que c'était celui-là qu'ils avaient choisi.

La porte d'entrée de la maison s'ouvrit sur Monica Forsythe. Elle tenait un torchon et avait un grand sourire sur le visage. Noa lui fit signe de la main, en espérant que leur venue ne tombait pas à un moment inopportun.

Elle avait essayé plusieurs fois de les joindre avec un téléphone à carte prépayée acheté à la station-service pour les prévenir de leur arrivée, mais ils avaient de nouveau changé de numéro. Elle ne s'en était pas étonnée : avec tout ce qu'ils avaient découvert sur Pike & Dolan, les Forsythe multipliaient les précautions, chose que Noa appréciait. C'était ce qui faisait de cet endroit le seul au monde où elle parvenait presque à se détendre.

Tandis qu'elle remontait l'allée de gravier conduisant à la maison, les tensions accumulées dans son corps commencèrent à se dissiper. Même si elle n'avait passé, en tout et pour tout, qu'un peu moins d'un mois chez les Forsythe, elle ne s'était jamais sentie autant chez elle où que ce soit au cours des huit dernières années.

La maison principale semblait tout droit sortie d'un conte de fées. Les murs extérieurs étaient tapissés de lierre, qui recouvrait presque les fenêtres. Il y avait de hautes lucarnes et une tour ronde – un ancien silo – dont le premier étage avait été converti en une salle de bains aux vitres teintées où trônait une baignoire sur pieds. Noa se voyait déjà en train de s'y prélasser, un gant humide sur les yeux, ouvrant le robinet du bout du pied pour rajouter de l'eau chaude. Elle soupira en sentant s'estomper le souvenir des sombres événements des derniers jours : l'homme de main tué par Turk, la débâcle dans l'entrepôt, la fuite à travers plusieurs États…

— Que ça fait plaisir de te voir ! s'exclama Monica en la serrant dans ses bras.

D'ordinaire, Noa s'écartait au moindre contact physique, mais ce n'était pas envisageable avec Monica Forsythe, et bizarrement ça ne la dérangeait pas. Elle posa sa tête au creux de l'épaule de son hôtesse, qui était plus petite qu'elle, et respira l'odeur de cannelle et de lavande qu'elle dégageait.

— Je suis vraiment contente d'être là, avoua-t-elle en souriant.

— Et nous, on est ravis que tu sois rentrée saine et sauve, fit Monica en lui tapotant la joue, comme l'aurait fait une vieille tante avec une petite fille de dix ans.

Puis elle se tourna vers Zeke, tout en balayant leur petit groupe des yeux, et Noa devina qu'elle comptait les effectifs.

— Tout le monde va bien ? demanda-t-elle.

— On a perdu Turk, dit-il.

— Perdu ? répéta Monica d'un air affolé.

— Non, pas comme ça. Il ne lui est rien arrivé, la rassura Noa. Mais, euh… c'est une longue histoire, ajouta-t-elle, accablée de fatigue à la seule évocation de son nom.

— Oh, ma chérie, tu m'as l'air complètement exténuée. Depuis combien de temps tu n'as pas dormi ?

C'était une bonne question. Noa essaya de se souvenir. Elle ne s'était pas accordé une de ses « sessions de sommeil » depuis plusieurs jours et elle en avait bien besoin. Si elle ne prenait pas le temps de recharger un peu ses batteries, elle allait finir par se transformer en zombie. Elle avait repoussé la fatigue à grand renfort de caféine, mais elle commençait à sentir le contrecoup. Son corps lui semblait de plus en plus pesant et elle avait l'impression que si elle restait encore debout trop longtemps, elle allait finir par s'enfoncer littéralement dans le sol.

À part Peter et Zeke, les Forsythe étaient les seuls à être au courant des problèmes de santé de Noa. En s'appuyant sur leurs connaissances scientifiques et médicales, ils espéraient trouver un moyen de réduire ses symptômes, voire de les faire disparaître.

Si tant est que ce soit possible, pensa-t-elle avec amertume.

— On a une patiente pour vous, annonça Zeke.

Il avait jeté son sac en toile kaki sur l'épaule et évitait toujours soigneusement le regard de Noa.

— Je vois ça, acquiesça Monica en chaussant ses lunettes, tandis que Remo et Danny transportaient la jeune fille vers la maison. C'est grave ?

— Elle est inconsciente depuis qu'on l'a trouvée hier soir, indiqua Noa.

— Elle est peut-être seulement sous sédatif. Emmenez-la dans la chambre du fond, je vais l'examiner.

Monica repéra alors deux personnes qu'elle ne connaissait pas. Elle s'avança à leur rencontre avec un grand sourire.

— Et bonjour, fit-elle.

— Voici Taylor et Matt, dit Zeke. On les a aussi récupérés hier.

Généralement, Noa et lui ne donnaient que peu de détails aux Forsythe sur le déroulement des raids, conformément à ce qu'ils avaient décidé d'un commun accord, dès le début. Moins ils en savaient, mieux ce serait pour eux si les choses devaient mal tourner.

— Bonjour, lâcha Taylor d'un ton enjoué. Vous avez une propriété magnifique.

— Oh, merci, répondit Monica.

Elle se pencha vers Matt, qui se tenait en retrait derrière Taylor, et lui adressa un clin d'œil.

— Tu sais quoi ? Je viens juste de sortir une tarte du four. Promis, si tu en manges un morceau avant le dîner, je ne dirai rien.

— Une tarte ? répéta-t-il d'une petite voix hésitante.

— Oui, aux pommes. Qu'est-ce que tu en dis ?

Il hocha la tête d'un air solennel et saisit la main qu'elle lui tendait, avant de se laisser conduire vers la maison.

— Taylor, reprit-elle, tu veux bien nous accompagner à l'intérieur avant que j'aille m'occuper de votre amie ?

— Oui, madame.

Noa remarqua que Monica haussait les sourcils, l'air étonnée. Les ados qu'ils ramenaient chez eux l'appelaient rarement « madame ». La moitié d'entre eux finissaient même par l'appeler « Maman », ce qui n'était guère surprenant. Noa ne l'avait jamais entendue prononcer le moindre mot désobligeant. La gentillesse, l'empathie et la bienveillance manifeste de Monica

Forsythe parvenaient à conquérir les tempéraments les plus agressifs comme les plus introvertis.

— Ça fait du bien d'être là, tu trouves pas ? lança Noa à Zeke quand les autres furent rentrés.

Il se contenta d'émettre un grognement en guise de réponse, puis les rejoignit sans même la regarder.

Noa secoua la tête en le voyant s'éloigner. Elle aurait aimé régler leur différend en discutant posément avec lui de l'histoire du pistolet, comme deux adultes responsables. Mais si Zeke voulait continuer à faire la tête, c'était son choix. Peut-être Monica, qui aimait encore moins les armes qu'elle, pourrait-elle le ramener à la raison.

Bien qu'épuisée, Noa décida d'aller faire une petite balade. De toute façon, ça allait être le bazar pendant la prochaine demi-heure, le temps que tout le monde s'installe : Zeke allait attribuer des chambres à chacun dans les diverses dépendances, Monica s'occuperait du repas après avoir examiné sa nouvelle patiente, et la maison allait grouiller d'activité et de bruit. Noa frémit rien qu'en y pensant.

La perspective de pouvoir s'isoler quelques minutes lui semblait un cadeau du ciel. Ignorant ses jambes lourdes, elle contourna la maison et s'engagea sur l'étroit chemin de sable qui menait à l'océan. Les bornes solaires qui le bordaient brillaient faiblement, éclairant des touffes d'herbe sauvages – à cet endroit, les Forsythe avaient laissé les champs en friche. Une légère brise jouait avec les cheveux de Noa, qui avaient beaucoup poussé. Elle songea qu'il lui faudrait emprunter des ciseaux pour les couper, pendant qu'elle était là. Elle espérait pouvoir rester quelques jours pour récupérer et manger autant que possible dès qu'elle aurait faim. Parmi ses nombreux talents, Monica était un vrai cordon-bleu. Même si elle n'avait pas été prévenue de leur arrivée, elle allait certainement leur concocter des festins dignes des plus grands chefs.

Le chemin serpentait au milieu d'arbres filiformes que le vent du large pliait presque en deux. Leurs longues branches paraissaient comme autant de doigts pointés vers l'intérieur des terres. Noa se fraya un chemin entre eux, avant de s'arrêter au sommet d'une falaise. Le vallon verdoyant laissait place à un précipice rocailleux. En contrebas se trouvait une mince bande de sable formant une minuscule plage, délimitée de part et d'autre par des rochers abrupts. On ne pouvait y accéder que par une volée de marches en bois disposées le long de la paroi rocheuse et peintes en gris de manière à s'y fondre. Les Forsythe les avaient conçues ainsi afin d'éviter que des surfeurs ne s'introduisent en douce dans la propriété pour venir profiter du spot. Ce n'était pas par volonté de garder la plage pour eux, mais après s'être engagés dans leur projet, ils ne pouvaient pas se permettre de laisser des inconnus errer sur le domaine. Noa plissa les yeux et repéra les premières marches en se demandant si elle avait le courage de descendre jusqu'à l'eau dans la pénombre. Elle rêvait d'enlever ses chaussures, de sentir ses pieds s'enfoncer dans le sable et les vagues lui caresser les chevilles. Mais l'idée de devoir remonter l'escalier la découragea.

Au lieu de ça, elle s'assit en tailleur dans l'herbe, les mains sur les genoux, et scruta l'océan. Au murmure des vagues sur le rivage, elle supposa que ce devait être marée basse. Au large, les lumières des bateaux de pêche qui rentraient au port dansaient sur l'eau. Lors de ses précédents séjours, le domaine était plongé dans le brouillard, mais cette nuit-là était particulièrement claire et Noa pouvait distinguer tout un tas d'étoiles dans le ciel. Elle repéra les quelques constellations qu'elle connaissait : Orion, la Grande Ourse… Elle avait un vague souvenir de son père les lui montrant quand elle était enfant. Ils étaient étendus dans un champ assez semblable à celui-là, mais à l'autre bout du pays, dans le Vermont. Elle était blottie au creux de son épaule et luttait pour garder les yeux ouverts, tandis qu'il traçait du bout des doigts des lignes invisibles dans le ciel…

Lorsqu'elle revint à elle, Noa sentit une main posée sur son bras qui la secouait doucement. Aussitôt, elle roula sur elle-même et se redressa, en position de combat. Il faisait sombre et froid, et elle était encore désorientée, aussi lui fallut-il quelques secondes pour comprendre que la silhouette qui se tenait face à elle était celle de Roy Forsythe. Ses mains, qu'il tenait levées devant lui d'un air rassurant, brillaient dans la lumière du clair de lune.

— Désolé, ma belle, s'excusa-t-il. Je ne voulais pas te faire peur.

— Salut, Roy.

— Salut, Noa. Alors comme ça, tu t'es dit qu'un lit, ce serait trop confortable pour toi ?

— Non, répondit-elle en souriant. C'est juste que j'avais besoin d'un petit moment tranquille. J'ai dû m'assoupir.

Elle essaya de reprendre ses esprits. Depuis son opération, elle avait certes besoin de beaucoup moins de sommeil, mais elle avait un mal fou à émerger une fois qu'elle s'était endormie. Zeke l'avait d'ailleurs surnommée « Noa Coma ».

— Quelle heure est-il ? demanda-t-elle, les paupières encore lourdes.

— Tard. Plus de 22 heures. Monica était prête à organiser une battue, mais j'ai proposé de venir d'abord jeter un coup d'œil par ici. J'ai remarqué que tu aimais bien ce coin.

— Oui, acquiesça Noa, légèrement embarrassée. C'est paisible.

Ils gardèrent le silence pendant une minute. La marée était montée pendant qu'elle dormait, et chaque vague qui s'écrasait sur la plage venait grignoter une nouvelle bouchée de sable. Devant ce spectacle, il était presque possible d'oublier toutes les horreurs du monde.

— Rentrons, finit par dire Roy. Je n'aimerais pas que tu bascules dans le vide au milieu de la nuit.

Noa esquissa un sourire et lui emboîta le pas, en regardant où elle mettait les pieds. Les bornes solaires étaient moins brillantes désormais. Monica se plaignait toujours de leur faible durée de fonctionnement, mais Roy refusait d'installer quoi que ce soit nécessitant l'énergie de leur groupe électrogène. Ils vivaient quasiment sans recours au réseau public d'électricité grâce à des panneaux solaires et à une petite éolienne perchée en équilibre précaire sur la falaise, un peu plus loin. Noa avait beaucoup d'estime pour ce choix – elle-même en connaissait un rayon sur la vie en marge du système.

— Au fait, as-tu noté des changements dans tes symptômes ? lança Roy sur le chemin du retour.

— Pas vraiment. C'est toujours à peu près pareil, niveau sommeil et alimentation.

— Rien d'autre ? insista-t-il.

Elle haussa les épaules avant de réaliser qu'il ne pouvait pas s'en apercevoir dans la pénombre.

— Mes yeux deviennent de plus en plus sensibles, indiqua-t-elle. La lumière vive me fait vraiment mal, maintenant. Mais je crois que c'est tout. Je n'ai pas essayé d'escalader des immeubles dernièrement, donc si ça se trouve, mes super-pouvoirs de femme-araignée sont apparus et je ne suis même pas au courant.

Roy lâcha un petit rire et ils finirent le chemin sans un mot de plus. Noa savait d'expérience qu'ils n'aborderaient plus ce sujet, à moins qu'elle ne décide de le remettre sur le tapis.

La première fois que Zeke l'avait conduite chez les Forsythe, quelques mois auparavant, elle leur avait raconté tout ce qui lui était arrivé : son réveil sur une table d'opération avec une incision dans la poitrine, la radio que lui avait fait passer un ami de Cody révélant qu'on lui avait greffé un deuxième thymus, et les étranges symptômes qui s'étaient manifestés depuis, de sa capacité à guérir en un temps record aux dérèglements de sa faim et de son sommeil. Elle avait apprécié leur écoute attentive et bienveillante et le fait qu'ils cessent de lui poser des questions après avoir remarqué que ça la mettait mal à l'aise.

À la fin de la première semaine, Roy avait proposé de lui faire passer quelques examens. Il lui avait expliqué que Monica et lui ne souhaitaient en aucun cas lui causer davantage de souffrances, mais qu'avec leurs connaissances, ils pourraient peut-être trouver certaines réponses. Noa leur faisait déjà plus confiance qu'à quiconque, excepté Peter et Zeke, et avait donc accepté de se soumettre à une prise de sang et à un prélèvement salivaire. Et s'ils ne disposaient pas sur place de matériel de radiographie, ils avaient néanmoins réalisé une échographie. Finalement, ils n'avaient pas pu en tirer davantage de conclusions que celles de Cody, mais ils avaient promis de poursuivre leurs recherches.

C'était plusieurs mois auparavant et Noa se demandait si leurs travaux avaient donné quoi que ce soit de nouveau. Lors de sa précédente visite, elle n'avait pas osé leur poser la question.

— Monica m'a confié que Zeke et toi étiez fâchés, lâcha soudain Roy.

— Disons plutôt qu'on a une divergence d'opinion, nuança-t-elle en se demandant ce que Zeke avait pu raconter.

Elle hésita un instant à révéler à Roy l'objet de leur brouille, mais elle n'avait pas envie de dénoncer Zeke, du moins pas avant d'avoir pu discuter avec lui.

— Eh bien, j'espère que vous allez vite régler ça, dit Roy avec diplomatie. Je n'aime pas vous savoir en froid, tous les deux. Et tu sais combien ce garçon t'adore.

Noa marmonna quelques mots incompréhensibles d'un air gêné, soulagée qu'il ne puisse pas voir sa mine déconfite dans la pénombre.

— « Chercher à ne pas avoir l'air ridicule est l'un des nombreux fardeaux de la jeunesse », soupira-t-il.

— Hein ? fit-elle d'un air perplexe.

— C'est de John Updike.

— De qui ?

Roy avait cette manie de citer des phrases qu'elle ne comprenait pas, de gens dont elle n'avait jamais entendu parler. Mais c'était un homme bon, c'est pourquoi elle ne s'en formalisait pas.

— Laisse tomber, répondit-il d'un ton amusé. Je pense à voix haute, c'est tout.

Tandis qu'ils s'approchaient de la maison, une série de lampes s'allumèrent automatiquement et Noa put voir Roy plus distinctement. Malgré ses nombreux diplômes, il avait le teint basané qu'arborent généralement les fermiers. Il portait une casquette de Grateful Dead élimée sur ses cheveux gris coupés court, une veste polaire, un jean qui n'était plus de première jeunesse et des sabots noirs usés.

Il était assez semblable aux autres hommes d'âge mûr qui se promenaient dans les rues de Santa Cruz en sirotant un café latte issu du commerce équitable. Mais Noa n'était pas dupe, elle savait que Monica et lui étaient à part. Dans sa vie, elle avait rarement rencontré des gens aussi foncièrement bons. Tous deux lui avaient presque redonné foi en l'humanité. Presque.

— En tout cas, ça fait du bien d'être rentrée, confia-t-elle.

— Et tu sais qu'on aime t'avoir auprès de nous, déclara Roy en souriant. C'est trop calme ici, quand vous n'êtes pas là. Et puis, Monica me mène une vie d'enfer quand elle n'a rien à faire pour s'occuper. Sa dernière lubie, c'est de me faire retaper la vieille grange, non mais tu te rends compte ? Je te promets, cette femme finira par me tuer...

Ils continuèrent de bavarder jusqu'à ce qu'ils atteignent la maison. Quand Roy ouvrit la porte, Noa renifla une odeur de viande et de pommes de terre grillées qui la fit saliver, et elle se surprit à avoir les larmes aux yeux. Elle réalisa que tout ici lui donnait l'impression d'être chez elle, alors qu'elle avait cru ne plus jamais ressentir à nouveau cela où que ce soit. Presque aussitôt, une autre pensée envahit son esprit, inspirée par un long vécu de désillusions :

Ça ne peut pas durer.

Amanda réprima un bâillement. Après sa confrontation avec Mme Latimar, elle avait failli sécher la séance de travail de groupe pour l'examen d'anthropologie culturelle. Mais c'était dans quelques jours seulement et elle était déjà horriblement en retard sur le programme. Elle avait donc rejoint ses camarades, espérant ainsi éviter l'embarras d'une mauvaise note supplémentaire.

Elle commençait toutefois à regretter sa décision. Ils étaient installés dans un coin de la bibliothèque, assis dans des gros fauteuils rembourrés disposés en cercle. Le chauffage tournait à plein régime, rendant l'air étouffant. Amanda avait avalé un thé vert en chemin, mais ça ne l'aidait pas pour autant à rester éveillée.

J'aurais dû prendre un expresso. Un double, même. Histoire de garder les yeux ouverts.

Néanmoins, personne ne semblait avoir remarqué qu'elle participait à peine. Depuis dix minutes, ils s'étaient lancés dans un débat houleux. Amanda avait perdu le fil de la discussion, mobilisant toute son énergie pour lutter contre le sommeil qui la gagnait. Elle aurait mieux fait de ne pas venir et de demander ses notes par mail à Jessica, qui les prenait toujours avec soin et aurait sûrement accepté de les lui échanger contre ses fiches de révision de psychologie du semestre précédent. Sans compter qu'une bonne nuit de sommeil lui aurait été bien utile avant de devoir mettre au point, dès le lendemain, un plan viable pour Mme Latimar.

En quittant le Refuge, elle avait failli appeler Peter, se disant qu'il pourrait peut-être lui donner des idées.

Et puis, elle devait bien se l'avouer, entendre sa voix l'aurait rassurée.

Par le passé, Mason avait déjà prouvé qu'il pouvait s'en prendre à elle s'il le voulait. Et puis, au fil des mois, ce danger était devenu de plus en plus abstrait. Mais plus maintenant. Mme Latimar était terrorisée. Et au bout du compte, la responsabilité de les tirer d'affaire, sa petite-fille et elle, avait atterri sur les épaules d'Amanda.

Pourtant, elle s'était finalement abstenue de le contacter. Après ce qui s'était passé au diner la dernière fois, elle avait eu peur que la discussion ne vire encore au règlement de comptes. Et le simple fait de penser à Peter lui donnait envie de pleurer.

Amanda soupira et jeta un coup d'œil discret à sa montre, avant de serrer la mâchoire en constatant qu'il était presque 23 heures. Elle avait sociologie à 9 heures le lendemain et elle avait déjà raté un cours cette semaine. Et en plus, elle n'avait pas commencé à lire quoi que ce soit pour son module d'histoire du féminisme…

Elle se sentait complètement submergée par cette montagne d'obligations. Elle avait le sentiment que tout lui glissait entre les doigts et elle était tellement à la traîne qu'elle commençait à douter de pouvoir rattraper son retard. Une boule de panique se forma dans son estomac et se mit à grossir en montant dans sa gorge, la faisant suffoquer.

— Amanda ? Ça va ?

Elle ne put voir qui lui parlait, car sa vision était subitement devenue floue. Elle ouvrit la bouche pour dire qu'elle allait bien, mais aucun son n'en sortit.

Il faut que je m'en aille d'ici, pensa-t-elle, soudain affolée, en voyant les murs se rapprocher…

Amanda s'effondra par terre, agitée de convulsions. Autour d'elle flottaient des silhouettes aux visages horrifiés, bientôt remplacées par celles d'hommes vêtus de vestes sombres. Elle essayait toujours de leur dire que ça allait, mais personne ne paraissait la comprendre.

Elle perçut un bourdonnement de voix inquiètes, puis sentit qu'on la plaçait sur un brancard et qu'on l'emmenait dehors dans la nuit. Elle tenta de protester, mais tout son corps semblait devenu inerte, comme une sorte de prison dont elle ne pouvait pas s'évader.

Elle distingua des lumières rouges et eut vaguement conscience qu'on la faisait entrer dans une ambulance. C'était tellement absurde qu'elle se demanda si elle n'était pas en train de rêver. On ne faisait venir une ambulance que pour des gens malades. Or, elle allait bien, elle était juste un peu fatiguée.

Oui, c'est évident, ce n'est qu'un cauchemar, se dit-elle.

C'est pourquoi elle n'eut aucune réaction quand les portes se refermèrent et qu'apparut au-dessus d'elle le visage de Mason.

Allongé dans son lit, Peter fixait le plafond sans parvenir à trouver le sommeil. D'après son téléphone, il était presque 3 heures du matin. Il ne lui restait donc que quatre heures à dormir avant de se lever pour aller au lycée. Mais son tchat avec Mason ne cessait de repasser en boucle dans sa tête.

Quand celui-ci lui avait écrit que Noa risquait de mourir, Peter avait d'abord cru qu'il menaçait de s'en prendre à elle.

Vous ne la trouverez jamais ! avait-il tapé sur le clavier, tout en se disant qu'il aurait aimé en être convaincu lui-même.

ELLE NE M'INTÉRESSE PLUS, avait rétorqué Mason. TOUT CE QUE JE VEUX, C'EST AVOIR ACCÈS AUX RECHERCHES.

Cette réponse avait surpris Peter, qui avait supposé que Mason bluffait. Ce devait être une manœuvre pour le pousser à lui livrer Noa. Mais Peter ne laisserait jamais cela se produire. Et s'il fallait pour cela qu'il coupe tout contact avec elle, il le ferait – bien que cette perspective le rebutât profondément.

Pourquoi ?

IL Y A BEAUCOUP EN JEU ET TU N'ES PAS LE SEUL IMPLIQUÉ DANS TOUT ÇA.

Vous êtes le caniche de Pike, avait répliqué Peter, exaspéré. Si vous voulez quelque chose, vous n'avez qu'à le lui demander.

TU ME DÉÇOIS, PETER. SI TU AVAIS ÉPLUCHÉ MES COMPTES DE PLUS PRÈS, TU SAURAIS QUE JE SUIS LIBÉRÉ DE MES ENGAGEMENTS VIS-À-VIS DE PIKE ET DOLAN DEPUIS QUATRE MOIS.

En lisant cela, Peter n'avait pu s'empêcher de sourire. Mason avait donc été viré ?

J'espère sincèrement que j'y suis pour quelque chose, avait-il lancé.

APPAREMMENT, M. PIKE ÉTAIT TRÈS MÉCONTENT DE LA FAÇON DONT LES CHOSES ONT ÉTÉ GÉRÉES AVEC TES PARENTS.

« Ha ! » s'était esclaffé Peter.

Ainsi donc, Noa et lui avaient bel et bien accompli quelque chose. Mais si c'était vrai, pourquoi Mason le surveillait-il toujours ? Et pourquoi tenait-il tant à récupérer ces fichiers ?

Vous voulez faire chanter Charles Pike, c'est ça ? avait-il avancé.

SI C'ÉTAIT MON INTENTION, SACHE QUE J'AI DÉJÀ TOUT CE QU'IL ME FAUT.

Ce n'était pas difficile à croire. Mason était clairement du genre à couvrir ses arrières. Et Pike devait aussi avoir pris des précautions pour s'assurer de son silence après son licenciement.

Alors que manigançait-il ? Et pourquoi voulait-il que Peter l'aide ? Il devait forcément s'agir d'un plan très ingénieux.

L'offre de Mason était toutefois tentante. S'il savait vraiment où se trouvait l'autre serveur, Peter pourrait peut-être découvrir une preuve concrète reliant Charles Pike au Projet Perséphone – auquel cas, il la diffuserait si largement que personne ne pourrait étouffer l'affaire, cette fois.

Mais finalement, Peter avait choisi la prudence. Il avait dit à Mason, en des termes très explicites, où il pouvait se mettre sa proposition, puis il avait refermé son ordinateur. Il l'avait rouvert aussitôt, en songeant qu'il aurait dû enregistrer le contenu de leur discussion. Mais évidemment, il était déjà trop tard et le document avait disparu, comme si leur échange n'avait jamais eu lieu.

Peter aurait pu le récupérer dans les données du disque dur, mais il avait vite réalisé que ça ne lui aurait été d'aucune utilité. Après tout, la seule chose que Mason avait reconnue, c'était qu'il avait été licencié par Charles Pike. Certes il avait mentionné le nom du projet, mais il n'avait rien écrit de compromettant sur le sujet. Et il n'avait pas non plus dit qu'il allait tuer Noa, seulement qu'elle était en danger. Et même si Mason lui avait demandé de l'aide pour pirater un serveur, la seule personne que cela intéresserait était Charles Pike, et Peter n'avait pas la moindre intention de le contacter.

Il se retourna dans son lit en grognant. Comme d'habitude, ses parents avaient réglé le chauffage à fond, sans le moindre scrupule pour l'environnement, et il faisait une chaleur suffocante dans la maison. Peter arrangea son oreiller. Il fallait qu'il dorme un peu avant que son réveil ne sonne. Il ne pouvait pas se permettre de sécher encore les cours. Ses parents l'avaient déjà à l'œil et il ne voulait surtout pas qu'ils le surveillent davantage.

Le fait qu'ils se soient compromis dans toute cette affaire lui donnait la nausée. Lorsqu'ils dînaient tous les trois ou qu'ils regardaient la télé ensemble au salon, il mourait d'envie de se lever et de leur hurler son dégoût. Mais Noa et lui étaient tombés d'accord sur le fait qu'il devait se comporter normalement, comme s'il tenait lui aussi à passer à autre chose. Il restait donc sagement assis à parler de tout et de rien en serrant les poings. Mais une fois qu'il serait parti à la fac, il ne reviendrait jamais. C'était une décision qu'il avait prise dès l'instant où il avait découvert l'ampleur de l'implication de ses parents.

Son iPhone émit un signal et il l'attrapa sur sa table de nuit. Il fronça les sourcils en voyant qu'il venait de recevoir un SMS d'un numéro inconnu. Était-ce encore Mason ?

— Quand je dis non, c'est non, abruti, marmonna Peter en déverrouillant son téléphone.

Mais ce n'était pas Mason.

Amanda a perdu connaissance pendant une séance de travail de groupe. Elle a été transportée à l'hôpital, mais je ne sais pas lequel. Je me suis dit que tu voudrais être au courant. Diem

CHAPITRE QUINZE

Noa terminait de se sécher les cheveux. Quand elle était revenue à la maison avec Roy, la plupart des autres membres du groupe étaient déjà disséminés entre les diverses dépendances. C'était l'un des avantages du domaine des Forsythe : on pouvait facilement y loger une vingtaine de personnes, et dans des conditions très confortables.

Noa avait retrouvé sa chambre habituelle, reliée à la salle de bains de la tour, ce qui était un luxe en soi. La maison principale reflétait parfaitement les goûts éclectiques des Forsythe – ou ce que Zeke avait qualifié de « schizophrénie décorative ». Au rez-de-chaussée se trouvait le « Salon victorien », avec son papier peint sophistiqué, ses boiseries et sa gigantesque cheminée. La cuisine était dans le style rustique français et Monica avait surnommé le bureau de Roy « le Club des gentlemen », à cause de ses fauteuils en cuir bordeaux et de ses meubles en chêne massif. Parmi les chambres, on trouvait aussi bien « le Palais d'hiver », avec une décoration d'inspiration russe, que « le Refuge de Gauguin », aux accents tahitiens. Et pour honorer le groupe préféré de Roy, un petit bureau, rebaptisé « la Fumerie d'opium des Grateful Dead », avait été redécoré avec du papier peint bariolé et des nounours de toutes les couleurs.

Mais la pièce que préférait Noa était celle où elle dormait toujours, surnommée « la Chambre de cowboy ». Tout le mobilier avait été acheté par les Forsythe durant leurs vacances à Sedona, en Arizona. Il y avait un ancien lit à baldaquin en fer forgé, une chaise et un imposant bureau en bois, des cadres représentant des chevaux et des couchers de soleil sur les murs, et des tapis colorés qui recouvraient le plancher. Noa n'aurait jamais imaginé être à son aise dans un tel environnement et pourtant, tandis qu'elle traversait la pièce en chaussettes, elle se sentait comme un poisson dans l'eau. Après s'être rassasiée de viande et de tarte aux pommes, elle avait pris un long bain chaud qui avait chassé les dernières tensions de son corps.

Elle s'approcha du lit, tira les couvertures et se glissa entre les draps, souriant de plaisir au contact de l'étoffe soyeuse. Fort heureusement, la passion des Forsythe pour le chanvre ne s'étendait pas au linge de lit.

Elle venait de s'enfoncer entre les oreillers et de fermer les yeux quand elle entendit un petit coup sec contre la porte. Elle grimaça et hésita à répondre. Tout ce dont elle avait envie à ce moment précis, c'était de dormir tout son soûl, au moins douze heures d'affilée.

On frappa à nouveau. Elle s'appuya sur les coudes en soupirant.

— Oui ? fit-elle.

La porte s'ouvrit. Zeke se tenait dans l'encadrement, les mains dans les poches et le visage dans l'ombre.

— Salut, lança-t-il.

Noa se redressa complètement, soudain bien réveillée.

— Salut. Euh, tu veux entrer ?

— Oui, d'accord.

Zeke franchit le seuil, referma doucement la porte derrière lui et s'avança jusqu'au milieu de la pièce.

— Tu n'es pas obligé de rester debout, tu sais, dit Noa avec une pointe d'agacement.

Il ne répondit rien mais vint s'asseoir au bord du lit.

C'était bizarre : au cours des derniers mois, ils avaient quasiment vécu les uns sur les autres, et pourtant, à cet instant, Noa se sentait intimidée par la proximité de Zeke. Elle prit alors conscience qu'elle ne portait qu'un simple débardeur. Il faisait sans doute trop sombre pour qu'il voie quoi que ce soit, mais elle croisa instinctivement les bras sur sa poitrine.

— Je suis désolé pour le pistolet, murmura-t-il au bout d'un moment.

— C'est bon, t'inquiète, répondit Noa sans réfléchir.

Elle regretta aussitôt de ne pas pouvoir retirer ce qu'elle venait de dire. Elle avait passé toute la journée à préparer mentalement cette conversation. Elle avait prévu d'expliquer à Zeke qu'elle se sentait trahie, car ils s'étaient mis d'accord pour ne pas utiliser d'armes à feu, et qu'elle avait l'impression de ne plus pouvoir lui faire confiance en sachant qu'il lui avait caché une chose pareille. Au lieu de ça, comme une idiote, elle avait immédiatement passé l'éponge.

— Je sais que tu n'aimes pas ça, ajouta-t-il.

— Non, en effet, confirma-t-elle avec davantage d'aplomb. Et je croyais que toi non plus.

Il esquissa un léger haussement d'épaules.

— C'est juste que je me suis dit qu'en cas de besoin, je préférais avoir un pistolet que ne pas en avoir.

Noa ouvrit la bouche pour le contredire mais elle se ravisa, réalisant qu'elle était un peu hypocrite. Les gens qu'ils affrontaient lors des raids étaient dangereux et armés. Zeke et elle avaient beau mettre au point les plans les plus ingénieux, il y avait toujours un risque que les choses dérapent – comme cela avait été le cas la nuit précédente. Ils avaient eu énormément de chance de s'en sortir tous vivants et indemnes. Et Zeke avait raison : la chance pouvait tourner à tout moment. Si quelqu'un s'était fait tuer…

Et pourtant, Noa ne pouvait s'ôter de l'idée qu'en s'équipant de la sorte, ils devenaient aussi abjects que leurs ennemis. Elle détestait les armes à feu et tout ce qu'elles représentaient.

— Je comprends, concéda-t-elle. Mais je préférerais quand même que tu t'en débarrasses.

— D'accord.

— Vraiment ? s'étonna-t-elle.

— Mais quand je prendrai une balle dans les fesses, compte sur moi pour te rappeler que je t'avais prévenue.

Noa vit ses dents briller dans la pénombre et sourit à son tour.

— T'inquiète, je te ferai de beaux points de suture.

— Tu parles ! railla-t-il. Si tu te débrouilles aussi bien avec une aiguille que derrière les fourneaux…

— Dis donc, je cuisine très bien, protesta-t-elle en lui donnant une petite tape sur l'épaule.

— Mais bien sûr. C'est pour ça qu'on ne t'inclut jamais dans le roulement…

— Oh !

— Non mais sérieux, même Turk s'en sortait mieux que toi.

À l'évocation de Turk, un nouveau malaise s'installa et ils se turent tous les deux.

— Tu crois que j'ai fait une erreur en le virant ? finit par demander Noa d'un ton hésitant.

— Non, répondit Zeke en secouant vivement la tête. Il fallait qu'il parte. On ne peut pas se fier à un junkie, tu le sais bien.

— Oui, mais bon… bredouilla-t-elle en laissant courir ses doigts sur le couvre-lit. Il faisait partie du groupe.

— On ne peut pas sauver tout le monde, lâcha-t-il au bout d'un long moment. C'est comme ça.

Elle acquiesça d'un hochement de tête. C'était malheureusement vrai. Elle songea que six mois plus tôt, elle ne se souciait que de son propre sort – ce qui était autrement plus simple.

— J'en ai marre, murmura-t-elle.

— De quoi ?

— De tout ça. De toutes ces responsabilités, d'essayer de maintenir l'ordre, de protéger tout le monde… C'est épuisant.

— Je sais, dit Zeke en s'asseyant plus près d'elle.

Un rai de lumière tomba sur son visage et Noa put discerner ses yeux noirs qui la regardaient d'un air bienveillant.

— Je le pensais sincèrement quand je t'ai dit que tu t'en sortais très bien l'autre soir, ajouta-t-il d'une voix tendre. Tu le sais, hein ?

Noa n'eut pas le temps de lui répondre car il se pencha brusquement vers elle et plaqua ses lèvres contre les siennes. Elle sentit une espèce de décharge lui parcourir tout le corps et s'abandonna entre les mains qui soutenaient sa nuque. Il décolla sa bouche de la sienne et se mit à lui mordiller l'oreille, puis le cou, enflammant toutes ses terminaisons nerveuses.

Elle se retrouva soudain allongée contre les oreillers, et Zeke, couché à ses côtés, passa la main sous son débardeur. Noa le surprit en faisant glisser sa langue sur ses lèvres, puis dans sa bouche. Il émit un léger gémissement, l'enlaça et roula sur elle en l'embrassant de plus belle.

Noa entendit une petite voix dans sa tête qui protestait et lui disait d'arrêter, mais elle décida de l'ignorer. Ce qu'elle éprouvait était trop agréable. C'était comme si elle découvrait en elle de nouvelles sensations insoupçonnées. Elle ne se lassait pas de la bouche de Zeke sur la sienne ni du contact de ses doigts qui lui effleuraient la peau. Elle aurait voulu que ce moment ne s'arrête jamais.

On frappa à la porte. Noa crut que ses battements de cœur étaient devenus si bruyants qu'ils résonnaient dans la pièce, avant de réaliser que quelqu'un avait bel et bien toqué.

Zeke se dégagea de leur étreinte, le souffle court et les cheveux en bataille. Ils se dévisagèrent dans le clair de lune, conscients que le charme était rompu.

Un nouveau coup résonna contre la porte, plus fort que le précédent. Noa serra la mâchoire.

Bon sang, mais c'est un vrai hall de gare, cette chambre ! songea-t-elle, exaspérée.

— Oui ? lança-t-elle.

— C'est Taylor.

Zeke, qui venait de descendre du lit, s'engouffra aussitôt dans la salle de bains. Noa se passa la main dans les cheveux et tenta de rassembler ses esprits. Elle rajusta son débardeur, puis se leva et alla ouvrir la porte.

Taylor se tenait dans le couloir, les bras croisés, simplement vêtue d'une nuisette presque transparente.

— Tu sais où est Zeke ? demanda-t-elle.

— Qu'est-ce que tu lui veux ? rétorqua Noa, sans chercher à dissimuler son agacement.

— J'étais censée le retrouver dans sa chambre, mais il n'y est pas, répondit Taylor en jetant un coup d'œil dans la pièce par-dessus son épaule.

Noa se sentit blêmir.

— Pourquoi ?

— Oh, ben tu sais, quoi… fit Taylor avec un petit sourire malicieux.

— Non, justement, je ne sais pas. Et tu n'as pas l'air franchement habillée pour voir qui que ce soit.

— Ouah, je ne te croyais pas si coincée ! s'esclaffa Taylor. Bon, si tu vois Zeke, dis-lui que je l'attends dans sa chambre, ajouta-t-elle avant de tourner les talons.

Noa referma la porte et s'y adossa. Elle se sentait flageolante et nauséeuse. Zeke émergea de la salle de bains, sa silhouette se découpant dans l'embrasure. Ils restèrent un moment à s'observer sans dire un mot.

— Alors ? finit par dire Noa d'une voix étranglée. Tu avais rendez-vous avec Taylor, ce soir ?

— Ouais, acquiesça-t-il en haussant les épaules. Elle voulait me parler d'un truc en privé.

— Tu m'étonnes, marmonna-t-elle.

— Ce n'est pas ce que tu crois, protesta-t-il en marchant jusqu'à elle. Je t'assure, Noa, c'était juste pour discuter. Je me suis dit qu'elle s'était peut-être souvenue de quelque chose au sujet du labo.

— Bien sûr. C'est pour ça qu'elle était à moitié à poil.

— Ah bon ? Ce n'est pas moi qui lui ai dit de s'habiller comme ça !

Noa gardait les bras croisés sur la poitrine et la tête baissée, fixant les pieds nus de Zeke, qui paraissaient d'une blancheur spectrale sur les lattes foncées du plancher. Elle se sentait comme une idiote.

— Tu ferais mieux de partir, lâcha-t-elle.

— Noa…

— Va-t'en, insista-t-elle en relevant la tête. Tout de suite.

— Allez, arrête. Et puis c'est quoi, d'abord, ton problème avec Taylor ?

— Il y a un truc pas clair chez elle. Je la sens pas.

— Pourtant, elle n'a rien fait de mal, si ?

Noa ne sut quoi répondre. Il avait raison : elle se fiait seulement à son instinct. Sauf que jusqu'à présent, Zeke s'en était toujours contenté.

— Moi, ce que je vois, c'est qu'elle n'est ni blessée ni malade, dit-elle. On devrait peut-être l'envoyer à l'unité du Nord-Est, elle ne serait pas de trop pour leur donner un coup de main.

— Tu dis juste ça pour te débarrasser d'elle, répliqua Zeke. Tu sais quoi ? Je pense que tu es jalouse.

— Quoi ? s'exclama Noa, outrée.

— Taylor est mignonne, elle est maligne, et ça te reste en travers de voir qu'elle te résiste, qu'elle ne se laisse pas amadouer comme tous les autres.

Noa n'en revenait pas. Zeke et elle s'étaient déjà disputés plusieurs fois au fils des mois – la vie en promiscuité dans des conditions stressantes leur avait valu leur lot de désaccords. Mais jamais il ne lui avait parlé de cette manière auparavant. En plus, il venait de lui avouer qu'il trouvait Taylor « mignonne ».

— Eh ben alors, profite bien de ton petit tête-à-tête, répliqua-t-elle sèchement. Allez, file, tu vas la faire attendre.

Zeke se racla la gorge avant de se tourner vers la porte. Il l'ouvrit d'un geste brusque et disparut dans le couloir en la claquant derrière lui, sans jeter le moindre regard à Noa.

Elle plaqua ses mains sur ses yeux, essayant de repousser les larmes qui montaient. Ses lèvres se mirent à trembler tandis qu'elle imaginait Taylor allongée sur le lit de Zeke et lui qui la rejoignait…

Si c'est de ça dont il a envie, il ne vaut pas mieux qu'elle, songea-t-elle avec amertume.

Elle se dirigea vers son lit d'un air furieux, se glissa à l'intérieur et tira la couverture jusqu'au-dessus de sa tête. On pouvait bien encore venir frapper à sa porte ce soir, c'était décidé, elle n'ouvrirait plus à personne.

Peter se rappelait à peine être parti de chez lui et il avait fait le trajet dans un état second, en battant sûrement son record de vitesse au passage. Il n'était pas encore 4 heures du matin quand il se gara sur le parking bordant la résidence d'Amanda, sur le campus de Tufts. Il n'y avait quasiment aucune fenêtre éclairée. Il se rua vers la porte d'entrée et saisit la poignée sans pouvoir la faire bouger d'un pouce. Il se rappela alors qu'il fallait une carte magnétique pour ouvrir et qu'il avait rendu la sienne à Amanda quand ils avaient rompu.

Il marmonna un juron et attrapa son téléphone portable.

Un peu plus tôt, il avait envisagé d'appeler les parents d'Amanda, mais avait renoncé, ne tenant pas à les inquiéter sans savoir exactement s'il s'était passé quelque chose de grave. L'idée de contacter la police lui avait aussi traversé l'esprit, mais il ne leur faisait pas confiance. À cet égard, la façon de penser de Noa avait fini par déteindre sur lui. Elle ne se fiait jamais aux figures d'autorité, quelles qu'elles soient, les considérant comme des ennemis.

Bon, si ça se trouve, Amanda a juste eu un malaise vagal et elle est en train de se reposer à l'hôpital. Après tout, elle m'a dit elle-même qu'elle ne mangeait pas régulièrement ces derniers temps.

Mais au fond de lui, Peter se doutait bien qu'il s'agissait de tout autre chose : Mason avait dû à nouveau l'enlever. Et il devait absolument la retrouver avant qu'il ne lui arrive quelque chose de plus grave.

Il composa le numéro de Diem et, après plusieurs sonneries, atterrit sur le répondeur. Il raccrocha, furieux, et recommença. À la troisième tentative, une voix endormie lui répondit :

— Allô ?

— Allô, Diem, c'est Peter.

— Peter… répéta-t-elle d'un ton perplexe.

— Oui, tu sais, le… l'ami d'Amanda. Tu m'as envoyé un SMS tout à l'heure.

— Ouais, fit Diem en bâillant. Quelle heure il est ?

— Tard. Dis, je suis en bas, mais je n'ai pas de carte pour entrer.

— De toute façon, j'ignore dans quel hôpital ils l'ont emmenée.

— Oui oui, je sais. Mais je me suis dit que peut-être quelqu'un d'autre du groupe le saurait.

— Je ne fais pas partie de ce groupe, déclara-t-elle, sans cacher son agacement.

Peter s'efforça de rester calme. Certes, Amanda et Diem n'étaient pas amies à proprement parler. Mais il songea qu'à sa place, si son colocataire avait été hospitalisé, il aurait tout de même montré un peu plus d'inquiétude.

— Tu peux m'ouvrir, s'il te plaît ? insista-t-il. J'aimerais en savoir davantage sur ce qui s'est passé.

— OK, fit-elle avec un long soupir.

Une seconde plus tard, il entendit un grésillement au niveau de la porte d'entrée et la poussa. Puis il grimpa les marches quatre à quatre, traversa le couloir en courant et s'arrêta devant une porte en bois usée. Il eut un pincement au cœur en reconnaissant le panonceau blanc décoré de fleurs qui y était accroché et portant la mention : « Diem & Amanda ».

Il frappa et Diem vint lui ouvrir. Ses longs cheveux noirs encadraient son visage. Elle secoua la tête en voyant Peter s'engouffrer aussitôt à l'intérieur.

— Entre, je t'en prie, ironisa-t-elle. Fais comme chez toi.

— Qui peut-on appeler ? lança-t-il de but en blanc.

— Tu es au courant qu'on est en plein milieu de la nuit ? répliqua-t-elle en levant les yeux au ciel.

— Oui, je sais. Mais il doit bien y avoir des gens encore debout.

Quand elle comprit qu'il n'allait pas changer d'avis, Diem s'assit devant son ordinateur.

— Je crois que Jackson est dans le groupe d'Amanda, indiqua-t-elle. Je devrais trouver son numéro dans l'annuaire du campus.

Peter se mit à faire les cent pas pendant qu'elle cherchait. Il avait l'impression qu'elle faisait tous ses gestes au ralenti et sentit un élan de frustration monter en lui en la voyant pianoter maladroitement sur le clavier et se corriger à plusieurs reprises. Au bout de ce qui lui parut une éternité, elle leva la tête vers lui.

— Ça y est, j'ai son portable, annonça-t-elle. Mais il est à l'autre bout du campus et il est sûrement en train de dormir. Tu sais, comme font souvent les gens à cette heure-là…

Peter ne l'écoutait plus : il était déjà en train de composer le numéro, en priant pour que ce Jackson n'ait pas pour habitude de mettre son téléphone en mode silencieux quand il allait se coucher.

Une voix masculine répondit dès la deuxième sonnerie. Peter fut soulagé d'entendre de la musique en fond.

— Jackson ? fit-il.

— Euh… ouais.

À son débit traînant, Peter comprit que Jackson n'était pas dans son état normal.

Fallait pas rêver, je pouvais pas tomber sur quelqu'un qui soit encore debout à cette heure-là et espérer qu'il soit sobre…

— Voilà, je suis un ami d'Amanda Berns, expliqua-t-il. J'ai appris qu'elle avait…

— Tu es un quoi ? le coupa Jackson.

Bon sang, il plane complètement.

— Tu sais, Amanda Berns ? reprit-il. Elle a fait un malaise tout à l'heure.

— Ah ouais, mec, c'était flippant. Au début, on a cru qu'elle était juste tombée dans les vapes, tu vois. Mais là, elle s'est mise à se convulser, alors…

— Attends, quoi ? Tu veux dire qu'elle a eu une crise d'épilepsie ?

— Ouais, mec. Et elle s'est pas réveillée. Du coup, quelqu'un a appelé une ambulance.

— Dans quel hôpital ils l'ont emmenée ?

— Ben, euh, j'en sais rien. Et puis, en fait, moi aussi, j'étais à deux doigts de m'évanouir… mais d'ennui ! J'te jure, tous ces débats, ça n'en finissait pas et…

— Tu peux essayer de faire un effort pour te souvenir ? s'agaça Peter en serrant son téléphone si fort dans sa main qu'il s'attendait presque à le briser.

— Désolé, mon pote. Je me rappelle juste qu'il y avait deux types en noir, avec du matériel de secours…

— Est-ce qu'ils avaient un écusson ou quelque chose sur leurs vêtements ?

Avant d'être tué, son ami Cody travaillait aux urgences pour payer ses études de médecine. Peter revoyait parfaitement son uniforme bleu marine, avec un insigne blanc sur la manche portant l'inscription « URGENCES DE BOSTON ».

— Non, ils étaient tout en noir, c'est tout. D'ailleurs, j'ai trouvé ça plutôt classe pour des ambulanciers, tu vois. Surtout qu'ils étaient du genre balèze.

Peter raccrocha aussi sec et se laissa tomber sur un canapé.

— Qu'est-ce qu'il y a ? demanda Diem en le dévisageant de ses grands yeux marron.

— Amanda a fait une sorte de crise d'épilepsie avant d'être transportée à l'hôpital, répondit-il.

Sauf que ce n'est pas là qu'ils l'ont emmenée, songea-t-il. *Mason a profité de son malaise pour l'enlever.*

— T'en fais pas, Amanda va vite s'en remettre, tenta de le rassurer Diem en posant une main compatissante sur son épaule. Ils vont sûrement juste la garder en observation pour la nuit. On saura sans doute où elle est dans la matinée.

— Je vais la retrouver, lâcha Peter.

Tout à coup, il n'avait plus ni peur ni sommeil. Il était juste furieux.

— Euh, d'accord, acquiesça Diem, un peu surprise. Tu pourras m'envoyer un SMS quand tu sauras où elle est ? Je tâcherai de lui envoyer des fleurs.

— Des fleurs, répéta Peter d'une voix atone. Oui, bien sûr.

Il s'abstint d'ajouter que là où Amanda devait se trouver, aucun fleuriste ne faisait de livraison.

CHAPITRE SEIZE

Amanda ouvrit les yeux et fut aussitôt éblouie par une lumière vive au-dessus d'elle. Elle tenta de se protéger du revers de la main, mais réalisa avec stupeur que ses bras étaient bloqués. Elle redressa légèrement la tête, tâchant d'ignorer la douleur lancinante dans ses tempes, et écarquilla les yeux de stupeur : ses bras et ses jambes étaient solidement sanglés aux barres métalliques bordant un lit d'hôpital.

Elle repensa d'emblée à ce que Peter lui avait raconté sur les événements effroyables que Noa avait vécus : elle s'était réveillée sur une table en acier après une opération qui l'avait transformée. Il n'avait jamais donné de détails précis à ce sujet, mais devant son embarras, Amanda avait compris qu'il s'agissait de quelque chose de grave et d'irréversible.

Elle se rappela aussi que la plupart des jeunes qui atterrissaient sur ces tables ne refaisaient jamais surface par la suite. Ils subissaient les pires sévices et finissaient découpés en morceaux…

Amanda s'efforça de repousser le sentiment de panique qui la gagnait. Elle referma les yeux pour se concentrer sur sa respiration et en profita pour faire le point sur sa situation. À part le battement sourd dans ses tempes, elle ne ressentait aucune douleur. Elle se souvenait vaguement s'être trouvée à la bibliothèque avec son groupe. Et puis, des petits points lumineux avaient envahi son champ de vision. Elle revoyait des visages inquiets au-dessus d'elle… et ensuite, une ambulance ? Des hommes portant des uniformes sombres… Il faisait froid. Et… Mason ?

Elle rouvrit brusquement les yeux et regarda autour d'elle. Son lit était entouré d'un rideau suspendu par des anneaux métalliques. Mais il n'y avait rien d'autre qu'une perfusion reliée à son bras. Elle supposa que c'était plutôt bon signe. Une fine couverture était remontée jusqu'à sa taille et elle portait une tunique blanche mouchetée de petits points bleu marine. Aucun nom d'établissement ne semblait y figurer, mais peut-être que ça ne se faisait plus – elle n'avait pas mis les pieds dans un hôpital depuis longtemps. Elle fut davantage étonnée par le silence qui régnait et par l'absence de télécommande pour ajuster le lit ou appeler une infirmière – même si elle n'aurait pas été en mesure de s'en servir.

Amanda tira de toutes ses forces sur ses bras, sans parvenir à les faire bouger d'un pouce. Même chose pour ses jambes. Ceux qui l'avaient attachée avaient fait en sorte qu'elle soit totalement immobilisée.

L'impuissance dans laquelle elle se trouvait fit ressurgir la panique et elle serra les dents, déterminée à garder son sang-froid. Elle ne savait peut-être pas se battre comme Noa, mais elle n'était pas lâche pour autant. Et si on la surveillait en ce moment même, elle n'avait aucune intention de laisser transparaître sa peur.

Elle réalisa alors qu'elle avait extrêmement soif. Elle avait l'impression d'avoir avalé un seau plein de sable. Jugeant que ceux qui la détenaient souhaitaient probablement la garder en vie, puisqu'ils ne l'avaient pas encore tuée, elle se risqua à parler :

— Euh, il y a quelqu'un ? J'ai très soif.

Au bout de quelques instants, elle entendit des pas qui s'approchaient. Tous ses muscles se raidirent d'effroi tandis qu'elle attendait de voir qui allait apparaître.

Le rideau s'ouvrit avec un grincement métallique et elle distingua une dame d'un certain âge à l'air aimable, dont les cheveux gris étaient rassemblés en chignon. Elle était petite et ronde, et portait une blouse rose décorée de canards qui la boudinait. Son visage s'éclaira d'un grand sourire, comme si le simple fait de voir Amanda la mettait en joie.

— Oh, très bien, tu es réveillée ! lança-t-elle d'une voix enjouée. Comment te sens-tu ?

— Euh, je crois que ça va. Sauf que je suis attachée à un lit et que je ne sais pas où je suis, répliqua-t-elle d'un ton qui se voulait ironique.

Une ombre passa sur le visage de l'infirmière, mais elle garda son sourire.

— Oui, ça doit être assez déroutant, dit-elle d'un air compréhensif. Mais c'est pour ta sécurité.

— Ma sécurité ? Mais oui, bien sûr…

— Bon, je vais te chercher de l'eau, je reviens.

Amanda regarda l'infirmière s'éloigner et se tordit le cou pour essayer de voir à travers l'interstice entre les rideaux, mais tout semblait plongé dans l'ombre de l'autre côté. Quand la femme revint, elle tenait un gobelet en plastique muni d'une paille.

— Attends, je vais t'aider, offrit-elle.

Elle lui releva doucement la tête et glissa la paille dans sa bouche. Amanda pensa un instant refuser de boire, mais elle avait tellement soif qu'elle finit par aspirer goulûment jusqu'à ce que le verre soit vide.

— Là, dit l'infirmière en lui reposant la tête sur le mince oreiller. Ça va mieux ?

— Où suis-je ? demanda Amanda.

— C'est le docteur qui va t'expliquer tout ça. Je, euh… Je ne peux rien te dire, ma belle.

— Alors je veux le voir.

— Oh, il ne sera pas là avant un moment, répondit l'infirmière en tripotant nerveusement le gobelet, mais sans se départir de son sourire. On est en pleine nuit, tu sais.

Amanda ne s'était jamais considérée comme quelqu'un de violent. Mais à cet instant précis, elle n'avait qu'une envie : agripper le cou épais de l'infirmière et le serrer jusqu'à ce qu'elle ait les yeux exorbités.

— Où suis-je ? répéta-t-elle d'un ton hargneux.

— Je peux te donner quelque chose pour t'aider à dormir, si tu veux.

— Si vous ne me dites pas immédiatement où je me trouve, je me mets à hurler, lâcha froidement Amanda.

Au bout de quelques secondes, elle ouvrit grand la bouche.

— D'accord, d'accord ! s'exclama l'infirmière en levant la main. Mais quand le médecin passera te voir, fais comme si tu ne savais rien, d'accord ? Il a une façon, disons... une façon bien à lui de s'occuper des nouveaux patients.

Tu m'étonnes, songea amèrement Amanda, mais elle se contenta de hocher la tête.

— Tu es dans un pavillon dédié aux malades atteints de la PEMA.

— Quoi ?

Elle scruta le visage de l'infirmière en plissant les yeux, essayant de savoir si elle mentait. Mais son regard semblait sincère.

— Tu es dans une unité PEMA, répéta celle-ci d'une voix pleine de compassion. Et j'ai bien peur que tu ne sois déjà à un stade avancé de la maladie.

Noa avait à peine touché à son assiette. Elle n'avait pas faim. Elle s'était franchement gavée la veille, ce qui signifiait qu'elle ne pourrait rien manger pendant quelques jours. Durant le dîner, elle n'avait même pas eu le cœur de faire semblant, comme elle s'y employait habituellement. De toute façon, les autres avaient forcément remarqué qu'elle avait des troubles alimentaires, alors à quoi bon jouer la comédie ?

La journée avait été longue et s'était déroulée sans événement particulier. Noa avait passé un peu de temps à « l'infirmerie » que Monica avait installée dans une des chambres de la maison principale et qui était mieux équipée que la plupart des hôpitaux. La jeune fille qu'ils avaient ramenée n'avait toujours pas repris connaissance et, à en juger par l'expression soucieuse de Monica, il était possible qu'elle ne se réveille jamais. Elle avait la même cicatrice que Noa et ses analyses de sang avaient révélé qu'elle était atteinte de la PEMA. Les machines qui contrôlaient ses constantes vitales montraient une lente dégradation de son état.

Ce n'était pas la première fois qu'une telle situation se produisait. Lors de précédents raids, ils avaient souvent sauvé des ados qui étaient restés trop longtemps entre les mains du Projet Perséphone. Le virus de la PEMA avait été inoculé à la plupart d'entre eux, avant qu'ils ne subissent la même opération que Noa.

Elle songea à tous ceux, trop nombreux, qu'ils avaient enterrés dans une petite parcelle surplombant la mer, au bout du domaine des Forsythe. Et au silence de Monica, elle devina qu'ils ne tarderaient sans doute pas à creuser une nouvelle tombe pour la jeune fille, sans avoir jamais pu connaître son nom.

Cette pensée la plongea dans un profond état d'abattement. Noa se sentait parfois comme Sisyphe, qui tentait sans fin de faire rouler jusqu'en haut d'une colline un rocher n'ayant de cesse de dégringoler avant qu'il n'y parvienne. Au cours des quatre mois précédents, ils avaient réussi à sauver quelques dizaines de jeunes et seulement la moitié avait survécu. Faisaient-ils vraiment avancer les choses ?

Noa repoussa son assiette de lasagnes. Elle était seule dans la cuisine, assise à la table en chêne massif autour de laquelle ils prenaient la plupart de leurs repas. Les autres avaient déjà filé au salon, une vaste pièce au plafond très haut, garnie d'une multitude de fauteuils et de canapés confortables. Dans la cheminée crépitait un grand feu franchement bienvenu en cette soirée où le brouillard était tombé. Noa les entendait plaisanter entre eux en jouant à un jeu de société. C'était drôle de les voir soudain tous transformés comme par enchantement en ados tout ce qu'il y avait de plus normal.

Tous sauf elle. Noa savait que quelque part, en ce moment même, les hommes de main du Projet Perséphone étaient à sa recherche. Et elle était presque aussi certaine qu'ils finiraient par la rattraper.

Elle reconnut le rire criard de Taylor et fit la moue. Elle avait eu beau la surveiller du coin de l'œil toute la journée, elle n'avait rien remarqué de suspect. À vrai dire, Taylor semblait mettre un point d'honneur à être sur tous les fronts, tandis que Matt la suivait comme son ombre avec une mine maussade. Elle avait aidé Monica à jardiner, ne manquant pas de la questionner sur les différentes variétés de plantes et de s'extasier sur le fonctionnement autosuffisant de la ferme. Puis elle avait participé à la préparation du dîner et s'était portée volontaire pour faire la vaisselle. Monica paraissait s'être entichée d'elle, ce qui agaçait Noa bien plus qu'elle n'aurait osé l'avouer.

Quant à Zeke, il l'avait évitée toute la journée. Avec Remo, Janiqua et Teo, il avait donné un coup de main à Roy pour remettre la grange en état. Ils s'étaient seulement montrés au moment des repas, sales et fatigués. Après dîner, il avait filé droit dans sa chambre en marmonnant simplement « bonne nuit » à Noa. Roy et Monica avaient échangé un regard entendu et elle s'était aussitôt mise à rougir.

Au fond, peut-être que Zeke avait raison. De tous les ados qui les avaient rejoints, Taylor était la première qui ne la considérait pas avec admiration, qui semblait même n'être pas le moins du monde impressionnée par elle. Et Noa devait bien admettre que ça l'ennuyait. Même si cela pouvait la mettre mal à l'aise, elle avait fini par s'habituer à faire figure de super-héroïne aux yeux des autres. Peut-être était-ce pour cette raison qu'elle croyait déceler chez Taylor un danger qui n'existait pas.

Et puis, le fait que Zeke la trouve mignonne n'arrangeait pas les choses.

Noa secoua la tête avec agacement, puis se leva et rangea le reste de lasagnes au frigo. Elle décida qu'une petite balade lui ferait du bien pour se changer les idées.

Elle s'apprêtait à sortir quand Roy fit irruption dans la cuisine. Elle remarqua immédiatement son air navré et sentit son cœur se serrer. Avaient-ils déjà perdu la jeune fille atteinte de la PEMA ?

— Bonsoir, Noa, soupira-t-il en s'adossant à l'évier. Tout va bien ?

— Oui, ça va. Que se passe-t-il ? demanda-t-elle, voyant bien que quelque chose le préoccupait.

— Il faut qu'on parle, toi et moi.

À son ton solennel, elle comprit qu'il devait s'agir d'un sujet grave.

— D'accord, dit-elle d'une voix hésitante.

— Allons faire un tour, si tu veux bien.

— OK, acquiesça-t-elle, bien qu'elle n'eût soudain plus très envie de quitter le cadre rassurant de la maison.

Elle le suivit pourtant, tandis qu'il sortait par la porte de derrière. Dehors, la faible lueur des bornes solaires peinait à trouer l'obscurité. Un brouillard épais flottait dans l'air et Noa voyait à peine à deux ou trois mètres devant elle. Elle avait la sensation étrange de marcher au milieu d'un rêve. Elle tenta de dompter son appréhension avant de rompre le silence.

— Alors, de quoi s'agit-il ?

— On a reçu tes derniers résultats.

— Et ?

C'était devenu une sorte de routine chaque fois qu'elle revenait chez les Forsythe : lors de son premier jour sur place, Monica lui faisait toujours une prise de sang.

Roy continua à marcher et Noa le suivit, le cœur au bord des lèvres.

— Je ne sais pas trop comment t'annoncer ça, finit-il par dire. Mais on a tous les deux jugé qu'il valait mieux t'en informer.

— M'informer de quoi ?

— Tes cellules sont en train de muter.

— Comment ça ?

— À vrai dire, ce n'est pas très clair, admit Roy en se tournant vers elle pour la regarder droit dans les yeux. Je sais que je t'ai déjà posé la question, mais tu n'as vraiment pas remarqué des changements récemment ? Tu ne te sens pas différente, d'une manière ou d'une autre ?

Noa essaya de ne pas céder à la panique. Elle sentit son cœur s'emballer et eut la nette impression que son deuxième thymus battait en rythme.

— Pas vraiment, dit-elle en repensant aux semaines qui venaient de s'écouler. Enfin, je suis davantage fatiguée, mais je n'ai pas beaucoup eu l'occasion de dormir ces derniers temps.

Roy hocha la tête, comme si c'était la réponse à laquelle il s'attendait.

— Bon, ce n'est peut-être rien, fit-il. C'est juste… inhabituel.

— Inhabituel ? répéta Noa d'une voix mal assurée. Je suis malade ?

— Non, je ne pense pas, marmonna Roy.

Mais son air soucieux semblait le contredire. Il était expert en microbiologie et Noa voyait bien qu'il était dérouté par ses découvertes.

— Quand vous dites que mes cellules mutent… elles font quoi, exactement ? demanda-t-elle.

— Elles se divisent à un taux anormalement élevé, expliqua-t-il. Ce qui n'est pas nécessairement un problème, sauf que maintenant elles commencent aussi à se décomposer. C'est une chose qu'on n'avait encore jamais observée jusqu'ici.

Noa n'y connaissait pas grand-chose en biologie. Elle n'avait passé que quelques mois au lycée avant d'abandonner. Dans des moments pareils, elle regrettait de ne pas avoir été plus attentive en cours.

— Alors je suis en train de mourir ? avança-t-elle.

— Je vais être franc avec toi, on n'en sait rien, reconnut-il au bout d'un petit moment. On aimerait procéder à quelques examens complémentaires demain. Ce n'est peut-être rien du tout, ajouta-t-il aussitôt, en voyant la mine livide de Noa. Mais par précaution, on préfère réunir le plus d'informations possible.

— Bien sûr, balbutia-t-elle, sonnée. Oui, des informations.

— Ne t'en fais pas, dit Roy en lui posant la main sur l'épaule. Avec un peu de chance, on s'apercevra qu'il n'y a aucun souci.

Noa tenta vainement d'esquisser un sourire. S'il y avait une chose qu'elle avait apprise au cours de sa vie, c'était que la chance, si elle existait, tournait rarement en sa faveur.

— Bon, rentrons, reprit-il. Il va être l'heure d'aller se coucher.

Noa le suivit sans un mot. Elle avait dormi comme un loir pendant près de treize heures la nuit précédente, et elle savait qu'elle n'aurait quasiment pas sommeil au cours des prochains jours. D'habitude, elle s'en réjouissait : ça lui laissait plus de temps pour planifier le raid suivant. Mais dans le cas présent, cela allait seulement lui permettre de repenser encore et encore à cette discussion.

— Tâche de ne pas t'inquiéter, lui conseilla Roy tandis qu'ils se rapprochaient de la maison.

Il faisait de son mieux pour se montrer rassurant, mais son désarroi était palpable. Noa était sur le point de lui répondre quand elle réalisa qu'il s'était brusquement figé, les sourcils froncés.

— Qu'est-ce qu'il y a ? demanda-t-elle.

— J'ai cru voir…

Il ne termina pas sa phrase, interrompu par une explosion soudaine à une centaine de mètres d'eux, découpant les ombres des arbres autour d'eux. Il fallut une seconde à Noa pour réaliser que la maison était en feu.

Peter soupira en secouant la tête. Il avait piraté les bases de données de tous les hôpitaux dans un rayon de trente kilomètres et Amanda n'était enregistrée dans aucun d'entre eux, ce qui semblait confirmer ses craintes : elle avait dû retomber entre les mains de Mason. Et cette fois, il ne l'abandonnerait pas sur le banc d'un parc.

Peter essaya de se calmer. Il était dans sa chambre, chez ses parents, ayant réalisé que ce n'était plus la peine d'opérer en secret, à l'abri dans sa voiture. Il comprenait désormais pourquoi il n'avait rien trouvé en surveillant l'ordinateur de Mason et ses conversations téléphoniques. Il se sentait comme un imbécile. Il s'était cru très malin, se prenant pour un vrai agent secret, alors qu'il n'était arrivé à rien. Il se demanda s'il avait mis Noa en danger. Il aurait voulu la contacter, mais il n'osait pas, sachant désormais que ses moindres faits et gestes étaient épiés.

Néanmoins, si Mason avait pu le suivre à la trace dans le monde réel, cela ne voulait pas dire qu'il avait pu en faire autant sur le Net. Peter avait pris énormément de précautions et il y avait peu de chances que qui que ce soit ait pu accéder à son activité en ligne, même en ayant accès à des technologies de pointe réservées à l'armée. Et puis, si Mason avait besoin d'aide pour pirater un serveur, cela laissait supposer qu'il n'avait pas une équipe de cracks à sa disposition.

Il lui paraissait évident qu'il avait enlevé Amanda pour faire pression sur lui et l'obliger à se plier à ses exigences. Et il la garderait en vie aussi longtemps qu'elle lui serait utile en ce sens. Mais si Peter ne trouvait pas un moyen de reprendre l'avantage, Mason finirait certainement par se débarrasser d'elle. Elle en savait trop pour qu'il lui laisse la vie sauve.

Peter s'effondra sur son lit. Il ne s'était jamais senti aussi fatigué de sa vie et ne se souvenait pas de la dernière fois qu'il avait dormi plus de quelques heures d'affilée. Il avait envie de fermer les yeux et de sombrer dans le sommeil pendant plusieurs jours. Peut-être qu'à son réveil, il découvrirait que tout ça n'était qu'un horrible cauchemar.

Mais il ne pouvait pas faire ça, il le savait bien. Amanda comptait sur lui – il était le seul à être au courant qu'elle avait disparu. Il n'avait pas eu le cœur d'en parler à ses parents, et sa colocataire était loin de s'imaginer ce qui se passait. Et puis, il valait mieux mettre le moins de personnes possible dans la confidence. Peut-être que si Peter se taisait, Mason ne tuerait pas Amanda.

Il repensa à Noa. Si elle suivait la procédure prévue, elle devait être en train de se terrer quelque part. Elle ne lui avait jamais dit où se trouvait leur base, mais lui avait assuré que c'était chez des personnes de confiance. C'était d'ailleurs un mystère de plus : Peter avait du mal à réaliser que des gens connaissaient l'existence du Projet Perséphone depuis des années et avaient commencé à le combattre bien avant que Noa et lui n'entrent en scène. Mais au moins, cela voulait dire qu'elle avait un endroit où se mettre à l'abri entre les raids et il espérait qu'elle y était.

Il jeta un coup d'œil au-dehors. La nuit était froide et la bordure de sa fenêtre était couverte de givre. Il porta son regard vers l'horizon où brillaient les lumières de la ville. Il n'avait pas d'autre choix que d'accepter la proposition de Mason.

Mais d'abord, il fallait qu'il protège ses arrières. Noa était beaucoup trop loin et, de toute façon, il ne voulait pas la mêler à tout ça. Mais il y avait quelqu'un à qui il pouvait s'adresser, quelqu'un qui avait beaucoup plus l'expérience du terrain que lui. Peter ouvrit son ordinateur et se connecta sur La Cour, avant d'entrer le code d'accès de la section du Nord-Est. Il écrivit simplement « SOS » avant de cliquer sur « Envoyer ».

Le chef de l'unité, Luke, était censé consulter le forum tous les soirs. Peter ne l'avait rencontré qu'une fois, mais il lui avait paru débrouillard. C'était un jeune de dix-sept ans qui avait vécu seul dans la rue pendant des années. Et les résultats de son équipe étaient presque aussi bons que ceux du groupe de Noa.

Peter referma son ordinateur avec un peu plus d'assurance en songeant que Mason ne s'attendrait pas à ce qu'il ait du soutien. Et peut-être qu'avec l'aide de Luke, il parviendrait à le mettre hors jeu une bonne fois pour toutes.

CHAPITRE DIX-SEPT

Roy fut prompt à réagir. Une seconde après avoir entendu l'explosion, il se précipita vers la maison, courant beaucoup plus vite que ce que Noa aurait imaginé de la part d'un homme de son âge. Elle s'élança aussitôt derrière lui.

Le rez-de-chaussée était en feu et l'incendie paraissait s'être déclenché dans la salle à manger. Heureusement, la plupart des membres du groupe se trouvaient de l'autre côté de la maison – à moins qu'ils n'aient bougé entre-temps.

— Qu'est-ce qui s'est passé ? demanda Noa.

— On ne va pas tarder à le savoir, répondit Roy, essoufflé.

La porte arrière de la cuisine s'ouvrit brusquement au moment où ils arrivaient à proximité. Des ados aux mines terrifiées en sortirent en poussant des cris de panique. Noa les dévisagea rapidement l'un après l'autre. Il manquait Daisy, Teo, Zeke, Taylor et Matt. Et Monica n'était pas là non plus. Elle était sans doute encore auprès de la fille inconsciente, à l'infirmerie, qui était à côté de la salle à manger.

— Où sont les autres ? s'écria Noa.

Tous la regardaient d'un air hébété, comme s'ils ne comprenaient pas ce qu'elle disait. Elle agrippa Remo par le bras.

— Où sont les autres ? répéta-t-elle en le fixant droit dans les yeux.

— Euh, Daisy et Teo sont partis à la cabane, répondit-il en reprenant ses esprits. Et je crois que Zeke et Taylor sont à l'étage.

— Et Matt ?

— Je l'ai pas vu. Il a dû aller se coucher.

— Il faut qu'on aille les chercher ! Viens !

Roy s'était déjà frayé un chemin jusqu'à la porte de la cuisine. Il trébucha sur la petite marche extérieure et faillit se casser la figure. Mais il se rattrapa à la dernière minute et disparut dans la fumée qui sortait de la maison en grosses volutes noires.

Noa le suivit, Remo sur ses talons, et elle remonta aussitôt son foulard pour se couvrir le visage, éprouvant une impression de déjà-vu en repensant à leur course effrénée dans l'entrepôt de Phoenix en feu.

Soudain, une nouvelle explosion retentit, faisant trembler le sol sous leurs pieds. Noa eut le réflexe de se baisser au moment où les vitres de la cuisine volaient en éclats. La déflagration paraissait provenir du premier étage – là où se trouvait vraisemblablement Zeke.

— Va avec Roy chercher Monica ! lança-t-elle à Remo.

Il hocha la tête et s'élança vers la salle à manger.

De son côté, Noa grimpa les escaliers à toute vitesse. La chaleur était beaucoup plus intense à l'étage, où le feu semblait maintenant rugir comme une bête sauvage. Elle tenta d'ignorer l'effroi qui la saisissait. Zeke était quelque part par là. Et quoi qu'il ait pu être en train de faire avec Taylor, elle ne pouvait pas rester les bras croisés après toutes les fois où il lui avait sauvé la mise.

Elle avança en titubant dans le couloir qui se remplissait de fumée à vue d'œil. Le feu avait quasiment atteint la porte de la chambre de Zeke en se propageant le long des murs. Incommodée par la fumée, Noa devait sans cesse cligner des yeux et elle sentit des larmes couler sur son visage. La chaleur lui picotait la peau et lui brûlait les poumons. Elle tira sa manche sur sa main pour toucher la poignée : elle était encore froide. Noa la fit tourner et se rua à l'intérieur, angoissée à l'idée de ce qu'elle allait y découvrir.

La pièce était vide.

Elle fit demi-tour, déconcertée. La chambre du fond était déjà cernée par les flammes. Si Zeke s'y trouvait, il était trop tard. Il ne restait plus que sa propre chambre. Noa s'élança dans cette direction et formula une prière silencieuse en ouvrant la porte.

Zeke était debout au milieu de la pièce et lui tournait le dos. Face à lui, Taylor, armée d'un pistolet, le tenait en joue. En voyant Noa, elle esquissa un rictus narquois.

— Ah, tu tombes bien, lâcha-t-elle. On t'attendait.

Teo n'avait pas vu passer la journée. Il avait participé presque sans relâche à la réfection de la grange avec Remo, Zeke, Janiqua et Roy. Au début, il était d'une maladresse sans nom et n'arrêtait pas de se donner des coups de marteau sur les doigts. Mais Roy s'était montré sympa et très patient, et il lui avait dispensé de nombreux conseils, si bien qu'à la fin de la journée, Teo était capable de fixer des planches avec autant de dextérité que les autres. Tout ici était d'une nouveauté rafraîchissante : il pouvait profiter des rayons du soleil et de la brise océanique sans devoir faire la manche, il mangeait à sa faim et il côtoyait d'autres jeunes qui se chambraient les uns les autres, mais sans les intonations hostiles auxquelles il était habitué. La vie lui semblait… normale.

Lorsqu'il était revenu à la maison à l'heure du déjeuner, Daisy l'attendait. Pendant qu'ils avalaient des sandwichs, elle s'était vantée d'avoir installé des tuteurs autour des plants de tomates, exhibant fièrement la terre qui s'était glissée sous ses ongles au vernis écaillé comme s'il agissait d'un trophée de guerre. Elle n'avait pas pris la peine de refaire son maquillage gothique depuis qu'ils avaient quitté Oakland et ses joues s'étaient légèrement hâlées. Teo trouvait que c'était la plus belle fille qu'il avait jamais vue de toute sa vie. Pendant le dîner, ils s'étaient discrètement tenu la main sous la table.

Et maintenant, ils étaient allongés côte à côte dans le lit superposé de Teo, à quelques centaines de mètres de la maison. On leur avait attribué cette remise aménagée en chambre que Roy désignait sur le ton de la plaisanterie comme leur « plus belle cabane d'amis ». À vrai dire, c'était pas mal du tout à l'intérieur : du parquet, une petite salle de bains, deux lits superposés de chaque côté de la pièce et un épais tapis au centre. Et les lits étaient étonnamment confortables, avec des matelas moelleux et des couvertures bien chaudes.

Daisy avait rejoint Teo sous les draps en petite tenue. Il sentait son cœur battre si fort qu'il était certain qu'elle l'entendait. Elle s'approcha de lui et pencha la tête pour l'embrasser.

Ses lèvres étaient incroyablement douces et Teo retint aussitôt sa respiration, soudain inquiet de son haleine. Il s'était lavé les dents, mais avec les doigts seulement car il n'avait pas de brosse à dents. Se pouvait-il que Daisy soit écœurée et se mette à regretter de s'être jetée sur lui ?

Elle s'écarta lentement de lui avec un sourire songeur, puis fit courir son index le long de son visage.

— Tu me plais vraiment beaucoup, Teddy, murmura-t-elle.

— Toi aussi, répondit-il, gêné par le ton fébrile de sa voix.

— Alors t'es d'accord pour qu'on fasse les choses en douceur ?

— En douceur ? répéta-t-il, comme si la distance entre ses oreilles et son cerveau s'était allongée de façon démesurée. Euh… ouais, bien sûr. En douceur, c'est bien.

— Cool.

Elle lui sourit à nouveau et vint se blottir contre lui. Teo passa ses bras autour d'elle et il l'entendit émettre une sorte de petit gémissement de satisfaction qu'il prit comme un encouragement. Surmontant sa timidité, il se mit à effleurer son dos du bout des doigts, en remontant petit à petit. Elle leva son visage vers lui et ils s'embrassèrent à nouveau.

Tout à coup, Daisy sursauta en fronçant les sourcils.

— Quoi ? fit Teo, inquiet. Tu veux que j'arrête ?

— Tu trouves pas que ça sent la fumée ?

Teo renifla l'air. C'était vrai : il y flottait une odeur de fumée, mais rien de comparable avec les émanations chimiques qu'ils avaient respirées l'autre soir dans le labo de Phoenix.

— Ça vient sûrement de la cheminée de la maison, lâcha-t-il négligemment avant d'attirer Daisy vers lui.

— Non, l'odeur est trop forte pour que ce soit ça, insista-t-elle en se redressant. C'est pas normal.

Teo soupira en se demandant si elle cherchait une excuse pour mettre fin à leurs câlins. Il se releva à son tour, en prenant garde à ne pas se cogner la tête au lit du dessus, et inspira d'un air concentré avant de devoir se ranger à l'avis de Daisy.

— Je vais jeter un coup d'œil, proposa-t-il d'un air résigné.

Il traversa la pièce en rajustant son tee-shirt, contractant les orteils à cause du plancher froid. Il ouvrit la porte, passa la tête à l'extérieur, puis se retourna vers Daisy avec une mine stupéfaite.

— Qu'est-ce qu'il y a ? fit-elle.

— La maison brûle.

Lorsque Mason vint ouvrir la porte, il portait un pyjama bleu marine et une robe de chambre. Mais même dans cette tenue, il parvenait à avoir l'air intimidant.

— Ça alors, fit-il en découvrant Peter sur le seuil. Tu ne trouves pas qu'il est un peu tard pour une visite de courtoisie ?

— Il n'y a rien de courtois dans ma venue, maugréa celui-ci en s'engouffrant à l'intérieur avant de se diriger vers le salon.

Il avait beau trembler intérieurement, il n'avait pas l'intention d'en laisser paraître quoi que ce soit. Il se laissa tomber sur le canapé. Mason resta debout, les bras croisés, l'observant avec un sourire perplexe.

— Je vois que tu as déjà tes habitudes, commenta-t-il.

— Pour être honnête, la première fois que je suis venu ici, j'ai cru que je m'étais trompé d'adresse, rétorqua Peter. On dirait l'appart de ma grand-mère.

Mason se contenta de hausser un sourcil, mais une émotion plus intense vacilla dans son regard. Il vint s'asseoir nonchalamment sur un fauteuil en face de lui.

— Tu n'as pas fait tout ce chemin juste pour venir critiquer la décoration ? ironisa-t-il.

— Vous savez parfaitement ce qui m'amène, articula Peter d'une voix glaciale. Alors OK, je vais pirater le serveur. Mais en échange, vous allez relâcher Amanda. Indemne.

Mason continuait de l'examiner d'un air curieux.

Il se leva alors si brusquement que Peter ne put s'empêcher de tressaillir. Puis il se dirigea simplement vers la cuisine et remplit deux verres d'eau qu'il rapporta.

— Je suis ravi que tu aies changé d'avis, déclara-t-il en lui en tendant un.

Voyant que Peter ne le saisissait pas, il finit par le poser sur la table basse et se rassit dans son fauteuil.

— Je ne comprends toujours pas pourquoi vous voulez que ce soit moi qui me charge de ça.

— Eh bien, disons que j'ai eu l'occasion de remarquer que tu étais plutôt doué pour faire ce genre de choses, indiqua Mason. Trop doué, même, ça finira par te perdre.

— Merci.

— C'est vraiment dommage qu'on soit partis du mauvais pied, toi et moi. Si Bob et Priscilla avaient pu mesurer tes talents, je suis sûr qu'ils t'auraient eux-mêmes mis à contribution.

Peter sentit son estomac se retourner à l'idée que ses propres parents puissent l'impliquer dans l'enlèvement et l'assassinat d'autres adolescents. Mais le pire, c'était que vu les enjeux financiers, ils auraient bien pu en être capables. Il y avait des millions de dollars à gagner si le Projet Perséphone réussissait et si Pike & Dolan mettait la main sur un traitement contre la PEMA.

Il réalisa que c'était sûrement pour cette raison que Mason tenait à récupérer les fichiers.

— Bon alors, qu'est-ce que je suis censé trouver sur le serveur ? lança-t-il.

— Tu te demandes ce que je mijote, hein ?

— Oui, en effet, reconnut Peter en attrapant son verre d'eau – la façon dont Mason le fixait lui donnait la bouche sèche. Vous voulez rafler le butin ?

— Ça ne te regarde absolument pas.

Peter but quelques gorgées puis reposa son verre devant lui, se réjouissant intérieurement en voyant qu'il laissait une trace humide sur la table basse.

— Oh que si, répliqua-t-il. Il faut bien que je sache quoi chercher. Je ne peux quand même pas extraire tout ce qui est stocké sur le serveur.

— Ah, vraiment ? fit Mason. C'est pourtant exactement ce que tu as fait la dernière fois.

Peter se mordit nerveusement la lèvre. Il ne tenait pas à expliquer en détail comment il était parvenu à récupérer les données de Pike & Dolan avant de bricker leur serveur.

— Ce n'était pas la même chose, marmonna-t-il. Enfin, c'est compliqué.

— Je vois. J'imagine que tu as toujours ces fichiers ?

Peter haussa les épaules. De toute façon, il paraissait évident qu'il ne s'en était pas débarrassé. Il les avait néanmoins bien cachés sur une dizaine de serveurs répartis dans autant de pays différents avec des systèmes de sauvegarde complète.

— Très bien, reprit Mason en croisant les doigts, l'air satisfait.

— Vous voulez que je vous les remette, c'est ça ?

— Non, c'est inutile. Ces recherches servaient seulement de travail préliminaire.

Peter était déconcerté. Si les fichiers qu'il détenait ne valaient rien, pourquoi l'avait-on ainsi surveillé ?

— Alors ils ont fait une découverte majeure ces derniers mois ? avança-t-il.

Mason lui jeta un regard qui le glaça. L'éclairage tamisé rendait ses yeux gris particulièrement inquiétants.

— Quoi ? insista Peter. C'est un secret ?

— Précisément, répondit Mason, qui n'avait toujours pas touché son verre d'eau. Un secret que Charles Pike a payé très cher.

— Attendez, est-ce que vous êtes en train de dire qu'ils ont trouvé un remède contre la PEMA ?

Malgré les circonstances, Peter sentit son cœur se gonfler d'espoir. S'il retrouvait Amanda et s'il existait un moyen de soigner la PEMA, alors tout n'était peut-être pas perdu pour elle.

— Presque, indiqua Mason. Mais pas tout à fait.

— Alors pourquoi vouloir dérober les fichiers ? Si c'est juste parce que Charles Pike vous a fichu en rogne...

— Il a fait bien plus que ça, lâcha Mason d'un air vindicatif. Et ce qui s'est passé entre nous, ce ne sont pas tes affaires. Disons simplement qu'il y a des gens qui sont prêts à débourser beaucoup pour ces recherches.

— Alors vous faites tout ça pour de l'argent, soupira Peter. Je vous ai déjà dit que vous étiez une pourriture ?

Mason bougea si rapidement que Peter n'eut pas le temps de réagir avant qu'il ne l'empoigne par le blouson, le faisant presque décoller du sol. Le col de sa chemise était si serré qu'il commençait à suffoquer. Quelques centimètres seulement séparaient leurs visages.

— Tu devrais faire attention à ce que tu dis, déclara calmement Mason, comme s'ils étaient encore assis l'un en face de l'autre. Je n'aimerais pas qu'il t'arrive malheur.

Puis il relâcha brusquement Peter, qui s'effondra au sol en se cognant les genoux sur la table basse. Il déglutit en grimaçant, le cœur tambourinant encore dans sa poitrine. De son côté, Mason ne semblait même pas essoufflé par l'effort, donnant l'impression qu'il ne s'était absolument rien passé.

— On part dans cinq minutes, reprit-il.

— Quoi ? Mais euh, vous voulez faire ça... ce soir ? balbutia Peter.

Mason ne prit pas la peine de lui répondre et s'éloigna en direction de sa chambre.

— Ah, et pendant que je m'habille, je te conseille d'essuyer la trace d'eau sur ma table basse, lança-t-il sans se retourner.

— Je t'avais dit qu'on ne pouvait pas lui faire confiance, ne put s'empêcher de lancer Noa à l'intention de Zeke.

— Ben, t'avais raison, répondit-il en tournant la tête vers elle. Désolé. Là, t'es contente ?

— Un peu, avoua-t-elle. C'est ton pistolet qu'elle tient ?

Il ne répondit pas, confirmant ce que Noa pensait. Elle soupira. C'était exactement pour ça qu'elle ne voulait pas qu'ils utilisent d'armes à feu. On avait vite fait d'en devenir la cible.

— Alors, on fait quoi, maintenant ? demanda-t-elle à Taylor.

— On attend, répondit-elle en haussant les épaules.

— Tu rigoles ? Ici, dans une baraque en feu ? Bon sang, dans quelques minutes, ce sera un brasier géant !

— T'inquiète, ils seront là avant, répliqua Taylor avec aplomb.

— Et zut, marmonna Zeke.

Noa sentait déjà la température augmenter dans la chambre.

— Il est pas terrible, ton plan, railla-t-elle. À ta place, j'aurais filé après avoir déclenché l'incendie.

— Si tu veux tout savoir, c'est Matt qui s'en est occupé, indiqua Taylor. Un vrai petit pyromane, ajouta-t-elle avec fierté.

— Alors vous êtes des taupes à la solde du Projet Perséphone, dit Noa en réalisant que le raid de Phoenix était un traquenard depuis le début.

— Oui, mais c'était adorable de votre part de venir nous délivrer.

Noa tourna les yeux vers Zeke, mais il évitait son regard. Si Taylor disait vrai, ils avaient conduit leurs ennemis tout droit chez les Forsythe. Une colère sourde l'envahit à cette idée. Il fallait qu'elle prévienne les autres. Les bois entourant le domaine grouillaient peut-être déjà de mercenaires.

— Mais pourquoi avoir accepté de les aider ? bredouilla Zeke, visiblement déconcerté. Tu sais qu'ils assassinent des ados ?

Une ombre passa sur le visage de Taylor et son sourire s'envola.

— Je n'ai pas à me justifier, lâcha-t-elle en rejetant ses cheveux en arrière. Tout ce que j'ai à faire, c'est vous garder ici quelques minutes, le temps qu'ils s'occupent des autres.

— Qu'est-ce qu'ils vont leur faire ? demanda Noa avec effroi.

— Eh bien, ils ne peuvent plus leur servir à grand-chose, pas vrai ?

— Alors ils vont tous les tuer ? s'offusqua Zeke. Et ça ne te pose pas de problème ?

Il fit un pas vers elle, l'air déterminé, et elle pointa son arme un peu plus haut. Noa plissa les yeux en remarquant que les mains de Taylor tremblaient. Il y avait peu de chances qu'elle soit une tireuse expérimentée. Elle n'avait rien à voir avec les hommes de main de Mason. Ce n'était qu'une gamine qui agissait sans doute parce qu'on l'avait menacée ou par appât du gain. Noa s'avança à son tour.

Désemparée, Taylor braqua son pistolet sur elle, puis à nouveau sur Zeke.

— Restez où vous êtes ! s'écria-t-elle d'une voix stridente.

Elle venait sans doute de réaliser que la cavalerie était en retard et que ce n'était pas une mince affaire de tenir en respect deux personnes avec une seule arme.

Zeke s'écarta vers la fenêtre et Noa marcha dans la direction opposée.

— Qu'est-ce que vous fabriquez ? s'alarma Taylor. Restez l'un à côté de l'autre !

— Où est Matt ? demanda Noa en continuant doucement de s'approcher. Je ne l'ai pas vu dehors.

— Tu es sûre ?

— Oui.

— Il a dû aller les attendre dans les bois, supposa Taylor en essayant de retrouver son sang-froid.

Zeke s'éloigna encore d'elle, pas à pas.

— Les attendre ? répéta-t-il. Tu sais combien ils sont ?

— Arrêtez de bouger ! ordonna-t-elle en se mettant à reculer.

Zeke avait presque atteint la fenêtre.

Taylor heurta soudain le lit situé derrière elle et, par réflexe, elle lança un coup d'œil en arrière, comme si elle n'avait pas eu conscience de s'être déplacée.

Noa profita de cet instant de distraction et se jeta sur elle en tendant les bras, la faisant tomber à la renverse sur le lit.

Un coup de feu partit et la détonation fut si forte qu'elle résonna douloureusement dans ses oreilles. Du coin de l'œil, Noa aperçut Zeke qui se précipitait vers elle. Pendant ce temps, elle tentait tant bien que mal de maîtriser Taylor. Celle-ci compensait largement sa différence de force par une rage féroce. Elle se débattait en poussant des grognements, tandis que Noa lui tenait le visage enfoncé dans les couvertures. Elle commençait à se sentir incommodée par la fumée qui remplissait progressivement la chambre.

D'un violent soubresaut, Taylor parvint à la déstabiliser et à dégager son bras droit. Noa plongea en avant, mais trop tard.

Une nouvelle détonation retentit.

Noa saisit l'expression effarée de Zeke au moment où il portait la main à son flanc et réalisait qu'elle était pleine de sang.

CHAPITRE DIX-HUIT

Amanda avait perdu toute notion du temps. Il lui semblait qu'elle voguait entre des états de conscience et de somnolence depuis des jours, des semaines ou peut-être même des mois. L'infirmière au chignon gris allait et venait, et parfois aussi d'autres personnes vêtues de blouses blanches. Mais Amanda avait du mal à se concentrer et, dès que les visiteurs repartaient, leurs visages s'évaporaient de son esprit.

Une petite partie de son cerveau comprenait ce qu'on lui faisait. On la maintenait sous sédatif pour pouvoir plus facilement la contrôler. Mais les drogues l'avaient tellement déconnectée d'elle-même qu'elle ne trouvait même pas la force de s'en soucier. C'était même étonnamment plaisant d'être transformée en une sorte de poupée de chiffon géante. On la nourrissait au moyen d'une perfusion et, de temps à autre, l'infirmière venait tapoter ses oreillers ou lui glisser des morceaux de glace pilée dans la bouche. Amanda se demandait placidement si ses parents avaient la moindre idée qu'elle était retenue dans cet endroit contre son gré. À cette pensée, elle essayait de se sentir indignée, mais cela lui demandait trop d'énergie.

Jusqu'à ce que, soudainement, elle en soit capable. Peut-être qu'on avait mal dosé ses sédatifs ou qu'on avait oublié de recharger sa perfusion, mais elle put tout à coup ouvrir les yeux en sachant parfaitement où elle était et ce qui se passait – ce qui déclencha en elle un élan de colère. Mais un sentiment de satisfaction s'y mêla bientôt quand elle réalisa que les sangles qui l'immobilisaient avaient étrangement disparu.

Amanda se redressa et prit sa tête entre ses mains, gagnée par une sensation de vertige. Elle ferma les yeux et tâcha de ralentir sa respiration pour chasser la nausée. Elle les rouvrit prudemment et soupira avec soulagement : l'impression que la pièce tournait autour d'elle s'était presque entièrement dissipée. Elle glissa la main sous sa tunique et tâta sa poitrine, son ventre et le bas de son dos, et fut rassurée de ne pas trouver la moindre trace de pansement. Peut-être n'avait-on pas encore eu le temps de commencer les expériences sur elle. Il était d'autant plus urgent qu'elle s'enfuie avant qu'on ne l'attache de nouveau.

Amanda bascula précautionneusement une jambe, puis l'autre au bord du lit. Elle fit bouger ses pieds et ses orteils : tout semblait marcher normalement. Elle arracha sa perfusion en grimaçant, remit le sparadrap en place et appuya sur son bras pour stopper le saignement. Puis elle prit une profonde inspiration pour se donner du courage, posa ses pieds nus sur le sol glacé et se dirigea d'un pas chancelant vers le rideau qui entourait son lit, avant d'en écarter un pan pour jeter un coup d'œil à l'extérieur.

Elle fronça les sourcils en apercevant un autre rideau identique à cinquante centimètres d'elle. Elle tendit la main pour l'ouvrir et ce qu'elle vit lui coupa le souffle.

Un jeune garçon était allongé sur un lit, les yeux clos, une perfusion reliée au bras droit. Il était sanglé, exactement comme elle l'avait été.

Amanda remit le rideau en place. Elle était sûrement dans un laboratoire clandestin. Et elle avait sans doute été envoyée ici en guise de punition. Mme Latimar avait dû dire à Mason qu'elle avait mis la main sur les dossiers secrets, ou bien on l'avait enlevée pour intimider Peter.

Quelle que puisse être la raison de sa présence en ce lieu, Amanda tenait là une occasion en or de jouer un rôle de premier plan en sauvant des ados de leur terrible sort. Mais il fallait qu'elle agisse vite. Et avant toute chose, elle devait trouver un moyen de sortir.

Elle se glissa aussi discrètement que possible dans le passage étroit séparant les rideaux. Elle écarquilla les yeux en découvrant qu'il donnait, juste après son lit, sur un long couloir. Le sol était composé de dalles d'un blanc identique à celui des panneaux de fibres du plafond bas et, de chaque côté, s'alignaient une dizaine d'espaces délimités par des rideaux. Elle s'avança silencieusement jusqu'à celui situé en face du sien, tira le rideau et vit une jeune fille également attachée et sous perfusion.

Amanda se demanda si tous les box étaient occupés – auquel cas, il s'agissait d'une opération bien plus vaste que ce que Peter lui avait dit.

À cette idée, elle fut envahie par un élan d'excitation qu'elle tâcha de contenir en se rappelant que l'enjeu n'était pas de prendre sa revanche sur Noa, mais bien de sauver autant de vies que possible. Néanmoins, elle ne pouvait s'empêcher d'imaginer la tête de Peter quand il apprendrait ce qu'elle avait accompli. C'était l'opportunité pour elle de prouver qu'elle était tout aussi capable que Noa, elle qui, au fond, se considérait comme une enfant gâtée des banlieues chics.

Amanda longea le couloir à la hâte jusqu'à une double porte métallique sur laquelle il débouchait. Un silence glaçant régnait autour d'elle, mais elle sentait la présence de tous les ados derrière les rideaux, comme s'ils retenaient leur souffle avec elle.

Elle pria intérieurement pour que les portes ne soient pas verrouillées, puis poussa l'un des battants. Il s'ouvrit sans la moindre difficulté et elle esquissa un sourire. Ça allait être plus facile qu'elle ne le pensait.

Elle se faufila dans l'entrebâillement et se retrouva dans un nouveau couloir. Il était large, avec des dalles et un plafond identiques, mais les murs latéraux étaient peints en jaune vif et ponctués de portes à intervalles réguliers, ce qui la surprit. Elle s'attendait à quelque chose de plus proche des entrepôts que Peter avait décrits. Mais peut-être que les responsables de Pike & Dolan s'étaient tournés vers d'autres types de locaux avec la multiplication des raids.

Au bout du couloir, Amanda distingua un panneau lumineux indiquant : « ISSUE DE SECOURS ». Elle s'élança dans cette direction, ouvrit la porte et découvrit un escalier. Il ne lui restait plus qu'à conduire les ados jusque-là. Avec un peu de chance, elle parviendrait à les réveiller.

Elle referma la porte, produisant un cliquètement qui la fit tressaillir. Elle songea qu'il lui faudrait trouver une sorte de cale pour la maintenir ouverte.

Tandis qu'elle remontait le couloir jaune, elle réfléchit au meilleur moyen de procéder : commencer par les ados les plus proches de la sortie, débrancher leurs perfusions et essayer de les sortir de leur léthargie. Peut-être pourrait-elle s'occuper de deux personnes à la fois.

Elle était si concentrée sur l'élaboration de son plan qu'elle n'entendit pas les pas qui se rapprochaient d'elle. Le couinement d'un sabot la fit brusquement se retourner. L'infirmière la dévisageait d'un air sévère, les mains sur les hanches.

— Amanda, qu'est-ce que tu fais là ?

La peur au ventre, Peter se recroquevilla dans la pénombre. Mason l'avait conduit dans un quartier désaffecté au sud de Boston, non loin des docks. En arrivant, il s'était demandé si l'entrepôt où Noa avait été séquestrée, également situé au sud de la ville, était dans les parages. Mais il n'avait repéré aucun chantier naval à proximité et les bâtiments alentour semblaient en ruine.

Ce n'était vraiment pas le genre d'endroit où l'on s'attendait à trouver les serveurs vitaux de quelque entreprise que ce soit. Mais c'était sans doute justement le but recherché. Peter remonta le col de son blouson, regrettant de n'avoir ni gants, ni bonnet. S'il avait su qu'il allait atterrir dehors au beau milieu de la nuit, il se serait mieux équipé. La température avoisinait le zéro et le vent donnait l'impression qu'il faisait encore plus froid.

Il se demanda si Luke avait reçu son message sur La Cour. Mais même si c'était le cas, il y avait peu de chance que les membres de l'unité du Nord-Est aient pu arriver devant chez Mason à temps. Peter n'avait d'ailleurs pas vu la moindre trace de leur présence en sortant de l'immeuble.

— Qu'est-ce qu'on fait maintenant ? chuchota-t-il en serrant les dents pour les empêcher de claquer.

Mason se tenait près de lui, appuyé contre un mur. Il avait troqué son pyjama contre un jean noir, un col roulé et une élégante veste en cuir. Malgré le froid, il semblait parfaitement décontracté, ce qui aurait dû rassurer Peter – sauf qu'il n'en était rien.

— Le serveur est au premier étage, indiqua-t-il en désignant un bâtiment délabré.

— Et alors, c'est quoi, le plan ? On va se pointer là-bas comme si de rien n'était ?

— On peut dire ça comme ça, répondit Mason à voix basse. Ah, le voilà.

Peter suivit son regard et vit un homme sortir du bâtiment. Il était habillé comme ceux qui avaient fait irruption chez ses parents quatre mois plus tôt, sauf qu'il n'était pas armé – du moins, pas en apparence. Il jeta un coup d'œil autour de lui avant de déposer un sac à dos par terre. Puis il s'adossa à la porte d'entrée, baissa la tête et alluma une cigarette.

— Quelle habitude répugnante, commenta Mason avec dégoût. J'ai toujours formellement interdit ça quand j'étais en charge des opérations.

— Combien sont-ils ? s'inquiéta Peter.

— Aucune idée. Mais on ne va pas tarder à le savoir.

— Quoi ? s'exclama Peter en tournant les yeux vers lui. Vous êtes cinglé ? Si ça se trouve, ils sont cinquante là-dedans !

Mason ne répondit rien et releva sa manche pour consulter sa Rolex.

— Il est presque l'heure, déclara-t-il.

— L'heure de quoi ?

Peter mourait d'envie de l'étrangler. Ce projet était complètement absurde. Qu'est-ce qu'ils fichaient là ? Il ne comptait quand même pas l'envoyer dans un bâtiment rempli de types surentraînés et probablement armés jusqu'aux dents ?

Une fois encore, Mason l'ignora. Peter hésitait à retourner à la voiture. Après tout, il n'avait aucune garantie qu'Amanda serait libérée s'il obéissait.

Un bruit étouffé leur parvint depuis l'intérieur du bâtiment.

— C'était quoi, ça ? fit-il en se penchant en avant pour mieux voir.

— Le signal, répondit Mason.

Puis il se mit à marcher d'un air décidé vers l'homme posté à la porte. Au bout de quelques pas, il se retourna vers Peter qui l'observait d'un air sidéré.

— Qu'est-ce que tu fiches ? Viens, lança-t-il impatiemment. On ne va pas y passer la nuit.

Peter se redressa et le rejoignit à contrecœur. Ils continuèrent à avancer quand soudain, le gardien leva la tête et les repéra. Il jeta prestement sa cigarette et s'empara du sac posé à ses pieds.

Peter se figea, persuadé qu'il allait en sortir une arme et se mettre à leur tirer dessus. Mais l'homme se contenta de tenir le sac entre ses mains sans bouger, comme s'il les attendait.

— Un problème ? l'interpella Mason, à quelques mètres de distance.

— Non, aucun, monsieur Mason, répondit l'autre en secouant vivement la tête.

— Tant mieux.

Mason saisit le sac, puis l'ouvrit et en sortit deux masques à gaz, sous le regard médusé de Peter.

— Enfile ça, lui ordonna-t-il en lui en tendant un.

Peter attrapa le masque par les sangles. C'était plus lourd que ça en avait l'air. Il le tourna entre ses mains et scruta les lentilles au verre épais.

— Pourquoi ? demanda-t-il.

— À cause du gaz, tiens, répondit Mason en commençant à s'équiper. Crois-moi, tu n'aimerais pas du tout respirer ça.

— Du gaz ? répéta Peter, l'air incrédule.

— Un dérivé du fentanyl, ajouta Mason d'une voix étouffée tandis qu'il ajustait le masque sur son visage. Un truc costaud. Les Russes en ont utilisé lors d'une prise d'otages il y a une dizaine d'années, mais malheureusement ça n'a pas tué que les terroristes. Prêt ?

— Euh non, pas vraiment, bredouilla Peter. Et il n'est pas question que j'entre là-dedans.

— Oh que si. Sinon, devine ce qui va arriver à cette pauvre Amanda ?

Peter déglutit et se résigna à mettre son masque. Il éprouva aussitôt un affreux sentiment de claustrophobie, comme s'il avait la tête enfermée dans un bocal. Il entendait le bruit amplifié de sa respiration, et les lunettes de protection réduisaient considérablement son champ de vision. Il ne put s'empêcher de penser à Dark Vador.

— Reste près de moi, lui dit Mason, avant de faire signe au gardien d'ouvrir la porte.

Teo et Daisy sortirent de la petite cabane et observèrent la maison qui brûlait, à quelques centaines de mètres d'eux.

— Oh là là, mais qu'est-ce qui s'est passé ? s'écria Daisy.

Teo n'était pas un expert, mais ça n'avait pas l'air d'un accident, car deux parties complètement différentes de la maison étaient en feu et l'incendie faisait rage comme s'il avait commencé depuis longtemps – ou comme si quelqu'un l'avait déclenché volontairement.

Il repensa à Taylor et au drôle de pressentiment qu'il avait eu à son sujet à la station-service. Il aurait dû se fier à son instinct, mais Daisy lui avait fait perdre toute lucidité.

Il tourna les yeux vers elle. Elle s'était figée, les mains plaquées sur la bouche, comme pour réprimer un cri. Lui se sentait étrangement calme. Il avait l'impression qu'une sorte de mécanisme s'était activé en lui et qu'il savait parfaitement quoi faire.

Il retourna précipitamment dans la cabane, ramassa son jean et l'enfila à la hâte. Puis il mit un gros pull en laine, sauta dans ses baskets et ressortit moins d'une minute plus tard. Il attrapa Daisy par les épaules et la fit pivoter vers lui. Elle était pétrifiée d'effroi, le visage livide et les yeux écarquillés.

— Écoute-moi bien, lui dit-il avec sang-froid. Rentre à l'intérieur et habille-toi en vitesse. Moi je dois aller là-bas pour les aider.

— Mais je... Est-ce qu'il faut... balbutia-t-elle, confuse.

Teo songea qu'elle serait plus gênante qu'utile si elle le rejoignait.

— Toi, tu ne bouges pas d'ici, déclara-t-il d'un ton ferme. J'enverrai les autres à la cabane, OK ? Reste-là et attends-les.

Elle hocha la tête d'un air soulagé.

Teo se pencha vers elle et l'embrassa avant de courir vers les flammes. Il n'avait pas vraiment de plan en tête, à part donner un coup de main. Roy, Zeke et Noa étaient sûrement déjà en train de contrôler la situation.

Une silhouette émergea des bois sur sa gauche et fonça sur lui avant de le plaquer au sol. Teo se débattit comme un diable, essayant de déstabiliser son assaillant, plus lourd que lui, qui le maintenait au sol. Il lui fallut un moment pour comprendre que l'autre tentait aussi de s'échapper.

— Danny ? lâcha-t-il en distinguant son visage.

— Bon sang, Teo, il faut qu'on fiche le camp d'ici ! s'exclama Danny, le souffle court et les yeux remplis de terreur. Ils sont partout !

— Qui ça ?

Mais il ne répondit pas. Il s'était déjà remis debout et avait repris sa course. Au bout de quelques secondes, il s'évanouit dans le brouillard.

Teo se leva lentement. Son calme intérieur s'était complètement évanoui, laissant place à une peur viscérale. Danny avait eu l'air d'un animal pris au piège. Qu'est-ce qui avait pu le mettre dans un état pareil ?

Teo ne savait plus quoi faire. Devait-il le suivre ou tenter de rejoindre la maison ?

Daisy, pensa-t-il en faisant demi-tour. *Il faut que j'aille chercher Daisy.*

Il était en train de courir vers la cabane quand une autre silhouette surgit de la brume, non loin de là où Danny avait disparu. Sauf que cette fois, c'était un homme tout en noir armé d'un fusil d'assaut.

CHAPITRE DIX-NEUF

— Non ! s'écria Noa.

Taylor tenait toujours fermement le pistolet et le braquait désormais vers elle.

Noa émit un grognement enragé et lança sa tête en avant, qui vint heurter le front de Taylor. Celle-ci retomba entre les oreillers, assommée. Ignorant la douleur qui faisait danser des petits points lumineux devant ses yeux, Noa grimpa sur elle, lui bloqua les bras avec ses genoux et se mit à l'étrangler.

Elle ne s'était jamais sentie aussi en colère. Toute la frustration et tout le chagrin accumulés au cours des derniers mois semblaient remonter à la surface, et elle se rendait à peine compte que Taylor se convulsait en dessous d'elle en suffoquant, les yeux exorbités et le visage violacé. Une partie enfouie de son cerveau nota que ses mains épousaient parfaitement la fine courbe du cou qu'elles enserraient.

Noa avait vaguement conscience qu'une voix l'appelait, que la température s'élevait autour d'elle et que sa propre gorge se remplissait de fumée…

Elle fut alors prise d'une vive quinte de toux qui la tira de son engourdissement. Elle cligna des paupières, comme si elle venait de se réveiller. Zeke était en train de hurler son nom. Elle baissa le regard et vit qu'il essayait d'arracher des mains qui étreignaient un cou. Taylor avait lâché le pistolet. Elle était inerte, les yeux clos.

Noa réalisa soudain que ces mains étaient les siennes et elle les retira brusquement. Ses doigts étaient encore contractés et lui faisaient mal, et le cou de Taylor était constellé de lignes rouges, qui serpentaient comme des plantes grimpantes.

— Je l'ai tuée ? chuchota-t-elle.

Zeke se pencha pour examiner Taylor.

— Non, mais il s'en est fallu de peu, répondit-il en coinçant le pistolet dans la ceinture de son pantalon. Bon, il ne faut pas rester ici.

— Ah oui, l'incendie, dit mollement Noa.

Elle se sentait encore étourdie. Elle repéra la porte de la chambre, dont les contours brillaient d'une lueur vacillante. Elle s'imagina l'ouvrir et se retrouver face à un grand mur rouge et orange vif. Le feu s'engouffrerait à l'intérieur de la chambre riche en oxygène et les dévorerait comme du petit bois.

— Il faut qu'on passe par la fenêtre, lança Zeke en la tirant par le bras. Allez, viens !

Noa tourna les yeux vers Taylor et un détail attira son attention. Sa poitrine se soulevait au rythme de sa respiration sifflante et son tee-shirt était remonté, révélant une partie de son soutien-gorge et…

— Regarde, Zeke : elle a une marque sur la…

— On n'a pas le temps, la coupa-t-il en l'entraînant vers l'autre bout de la pièce.

— Mais, au fait, tu es blessé, non ? se rappela-t-elle.

— Oui, merci de prendre de mes nouvelles. Bon, on peut y aller maintenant ?

Il tenait une main plaquée sur son flanc, et une tache rouge s'était formée sous ses doigts. Il avait le visage crispé de douleur et une expression dans les yeux qui acheva de ramener Noa à la réalité. Elle se précipita vers la fenêtre à guillotine et l'ouvrit, avant de jeter un coup d'œil à l'extérieur. La chambre se trouvait à l'arrière de la maison, face à l'océan. Cinq ou six mètres les séparaient du sol, à cause du haut plafond en voûte du salon en dessous. Elle n'entendit ni ne vit aucun des autres, et se demanda s'ils avaient été capturés ou même tués.

— On va devoir s'accrocher au lierre pour descendre, déclara Zeke d'une voix haletante. Faut espérer que ça va tenir. Les dames d'abord ?

Noa resta muette. Elle avait soudain la gorge desséchée. Elle avait encore plus peur du vide que du feu.

— OK, j'y vais en premier, décida Zeke. Mais ne compte pas sur moi pour te rattraper.

— Attends, fit Noa en le retenant par le bras. Et elle ?

Il suivit son regard jusqu'à Taylor, qui gisait sur le lit, toujours inconsciente.

— Ben quoi ? dit-il d'un air méfiant.

— On ne peut quand même pas l'abandonner ici.

— Et pourquoi pas ? Je te rappelle qu'elle a essayé de nous tuer. Ah, et puis, c'est sans doute un détail, mais… elle m'a tiré dessus !

— Elle est comme nous, insista Noa en traçant une ligne sur son tee-shirt. Elle a la même cicatrice que moi.

Zeke écarquilla les yeux en réalisant ce que cela signifiait.

— Mais elle disait que…

— Elle a menti.

— Bon, d'accord, céda-t-il. Et on fait comment, alors ?

Noa parcourut la chambre du regard. Cela prendrait trop de temps de nouer les draps et, de toute façon, il ne leur serait pas possible de descendre en portant Taylor entre eux.

Elle repensa au plaisir qu'elle avait ressenti en l'étranglant. Aurait-elle arrêté si Zeke n'était pas intervenu ? Elle baissa les yeux et réalisa qu'elle avait les poings serrés. Elle les relâcha et se remit à chercher une solution.

— La salle de bains ! s'exclama-t-elle.

— Mais encore ? fit Zeke.

Il était de plus en plus pâle. Son tee-shirt et son pantalon étaient tachés de sang. Noa songea qu'il allait avoir du mal à descendre tout seul.

Est-ce que je suis folle de vouloir sauver cette fille ?

La réponse était sans doute oui. Mais elle était déterminée.

— On va fabriquer une corde, tu vas voir, expliqua-t-elle.

Zeke paraissait dubitatif, mais il suivit Noa jusqu'au lit et prit Taylor par les pieds pendant qu'elle la soulevait par les épaules. Elle était plus lourde qu'elle n'en avait l'air et il se dirigea vers la salle de bains en grimaçant de douleur à chaque pas.

— Pour mémoire, je tiens à dire que c'est une très mauvaise idée, marmonna-t-il en serrant les dents.

— C'est noté, répondit Noa.

Ils posèrent Taylor sur le sol de la salle de bains avant de s'enfermer. Noa saisit une serviette et l'appliqua au bas de la porte. Mais l'air était déjà enfumé et le sol très chaud.

Pourvu que la maison ne s'effondre pas avant qu'on soit sortis !

Elle se rua vers la grande fenêtre située au-dessus de la baignoire et l'ouvrit. Zeke s'approcha et se pencha vers l'extérieur.

— Et comment on descend ? demanda-t-il.

— Prudemment, répondit Noa.

Monica avait mis le paquet pour la décoration de la salle de bains. Le sol était en marbre, les murs tapissés de velours, et les fenêtres étaient encadrées de lourds rideaux retenus par d'épais cordons dorés.

Noa dénoua les deux plus proches d'elle : chacun faisait plus d'un mètre. Il y en avait six autres dans la pièce. Elle jugea qu'attachés bout à bout, ils devraient leur permettre d'atteindre le sol ou, au moins, d'en être suffisamment près pour pouvoir sauter sans se blesser.

Enfin, j'espère.

Zeke hocha la tête et se mit à faire le tour de la salle de bains en boitant pour lui apporter les autres cordons, pendant que Noa faisait des nœuds solides pour les relier entre eux.

Elle sursauta en entendant Taylor gémir. Elle tourna les yeux vers elle et vit qu'elle battait des cils.

— Génial, soupira Zeke. Il ne manquerait plus qu'elle se réveille et qu'elle cherche encore à nous tuer pendant qu'on essaie de sauver sa peau.

Noa haussa les épaules en finissant de nouer les cordons. Taylor n'était plus armée et, de toute façon, elle ne semblait guère en état de faire quoi que ce soit. Et si elle pouvait revenir à elle, cela leur faciliterait considérablement la tâche.

Elle s'agenouilla et attacha la corde de fortune au pied de la baignoire, avant de tirer dessus pour s'assurer qu'elle était solidement fixée. Elle en profita pour observer Zeke à la dérobée. Une grimace de douleur lui tordait le visage.

— Ça va ? demanda-t-elle.

— Non, ça va pas, qu'est-ce que tu crois ? répliqua-t-il d'un ton revêche. Je me suis pris une balle !

Bon, s'il est encore capable de s'énerver, c'est qu'il n'est pas à l'article de la mort, pensa Noa, rassurée.

Elle lança l'autre extrémité de la corde par la fenêtre.

— À toi l'honneur, dit-elle. Ensuite, on fera descendre Taylor.

— Tu es vraiment sûre de ton coup ? demanda-t-il, l'air sceptique.

— Non, admit-elle. Mais je ne veux plus que qui que ce soit meure si je peux l'empêcher.

Zeke la dévisagea avant d'acquiescer d'un signe de tête, le regard étrangement adouci.

— Fais attention à toi, murmura-t-il. Et si tu ne t'en sors pas avec elle, laisse tomber et rejoins-moi, OK ?

— Ouais, d'accord.

Il parut sur le point d'ajouter autre chose, mais la douleur le plia soudain en deux. Noa s'élança vers lui pour l'aider.

— C'est bon, bredouilla-t-il d'un ton bourru. Faut juste que… que je reprenne mon souffle.

Il enjamba la baignoire tant bien que mal, s'assit au bord de la fenêtre et saisit la corde des deux mains.

— On se voit en bas, lâcha-t-il avant de disparaître.

Il devait faire près de quarante degrés dans la salle de bains et Noa transpirait à grosses gouttes. Elle ouvrit le robinet du lavabo et s'aspergea d'eau froide, puis en versa sur le visage de Taylor. Aucune réaction. Elle recommença.

Taylor se réveilla en toussotant. En voyant Noa,

elle afficha d'abord une moue perplexe qui laissa vite place à une expression outrée.

— Tu as essayé de me tuer ! s'exclama-t-elle.

— Oui, ben comme ça, on est quittes, rétorqua Noa. Pour info, il reste une minute avant qu'on finisse grillées, alors tu ferais mieux de t'activer.

Taylor regarda autour d'elle et plissa les yeux en distinguant la corde fixée à la baignoire.

— On sort par la fenêtre ?

— Oui, confirma Noa. Et si tu hésites encore une seconde, tu vas devoir passer ton tour.

Elle avait prévu de la faire descendre d'abord, sachant que Zeke l'attendrait en bas avec le pistolet. Et ensuite… Eh bien, en vérité, son plan s'arrêtait là.

Elle fit un pas vers la baignoire, comme pour mettre sa menace à exécution, mais c'était inutile : Taylor était déjà debout, la corde entre les mains, prouvant qu'elle avait un instinct de survie très développé. Elle se glissa lestement jusque sur le rebord de la fenêtre, jeta un dernier coup d'œil à Noa et entama la descente.

Le bruit sourd d'une explosion résonna dans la pièce voisine, faisant sursauter Noa. Elle supposa que le grand miroir accroché au-dessus du bureau venait d'éclater sous l'effet de la chaleur. Elle éprouva un douloureux pincement au cœur en pensant à la destruction de sa chambre, de toute la maison. Elle finissait toujours par perdre les endroits où elle se sentait chez elle.

Noa entendit ensuite un craquement au moment où la porte se fissurait. Elle se précipita vers la fenêtre et se percha sur le rebord. L'air brumeux glaça aussitôt sa peau couverte de sueur et elle frissonna. Elle s'efforça de ne pas regarder en bas et commença à descendre en rappel le long du mur, faisant progressivement glisser la corde entre ses doigts. À un moment, elle dut faire un écart sur la gauche pour éviter une branche de lierre qui brûlait.

Elle finit par poser le pied sur la terre ferme et elle expira profondément pour dissiper les tensions accumulées dans ses épaules. Quand elle se retourna, elle vit Zeke qui tenait Taylor en joue de sa main libre et se mordit la lèvre en remarquant que son bras tremblait. Quant à Taylor, elle n'avait pas l'air très intimidée.

— Alors, quoi ? lâcha-t-elle en levant un sourcil. Vous m'avez sauvée juste pour me tuer ?

— Tu peux t'en aller, dit Noa en désignant les bois d'un mouvement de tête.

— Quoi ?

— Va-t'en, insista-t-elle. Va retrouver ceux qui t'ont opérée. Je suis sûre qu'ils seront ravis de te revoir.

Puis elle se tourna vers l'océan, prit une grande bouffée d'air frais en formulant le vœu de ne plus jamais se retrouver au milieu d'un incendie et fit signe à Zeke de la suivre. Il hésita un instant, puis la rejoignit tout en gardant son arme braquée sur Taylor.

— Vous ne pourrez pas vous échapper ! lança celle-ci.

Noa se mit en marche, Zeke à ses côtés. Elle jeta un regard par-dessus son épaule et discerna la silhouette pâle de Taylor qui se découpait dans le brouillard.

On aurait dit une princesse de conte de fées qui serait tombée de sa tour et aurait découvert en heurtant le sol qu'il n'y avait pas de prince pour la rattraper.

Zeke trébucha en toussant, manquant de tomber. Noa le rattrapa et prit un de ses bras qu'elle glissa autour de ses épaules pour le soutenir tandis qu'ils avançaient.

— Et les autres ? balbutia-t-il.

— Je retournerai les chercher dès que tu seras en lieu sûr.

— Laisse-moi, je vais me débrouiller.

— Ce n'est pas négociable, répliqua-t-elle. Ferme-la et contente-toi d'avancer.

— Toujours aussi bien élevée, plaisanta Zeke. On va où ?

— À la plage, indiqua-t-elle avant qu'une idée de plan lui vienne. On va s'enfuir à la nage.

— À la nage ? répéta-t-il, le souffle court. Donc tu veux vraiment ma mort, en fait.

— Tais-toi et marche.

Noa soupira. Tout son monde s'écroulait, au sens propre. Elle ignorait où se trouvaient les autres, ne savait pas s'ils avaient pu s'enfuir, si on les avait capturés ou même s'ils étaient encore en vie. Et le premier endroit depuis presque dix ans qui s'apparentait pour elle à un foyer était ravagé par les flammes.

Mais elle était avec Zeke. Et d'une certaine façon, ça voulait dire que tout n'était pas perdu.

Ils avaient contourné l'arrière de la maison et apercevaient les arbres au milieu desquels ils seraient à couvert quand elle crut discerner un mouvement du coin de l'œil.

Elle tourna la tête et pensa un instant que Taylor avait changé d'avis et décidé de se lancer à leur poursuite. Mais au lieu de ça, elle reconnut Janiqua, dont les nattes volaient en tous sens tandis qu'elle courait dans leur direction.

Juste derrière elle, Noa aperçut deux hommes en noir armés de fusils d'assaut.

L'homme portait un casque, ainsi qu'un drôle de masque qui lui couvrait le bas du visage. Il braqua son arme sur Teo, qui baissa les yeux et distingua un point rouge lumineux sur sa poitrine. Il avait vu suffisamment de films pour savoir que ce n'était pas bon signe.

Sans réfléchir, il prit ses jambes à son cou.

— Hé ! s'exclama l'homme.

Teo fut surpris qu'il ne lui tire pas dessus. Il se demanda s'il avait reçu l'ordre de ne pas faire feu ou s'il avait simplement été pris de court par sa fuite soudaine. Mais il n'avait pas l'intention de traîner dans les parages pour connaître la réponse. Il continua de courir vers la cabane, en espérant que Daisy s'y trouvait toujours.

Il n'était plus qu'à une trentaine de mètres et distinguait les murs gris entre les arbres quand il l'entendit crier. Il accéléra encore avant de tourner à l'angle du bâtiment pour atteindre la porte d'entrée.

Un autre homme en noir pointait un fusil sur Daisy.

Elle était toujours en sous-vêtements, et elle tremblait de froid et de peur.

Cette vision valut à Teo une décharge d'adrénaline. Il se jeta sur le type en noir au moment où celui-ci tournait la tête vers lui et le renversa à terre. Il se mit à donner des coups de poing dans tous les sens. La plupart rataient leur cible, mais ceux qui heurtèrent l'homme lui firent pousser des grognements de douleur.

Teo sentit alors quelque chose qui lui tapotait la nuque.

— Lâche-le ! cria une voix derrière lui.

Il se retourna si brusquement que le mercenaire qui le tenait en joue recula d'un pas. Teo crut reconnaître celui à qui il avait faussé compagnie quelques minutes plus tôt. Il se redressa lentement et constata, soulagé, que Daisy s'était enfuie. L'autre type gisait à terre et gémissait.

J'espère que ça lui fait un mal de chien.

Celui qui pointait son fusil sur lui l'examina du regard.

— T'es pas sur la liste, lâcha-t-il.

— Quelle liste ?

— Laisse tomber. Ça n'a pas d'importance.

— Si je ne suis pas sur la liste, vous pouvez peut-être me laisser partir ? tenta Teo.

— Ouais, c'est ça. Bien essayé, gamin, s'esclaffa l'homme avant de s'adresser à son partenaire. Hé, Berinsky, t'es toujours en vie ?

Celui-ci marmonna un juron.

— Bon, maintenant que tu t'es pris une raclée par un poids plume, on va peut-être pouvoir y aller ? Faut qu'on l'emmène au van avec les autres.

Le dénommé Berinsky retira son masque et cracha du sang par terre.

— Laisse-moi d'abord cinq minutes avec lui.

— Désolé, tu sais ce qu'a dit le boss : on n'est pas censés abîmer la marchandise. Et puis, dis-toi bien que là où ils vont, ce sera mille fois pire que tout ce qu'on pourrait leur faire.

À ces mots, Teo vit son visage se fendre d'un large sourire qui lui glaça le sang.

Des labos, pensa-t-il. *Bon sang, ils ont réussi à nous retrouver et ils vont nous enfermer dans des labos.*

Il pria pour que Daisy ait la sagesse de rester cachée quelque part et espéra qu'elle penserait à lui de temps en temps.

Berinsky grommela quelque chose en se relevant tant bien que mal et ramassa son fusil, sous l'œil inquiet de Teo.

— Allez, avance, lui lança l'autre en pointant son arme vers la droite. Le van est par là-bas.

Berinsky passa devant en boitant légèrement et Teo le suivit à contrecœur dans les bois. La fumée de la maison qui brûlait s'était mêlée au brouillard, créant un voile sombre et humide qui flottait autour d'eux et empêchait d'y voir à plus d'un ou deux mètres. Teo envisagea un instant d'en profiter pour s'échapper, mais l'homme qui fermait la marche dut déceler un changement dans son attitude.

— N'y pense même pas, maugréa-t-il. Sauf si tu veux me donner une bonne raison pour tirer. Surtout que, comme je t'ai dit, t'es pas sur la liste.

Teo se demanda à nouveau ce qu'était cette liste et si c'était Taylor qui la leur avait fournie. Mais dans ce cas, pourquoi ne s'y trouvait-il pas ?

Perdu dans ses pensées, il s'entrava dans une racine et s'étala de tout son long, en s'écorchant les mains et les genoux.

— Debout ! aboya le type dans son dos.

Devant eux, Berinsky ne semblait pas leur prêter attention. Il continuait de claudiquer entre les arbres.

Ça tombait plutôt bien, car tandis que Teo commençait à se redresser, il entendit derrière lui le bruit sourd d'un choc, suivi aussitôt du sifflement d'une balle.

— Courez ! s'écria Janiqua. Ils arrivent !

Noa se retourna et essaya d'entraîner Zeke en avant, mais il était affalé de tout son poids contre son épaule.

— Laisse-moi ! pesta-t-il. Je te ralentis.

— Je ne pars pas sans toi, rétorqua-t-elle en serrant les dents.

Janiqua passa près d'eux en courant et disparut vers l'océan.

Noa tira Zeke dans la même direction, mais ils progressaient à pas de fourmi. Elle sentait son énergie décliner et avait l'impression que ses genoux allaient se dérober sous elle. Ils avaient presque atteint les arbres quand un coup de feu résonna dans la nuit.

— La prochaine fois, c'est vous que je vise ! gronda une voix derrière eux. Arrêtez-vous !

Noa jeta un regard hésitant à Zeke. Il saisit son pistolet et le glissa sous son bras. Noa lui adressa un hochement de tête et ils se retournèrent lentement.

Deux hommes leur faisaient face. Ils portaient des masques et des lunettes de protection qui leur donnaient l'allure d'étranges mouches géantes. Ce détail mis à part, ils ressemblaient en tout point aux mercenaires auxquels Noa avait eu affaire. Elle repensa soudain à celui qui avait retrouvé sa trace dans un café, à Brookline, et se demanda s'ils le connaissaient et s'ils savaient ce qui lui était arrivé.

— Mon ami est blessé, lança-t-elle. Il a besoin de soins.

— Pas un geste ! brailla l'un des deux hommes, tandis qu'ils avançaient, en gardant leurs armes braquées sur eux.

Elle songea avec amertume que c'était presque flatteur qu'on les considère comme des individus aussi dangereux. Apparemment, on ne voulait prendre aucun risque avec eux.

— Les mains en l'air !

— Il est blessé ! répéta Noa. Il ne peut pas bouger les bras.

— Lui, il peut crever, je m'en fous. Mais toi, je te préviens, tu as intérêt à lever les mains tout de suite !

Tandis qu'elle obéissait, Noa aperçut un éclair à côté d'elle, accompagné d'une déflagration si puissante qu'elle grimaça. Zeke avait tiré. L'un des hommes s'effondra au sol en criant et l'autre se tourna instinctivement vers lui.

Noa voulut en profiter pour prendre la fuite, mais le poids de Zeke la fit trébucher. Ironie du sort, ce fut précisément cette chute qui les sauva : Noa entendit une balle lui frôler l'oreille au moment où ils tombaient. Elle eut le souffle coupé en atterrissant lourdement sur le flanc. À côté d'elle, Zeke était couché face contre terre, inerte.

— Zeke ! s'écria-t-elle.

Elle le retourna sur le dos, remarqua que sa tête pendait sur un côté et palpa sa gorge pour essayer de trouver son pouls. Mais ses doigts tremblaient trop et tout ce qu'elle sentait, c'était combien sa peau humide était glacée.

— Parfait, lâcha le deuxième homme. De toute façon, c'est pas lui qu'ils veulent. On aurait été obligés de le tuer.

Noa se redressa en poussant un grognement enragé, mais son assaillant avait pris soin de se tenir à distance et lorsqu'elle s'élança pour se jeter sur lui, elle sentit le canon de son fusil contre sa poitrine.

— Recule ! ordonna-t-il. Ton ami respire encore. Mais ça peut vite changer si tu ne fais pas exactement ce que je te dis.

Noa baissa les yeux vers Zeke et vit que sa poitrine se soulevait faiblement au rythme de sa respiration. Elle leva les mains en serrant la mâchoire. Les bois étaient juste derrière elle. Si elle tentait de s'enfuir, elle parviendrait peut-être jusqu'à la plage, à condition d'éviter les autres. Mais cela signifiait abandonner Zeke aux mains d'un type qui n'aurait visiblement aucun scrupule à l'éliminer, et elle ne pouvait pas faire ça.

L'homme fit quelques pas jusqu'à son partenaire, étendu par terre sur le dos, et tâta son corps du bout du pied.

— Bon sang, vous avez descendu Costa, annonça-t-il. Ça ne va pas plaire au boss.

Zeke gisait sur le sol, les yeux clos. Une mare de sang imbibait son tee-shirt blanc, comme si quelqu'un lui avait peint une grosse bande rouge sur le ventre. Noa s'accroupit près de lui et réalisa que si elle ne faisait rien, il allait mourir.

— Sauvez-le et je viens avec vous, proposa-t-elle.

— Que je le sauve ? s'esclaffa l'homme. Non mais tu rêves. Tu vas me suivre bien gentiment jusqu'au van, que tu le veuilles ou non.

Noa leva le pistolet qu'elle venait de ramasser et le pointa sur sa propre tempe.

— Non, déclara-t-elle d'un ton déterminé.

— Qu'est-ce que tu fabriques ? s'exclama l'homme en écarquillant les yeux derrière ses lunettes. T'es cinglée ou quoi ?

— Si vous ne l'aidez pas, je tire, insista-t-elle. Voilà ce qui va se passer : je vous accompagne jusqu'à votre véhicule et vous lui donnez les premiers secours. Et ensuite, quand je verrai qu'il est hors de danger, alors seulement je baisserai mon arme. Pas avant.

— Ben, vas-y, fous-toi en l'air ! Tu crois que j'en ai quelque chose à faire ? J'en ai déjà récupéré assez d'entre vous. Et on ne nous a pas dit d'attraper tout le monde.

— Peut-être, mais on vous a sûrement bien spécifié que moi, il fallait me ramener, riposta Noa. Et vivante. Alors oui, je crois que vous en avez quelque chose à faire.

Un long silence s'ensuivit, durant lequel l'homme semblait peser le pour et le contre. Tout dépendait de sa volonté de suivre ou non les ordres. On avait dû lui demander de capturer Noa, mais peut-être n'avait-il pas saisi à quel point c'était important. Et s'il s'en fichait… Zeke et elle risquaient d'y laisser la vie.

— OK, finit-il par acquiescer d'un air mauvais. Je vais demander de l'aide pour qu'on le transporte jusqu'au van. Mais ensuite, tu…

Il ne termina pas sa phrase car il fut soudain plaqué par-derrière. Noa sursauta, hésitant à se servir de son arme. Deux corps entremêlés roulèrent sur le sol. Elle distingua alors le visage de celui qui était au-dessus, un visage à la peau tannée et couvert de suie.

— Cours, Noa ! s'écria Roy.

CHAPITRE VINGT

Teo eut immédiatement le réflexe de se plaquer au sol. Il entendit un grognement étouffé derrière lui et le bruit de quelque chose de lourd qui tombait sur le sol.

— Teo, c'est moi !

Le type qui le suivait quelques instants plus tôt était allongé dans l'herbe. Au-dessus de lui se tenait Daisy, une pelle à la main.

Teo se retourna et repéra Berinsky, gisant immobile face contre terre. La balle perdue qu'il avait entendue siffler près de lui l'avait touché dans le dos.

— Viens ! lança Daisy en jetant sa pelle.

Teo se releva et ils se mirent à courir au milieu des arbres en esquivant les branches basses. Il songea un peu trop tard qu'ils auraient dû prendre les fusils des deux hommes.

— Où on va aller ? fit-il, essoufflé. On va retourner vivre dans la rue ?

— Oui, acquiesça Daisy. On va rester à l'écart de la route sur quelques kilomètres et on essaiera de rejoindre la prochaine ville en stop.

Et ensuite, quoi ? aurait voulu demander Teo.

Est-ce qu'ils allaient faire comme si rien de tout cela ne s'était passé ? Revenir à leur vie de sans-abri en essayant d'oublier ceux qu'ils avaient lâchement abandonnés ? Il ne se sentait pas très à l'aise avec cette idée. Mais que pouvait-il faire d'autre ?

Le brouillard était si dense que Teo perdit rapidement tout sens de l'orientation. Il s'efforça de se remémorer l'agencement du domaine. Une haie de plus de trois mètres de haut en bordait trois côtés, le quatrième étant délimité par les falaises qui surplombaient l'océan. Au centre se trouvait la maison de Roy et Monica, entourée par un demi-hectare de champs et de jardins. Le reste de la propriété était constitué de bois épais ponctués de diverses dépendances. Teo n'en avait pas fait le tour complet, mais il était presque certain que seul le portail principal menait à la route.

Pour le moment, il ne savait pas du tout dans quelle partie des bois ils étaient. Il n'était même plus capable de situer la maison. Heureusement, Daisy semblait se repérer mieux que lui.

Il entendit soudain des voix sur sa gauche. Il saisit aussitôt le bras de Daisy pour l'obliger à se baisser.

— Qu'est-ce que… ?

Il posa un doigt sur ses lèvres et elle se tut en ouvrant de grands yeux ronds. Ils se cachèrent derrière un tronc d'arbre et Teo se pencha prudemment sur le côté pour jeter un coup d'œil aux alentours.

Ils étaient parvenus à proximité du portail, d'où l'allée faisait un virage sur la droite avant de rejoindre la Route 1. Mais plusieurs véhicules bloquaient l'accès et l'endroit grouillait de mercenaires armés. Teo sentit son cœur se serrer : il paraissait impossible de sortir sans se faire remarquer. Daisy avait dû également s'en rendre compte, car elle poussa un soupir désabusé.

— Les haies sont garnies de câbles électrifiés, rappela-t-elle. Et ça m'étonnerait qu'ils aient coupé l'électricité.

— Alors on fait quoi ? murmura Teo. On se cache ?

Daisy se mordilla la lèvre inférieure. Son visage était constellé de gouttelettes d'humidité.

— La plage, lâcha-t-elle. C'est la seule issue.

Teo s'abstint de préciser qu'il était un piètre nageur.

Des cris résonnèrent et il risqua un nouveau regard vers le portail. Deux hommes armés poussaient Janiqua vers une fourgonnette blanche. Elle jurait et se débattait, distribuant des coups de pieds autour d'elle. Elle avait les mains attachées dans le dos et son tee-shirt était sale et déchiré. Au dernier moment, elle tenta de s'enfuir.

L'un des hommes lui balança sans sourciller un coup de poing dans la mâchoire. Janiqua tomba à la renverse avant de heurter lourdement le sol. Ils la relevèrent et la jetèrent à l'intérieur du véhicule.

— Combien il nous en manque ? demanda l'un d'eux.

— Plus que trois, dont la cible prioritaire, répondit l'autre en consultant une feuille de papier.

— Très bien. Je commence à avoir ma dose pour cette nuit.

L'autre hocha la tête en refermant la porte coulissante de la fourgonnette.

Teo sentit que Daisy le tirait par la main.

— Il faut qu'on fiche le camp d'ici, murmura-t-elle.

— Non, répliqua-t-il à sa propre surprise. Pas question qu'on abandonne les autres.

Daisy parut sur le point d'émettre une objection, mais se ravisa.

— D'accord, céda-t-elle. Mais qu'est-ce que tu veux qu'on fasse ?

Teo se mit à réfléchir. Il y avait trop de mercenaires pour qu'ils puissent les affronter. Il leur fallait trouver un moyen de créer une diversion.

Il se baissa prestement en apercevant deux hommes dans l'allée, à quelques mètres de là, qui tenaient Taylor entre eux.

— Lâchez-moi, à la fin ! s'écria-t-elle.

— Fais pas d'histoire et grimpe dans la camionnette, grogna l'un d'eux.

— Mais puisque je vous répète que je ne suis pas censée partir avec eux ! s'indigna-t-elle. C'était le deal, bande d'abrutis ! Je vous ai dit où ils étaient et maintenant, vous êtes censés nous laisser partir, mon frère et moi.

Son frère ? s'étonna Teo en comprenant qu'elle parlait de Matt.

Et soudain, tout lui parut coïncider. Taylor et Matt étaient contre eux depuis le début.

Il repensa au moment où, un peu plus tôt dans la soirée, ils étaient réunis autour de la cheminée dans le salon des Forsythe. Ils avaient joué à un jeu consistant à deviner des célébrités et tout le monde l'avait gentiment charrié parce qu'il n'en connaissait aucune. Ils s'étaient bien marrés et Teo avait enfin eu le sentiment d'appartenir à un groupe.

Et Taylor avait détruit tout ça.

— Non, mais je rêve, s'étrangla Daisy. C'est elle qui leur a dit où on était.

— Hmm, acquiesça Teo, le visage crispé.

Il n'avait jamais compris ce que signifiait l'expression « voir rouge »… jusqu'à présent. Il avait l'impression que des vagues de sang chaud déferlaient en lui, venant brouiller sa vision. Il serra les poings et bomba le torse, faisant craquer ses côtes.

J'espère qu'ils vont lui faire passer un sale quart d'heure.

— Teo ?

Il réalisa que Daisy lui secouait le bras, le regard rivé sur l'allée. L'un des mercenaires venait de se tourner vers eux et il se mit subitement à écarquiller les yeux.

— Hé ! s'écria-t-il en les montrant du doigt. J'en vois deux autres là-bas !

— Cours ! lança Teo à Daisy en la poussant d'un côté avant de filer dans la direction opposée.

Des branches lui griffaient la peau tandis qu'il slalomait entre les arbres. Le brouillard commençait à se lever, ce qui facilitait sa fuite mais le rendait plus facilement repérable, si bien qu'il ne pouvait s'empêcher d'imaginer une petite lumière rouge pointée au milieu de son dos.

Teo percevait les bruits de ceux qui le poursuivaient et obliqua brusquement sur la gauche. Il mobilisa tous ses muscles pour accélérer encore et, pendant un instant, il reconnut le sursaut d'énergie familier qu'il ressentait lors des compétitions d'athlétisme, ce moment où l'on va puiser dans des réserves insoupçonnées. Il songea qu'il avait bien mangé et bien dormi au cours des derniers jours, ce qui lui permettait d'être dans une meilleure condition physique qu'une semaine auparavant.

Pourvu que ça suffise.

Teo prit à droite, puis de nouveau à gauche. Les craquements des brindilles et le bruissement des feuilles derrière lui semblaient s'estomper. En revanche, il n'avait plus la moindre idée de l'endroit où il se trouvait.

Bon sang, mais de quel côté est l'océan ?

Il espérait que Daisy avait réussi à gagner la plage et que peut-être d'autres avaient profité de la confusion pour s'échapper.

Une masse imposante se matérialisa tout à coup devant lui et il dut faire un écart pour l'éviter : c'était la grange de Roy ! Ce qui signifiait que le sentier menant à la falaise n'était plus qu'à quelques dizaines de mètres. Tout en continuant sa course, Teo ramassa au passage le marteau qu'il avait laissé sur un établi en fin d'après-midi. Ça ne ferait guère le poids face à un fusil d'assaut, mais c'était toujours mieux que rien.

Alors qu'il tournait à l'angle du bâtiment, il faillit percuter quelqu'un qui courait vers lui. Il pila, le souffle court.

C'était Taylor. Elle le dévisagea quelques secondes avec des yeux pleins d'effroi, puis repartit au quart de tour.

Un instant plus tard, le type qui la poursuivait surgit le long de la grange et leva son arme en voyant Teo. Celui-ci ne lui laissa pas le temps de s'en servir et lui asséna un violent coup de marteau sur la tête qui lui arracha son casque. Puis il le frappa de nouveau. L'homme poussa un grognement et s'écroula.

Teo baissa les yeux vers lui, tout pantelant.

— Bien joué, lâcha une voix dans son dos.

Il se retourna vivement. Taylor se tenait face à lui, les mains sur les hanches. Il vit le bref coup d'œil qu'elle jeta au fusil qui se trouvait par terre et plongea en même temps qu'elle pour l'attraper. Mais ce fut lui qui s'en empara le premier et il le pointa aussitôt sur elle.

— Alors quoi, tu comptes me tuer ? railla-t-elle.

— Ça se pourrait bien, rétorqua-t-il en réalisant avec stupeur qu'il le pensait.

Les doutes qu'il pouvait avoir sur ses capacités avaient été balayés et il se sentait fort et sûr de lui. Il se demanda si c'était ce qu'éprouvait Noa. Il songea qu'à sa place, elle n'hésiterait pas une seconde à presser la gâchette.

— Ben vas-y, soupira-t-elle d'un air sombre, les épaules basses. De toute façon, je suis déjà plus ou moins morte.

— Tu le mérites, répliqua-t-il. Tu nous as vendus.

— Je n'avais pas le choix. Tu n'imagines pas ce qu'ils ont menacé de faire à mon frère.

— Ouais ben bravo, tu l'as franchement bien sauvé, hein ? Je parie qu'il est déjà dans le van avec les autres.

Elle parut accuser le coup.

Teo sentit son doigt tressaillir sur la détente. Il n'avait pas de temps à perdre avec elle. Il fallait qu'il rejoigne la plage et qu'il retrouve Daisy. Les bois devaient encore grouiller de sales types lancés à leur recherche.

— Dégage, marmonna-t-il avec un petit mouvement de tête sur le côté.

Taylor plissa les yeux, craignant qu'il ne s'agisse d'un piège.

Teo s'éloigna à reculons vers le sentier menant à la côte, tout en gardant son arme braquée sur elle. Quand il parvint à l'angle de la grange, il tourna les talons et s'enfuit en courant vers l'océan, le fusil entre les mains.

CHAPITRE VINGT ET UN

Un homme gisait dans l'entrée du bâtiment. Il avait les yeux exorbités et les mains serrées autour de sa gorge.

— Une allergie, commenta Mason en haussant les épaules. Dommage pour lui.

Peter vérifia aussitôt que son masque était solidement fixé. Puis il déglutit et enjamba prudemment le corps de l'homme, avant de suivre Mason le long d'un couloir lugubre digne d'un film d'horreur. Des volutes de gaz blanches flottaient partout dans l'air et s'enroulaient autour d'eux tandis qu'ils avançaient.

Mason marchait d'un pas déterminé, comme s'il savait précisément où il allait, et Peter dut allonger sa foulée pour tenir la cadence. Le bâtiment était encore plus délabré à l'intérieur qu'à l'extérieur. Les murs étaient parcourus de fissures et des touffes de laine de verre sortaient par de gros trous dans les panneaux du plafond. Entre l'humidité, les moisissures et la poussière, cet endroit semblait le pire environnement possible pour héberger des serveurs informatiques. Charles Pike n'avait-il vraiment rien trouvé de mieux pour cacher ses données ?

Mason tourna à droite dans un autre couloir avant de monter un escalier débouchant sur une porte coupe-feu. Il entra un code à huit chiffres sur un clavier encastré dans le mur et poussa la porte des deux mains.

Peter le suivit en prenant soin de la bloquer en position ouverte au cas où il leur faudrait se replier précipitamment. Il repensa au gardien qui leur avait remis les masques, se demandant pour quel montant il avait pu accepter de trahir ceux avec qui il travaillait et si Mason le laisserait vivre assez longtemps pour qu'il puisse en profiter.

Le premier étage s'avéra être radicalement différent du rez-de-chaussée. Ils étaient maintenant dans un long couloir bordé de murs blancs, dont le sol en béton était d'une propreté irréprochable. Ici aussi, cependant, l'air était chargé de volutes de gaz qui se répandaient depuis les conduits d'aération au-dessus d'eux.

Un autre homme gisait au milieu du couloir. Il avait les yeux clos et sa poitrine se soulevait à intervalles réguliers, comme s'il était simplement endormi. Mason l'esquiva adroitement, sans même lui jeter un regard, mais Peter faillit trébucher sur lui. Il savait que c'était psychologique, mais il avait du mal à respirer et se sentait nauséeux, au point presque de douter de l'efficacité de son masque.

Au bout du couloir, ils prirent à droite, se dirigeant vers le centre du bâtiment. Mason s'arrêta devant une imposante porte blindée qui n'aurait pas détonné à l'entrée d'un coffre de banque. Il composa un nouveau code, puis ouvrit la porte en tournant un volant.

Peter le suivit à l'intérieur. La pièce était étonnamment semblable au centre de traitement de données du siège de Pike & Dolan, à ceci près qu'elle était beaucoup moins vaste. On entendait en fond le bourdonnement des serveurs et il n'y avait pas de gaz, à part le mince filet qui s'immisçait derrière eux. Il supposa que cet espace disposait d'un système de ventilation indépendant.

Mason se tourna vers lui et le dévisagea. Derrière les lunettes de son masque, son regard paraissait encore plus machiavélique.

— Je n'ai pas pris de renifleur de paquets, indiqua Peter avant de réaliser que ça n'aurait servi à rien.

Après tout, leur intrusion était tout sauf discrète. Charles Pike apprendrait forcément que quelqu'un avait accédé par effraction à la salle des serveurs.

— Pas la peine, répondit Mason d'une voix étouffée. On va emporter tous les disques durs.

Il s'avança dans l'allée et commença à les extraire un à un des serveurs. Peter le regarda faire d'un œil circonspect. Il semblait y en avoir plus de cinquante. Il se demanda combien de temps il leur restait avant que les effets du gaz ne se dissipent et que surgisse une armée de gardiens désireux d'en découdre.

Mason, qui empilait soigneusement les disques durs dans son sac à dos, tourna les yeux vers lui.

— Ça ne te dérangerait pas trop de me donner un coup de main ? bougonna-t-il. Le temps presse, je te signale.

Après un instant d'hésitation, Peter se dirigea vers le fond de la pièce. Son esprit tournait à plein régime tandis qu'il débranchait les câbles des disques durs. Mason aurait pu emmener n'importe qui avec lui, cette tâche ne nécessitait pas franchement de talents de hackeur. Comptait-il lui faire extraire les données de ces disques par la suite ? Peut-être étaient-elles cryptées et que c'était pour ça qu'il l'avait sollicité ?

Peter s'attelait à un troisième serveur quand il sentit un tapotement sur son épaule. Il se retourna brusquement et lâcha les disques durs qu'il avait prélevés. Mason se tenait debout derrière lui. D'un geste violent, il lui arracha son masque à gaz.

— Qu'est-ce que vous faites ? s'affola Peter.

— Je t'abandonne ici, répondit Mason d'un ton froid, en se baissant pour ramasser les disques durs tombés par terre. Désolé pour ce malentendu, mais tout compte fait, je ne vais pas avoir besoin de toi. Et Charles sera ravi de tenir enfin le cerveau de l'Armée de Persefone. Bien sûr, il déplorera la perte des disques durs avec lesquels tes comparses se seront enfuis, mais bon, il sait que ça fait partie des risques du business.

Peter fit un pas vers lui, la rage au ventre.

— Espèce de sale…

La pièce se mit soudain à tourner autour de lui. Il chancela en arrière et se cogna la tête contre une étagère métallique. Ses genoux se dérobèrent sous lui et il s'effondra mollement au sol.

Sa vue commençait déjà à se brouiller. Il distingua vaguement Mason en train de déconnecter les disques durs d'un geste entraîné.

Bon sang, c'était un piège depuis le début, songea Peter.

Ses paupières devenaient de plus en plus lourdes. Il n'y avait pas beaucoup de gaz dans la pièce, mais apparemment suffisamment pour le mettre K-O. Il se rappela le premier homme qu'ils avaient croisé, celui qui avait fait une « allergie ». Est-ce qu'il était en train de lui arriver la même chose ? Il sentit sa gorge se serrer et ses poumons manquer d'air, et eut l'impression qu'il allait mourir étouffé.

Non, pas question que je crève tout seul dans un endroit pareil !

Peter se concentra pour chasser le voile qui couvrait sa vision et essaya tant bien que mal de se redresser.

— Tu devrais te détendre, lui conseilla Mason, l'air amusé. Si tu luttes, ça ne fera qu'empirer les choses.

— Amanda, parvint à articuler Peter d'une voix rauque. Où est-elle ?

— Je n'ai pas la moindre idée de l'endroit où se trouve Mlle Berns en ce moment, lâcha Mason en haussant les épaules.

Il glissa le dernier disque dur dans son sac et fourra le masque de Peter par-dessus avant de s'éloigner.

— J'espère que Charles ne sera pas trop dur avec toi, lança-t-il sans se retourner. Il a terriblement mauvais caractère, tu sais. C'est vraiment injuste que tout ça te retombe sur les épaules, mais je dois avouer que ça m'arrange plutôt bien.

Amanda recula jusqu'à la double porte.

— Restez où vous êtes ! murmura-t-elle d'un air menaçant. Je n'hésiterai pas à vous faire mal.

— Allons, calme-toi, dit l'infirmière d'un ton apaisant, bien que son regard trahît l'inquiétude. Tu es juste un peu désorientée.

— Pas du tout ! rétorqua Amanda en élevant la voix. Elle se mordit la lèvre, consciente que cela risquait d'attirer l'attention. Elle pouvait s'occuper de l'infirmière, mais si les gardiens armés qui sillonnaient les couloirs débarquaient, elle n'aurait plus aucune chance.

— Je sais que vous enlevez des ados pour vos horribles expériences, reprit-elle plus doucement.

— Quoi ? s'exclama l'infirmière en fronçant les sourcils, comme si elle ne voyait pas de quoi Amanda parlait – ce qui la mit d'autant plus hors d'elle. Tu as dû faire un cauchemar, ma belle. Ça arrive, tu sais.

— Et les ados qui sont attachés dans la pièce derrière moi, je les ai rêvés ?

— Voyons, Amanda, nous t'avons déjà expliqué tout ça, répondit l'infirmière en secouant lentement la tête. Ils sont malades, eux aussi. Et on vous a réunis ici, parce que c'est le meilleur moyen pour bien s'occuper de vous.

— Tu m'étonnes…

L'infirmière soupira. Elle avança d'un pas, faisant crisser ses sabots sur le sol, et lui tendit la main.

— Écoute, ma chérie…

Amanda s'écarta pour esquiver son geste et se mit à courir avant que l'infirmière ait le temps de réagir.

— Sécurité ! s'écria celle-ci.

Amanda avait les yeux rivés sur l'issue de secours, au bout du couloir. Désormais, il n'était plus question de sauver personne sinon elle-même. Mais elle se jura que si elle y arrivait, elle enverrait des renforts et ferait en sorte que l'affaire éclate au grand jour.

Je montrerai à Peter et Noa de quoi je suis capable, songea-t-elle en serrant les dents.

Mais d'abord, il fallait qu'elle s'échappe.

Sans ralentir, elle poussa la porte et se retrouva dans une cage d'escalier. Le chiffre cinq était peint en rouge sur le mur en béton.

Amanda se mit à dévaler les marches à toute vitesse. Elle se sentait flageolante et faillit trébucher plusieurs fois. Elle était terrifiée à l'idée que ses jambes la lâchent et qu'elle dégringole jusqu'en bas.

Mais l'adrénaline la faisait tenir. Elle atteignit en trombe le troisième étage, puis le deuxième. Enfin, l'escalier déboucha sur une porte munie d'une mention salvatrice : « SORTIE ».

Amanda la poussa avant de se figer sur place. Elle était dans un hall grouillant de monde. La plupart des gens portaient des blouses roses ou blanches. Un médecin et une infirmière qui s'entretenaient à voix basse passèrent devant elle sans la voir, tandis qu'un infirmier d'une trentaine d'années qui poussait un fauteuil roulant lui jeta un regard curieux.

Mais ce n'était pas ça qui l'avait ébranlée, c'était la vision du patient qui se trouvait dans ce fauteuil. Il avait les jambes recouvertes d'un drap et il était presque courbé en deux. Mais surtout il était vieux. Vraiment très vieux.

Amanda tourna lentement la tête. Le mur derrière elle était couvert de panonceaux translucides sur chacun desquels était gravé un nom différent. Et au-dessus, un écriteau indiquait : « Généreux donateurs de la Ville de Boston ».

Elle savait parfaitement où elle était. Elle était déjà venue une fois ici, quand sa grand-tante s'était fracturé la hanche.

C'était l'hôpital de Boston.

— Ah, te voilà !

Amanda se retourna. L'infirmière au chignon gris se tenait au bas de l'escalier, une main plaquée sur la poitrine.

— Bon sang, tu m'as fait tellement courir que je suis à deux doigts de l'infarctus ! s'exclama-t-elle, hors d'haleine.

— Désolée, marmonna Amanda.

— Bon, tu vas te tenir tranquille, maintenant, hein ?

— Où suis-je ?

— Je te l'ai déjà dit, ma belle. Tu es à l'hôpital.

— Et là-haut, c'est une unité PEMA, murmura Amanda, enfin lucide.

— Oui, en effet, soupira l'infirmière d'un air contrit avant de lui tendre le bras. Bon, tu veux bien m'accompagner à l'ascenseur ou il va falloir que je demande de l'aide ?

— Non, non, c'est bon, répondit faiblement Amanda en l'agrippant.

— C'est bien. Et puis, tu devrais être contente : tes parents ont dit qu'ils reviendraient ce soir et qu'ils…

Amanda cessa de l'écouter et fixa son attention sur les chiffres qui défilaient au-dessus de l'ascenseur. Cinq, quatre, trois, deux… C'était comme un compte à rebours qui résonnait dans son esprit.

J'ai la PEMA.

En son for intérieur, elle le savait, mais elle s'était allègrement refusée à admettre tout ce qui lui arrivait : ses absences, sa perte d'appétit, ses difficultés à dormir et la torpeur dans laquelle son esprit paraissait plongé, lui donnant l'impression que son cerveau ressemblait à un marshmallow oublié au soleil.

— J'en suis à quel stade ? demanda-t-elle en entrant dans l'ascenseur.

— Au deuxième, indiqua l'infirmière après un instant d'hésitation. Tu ne te rappelles pas ? Le docteur en a discuté avec toi ce matin.

Amanda fouilla vainement dans ses souvenirs.

— Non, ça ne me dit rien, admit-elle. Je ne savais même pas que mes parents étaient venus me voir.

— Ça peut arriver, ma belle. C'est tout à fait normal, ne t'en fais pas.

Les portes de l'ascenseur se rouvrirent et l'infirmière guida Amanda à l'extérieur. Elles passèrent devant l'accueil de l'étage, puis tournèrent à droite et rejoignirent le couloir jaune au bout duquel se trouvait la double porte métallique.

Amanda était complètement sonnée. Il lui semblait bien que lorsqu'on avait atteint le deuxième stade de la maladie, on avait moins d'un an à vivre. Elle essaya d'assimiler cette idée sans pouvoir y parvenir. C'était trop absurde.

— Je peux te donner quelque chose pour t'aider à dormir, si tu veux, proposa l'infirmière.

— Oui, d'accord, acquiesça Amanda.

Elle songea que ça lui ferait du bien de se reposer. Et puis, peut-être qu'en se réveillant, elle découvrirait que tout ceci n'était qu'un horrible cauchemar.

Elle repensa à la mine tracassée de Peter, l'autre jour, au diner, et à l'inquiétude de Diem, sa colocataire – tous ces regards en coin pleins d'anxiété qu'elle avait délibérément ignorés. Et pourtant, ils avaient raison. Elle avait bien quelque chose qui clochait, elle n'avait simplement pas voulu le reconnaître.

Amanda se laissa reconduire jusqu'à son lit et grimaça à peine quand l'infirmière lui posa une nouvelle perfusion. Dès que le rideau fut refermé, elle se pelotonna en boule sur le côté. Mouse se demandait sans doute où elle était passée. Et Mme Latimar attendait sûrement toujours qu'elle l'aide à mettre au point un plan pour Mason. Et ses parents… Les pauvres devaient essayer de se faire à l'idée que leur seul enfant encore en vie venait d'écoper d'une condamnation à mort.

Des larmes se mirent à couler sur ses joues tandis qu'elle sombrait dans un profond sommeil.

CHAPITRE VINGT-DEUX

Avant que Noa puisse faire quoi que ce soit, le mercenaire qui se battait avec Roy la poussa violemment. Roy heurta le pied d'un arbre et, tandis qu'il se relevait en chancelant, l'homme fonça sur lui, tête baissée, avec un grognement furieux. Il lui rentra en plein dans le ventre et l'écrasa contre le tronc. Roy gémit de douleur et tenta de le repousser, mais il ne faisait pas le poids face à un type surentraîné.

— Arrêtez ! s'écria Noa en se rendant compte qu'elle avait toujours un pistolet à la main et que le mercenaire avait perdu son fusil dans la bagarre.

Mais l'homme l'ignora et leva son poing d'un air déterminé. La tête de Roy bascula violemment en arrière avec un craquement sinistre et du sang jaillit de son nez.

Pour Noa, ce fut comme un déclic. Elle s'élança en avant et appliqua le canon de son arme sur la tempe du mercenaire, qui se figea aussitôt.

— Écarte-toi de lui immédiatement, lâcha-t-elle d'un ton menaçant.

L'homme se contracta, se préparant sans doute à contre-attaquer. Noa recula pour mettre un peu de distance entre eux et le vit baisser les épaules.

— Lève lentement les mains si tu tiens à la vie, reprit-elle.

— T'auras pas les tripes de tirer, gamine, rétorqua-t-il d'un air mauvais.

Noa s'abstint de lui répondre, mais il avait tort. Malgré la rage qu'elle ressentait, elle tenait bien solidement son arme et, à ce moment précis, elle avait une envie presque irrépressible de presser la détente.

— Qu'est-il arrivé à Zeke ? demanda Roy d'une voix faible.

— On lui a tiré dessus, dit Noa sans quitter l'homme des yeux. Il est dans un sale état.

Roy marmonna un juron et se dirigea vers l'endroit où gisait Zeke, avant de s'agenouiller pour examiner ses blessures.

— Bon, la balle n'a fait que traverser, indiqua-t-il. C'est déjà ça.

— Il va s'en sortir ?

— Peut-être, si on le soigne rapidement. Mais on ne peut pas rester ici, Noa.

— Et où est-ce qu'on peut aller ? rétorqua-t-elle, réalisant soudain combien leur situation était désespérée.

Zeke était blessé, les autres avaient disparu et, d'après les bruits qu'elle percevait, ils étaient cernés d'ennemis.

Roy s'approcha d'elle.

— J'ai planqué des canoës à l'extrémité sud de la plage, lui confia-t-il en murmurant, pour qu'elle soit la seule à l'entendre. Ils sont à moitié enfouis dans le sable et recouverts de bois flotté. De là, Steamer Lane n'est pas très loin. Tu te souviens de cette plage ? On vous y avait emmenés la fois où vous vouliez aller voir les surfeurs.

— Oui, je me rappelle, acquiesça-t-elle.

Ça avait été une très belle journée. En vérité, ni Zeke ni elle n'avait demandé à aller voir les surfeurs, c'était Roy qui avait insisté pour les leur montrer. Ensuite, Monica et lui les avaient quasiment traînés de force au parc d'attractions bordant la plage de Santa Cruz. Noa avait râlé, arguant que c'était du temps perdu pour organiser un nouveau raid. Mais à présent, en se revoyant les bras en l'air, hurlant à tue-tête sur les montagnes russes qui grinçaient, elle avait les larmes aux yeux.

— Il y a un vieux pick-up garé sur le parking, là-bas, reprit Roy. Un Ford F-150. Les clés sont cachées au-dessus d'une des roues. Le propriétaire du parking est au courant, c'est un ami à moi.

— Pourquoi vous me dites tout ça ? demanda Noa, tenant toujours fermement en joue le mercenaire qui les observait attentivement.

— J'en avais déjà parlé à Zeke, tu sais. Je me suis toujours dit que si les choses devaient mal tourner, lui et toi, vous… Enfin bref, il faut que tu y ailles, Noa, et tout de suite. D'autres types ne vont pas tarder à arriver.

— Mais Zeke…

— Je m'occupe de lui, insista Roy. Je ne les laisserai pas lui faire de mal, fais-moi confiance.

— Et Monica ? Et les autres ?

— Monica n'a pas réussi à sortir de la maison, murmura Roy d'une voix étranglée. Et si je croise n'importe quel membre de votre groupe, je te l'envoie.

Il alla ramasser le fusil que le mercenaire avait fait tomber et le braqua sur lui, avant de donner une petite tape sur l'épaule de Noa.

— Et maintenant, file !

Noa hésita un instant, puis elle tourna les talons et se mit à courir. Elle avait à peine fait quelques mètres quand elle entendit une détonation derrière elle. Elle pila net et se retourna juste à temps pour voir Roy s'effondrer au sol.

Derrière lui, tenant Daisy par les cheveux d'une main et un fusil dans l'autre, se trouvait Cole.

— Alors, ma beauté, je t'ai manqué ? lui lança-t-il en pointant son arme sur elle avant de s'adresser à son collègue. Va rejoindre les autres, je m'en occupe.

L'homme hocha la tête et s'éloigna d'un pas rapide.

Noa recula d'un pas. Elle faisait encore des cauchemars de Cole. C'était lui qui dirigeait l'équipe de mercenaires implacables qui l'avaient poursuivie sans relâche lorsqu'elle était à Boston. Il avait failli la capturer à nouveau dans le laboratoire secret du Rhode Island, mais Peter l'avait sauvée, ce qui lui avait valu d'être quasiment battu à mort. Heureusement, au dernier moment, le FBI avait fait irruption sur les lieux. Noa s'était échappée en bateau avec Zeke, et Peter avait pu s'en sortir.

Elle avait espéré que, par la suite, Cole avait été mis derrière les barreaux. Était-ce vraiment trop demander au FBI que d'arrêter un type qui venait de tuer l'un de ses propres sbires et qu'on retrouvait au milieu de glacières remplies d'ados découpés en morceaux ?

Apparemment oui, puisqu'il était là, en train de la narguer. Il n'avait pas changé : des cheveux blonds coupés très court et une vilaine balafre le long de la joue droite. Et il venait de tirer sur Roy, si bien que désormais, deux des personnes qui comptaient le plus pour elle étaient à terre, en train de se vider de leur sang. Noa avait toujours son pistolet. Elle l'avait glissé dans la ceinture de son jean pour pouvoir courir. Mais elle avait comme l'impression qu'avec Cole, le coup du suicide ne prendrait pas aussi bien.

Cole tira sur les cheveux de Daisy, la faisant hurler. Elle avait les yeux écarquillés de terreur. Noa sentit son cœur se serrer. Est-ce que personne n'avait réussi à s'échapper ?

— Viens donc par ici, l'appela Cole avec un rictus hautain.

Elle avala sa salive et fit timidement un pas en avant. Elle entendit des cris au loin, soudain couverts par un fracas assourdissant : une partie de la maison en feu venait de s'écrouler. Elle sursauta, mais Cole ne bougea pas d'un millimètre.

Le vent avait tourné et chassait désormais les cendres et la fumée vers l'océan. Zeke était toujours inconscient, mais il respirait encore. Quant à Roy, il était allongé sur le côté et fixait Noa avec une grimace de douleur. Il y avait un trou rouge dans son tee-shirt des Grateful Dead, exactement au centre du crâne qui y était dessiné.

— Ne t'inquiète pas, Daisy, ça va aller, lâcha-t-elle d'un ton qui se voulait rassurant.

— Mais ouais, elle a raison, ta copine : tout va bien se passer, renchérit Cole en ricanant. On va juste te découper en morceaux !

Il tira Daisy plus près, jusqu'à ce qu'elle soit collée contre lui, et laissa errer son regard sur sa poitrine, tandis qu'elle sanglotait.

— Laissez-la tranquille ! s'emporta Noa.

— Ou sinon quoi ? la défia Cole.

Tout en gardant les yeux rivés sur elle, il fit glisser sa main le long du corps de Daisy, qui se mit à pousser des gémissements désespérés. Noa serra les poings. Pour la première fois, elle regretta de ne pas être plus à l'aise avec les armes à feu. Mais elle ne pouvait pas prendre le risque de sortir son pistolet et de tirer tant qu'il tenait Daisy.

Du coin de l'œil, elle vit Roy, en appui sur les coudes, tendre le bras pour tenter de récupérer le fusil tombé non loin de lui. Mais Cole l'avait remarqué aussi.

— Désolé, mon vieux, tu risques de blesser quelqu'un avec ça, railla-t-il en écartant l'arme du bout du pied.

La main de Roy retomba et il soupira, découragé. En le voyant si mal en point, Noa eut envie de hurler.

Cole le dévisagea en plissant les yeux avant d'éclater de rire.

— Oh, ben ça par exemple, si c'est pas ce bon vieux Ray Forbes ! J'en reviens pas ! Alors c'est chez toi, ici ?

— Il ne s'appelle pas Ray, mais Roy, ne put s'empêcher de rectifier Noa.

— Oh, non, c'est bien Ray, sûr et certain, répliqua Cole. Bon sang, ça fait un bail, mon gars !

— Vous mentez, marmonna Noa, bien que le doute commençât à germer dans son esprit.

— Pas du tout. Et d'où tu crois que vient la PEMA ? C'est ce cher Ray et sa femme qui l'ont inventée. Et ils se sont fait un paquet d'oseille au passage, pas vrai ?

Noa tourna le regard vers Roy, espérant le voir nier, mais il pleurait, l'air dévasté.

— Désolé, articula-t-il silencieusement.

— Faut reconnaître qu'ils ont été malins, tous les deux, poursuivit Cole d'un ton admiratif. Ils ont encaissé le fric quand les finances étaient au plus haut et ils sont partis avant que les choses se gâtent. Je vois qu'ils ont trouvé un joli petit coin pour profiter de leur retraite.

— N'importe quoi, protesta Noa sans conviction. Roy et Monica n'auraient jamais fait une chose pareille.

— Ah, tu crois ça ? rétorqua Cole en souriant. Dis-moi une chose, ma belle. Pendant qu'ils prétendaient t'aider, ils t'ont fait des examens, des prises de sang, des trucs comme ça ?

Noa ne répondit rien, mais l'expression de son visage parlait pour elle et Cole s'esclaffa de plus belle.

— Je le savais ! Et je parie qu'ils ont promis de te guérir. Sauf que leur seule préoccupation dans tout ça, c'était de mettre au point un vaccin et de se dispenser d'intermédiaire pour se garder tous les bénéfices. C'est des malins, j'te dis !

— C'est... faux, balbutia Roy.

— Tu continues de mentir à cette pauvre fille ? lança Cole en lui donnant un petit coup de pied. Là, t'es vraiment cruel. Même moi, je n'oserais pas.

Roy ouvrit la bouche, mais il semblait de plus en plus faible, comme si chaque mot lui coûtait.

— Noa... Ne crois... pas...

— Assez discuté, le coupa Cole. Mais c'était sympa de te revoir, Ray. Ah, et au fait, cette fois, ton contrat est définitivement résilié.

Il y eut une nouvelle détonation et le corps de Roy s'affala mollement. Daisy se mit à crier sans pouvoir s'arrêter et Noa se figea, incapable de détourner le regard. Elle se sentait traversée par un torrent d'émotions. Roy – *Ray*, se corrigea-t-elle – était plus qu'un ami pour elle, il était devenu une sorte de figure paternelle et il venait d'être exécuté sous ses yeux. Mais les accusations que Cole venait de porter contre lui l'avaient complètement chamboulée. Se pouvait-il que Roy et Monica se soient servis d'elle depuis le début ?

Et Zeke dans tout ça ? Il était toujours étendu par terre et n'avait pas réagi au coup de feu. Noa n'arrivait même pas à voir s'il respirait encore. Peut-être était-il mort lui aussi.

Il ne restait plus que Daisy.

— Bon, allez, maintenant on s'active, lâcha Cole en braquant de nouveau son fusil sur Noa. Tu vas passer devant nous et tu vas faire exactement ce que je te dis. Et si tu tentes quoi que ce soit, je colle une balle dans la tête de ta copine, et toi, je te tire dans le pied et tu finiras le trajet en clopinant. Ils m'ont dit de te ramener vivante, mais ils n'ont pas précisé « indemne ».

Il fit signe à Noa d'avancer en direction de l'allée et elle se mit à marcher docilement, les bras le long du corps. Elle sentait des picotements dans ses mains. Tout ce qu'il lui fallait, c'était une diversion pour avoir une chance de sortir son pistolet et que Daisy ne se trouve pas dans l'axe au moment où elle tirerait. Tous ses scrupules à l'égard des armes à feu lui paraissaient ridicules, désormais. Elle était possédée par une rage meurtrière. Elle n'avait qu'une idée en tête : effacer le petit sourire suffisant de Cole et évacuer sa frustration en vidant le chargeur sur lui pour le réduire en miettes.

Juste une chance, se répéta-t-elle en restant sur le qui-vive.

Elle ne se souciait plus désormais de ce qui pouvait lui arriver. Tant qu'elle parvenait à tuer Cole, plus rien d'autre n'avait d'importance.

— Reste bien tranquille, lança-t-il dans son dos, comme s'il lisait dans ses pensées.

Ils venaient de pénétrer dans les bois. Entre la brume et les ombres, Cole n'avait pas remarqué le pistolet que Noa avait glissé sous son tee-shirt. Elle se demanda combien de temps il lui faudrait pour s'en saisir et le pointer sur lui. Il lui semblait que le plus sûr était de lui tirer dans la poitrine, car c'était la zone la plus grande. Mais Cole portait sans doute un gilet pare-balles, et elle aurait peut-être plutôt intérêt à viser la tête.

Elle fut tirée de ses pensées en l'entendant crier des jurons. Elle se retourna et vit que Daisy avait réussi à s'échapper et courait vers la maison en feu. Malheureusement, cela faisait d'elle une cible facile car sa silhouette se découpait clairement sur le fond rouge des flammes. Cole leva son arme et la cala entre ses deux mains.

— Non ! glapit Noa.

Mais il était trop tard. Une détonation fendit l'air.

— Daisy ! s'écria Noa, qui essayait tant bien que mal d'attraper le pistolet coincé dans sa ceinture.

Mais Daisy courait toujours et Cole venait de basculer en arrière, comme s'il avait reçu un violent coup de poing dans le ventre. Il atterrit lourdement sur le dos.

Teo émergea d'entre les arbres, un fusil d'assaut à la main, et s'élança pour rattraper Daisy.

— Attention, il a un gilet pare-balles ! hurla Noa, épouvantée.

Elle vit Cole ramasser son arme en se relevant. Il était bon tireur, et Teo et Daisy n'étaient pas loin. Il allait les tuer, c'était évident. Et elle ne pouvait pas laisser d'autres membres de son groupe mourir cette nuit.

Sans réfléchir, Noa leva son pistolet, le serra des deux mains et tira.

Cole s'effondra à nouveau, mais en avant cette fois.

Elle s'avança prudemment jusqu'à lui. Il ne bougeait pas. Prenant son courage à deux mains, elle le fit rouler sur le dos. Il avait les yeux figés, vides d'expression. Il était mort.

Pendant un instant, il n'y eut plus le moindre bruit. Horrifiée, Noa tremblait comme une feuille et faillit faire tomber son arme.

Un cri sur sa gauche la sortit de sa torpeur. Quelqu'un d'autre venait dans sa direction.

Elle aperçut Teo et Daisy. Ils s'étaient arrêtés à la lisière des bois, près de la maison – ou ce qu'il en restait –, et lui faisaient de grands signes affolés.

Elle prit une profonde inspiration pour tenter de retrouver son sang-froid. Elle était la seule à savoir comment s'enfuir. Il fallait qu'elle mette Teo et Daisy à l'abri. Elle se mit à courir vers eux aussi vite que ses jambes le lui permettaient.

Peter parvint à se relever en s'appuyant sur un rack métallique. Tous ses membres lui semblaient ramollis, presque inertes, comme s'il s'était soudain transformé en épouvantail. Mason avait presque atteint la porte blindée par laquelle des volutes de gaz continuaient de s'infiltrer dans la pièce.

Peter mobilisa toute son attention pour essayer de mettre un pied devant l'autre. Sa vision s'était réduite à quelques points vacillants et, à chaque mouvement, il sentait de la bile lui monter dans la gorge. Plus il se rapprochait de la porte et plus son malaise empirait. Il repensa à ce que Mason venait de dire – qu'il ignorait où se trouvait Amanda. Il mentait, c'était évident.

À cette idée, Peter sentit un élan de rage qui lui donna la force de continuer. Il sortit de la salle des serveurs et distingua vaguement Mason au moment où il disparaissait à l'angle du couloir. Le gaz paraissait s'être dissipé, mais Peter se sentait de plus en plus nauséeux et désorienté. C'était très difficile de se concentrer, et plus encore de bouger. Il serra les dents et avança en titubant, heurtant plusieurs fois les murs latéraux. Quand il atteignit enfin l'angle, il avait l'impression d'avoir couru un marathon. Il était à deux doigts de s'écrouler, mais la vision de Mason qui se dirigeait vers la sortie lui donna un sursaut d'énergie.

Peter reprit sa progression d'un pas chancelant. Dans sa tête, une petite voix lui murmurait de renoncer et de s'allonger par terre, et il devait lutter pour ne pas complètement fermer les yeux. Par la fente entre ses paupières, il discerna Mason qui atteignait la porte coupe-feu, son lourd sac à dos sur l'épaule.

Peter ne sut jamais comment il avait trouvé la force de parcourir les derniers mètres. Il buta sur le corps du type inconscient et faillit s'étaler de tout son long. On aurait dit que ses pieds s'emmêlaient à chaque pas. C'était davantage une longue chute au ralenti qu'autre chose. Mais d'une manière ou d'une autre, il parvint au bout du couloir.

Mason ne l'avait pas remarqué. Sans doute le masque à gaz réduisait-il trop sa vision et son audition pour qu'il s'aperçoive que Peter se traînait pitoyablement dans son dos. Aussi, quand il plongea sur lui par-derrière, Mason écarquilla les yeux de surprise. Il fit des moulinets avec les bras, tentant vainement de ne pas perdre l'équilibre, mais ils tombèrent tous les deux à la renverse et dégringolèrent jusqu'au bas des escaliers.

Mason heurta lourdement le sol en béton et Peter atterrit sur lui, sans ressentir quasiment aucune douleur, tant le gaz avait engourdi ses terminaisons nerveuses. Il rassembla ses dernières forces et arracha le masque de Mason.

Celui-ci se débattit pour se débarrasser de Peter et se releva d'un bond, avant de brandir son poing vers lui. Peter gisait sur le sol, haletant. Le niveau d'adrénaline dans son corps était en train de retomber, de même que sa volonté de se battre. Il se recroquevilla, en prévision du coup qu'il allait recevoir.

Mais il ne vint jamais.

Mason devint soudain complètement raide et ses

pupilles se dilatèrent tandis que sa bouche s'ouvrait en un cri silencieux. Puis il s'effondra à côté de Peter.

Derrière lui se tenait un jeune garçon, le visage couvert d'un foulard et un taser entre les mains.

— Content de te revoir, Vallas, lança-t-il.

Peter esquissa un léger hochement de tête. Ça faisait longtemps que personne ne l'avait appelé par son pseudonyme.

— Pareil, articula-t-il.

Il sentit sa conscience sombrer et l'image de Luke vacilla devant ses yeux comme une sorte de mirage.

— T'en a mis du temps, ajouta-t-il avant de perdre connaissance.

CHAPITRE VINGT-TROIS

Noa courut à travers les arbres vers la maison dévastée par les flammes. L'incendie ne paraissait pas faiblir, mais au moins il ne se propageait pas à la forêt environnante tant l'air était chargé d'humidité.

Lorsqu'elle rejoignit Teo, il était accroupi près de Zeke. Il leva les yeux vers elle avec un calme étonnant. Il avait l'air d'avoir pris dix ans en l'espace d'une heure. Daisy se tenait en retrait, le visage enfoui dans ses mains.

— Roy est mort, indiqua-t-il sans détour. Mais Zeke respire encore. On devrait pouvoir le porter.

Noa sentit un espoir fou l'envahir. Il restait donc une chance de le sauver. Elle se baissa et glissa un bras sous l'épaule de Zeke, pendant que Teo faisait de même de l'autre côté.

— Il faut faire vite, lâcha-t-elle, tandis qu'ils redressaient Zeke. Tu sais où est la plage ?

— Oui, acquiesça Teo. Daisy m'y a déjà emmené.

— Très bien. Il y a des canoës cachés à la pointe sud. Ça va nous permettre d'aller jusqu'à Steamer Lane. Un pick-up nous attend sur le parking de la côte et…

Noa s'interrompit, soudain hésitante. Elle n'était plus certaine de pouvoir se fier au plan de secours que lui avait indiqué Roy. Et s'il n'y avait ni pick-up, ni canoës ?

Eh ben, on improvisera, décida-t-elle.

De toute façon, ils n'avaient pas le choix. La plage était leur dernière chance.

— Allez, en route ! lança-t-elle.

Ils parvinrent sans encombre jusqu'en haut des marches qui menaient au rivage. Noa devina au loin des sirènes qui résonnaient. Quelqu'un avait dû finir par alerter les pompiers. Ils arriveraient trop tard pour sauver la maison, mais au moins ils feraient fuir leurs poursuivants. Les hommes de main du Projet Perséphone avaient tendance à s'envoler dès que les autorités pointaient leur nez.

Ils déposèrent Zeke sur le sol puis jetèrent un regard anxieux vers l'escalier en bois particulièrement raide.

— Je ne vois personne en bas, indiqua Noa.

— Moi non plus, dit Teo. Ni lumière, ni rien.

— Vous croyez vraiment qu'on va réussir à le porter ? s'inquiéta Daisy.

Noa se posait la même question. Teo et Daisy seraient-ils capables de transporter Zeke au bas d'une centaine de marches ? Elle aurait bien voulu les aider, mais l'un d'eux devait assurer leurs arrières et elle ne voulait pas les mettre en situation de devoir tuer quelqu'un – même si c'était un des fumiers lancés à leurs trousses.

— Mais oui, ça va aller, intervint Teo en voyant son air perplexe.

Avec l'aide de Daisy, ils relevèrent Zeke et le calèrent entre eux. Tandis qu'ils descendaient prudemment les marches, Noa resta en haut, courbée en deux, le regard rivé sur l'horizon. À plusieurs reprises, elle crut voir des ombres bouger et, chaque fois, son cœur se serra. Mais personne ne vint dans leur direction.

Quand Teo et Daisy furent presque en bas, elle s'engagea à son tour dans l'escalier. Il était difficile de distinguer les marches dans la pénombre, sans compter que des voiles de brume enveloppaient la falaise comme un épais rideau gris, ce qui réduisait d'autant plus la visibilité. Au bout de ce qui lui parut une éternité, elle finit par poser un pied sur la plage.

Teo et Daisy avaient étendu Zeke sur le sable et l'observaient, l'air préoccupés.

— Allez chercher les canoës et mettez-les à l'eau, ordonna Noa en s'agenouillant près de lui. Je vais essayer de stopper l'hémorragie.

Daisy s'élança vers l'autre bout de la plage. Teo la suivit, avant de s'arrêter au bout de quelques mètres.

— Ce n'est pas ta faute, lança-t-il à Noa.

— Quoi ? fit-elle, surprise.

— Je trouve que tu as été parfaite sur toute la ligne, expliqua-t-il. Je tenais à te le dire, tu sais, au cas où.

Puis il se retourna et se remit à courir pour rattraper Daisy.

Noa enleva son foulard et l'enroula délicatement autour de la taille de Zeke pour lui fabriquer un bandage de fortune. Ses vêtements étaient trempés de sang, son tee-shirt comme son pantalon, et son visage était si pâle qu'il semblait presque luire dans la nuit. Elle posa la main sur son front : il était encore chaud, ce qui était rassurant.

— Où est-ce qu'ils sont passés ? lâcha soudain une voix, depuis le haut de la falaise.

— J'en sais rien, dit une autre. En tout cas, je les ai pas vus autour de la maison.

— Bon, pars de ce côté et continue à chercher. Faut qu'on décolle dans cinq minutes. On ne pourra pas retenir les pompiers éternellement.

Zeke cligna des yeux.

— Noa ? bredouilla-t-il d'une voix endormie.

— Chut ! fit-elle.

Le point lumineux d'un laser rouge dansait sur le sable, comme une luciole capricieuse. Noa tira doucement Zeke vers le bas des marches, où une saillie rocheuse les mettait hors de vue, et l'installa entre ses bras, comme un enfant.

— On va s'en sortir, murmura-t-elle.

Zeke essaya de se redresser, mais il grimaça de douleur avant de retomber.

— Du calme, dit Noa en lui tapotant le bras pour le réconforter. Là, ne bouge pas.

L'air était chargé de l'odeur âcre du sang de Zeke. Elle se mit à réfléchir. Il leur faudrait parcourir un peu moins de deux kilomètres en canoë avant de pouvoir rejoindre le parking de Steamer Lane. Une fois en route, ils pourraient s'arrêter dans une pharmacie pour acheter du matériel de premiers secours, à moins que Roy n'ait eu la bonne idée de laisser une trousse d'urgence dans le pick-up…

— J'ai mal, balbutia Zeke en serrant les dents. J'ai tellement mal…

Noa se sentit déstabilisée par sa voix où se mêlaient la peur et la douleur. Elle lui caressa doucement les cheveux en s'efforçant de ne rien en laisser paraître.

— Tout va s'arranger, je te le promets, chuchota-t-elle. On va se tirer d'ici vite fait avec les canoës de Roy.

Le simple fait de prononcer le nom de Roy lui retournait l'estomac. Zeke n'imaginait pas à quel point lui et Monica les avaient trahis. Mais dans l'état où il était, elle n'avait pas le cœur de le lui dire.

— Et le groupe ? demanda-t-il.

— Teo et Daisy sont allés chercher les canoës, répondit-elle avant de marquer une pause. Je ne sais pas trop pour les autres.

Zeke saisit sa main et la serra.

— Il faut que tu t'en ailles, marmonna-t-il.

— On va s'en aller tous les deux, le corrigea-t-elle. Je ne pars pas sans toi.

Elle entendit de nouveaux cris au-dessus d'eux. Les hommes de main risquaient de trouver les marches d'un instant à l'autre. Ils devaient prendre la fuite immédiatement.

Elle se mordit la lèvre. C'était impossible. Elle distinguait à peine les silhouettes de Teo et Daisy, qui creusaient le sable à toute vitesse, à l'autre bout de la plage.

— Noa, articula Zeke avec difficulté. Vas-y.

— Non, s'entêta-t-elle. Pas sans toi.

— Il le faut, répliqua-t-il d'une voix plus ferme. Je veux être certain que tu vas t'en sortir.

— On part tous ensemble, protesta-t-elle en retenant ses larmes.

Elle réalisa qu'elle le serrait fort contre elle et elle se força à relâcher son étreinte.

— S'il te plaît, reprit-il d'une voix douce. De toute façon, je vais y rester.

Noa secoua la tête, refusant d'admettre ce qu'il disait.

— Tu as toujours le pistolet ?

Elle opina, incapable de parler.

— Alors donne-le-moi. Je ferai en sorte qu'ils ne vous suivent pas.

Noa sentait le sang chaud de Zeke couler sur ses jambes. Elle tenta désespérément de trouver une autre solution, mais en vain. Il avait raison. Il ne tiendrait pas jusqu'à Steamer Lane, pas après avoir perdu autant de sang. Et le sifflement dans sa poitrine s'accentuait à chacune de ses respirations.

D'une main tremblante, elle lui remit le pistolet. Il le saisit en soupirant.

— Et dire que tu ne te souviens pas de moi au Foyer…

Noa mit quelques secondes à comprendre de quoi il parlait. Lorsqu'ils s'étaient rencontrés, quatre mois plus tôt, Zeke lui avait confié qu'ils s'étaient déjà croisés à Boston, plusieurs années auparavant, dans le centre de transit des enfants placés en famille d'accueil.

— Moi, je me souviens très bien de toi, poursuivit-il. Le jour de ton arrivée, tu portais un jean et un tee-shirt noirs et tu avais les cheveux un peu plus longs qu'aujourd'hui. Je crois bien que j'en ai eu le souffle coupé. Tu étais la plus belle fille que j'avais jamais vue de ma vie. Je t'ai regardée prendre un verre de lait et aller t'asseoir toute seule à une table. J'avais une envie folle de venir m'installer à côté de toi, mais j'étais tétanisé par la peur.

Noa sentit une boule se former au fond de sa gorge.

— Pourquoi tu me racontes tout ça ? demanda-t-elle d'une voix étranglée.

— J'aurais dû te le dire il y a bien longtemps. Je suis tombé amoureux de toi dès l'instant où je t'ai vue. C'était comme si tu étais une partie de moi que j'avais perdue sans avoir jamais su que je l'avais, jusqu'à ce moment précis. Mais j'étais trop froussard, je me suis dit que je te reverrais. Hélas, le lendemain, tu avais déjà quitté le Foyer, sans doute pour une nouvelle famille d'accueil. Et je m'en suis voulu à mort de t'avoir laissée partir sans même connaître ton nom.

— Mais tu m'as retrouvée, lui rappela Noa. Tu ne m'as jamais dit comment.

— Je n'ai jamais cessé de te chercher, répondit-il avant de fermer les yeux. Je suis désolé pour ce qu'ils t'ont fait. Si seulement j'étais arrivé avant…

— Noa ! l'appela une voix qui chuchotait.

Elle leva les yeux et aperçut deux silhouettes au bord de l'eau, chacune tirant un canoë.

— Vas-y, lâcha Zeke. Ils ont besoin de toi.

— Mais ils vont te reprendre, gémit-elle.

Zeke secoua doucement la tête, puis grimaça, comme si ce simple mouvement lui coûtait.

— T'inquiète, je ne leur en laisserai pas l'occasion, répliqua-t-il.

Noa comprit ce qu'il voulait dire et des larmes se mirent à rouler sur ses joues.

— Hé, ça va aller, insista-t-il.

— Non… justement, balbutia-t-elle. Je ne pourrai rien faire sans toi.

— Mais si.

Zeke glissa une main dans ses cheveux et attira son visage vers lui en murmurant son nom. Cette fois, Noa s'abandonna complètement à leur baiser. Ses lèvres étaient sèches, mais douces. Quand elle s'écarta, il avait les yeux brillants.

— Bon sang, ça donne pas envie de mourir, plaisanta-t-il.

Noa pleurait trop pour pouvoir répondre.

— Je t'aime, dit Zeke en lui caressant la joue du revers de la main. Maintenant, file.

Noa se leva en chancelant et parvint tant bien que mal à rejoindre les canoës, malgré les larmes qui lui brouillaient la vue. Elle eut vaguement conscience que Teo lui collait une pagaie entre les mains, puis qu'ils manquèrent de chavirer tandis qu'il manœuvrait pour franchir les brisants.

Les dix minutes qui suivirent furent pour elle un mélange confus de vagues cinglantes et des bruits d'une fusillade, au loin. Il y eut quatre détonations successives, auxquelles répondit un feu bien plus nourri.

Noa tressaillit en entendant résonner un dernier tir, suivi du silence. Elle posa la pagaie sur ses genoux et baissa la tête, laissant libre cours à ses larmes.

CHAPITRE VINGT-QUATRE

Peter était assis sur le lit d'Amanda, le visage appuyé entre ses poings. Elle était endormie, probablement sous l'effet des sédatifs. Ses cheveux dispersés sur l'oreiller formaient une sorte d'éventail autour de son visage paisible et on aurait même pu croire qu'elle était en parfaite santé.

Dès que l'infirmière avait refermé le rideau derrière elle, Peter avait retiré le masque jetable qu'on lui avait demandé de porter. Il avait passé des mois dans une unité PEMA auprès de son frère mourant sans jamais tomber malade. S'il était prêt à prendre ce risque à l'époque, il pouvait bien faire la même chose pour Amanda. En vérité, il espérait presque être contaminé pour soulager sa culpabilité.

Il ne savait toujours pas très bien pourquoi le nom d'Amanda n'était pas sorti quand il avait lancé des recherches dans les hôpitaux de la région. L'infirmière lui avait dit que c'était sans doute une erreur, un bug informatique. Mais Peter avait une autre idée sur la question. Soit Mason avait menti, ce qui était probable, soit Charles Pike s'était mis à s'intéresser à elle à son tour. Toujours est-il que lorsqu'il avait repris connaissance, il avait trouvé un SMS de Diem l'informant qu'Amanda avait été admise à l'hôpital de Boston et que, vraisemblablement, elle n'était pas près d'en sortir.

Il prit délicatement sa main dans la sienne. Elle était molle et particulièrement froide.

— Je suis désolé pour tout ce qui t'est arrivé, murmura-t-il.

Amanda ne manifesta aucune réaction. Elle n'avait pas bougé depuis qu'il l'avait rejointe, quelques minutes avant la fin des heures de visite. Il avait attendu que ses parents soient partis pour venir la voir et il n'avait pas beaucoup de temps devant lui. Peut-être même qu'après ce soir, il ne la reverrait jamais.

Peter se félicita d'avoir envoyé un SOS à Luke pour lui demander d'assurer ses arrières pendant qu'il se rendait à l'appartement de Mason. Luke et son équipe les avaient suivis jusqu'au quartier désaffecté, près des docks, et étaient restés tapis dans l'ombre. Quand il était devenu clair que quelque chose clochait, ils avaient décidé d'entrer dans le vieux bâtiment. Le gaz avait ralenti leur progression, mais ils étaient intervenus juste à temps. Ils avaient laissé Mason ligoté à la rampe de l'escalier, en guise de cadeau pour Charles Pike. Peter espérait que celui-ci apprécierait et ferait en sorte que ce sale type arrogant disparaisse de la circulation.

Au début, Luke avait essayé de l'enrôler, lui expliquant avec embarras qu'il avait du mal à tenir son équipe et qu'il n'avait pas réussi à monter d'opération depuis un moment. Mais la section du Nord-Est était basée trop près de chez lui et Peter avait besoin de prendre le large. Boston commençait à lui rappeler trop de mauvais souvenirs. Luke avait alors offert de l'aider à se rendre où il voudrait. Il s'était chargé de vendre la voiture de Peter à un garage clandestin et lui avait remis l'argent, ainsi qu'un taser, des talkies-walkies et d'autres accessoires qu'ils utilisaient pendant les raids. Peter ignorait si tout cela lui servirait un jour, mais il s'était dit que ça ne coûtait rien de les avoir, au cas où. Il s'était débarrassé de son ordinateur et de son téléphone portable, estimant qu'il serait plus prudent de repartir de zéro. Là où il projetait d'aller, il fallait qu'il soit absolument certain que personne ne le suivrait.

Peter caressa le front d'Amanda, repoussant les mèches de cheveux qui y étaient collées.

— Je reviendrai, murmura-t-il. Mais d'abord, j'ai quelque chose à faire. Je t'en prie, ne…

Sa voix se brisa et il lui fallut quelques instants pour se reprendre.

— À bientôt, ajouta-t-il d'une voix plus assurée. Je vais revenir avec un remède. Attends-moi.

Peter fit rouler ses épaules nerveusement, gêné par le poids des disques durs dans son sac à dos. Il attendait dehors, assis sur un banc devant le terminus de l'autocar, et un vent glacé lui fouettait le visage.

Au cours des derniers jours, il avait pris des cars dans de nombreuses directions, revenant souvent sur ses pas et suivant une sorte de trajet imprévisible dans tout le pays afin de semer d'éventuels poursuivants. Au moins, jusqu'ici, cela semblait avoir marché. Il avait dévisagé attentivement tous les passagers de Boston à Saint-Louis, de Memphis à Colombus, mais aucun ne lui avait paru familier. Ils avaient tous l'air aussi las et épuisés que lui, résigné qu'il était à parcourir les ramifications diverses et variées du réseau routier américain dans des autocars branlants.

Tous ces kilomètres lui avaient donné le temps de réfléchir et son esprit avait tourné en boucle autour des mêmes questions, comme un diamant sur le sillon d'un disque. Amanda avait-elle repris connaissance ? Comment Charles Pike avait-il réagi en trouvant Mason et en découvrant que tout ce qui concernait les recherches médicales avait disparu ? Qu'avaient pensé ses parents du mot qu'il leur avait laissé pour expliquer qu'il partait pour toujours ? Avaient-ils envoyé quelqu'un à sa recherche ? Tenaient-ils seulement à le retrouver ?

Tout ça n'avait plus d'importance, maintenant qu'il était arrivé à destination.

Peter regretta que la gare ne soit plus ouverte. Il aurait au moins pu acheter une boisson chaude au distributeur. Il était presque 3 heures du matin et les rares passagers qui étaient descendus en même temps que lui s'étaient déjà volatilisés dans la nuit. Le parking se trouvait dans une zone isolée, aux abords d'Omaha. Il n'y avait que quelques places de stationnement et la plupart étaient occupées par des mastodontes de métal silencieux dont les vitres teintées semblaient le toiser avec hostilité. L'unique lampadaire au-dessus de lui trouait à peine l'obscurité. C'était vraiment glauque. Peter avait l'impression angoissante qu'il était le dernier être humain sur Terre après une catastrophe apocalyptique.

Il se leva d'un bond en apercevant avec soulagement des phares qui s'approchaient. Sans ça, il ne savait pas ce qu'il aurait fait. Le plan qu'il avait mis au point n'allait pas plus loin.

Les lumières balayèrent le parking et vacillèrent quand le vieux 4×4 roula sur un nid-de-poule. Il s'arrêta devant Peter, le moteur continuant de tourner au ralenti.

La portière arrière s'ouvrit et Noa apparut. Peter et elle se dévisagèrent pendant quelques instants avant qu'il ne rompe le silence :

— Salut.

— Salut, répondit-elle.

Elle avait l'air plus mince et plus pâle que dans son souvenir. Elle paraissait aussi plus âgée, comme si elle avait soudainement vieilli au cours des derniers mois. Mais Peter réalisa que ce devait également être son cas.

— Je suis content de te voir, lança-t-il.

— Moi aussi, dit-elle avec un léger sourire.

Mais c'était difficile de savoir si elle le pensait vraiment. Il y avait dans sa voix une sorte de lassitude, de découragement. Ce n'était plus la fille qui l'avait quitté quatre mois plus tôt, déterminée à livrer bataille contre un complot d'envergure nationale.

— Zeke est dans la voiture ? demanda Peter.

Le visage de Noa se décomposa.

— Non, balbutia-t-elle. Il… Il ne s'en est pas sorti.

— Oh, non ! s'exclama Peter. Je suis vraiment désolé.

Il songea à la prendre dans ses bras pour la réconforter, mais elle recula d'un pas et se raidit avant même qu'il fasse le moindre geste.

— Amanda est malade, reprit-il. Elle a la PEMA.

— Les fumiers, marmonna Noa.

— Ouais. Mais j'ai récupéré de nouvelles données. Et cette fois, je crois qu'il pourrait bien y avoir des choses qui nous intéressent.

Elle se contenta de hausser les épaules, ce qui inquiéta Peter. Certes, il ne s'attendait pas à ce qu'elle saute de joie, surtout à cette heure avancée de la nuit, mais il aurait espéré qu'elle manifeste un minimum d'enthousiasme.

— Alors on va où ?

— J'en sais rien, soupira-t-elle, l'air complètement démunie. C'est fini. Tout le monde a disparu.

— Hé, fit-il en lui frottant le bras avec maladresse. Ça va aller. On va trouver une idée ensemble, tu vas voir.

Elle leva son visage vers lui et ils s'observèrent pendant un long moment sans rien dire. Elle finit par esquisser un vague sourire.

— Je ne serais pas contre une de tes fameuses omelettes, lâcha-t-elle.

— Ah oui ? s'esclaffa-t-il, soulagé. Bon, je te promets d'essayer de ne pas la faire brûler, cette fois.

Ils échangèrent un regard complice, puis Noa désigna la banquette arrière du 4×4.

— On devrait y aller.

— Oui, acquiesça-t-il d'un ton volontaire. Tirons-nous d'ici.

Vous avez sans doute entendu dire qu'on avait été mis hors jeu, que le Projet Perséphone avait réussi à nous écraser.

Eh bien pas du tout. On est toujours là. En effectif réduit, c'est vrai, mais désormais plus forts que jamais et prêts à poursuivre la bataille.

On a encore besoin d'aide. Nos ennemis sont cruels et impitoyables, et ils ne reculeront devant rien pour arriver à leurs fins. Il existe un remède contre la PEMA et il est entre leurs mains.

On va s'en emparer.

Même si on doit y laisser la vie.

Restez forts. Protégez-vous les uns les autres. Et n'oubliez pas que le combat est loin d'être terminé.

Publié par PER5EFONE le 22 février
/ALLIANCE/ /NEKRO/ /#PERSEF_ARMY/
< < < < > > > >

Remerciements

Le destin est farceur : de toute ma carrière, je n'ai jamais connu autant de soucis avec l'informatique que depuis que j'ai entamé cette trilogie autour du monde des hackeurs. Serait-ce la malédiction de Perséphone ? Cette fois, l'erreur humaine est en cause puisqu'un membre du personnel navigant a accidentellement renversé son verre sur mon ordinateur portable, alors que je me trouvais à dix mille kilomètres au-dessus de Bakersfield. Heureusement, les cracks de Hard Drive 911 ont pu récupérer l'ébauche naissante de *Ne regarde pas* et je n'ai donc pas tout perdu. Mais disons que désormais, je suis la reine de la sauvegarde de données. J'aime à penser que Noa et Peter seraient fiers de moi. (Merci à Southwest Airlines d'avoir couvert les frais engendrés. Malgré cet incident, ça reste toujours ma compagnie préférée.)

La dernière fois, du fait de mes problèmes de disque dur, j'ai commis un oubli impardonnable dans les remerciements de *Ne t'arrête pas*. Rocket Science Consulting est une véritable société spécialisée en services informatiques, en web design et en happy hours interminables le vendredi, dans leurs bureaux de San Francisco. Le PDG, Matt McGraw, a eu la gentillesse de m'autoriser à utiliser le nom de son entreprise pour l'employeur fictif de Noa dans ses missions free-lance et j'ai honteusement omis de le remercier. Je lui présente donc mes plus plates excuses et il recevra, comme promis, un gros paquet de muffins. La bonne nouvelle, c'est que mes ennuis fréquents avec les ordinateurs laissent présager de nombreuses collaborations à venir entre nous. Pour information, ils sont également implantés à New York, à Los Angeles et à Portland et je les recommande vivement pour toute question en lien avec l'informatique. (Matt, considère que c'est un bonus de remerciements.)

Diem Ha était ma colocataire à Wesleyan University en troisième et quatrième années. C'est une personne incroyablement facile à vivre et si j'avais été emmenée dans une ambulance, elle aurait insisté pour y monter et m'accompagner à l'hôpital (contrairement à son homonyme dans le livre).

Kelly Essloe m'a très gentiment fourni des formulaires postopératoires qui ont grandement facilité mes recherches. Je tiens aussi à remercier Colin Dangel, qui a toujours répondu promptement à toutes mes questions sur Boston.

Une fois encore, je dois énormément à Bruce Davis, ce génie informatique qui a non seulement rédigé le très instructif « Top 10 des techniques qu'un hackeur a peut-être déjà testées sur vous » (toujours disponible en anglais sur www.epicreads.com !), mais qui a également minutieusement relu une première version du manuscrit pour s'assurer que je ne confondais pas kibibits et mébibits.

Mes « bêta-lecteurs » Noah Wang et Marissa Gaylin ont aidé à faire en sorte que ce manuscrit soit le plus propre et le plus réaliste possible – et en tant qu'ados, ils savent de quoi ils parlent. Je suis la seule à blâmer pour les éventuelles erreurs qui pourraient rester.

Je déborde de compliments à l'égard de toute l'incroyable équipe de HarperTeen. Quel plaisir de travailler à leurs côtés.

Karen Chaplin est la meilleure éditrice avec laquelle j'aie travaillé. Elle s'est montrée d'une souplesse extrême vis-à-vis des délais, ce que j'ai grandement apprécié.

Olivia DeLeon est la responsable de communication rêvée et cette série n'aurait pas pu trouver de meilleur représentant. Et quel bonheur d'avoir Barbara Lalicki à mes côtés.

Mes brillants relecteurs Brenna Franzitta et Aaron Murray ne cessent jamais de m'épater par leur capacité à déceler des erreurs dans ce que j'avais cru être un manuscrit parfait. À vrai dire, je suis quasiment sûre qu'ils ont trouvé des fautes dans la phrase qui précède et les ont corrigées avant l'impression.

Je bénéficie du meilleur agent de la planète, en la personne de Stephanie Kip Rostan. Non seulement c'est une éditrice pleine de ressources, mais elle n'a pas son pareil pour comprendre le marché ou pour choisir un bon restaurant. J'ai une chance incroyable de pouvoir compter sur elle et sur toute l'équipe de Levine Greenberg pour défendre mon travail.

Si la détresse des enfants placés en famille d'accueil a servi de trame à cette trilogie de fiction, elle n'en est hélas pas moins réelle. Aux États-Unis, près de 40 % de ces enfants finissent dans la rue après leur majorité. Heureusement, des associations fantastiques ont été créées pour leur venir en aide, pour lesquelles tout soutien est le bienvenu.

Comme toujours, merci à ma famille de tolérer mes « vacances studieuses » et d'accepter que je disparaisse dans ma caverne pendant de longues périodes pour écrire.

Pour finir, j'ai rencontré l'homme idéal il y a des années, mais à l'époque, j'étais trop jeune et trop bête pour m'en rendre compte. Heureusement, nous avons eu droit à une seconde chance presque vingt ans plus tard. Alors il me semble judicieux de dédier ce second tome de la trilogie à Kirk, mon premier et dernier lecteur. Il n'y a personne avec qui j'aie plus envie de manger une omelette, même carbonisée.

Découvrez un extrait de

EXPÉRIENCENOATORSON#3

N'OUBLIE PAS

parution en janvier 2019

CHAPITRE UN

— Noa, réveille-toi ! Allez, faut qu'on se tire !

— Laisse-moi tranquille, marmonna Noa en repoussant le bras qui la secouait.

Elle était en train de faire un rêve merveilleux : elle était assise au milieu d'un immense champ de coquelicots rouge vif et caressait les hautes herbes qui ondulaient autour d'elle, tandis que des nuages blancs cotonneux dérivaient lentement dans le ciel. L'air était chargé du parfum des fleurs auquel se mêlait une odeur âcre étrange… Et puis soudain, cette voix s'était fait entendre, forte et insistante.

Noa sentit qu'on la secouait plus énergiquement et distingua en fond des murmures inquiets.

Bon sang, mais qu'est-ce qui se passe ? J'aimerais juste pouvoir dormir un peu.

— Noa, ils arrivent !

Le ton pressant de la voix dissipa les dernières images du rêve, réduisant les coquelicots à une tache rouge. Noa fronça les sourcils et se força à ouvrir les yeux. Tout son corps lui semblait horriblement lourd et engourdi. Elle secoua la tête pour tenter d'émerger et distingua les traits de celui qui lui parlait.

— Fiche-moi la paix, l'implora-t-elle.

Le visage blême de Peter brillait faiblement dans la lueur du clair de lune qui s'insinuait par la fenêtre. Debout derrière lui, Teo et Daisy paraissaient tout aussi anxieux. Tous trois étaient habillés pour sortir et portaient des sacs à dos. Teo jetait des regards incessants vers la porte.

— Oh non, lâcha Noa en se redressant brusquement. Pas encore ?

— Eh si, répondit Peter d'un air grave.

Il l'aida à se lever et lui tendit un sac et un blouson, tandis que Teo et Daisy filaient vers le fond de la pièce.

— Mais comment ils font pour nous retrouver à chaque fois ? soupira-t-elle en essayant de rassembler ses esprits.

On est où, déjà ? Au Kansas ? Au Nebraska ?

— Peut-être qu'ils ont du bol, suggéra Peter. Ou alors des chiens au flair hors norme.

En Arkansas, se rappela soudain Noa. *Oui, c'est ça, on est en Arkansas*.

Un craquement sourd résonna à l'autre bout de l'appartement : la porte d'entrée venait de céder. Noa étouffa un juron. Dans la pénombre, elle discernait à peine les murs lézardés couverts de moisissures et les détritus qui jonchaient le sol. Ils avaient passé les derniers mois à bouger entre des planques plus délabrées les unes que les autres – encore que « planque » n'était pas vraiment le terme adéquat, puisque, chaque fois, ils avaient été débusqués au bout de quelques jours. D'une manière ou d'une autre, où qu'ils aillent, les mercenaires de Pike & Dolan réussissaient systématiquement à les localiser.

— Par ici ! lança Peter en chuchotant.

Il tenait une lampe de poche et réduisait le faisceau avec sa main, de manière à n'éclairer que le trou dans le mur qui menait à l'appartement voisin.

Quelques semaines plus tôt, à Cleveland, la maison où ils se cachaient avait été encerclée, et ils n'avaient dû leur salut qu'au passage d'une patrouille de police au même moment. Cet épisode leur avait servi de leçon. Leur nouvel abri était un appartement situé au sein d'une vaste résidence abandonnée aux abords de Little Rock, à la lisière d'une forêt protégée, ce qui jouait en leur faveur : une fois sortis des bâtiments, ils pourraient disparaître au milieu des arbres.

Peu après leur arrivée, Peter et Teo avaient pratiqué des ouvertures dans les murs en plâtre pour pouvoir traverser les six appartements mitoyens. Le dernier possédait un balcon qui surplombait la forêt et il y avait une sortie de secours à côté de la porte d'entrée. Il aurait fallu un régiment entier pour couvrir toutes les issues du complexe – mais bien sûr, rien ne disait que Charles Pike n'avait pas justement envoyé un régiment à leurs trousses.

Noa se précipita pour rejoindre Peter et baissa la tête pour se faufiler à travers le trou. Elle se retrouva dans l'obscurité complète. Peter sur ses talons, elle se mit à avancer aussi vite et discrètement que possible en comptant ses pas. Il fallait en faire vingt en avant puis quinze sur la gauche pour accéder au trou donnant dans l'appartement suivant – ils avaient tout mesuré un peu plus tôt dans la soirée.

Des rangers martelant le sol résonnèrent derrière eux. Sans s'arrêter, Noa sortit un taser de son sac à dos et activa l'interrupteur pour le charger. En entendant Teo et Daisy devant elle, elle se dit qu'ils étaient tous beaucoup trop bruyants.

Ils progressaient tant bien que mal à travers l'enfilade d'appartements, tout en marmonnant des jurons. Noa tendit l'oreille et réalisa que leurs poursuivants gagnaient peu à peu du terrain. Peut-être que leur plan d'évasion n'était pas si au point que ça.

De toute façon, maintenant, c'est trop tard pour faire autrement.

Ils parvinrent enfin dans le dernier appartement. Teo et Daisy s'élancèrent vers la baie vitrée du balcon, qui n'était qu'à un mètre du sol. On devinait à peine leurs silhouettes dans le clair de lune.

— On se retrouve au point de rendez-vous ! lança Peter à voix basse.

Teo hocha la tête puis fit coulisser la baie vitrée. Il aida Daisy à enjamber la balustrade et ils sautèrent en même temps avant de se mettre à courir vers la forêt.

— À nous, chuchota Peter en ouvrant la porte d'entrée de l'appartement.

Noa le suivit dans le couloir. Il faisait si noir qu'elle se sentit un instant complètement désorientée et gagnée par la panique. Peter posa sa main sur son épaule et elle hocha la tête, même s'il ne pouvait pas la voir.

— Dès qu'on sera sortis, moi je prends à gauche, OK ? lui glissa-t-il à l'oreille.

— OK, acquiesça-t-elle, revigorée par la montée d'adrénaline.

Elle se remémora la disposition des lieux. La forêt était à droite, mais elle devait d'abord s'éloigner un peu des autres. Ils étaient censés se disperser en partant dans quatre directions différentes pour réduire les chances de se faire tous prendre. Elle comptait foncer droit devant elle sur deux ou trois cents mètres avant de piquer vers les bois.

L'issue de secours s'ouvrit brusquement et la silhouette de Peter fila aussitôt vers la gauche. Noa faillit trébucher sur le seuil avant de s'élancer dehors à son tour. Elle était à découvert et avait l'impression d'être cernée d'ombres malveillantes. Elle mobilisa toutes ses forces pour continuer à courir malgré le poids de son sac.

Juste avant que la porte ne se referme derrière elle, elle perçut un cri venant de l'intérieur, suivi de bruits de pas précipités.

Trop tard, bande de fumiers.

Face à elle se trouvait une aire de jeux – ou ce qu'il en restait. Un toboggan avait été désossé, sans doute pour revendre le métal à un ferrailleur, et seule subsistait une échelle qui ne menait nulle part. De même, il ne restait plus que la base d'un tape-cul et le cadre d'une balançoire. Tandis qu'elle traversait le bac à sable à toute vitesse, Noa ne put s'empêcher de songer que ce serait un endroit horrible pour élever des enfants.

Il y eut un nouveau cri, plus proche cette fois-ci. Des faisceaux de torches électriques balayèrent les environs, saisissant les contours des squelettes métalliques de l'aire de jeux.

Noa obliqua subitement à droite, pour se mettre à l'abri dans la forêt, tandis qu'une voix aboyait des ordres. Elle n'était plus qu'à vingt mètres de l'orée des bois, puis dix, puis cinq…

Tout à coup, une ombre émergea de derrière un arbre sur sa gauche et fondit sur elle. Noa n'avait pas le temps de dévier de sa trajectoire. Sans réfléchir, elle se servit de son taser comme d'une matraque. Son élan joua en sa faveur. Son assaillant poussa un grognement avant de s'écrouler par terre.

Noa reprit sa course en espérant que les autres s'en tenaient au plan établi. Leur point de rendez-vous se trouvait à un peu plus d'un kilomètre de là, dans un gros tuyau en béton qui donnait sur un petit cours d'eau. Toutefois, s'ils ne parvenaient pas à semer leurs poursuivants, ils étaient censés ne pas s'en approcher. Le plan B consistait à rejoindre la voiture, garée quelques kilomètres plus loin.

Noa sentait déjà son énergie diminuer et son rythme ralentir. Elle était tellement fatiguée de courir tout le temps. Chaque fuite précipitée était plus éprouvante que la précédente. À vrai dire, vu son état, elle n'était même pas certaine de pouvoir atteindre le point de rendez-vous.

Ressaisis-toi, se sermonna-t-elle. *Sème-les. Maintenant.*

Elle entendit un cri derrière elle et comprit qu'il y avait au moins un type à ses trousses. Elle fonça de plus belle entre les arbres. Les branches lui fouettaient les bras et le visage, lui faisant venir des larmes. Elle pesta intérieurement contre les feuilles mortes qui craquaient bruyamment sous ses pas, la rendant aisément repérable. Elle était hors d'haleine et son sac à dos lui semblait peser une tonne. Elle envisagea un instant de s'en débarrasser, mais se ravisa. Elle ne pouvait pas se permettre de perdre les disques durs en sa possession.

Soudain, quelqu'un tira sur son sac. Ses pieds décollèrent du sol et elle tomba lourdement en arrière. Elle grimaça en sentant quelque chose de pointu dans le bas de son dos.

La silhouette sombre et menaçante d'un homme se pencha au-dessus d'elle. Il portait un masque qui lui donnait l'allure d'une mouche géante et était armé d'un fusil automatique.

— Vous devriez changer de look, lâcha Noa. Vous êtes encore à la mode de l'an dernier.

Elle colla son taser contre la jambe du type et appuya sur le bouton. Il fut aussitôt pris de convulsions et le claquement de ses dents résonna dans le silence de la nuit.

— Abruti, ajouta-t-elle quand il s'effondra au sol.

Noa se releva et scruta l'obscurité. Après un instant d'hésitation, elle ramassa le fusil. Elle n'aimait pas les armes, mais n'avait guère envie de laisser à son poursuivant l'occasion de s'en servir. Puis elle tourna les talons et se remit à courir en se demandant dans quelle direction était le nord. Noa était une citadine pure et dure, et les camps de scouts n'avaient pas vraiment fait partie de son enfance.

Dommage, ça aurait pu m'être utile maintenant, songea-t-elle amèrement.

Elle s'immobilisa en entendant un *splash* sonore. Elle baissa les yeux et réalisa qu'elle avait un pied dans l'eau. Autrement dit, elle n'était plus très loin. Elle se mit à longer la rive du ruisseau en évitant les parties trop boueuses où elle risquait de laisser des empreintes.

Après cinq minutes de marche, il s'élargissait en une petite rivière. Noa contourna un barrage de castors abandonné fait d'un amas de branchages empilés sur presque deux mètres de haut. C'était l'un des points de repère qu'ils avaient notés. Le tuyau devait se trouver à une quinzaine de mètres de là.

Noa jeta un nouveau regard autour d'elle pour s'assurer qu'elle n'était pas suivie, puis se rua vers l'entrée de la canalisation. Il y faisait très sombre et elle hésita à y pénétrer.

— Noa ?

En reconnaissant la voix de Peter, elle fut envahie d'un tel soulagement qu'elle crut que ses jambes allaient se dérober sous elle.

— Chut, murmura-t-elle aussitôt en s'engageant à l'intérieur.

Tandis que ses yeux s'accommodaient à la pénombre, elle distingua Teo et Daisy un peu plus loin, blottis l'un contre l'autre. Peter se tenait près de l'entrée, le visage crispé.

— Qu'est-ce que tu as ? demanda-t-elle.

— Je me suis tordu la cheville, bredouilla-t-il entre ses dents serrées. Mais je m'en remettrai. Et toi, ça va ?

— Oui, oui.

Peter alla s'accroupir près de Teo. Noa lança un dernier coup d'œil derrière elle avant de les rejoindre. Ses bottes étaient trempées et elle sentit bientôt l'humidité à travers son jean. Elle serra ses bras autour d'elle pour tenter de contenir ses tremblements, mais en vain.

— Tu as récupéré une arme ? remarqua Peter.

Elle baissa les yeux : elle avait presque oublié le fusil automatique. Il était d'un noir brillant et valait sûrement une petite fortune. Or ils avaient besoin d'argent. Mais ce serait trop dangereux d'essayer de le vendre, et la dernière chose dont ils avaient besoin était d'attirer l'attention.

— Je l'enterrerai avant qu'on aille à la voiture, décida-t-elle.

— On ferait peut-être mieux d'y aller dès maintenant, suggéra Teo, visiblement inquiet. On est encore assez près de l'appartement.

— Ce parc fait au moins mille hectares, indiqua Noa d'un ton rassurant. Jamais ils ne pourront le ratisser en entier. Quelle heure est-il ?

Une lueur verte brilla dans l'obscurité tandis que Peter consultait sa montre.

— 4 heures du mat.

— Bientôt l'aube, en déduisit Noa. Ils ne devraient pas tarder à filer. Ils ne peuvent pas prendre le risque d'être vus.

— On n'a plus qu'à prendre notre mal en patience pendant deux heures, ajouta Peter.

Teo et Daisy ne dirent mot, mais Noa devinait ce qu'ils pensaient : deux heures à rester tapis au fond d'un tuyau en béton, sombre, crasseux, froid et humide, sans faire de bruit, sans pouvoir dormir. Que du plaisir… Elle soupira.

Encore un jour glorieux pour l'Armée de Persefone.

[…]

Cet ouvrage a été composé par
Fr&co - 61290 Longny-au-Perche

Imprimé en Espagne par
Liberdúplex

S28338/02

PKJ • www.pocketjeunesse.fr
POCKET JEUNESSE

MIXTE
Papier issu de
sources responsables
FSC® C003309
www.fsc.org

Pocket Jeunesse, une marque d'Univers Poche,
est un éditeur qui s'engage pour
la préservation de son environnement
et qui utilise du papier fabriqué à partir
de bois provenant de forêts gérées
de manière responsable.